#MeToo

L'enquête qui a tout déclenché

Jodi Kantor & Megan Twohey

#MeToo

L'enquête qui a tout déclenché

Essai

Traduit de l'anglais
par Danielle Lafarge

CHARLESTON
POCHE

Titre original : *She Said: Breaking the Sexual Harassment Story That Helped Ignite a Movement*

Cet ouvrage a été publié en grand format aux éditions Alisio en 2020, sous le titre *She Said : l'enquête qui a révélé l'affaire Weinstein et fait exploser le mouvement #MeToo.*

Traduit de l'anglais (États-Unis) par Danielle Lafarge

10, place des Cinq-Martyrs-du-Lycée-Buffon
75015 Paris – France
www.editionscharleston.fr

ISBN : 978-2-36812-734-6
Maquette : Patrick Leleux PAO

À nos filles :
Mira, Talia et Violet

Sommaire

Préface 9

1. Le premier coup de téléphone 17

2. Secrets d'Hollywood 49

3. Comment réduire une victime au silence 83

4. « Gestion de la réputation » 130

5. La complicité d'une entreprise 169

6. « Qui d'autre accepte de témoigner ? » 219

7. « Cela va donner naissance à un mouvement » 251

8. Le dilemme du bord de mer 282

9. « Je ne peux pas garantir que j'irai
à Washington » 326

Épilogue : La rencontre 379

Épilogue inédit 400

Remerciements 407

Notes 413

Préface

En 2017, lorsque nous avons commencé à enquêter sur Harvey Weinstein pour le *New York Times*, les femmes n'avaient jamais eu autant de pouvoir. Le nombre de métiers qui étaient autrefois presque exclusivement l'apanage des hommes – policier, soldat, pilote d'avion – s'était réduit au point de devenir presque inexistant. Des femmes avaient pris la tête de pays entiers, comme l'Allemagne et le Royaume-Uni, et de grandes entreprises, comme General Motors et PepsiCo. Une trentenaire pouvait gagner plus d'argent en un an que toutes ses ancêtres réunies durant toute leur vie.

Pourtant, bien trop souvent, les femmes étaient harcelées sexuellement en toute impunité. Qu'elles soient chercheuses ou serveuses, *pom-pom girls*, cadres supérieures ou ouvrières, elles devaient subir avec le sourire attouchements, regards lubriques ou avances insistantes pour ne pas se voir priver d'un pourboire, d'une augmentation ou de leur emploi. Le harcèlement sexuel était illégal – mais aussi routinier dans certains domaines. Les femmes qui osaient se plaindre étaient souvent licenciées ou moquées. Les victimes étaient dissimulées et isolées. De l'avis général, leur meilleure option était d'accepter de l'argent en guise de réparation et en échange de leur silence.

Les agresseurs, quant à eux, poursuivaient en toute impunité leur ascension vers les sommets de la réussite et de la gloire. Les harceleurs étaient souvent tolérés, voire admirés pour leur audace de mauvais garçons. Ils ne faisaient que rarement face aux conséquences de leur comportement. Après avoir publié quelques-uns des premiers témoignages de femmes contre Donald J. Trump, Megan dut couvrir son triomphe aux élections de 2016.

Après avoir publié les accusations de harcèlement et d'abus sexuels à l'encontre de Weinstein, le 5 octobre 2017, nous avons assisté, ébahies, à la rupture d'une digue. Des millions de femmes à travers le monde ont dénoncé les mauvais traitements qu'elles avaient elles-mêmes subis. Beaucoup d'hommes ont soudain dû répondre de leur comportement de prédateur et rendre des comptes à une échelle sans précédent. Le journalisme venait de contribuer à un changement de paradigme. Notre travail n'en a été que l'un des moteurs : ce changement avait été amorcé des années auparavant grâce aux efforts de féministes et de juristes d'avant-garde, telles qu'Anita Hill, Tarana Burke, l'activiste à l'origine du mouvement #MeToo, et beaucoup d'autres, y compris certaines de nos collègues.

Mais en voyant à quel point nos découvertes durement gagnées avaient contribué à changer les esprits, une question s'imposa à nous : comment expliquer un tel impact ? Comme l'avait fait remarquer l'un de nos rédacteurs, Harvey Weinstein n'était pas si célèbre. Dans un monde où tant de choses paraissent immuables, comment arrive-t-on à un tel bouleversement social ?

Nous nous sommes lancées dans ce livre pour répondre à ces questions. Rien dans ce changement n'était inéluctable ou prévisible. Au fil de ces pages, nous examinons ce qui a motivé les premiers témoins courageux à briser l'omerta qui entourait Weinstein, les risques et les douloureuses décisions qu'il leur a fallu prendre. Laura Madden, l'ex-assistante de Weinstein, devenue mère au foyer au pays de Galles, s'est confiée alors qu'elle était en plein divorce et qu'elle se préparait à subir une mastectomie suite à un cancer du sein. Ashley Judd a mis sa carrière en jeu, stimulée par une période peu connue de sa vie où elle avait pris ses distances avec Hollywood pour s'immerger dans une réflexion à grande échelle sur l'égalité des sexes. La productrice londonienne Zelda Perkins, dont la plainte contre Weinstein avait été étouffée par un accord signé vingt ans plus tôt, nous a remis son témoignage malgré les risques de poursuites juridiques et financières. Un employé de longue date de Weinstein, de plus en plus perturbé par ce qu'il savait, a joué un rôle clé – que nous révélons pour la première fois dans ces pages – en nous aidant à lever le voile sur les secrets de son patron. L'ambiguïté de notre titre, *She Said*, est intentionnelle : nous écrivons sur celles qui ont osé prendre la parole, mais aussi sur celles qui ont préféré garder le silence, en explorant le comment, le quand et le pourquoi.

Cet ouvrage est aussi un récit de journalisme d'investigation, qui commence par les premiers jours chargés de doute de notre enquête, où nous en savions très peu et où personne, ou presque, n'acceptait de nous parler. Nous décrivons comment nous avons obtenu des confidences, débusqué les faits, et exigé la vérité sur un homme puissant alors même qu'il déployait des tactiques en sous-main pour essayer de saboter notre travail. Pour la première fois, nous avons aussi reconstitué notre ultime entrevue avec Weinstein – son dernier sursaut – dans les bureaux du *New York Times*, juste avant la publication, alors qu'il se devinait acculé.

Notre enquête sur Weinstein s'est déroulée à une époque marquée par les accusations de « fake news », alors que la notion même de consensus national sur la vérité semblait se fissurer. Pourtant, si ces révélations ont eu un tel impact, c'est entre autres parce que nous, et d'autres journalistes, avons pu réunir un ensemble de preuves aussi claires qu'accablantes sur les méfaits commis par le producteur. Dans ces pages, nous expliquons comment nous sommes parvenues à reconstituer des comportements récurrents de sa part en nous basant sur des témoignages de première main, des archives financières et légales, des mémos d'entreprise et autres documents accablants. Dans le sillage de nos travaux, les débats publics n'ont pas tant porté sur la nature des actes de Weinstein que sur la façon dont il fallait y réagir. Toutefois, Weinstein lui-même a persisté à nier toutes les allégations de rapports sexuels non consentis et n'a cessé d'affirmer que notre reportage était fallacieux. Interrogé sur ce que nous révélons dans cet ouvrage, son porte-parole nous a répondu : « Ce que vous avez là, ce sont des allégations et des accusations, mais vous n'avez pas de faits indéniables. »

Le livre alterne entre ce que nous avons appris au fil de notre investigation initiale sur Weinstein, en 2017, et la quantité non négligeable d'informations que nous avons réunies depuis. Beaucoup de ces ajouts contribuent à illustrer la façon dont le système juridique et la culture d'entreprise ont permis de réduire les victimes au silence et continuent à empêcher tout changement. Les entreprises contribuent à protéger les prédateurs ; certains défenseurs des femmes profitent d'un système de compensations financières qui dissimule leurs exactions ; beaucoup de ceux qui entraperçoivent le problème – tel Bob Weinstein, le frère et partenaire en affaires d'Harvey, qui nous a accordé de longues interviews pour ce livre – ne tentent pas grand-chose pour le résoudre.

Tandis que nous écrivons ces lignes, en mai 2019, Weinstein est dans l'attente d'un procès pénal pour viols et abus sexuels. Il fait également face à une volée de procès civils intentés par des actrices ou des ex-employées qui lui demandent de rendre des comptes. Quelle que soit l'issue de ces actions, nous espérons que ce livre servira de témoignage durable de l'héritage laissé par Weinstein : la façon dont il s'est servi de sa propre entreprise pour manipuler, contraindre et terroriser les femmes.

Dans les mois qui ont suivi la révélation de l'affaire Weinstein, tandis qu'explosait le mouvement #MeToo, de nouvelles discussions ont vu le jour sur des sujets aussi variés que la pédophilie et le viol au premier rendez-vous, en passant par la discrimination sexuelle et même les rencontres déplaisantes en soirées. Elles sont venues enrichir les débats publics, tout en les rendant plus confus : le but est-il d'éliminer le harcèlement sexuel, de réformer le système judiciaire, de mettre un terme au patriarcat ou de draguer sans crainte de froisser les gens ? Le mouvement est-il allé trop loin, ternissant la réputation d'innocents avec des preuves peu convaincantes, ou, au contraire, pas assez, puisque beaucoup ressentent encore la frustration d'un système qui se perpétue ?

Près d'un an jour pour jour après la publication de notre premier article sur Weinstein, Christine Blasey Ford, professeure de psychologie en Californie, a témoigné devant un comité de sénateurs américains pour accuser le juge Brett Kavanaugh, à l'époque candidat à la Cour suprême, de l'avoir agressée sexuellement au lycée alors qu'il était sous l'emprise de l'alcool. Il nia avec véhémence cette allégation. Certains ont vu en Ford l'ultime héroïne du mouvement #MeToo. D'autres l'ont considérée comme le symbole de l'excès – justification vivante du retour de bâton.

Pour notre part, nous avons vu en elle la protagoniste de l'une des prises de parole les plus complexes et révélatrices à ce jour, notamment lorsque nous avons appris combien d'informations sur son parcours jusqu'au Sénat n'avaient pas été rendues publiques. Jodi, qui se trouvait dans la salle d'audience, a vu son équipe de conseillers juridiques à l'œuvre et l'a rencontrée le lendemain matin. En décembre, Megan a réalisé la première interview de Ford après son audience, à l'occasion d'un petit-déjeuner à

Palo Alto. Durant les mois suivants, elle a amassé des douzaines d'heures d'interviews supplémentaires pour comprendre ce qui avait amené Ford à faire entendre sa voix, et les conséquences de son choix. Nous nous sommes aussi entretenues avec d'autres personnes parmi celles qui avaient façonné son expérience ou qui en avaient été témoins. Nous racontons le parcours de Ford à Washington, et le poids des opinions, des institutions, des forces politiques et des angoisses qu'il lui a fallu supporter.

Beaucoup de gens se demandent ce qu'elle est devenue depuis son témoignage. Le dernier chapitre de ce livre est une interview collective exceptionnelle pour laquelle nous avons réuni quelques-unes des femmes citées dans nos articles, dont Ford. Mais les enjeux de son odyssée vont bien au-delà : ils posent la question persistante de ce qui est favorable ou nuisible au progrès. Le mouvement #MeToo est un exemple de changement social contemporain, mais c'en est aussi une mise à l'épreuve : dans cet environnement fracturé, serons-nous capables de forger un nouvel ensemble de règles et de protections justes pour tous ?

Ce livre est le récit de deux années étonnantes dans la vie des femmes, aux États-Unis et ailleurs. Cette histoire appartient à toutes celles d'entre nous qui l'ont vécue : contrairement à des investigations journalistiques qui s'intéressent à des secrets d'État ou d'entreprise, cette enquête porte sur des expériences que beaucoup d'entre nous ont connues durant leur vie, au travail, au sein de leur famille et à l'école. Mais nous avons écrit ce livre pour vous permettre d'approcher au plus près de l'affaire qui a tout déclenché.

Pour rapporter ces événements de façon aussi directe et authentique que possible, nous avons inclus des transcriptions d'interviews, de courriels et d'autres sources directes. Vous y trouverez des notes extraites de nos premiers entretiens avec des actrices au sujet de Weinstein, une lettre de Bob Weinstein à son frère, des extraits des textes de Ford et beaucoup d'autres documents de première main. Une partie de ce que nous publions n'était à l'origine pas censé être divulgué, mais des investigations plus poussées, notamment auprès des personnes concernées, nous ont permis de le faire figurer ici. Nous avons pu transcrire des conversations et décrire des événements dont nous n'avons pas été directement témoins grâce à des comptes rendus et entretiens. Ce livre se base sur trois années d'enquêtes et des centaines d'interviews réalisées de Londres à Palo Alto ; les notes en fin d'ouvrage relient en détail toutes les informations à leurs sources.

Enfin, ce livre est une chronique du partenariat que nous avons tissé lorsque nous avons entrepris de décrypter ces événements. Pour éviter toute confusion, nous parlons de nous à la troisième personne. (Dans un récit à la première personne de notre enquête, qui est le fruit d'une collaboration, mais durant laquelle nous avons souvent suivi des pistes distinctes, le « je » pourrait aussi bien être Jodi que Megan.) Avant de nous glisser dans cette forme de narration, nous tenons à vous dire, à l'unisson : merci de vous joindre à nous le temps de parcourir ces pages, de tenter d'élucider à nos côtés le casse-tête de ces événements et de ces indices, d'être témoin de ce que nous avons vu et d'entendre ce que nous avons entendu.

Chapitre 1

Le premier coup de téléphone

L'enquête du *New York Times* sur Harvey Weinstein commença par l'impossibÕité de joindre notre source la plus prometteuse, ne serait-ce qu'au téléphone.

« Le problème, c'est qu'il m'est arrivé d'être malmenée par votre journal et je pense que c'était avant tout par sexisme », nous écrivit l'actrice Rose McGowan, le 11 mai 2017, en réponse à un courriel de Jodi lui demandant de lui accorder un entretien[1]. McGowan énuméra ses griefs : un discours qu'elle avait prononcé lors d'un dîner politique avait été relégué dans la rubrique *Style* au lieu d'apparaître dans les pages d'actualités ; une précédente conversation qu'elle avait eue avec un journaliste du *Times* sur Weinstein l'avait mise mal à l'aise.

« Le *NYT* ferait mieux de balayer devant sa porte », nous répondit-elle donc. « Je ne suis pas vraiment décidée à vous aider. »

Quelques mois plus tôt, McGowan avait accusé un producteur anonyme – Weinstein, disait la rumeur – de l'avoir violée. « Parce que c'est un secret de Polichinelle à Hollywood et dans les médias. Ils m'ont humiliée tout en portant mon violeur aux nues », avait-elle écrit dans un tweet portant le hashtag #WhyWomenDontReport (pourquoi les femmes ne portent pas plainte)[2]. On disait qu'elle écrivait maintenant un livre[3] dans lequel elle dénonçait les mauvais traitements infligés aux femmes dans le milieu du cinéma et du show-business.

Contrairement à la majorité des vedettes d'Hollywood, McGowan était connue pour ne pas hésiter à risquer de compromettre sa carrière pour dénoncer le sexisme. Il lui était même arrivé de tweeter les exigences insultantes du casting pour un film d'Adam Sandler : « débardeur au décolleté plongeant (soutien-gorge push-up bienvenu)[4] ». Elle employait généralement un ton dur et agressif sur les réseaux sociaux : « On a le droit d'être en colère. N'ayez pas peur de l'être[5] », avait-elle tweeté un mois plus tôt, incitant par la suite à « démanteler le système[6] ». Si McGowan, qui était à la fois activiste et actrice, n'acceptait pas d'avoir de conversation officieuse, qui le ferait ?

Harvey Weinstein n'avait plus vraiment la cote. Ces dernières années, son aura de producteur s'était ternie. Mais son nom était synonyme de pouvoir, et plus précisément de pouvoir de donner un coup de pouce à une carrière. Il s'était fait lui-même en partant d'une enfance modeste dans le Queens, à New York. S'étant d'abord lancé dans la promotion de concerts, il était passé à la distribution et la production de films. Il semblait exceller dans l'art de rendre grandiose tout ce qu'il touchait – les films, les fêtes, et surtout les gens. À maintes reprises, il avait propulsé de jeunes acteurs et actrices jusqu'au firmament : Gwyneth Paltrow, Matt Damon, Michelle Williams et Jennifer Lawrence. Il pouvait transformer de petits films indépendants comme *Sexe, Mensonges et Vidéo* ou *The Crying Game* en succès planétaires. Il avait été le pionnier des Oscars tels qu'on les connaît aujourd'hui, en remportant lui-même cinq statuettes décernées au meilleur film et en en faisant gagner des brassées à d'autres. Durant près de deux décennies, il avait levé des fonds pour Hillary Clinton et l'avait accompagnée à d'innombrables galas de bienfaisance. Quand Malia Obama avait fait un stage dans le cinéma, elle avait travaillé pour « Harvey » – que tout le monde appelait par son prénom, même ceux qui ne le connaissaient pas personnellement. En 2017, ses films avaient moins de succès qu'autrefois, mais sa réputation demeurait phénoménale.

Des rumeurs circulaient depuis longtemps sur sa façon de traiter les femmes. Les gens la tournaient ouvertement en dérision : « Félicitations à ces cinq femmes qui n'ont plus besoin de faire semblant d'être attirées par Harvey Weinstein », avait déclaré le comédien Seth MacFarlane lors de l'annonce des nominations aux Oscars, en 2013. Mais ce comportement avait été minimisé et qualifié de badinage, sans preuves publiques. Des journalistes s'y étaient déjà essayés, sans succès. Une enquête menée en

2015 par la police new-yorkaise, la NYPD, à la suite d'une accusation d'attouchements à l'encontre de Weinstein, avait été classée sans suite. « Viendra un jour où toutes les femmes qui ont eu peur de s'exprimer sur Harvey Weinstein devront se prendre par la main et se jeter à l'eau », avait écrit à l'époque la journaliste Jennifer Senior dans un tweet[7]. Deux années s'étaient ensuite écoulées sans que rien se passe. Jodi avait entendu dire que deux autres reporters avaient tenté quelque chose, un écrivain pour *New York Magazine* et Ronan Farrow pour NBC, mais rien n'en était ressorti.

Les rumeurs sur les agissements de Weinstein envers les femmes étaient-elles infondées ? Le tweet de McGowan faisait-il référence à quelqu'un d'autre ? En public, Weinstein se vantait d'être féministe. Il venait de faire un généreux don pour contribuer au financement d'une chaire professorale au nom de Gloria Steinem. Sa société avait distribué *The Hunting Ground*, documentaire dénonçant les agressions sexuelles sur les campus. Il avait même participé à la marche historique des femmes en janvier 2017, se joignant à la foule, en bonnet *pussyhat* rose, à Park City, dans l'Utah, pendant le festival du film de Sundance[8].

Le service d'enquête du *Times*, à l'abri du bourdonnement incessant de la salle de rédaction, était là pour déterrer ce qui n'avait encore jamais été divulgué, demandant des comptes à des personnes et des institutions dont les transgressions avaient été délibérément dissimulées. Le premier pas était souvent un tâtonnement prudent. Alors, que dire à McGowan pour l'inciter à décrocher son téléphone ?

Son courriel nous laissait quelques espoirs. Tout d'abord, elle avait répondu. Beaucoup de gens ne se donnaient pas cette peine. Elle avait pris le temps d'y réfléchir et d'émettre des critiques. Peut-être mettait-elle Jodi à l'épreuve, attaquant le *Times* pour voir si la journaliste défendrait son journal.

Mais Jodi y travaillait depuis quatorze ans et ne cherchait pas à s'engager dans ce débat. La flatterie (« J'admire sincèrement la bravoure de vos tweets... ») n'était pas non plus la bonne méthode. Cela saperait le peu d'autorité auquel Jodi pouvait prétendre dans ces échanges. Et elle n'avait rien à dire sur l'investigation à laquelle McGowan contribuerait. Si celle-ci demandait à Jodi à combien de femmes elle avait déjà parlé, la réponse serait : aucune.

Le courrier devait être formulé sans que le nom de Weinstein soit mentionné : McGowan avait la réputation de publier des échanges privés sur Twitter, comme l'annonce pour le casting d'Adam Sandler. Elle aimait exposer les choses au grand jour, mais cela risquait ici de se retourner contre elle. (« Bonjour tout le monde, lisez donc ce courriel que m'a envoyé un reporter du *Times.* ») Ce dont il était question compliquait encore les choses pour Jodi. McGowan avait affirmé avoir été victime d'une agression. Il n'aurait pas été correct de la bousculer.

En 2013, Jodi avait commencé à enquêter sur l'expérience des femmes en entreprise et dans d'autres institutions. La question de l'égalité des sexes aux États-Unis semblait déjà échauffer les esprits : chroniques, mémoires, témoignages d'indignation ou de solidarité féminine sur les réseaux sociaux. Il était temps de dénoncer davantage de faits cachés. Surtout sur le lieu de travail. Les employés, de l'élite au fond du panier, avaient souvent peur de mettre en cause leurs employeurs. Les journalistes étaient là pour ça. En travaillant sur ces articles, Jodi avait constaté que le genre était non seulement un sujet en soi, mais aussi une sorte d'amorce pour une multitude d'autres enquêtes. Comme les femmes n'occupaient toujours pas de postes à responsabilité dans de nombreuses organisations, raconter leurs expériences permettait d'examiner les rouages du pouvoir.

Elle répondit à Rose McGowan en évoquant ces expériences :

> Voici mon propre palmarès sur ces questions : Amazon, Starbucks et Harvard ont tous les trois revu leur conduite en réaction à mes reportages sur leurs problèmes d'inégalités de genre. Quand j'ai évoqué les écarts entre les classes sociales concernant l'allaitement – les femmes cadres peuvent tirer leur lait au bureau, les femmes qui gagnent moins ne le peuvent pas –, certains lecteurs ont réagi en créant les tout premiers espaces d'allaitement mobiles, aujourd'hui disponibles dans plus de deux cents lieux aux États-Unis.
> Si vous ne souhaitez pas vous exprimer, je le comprends et je vous souhaite bonne chance pour la publication de votre livre.
> Merci, Jodi

McGowan répondit dans les heures qui suivirent. Elle était disponible à n'importe quel moment avant mercredi.

La conversation téléphonique promettait d'être compliquée : McGowan paraissait coriace, avec sa boule à zéro et son flux Twitter appelant à la mobilisation générale. Mais la voix au bout du fil appartenait à une personne passionnée et enthousiaste, qui tenait une histoire et qui cherchait le bon moyen de la raconter. Ses tweets n'avaient fait qu'évoquer son viol sans donner beaucoup de détails. D'ordinaire, une interview était par défaut « officielle » – c'est-à-dire que les informations discutées pouvaient être publiées – sauf mention contraire au préalable. Mais toute femme accusant Weinstein d'agression aurait probablement peur ne serait-ce que d'évoquer le sujet. Jodi accepta donc que l'appel soit considéré comme une conversation privée jusqu'à nouvel ordre, et McGowan se confia.

En 1997, elle était jeune et commençait à avoir du succès. Elle faisait un grisant séjour au festival du film de Sundance où elle alternait entre les premières et les fêtes, une équipe de télévision sur les talons. Elle n'avait joué que dans quatre ou cinq films, comme *Scream,* film d'horreur pour ados, mais elle était en passe de devenir l'une des jeunes premières du moment, avec plein de nouveaux films à l'affiche du seul festival. « J'étais la princesse de Sundance », selon ses propres mots. Les films indépendants étaient à l'épicentre de la culture, le festival était un incontournable et Harvey Weinstein y faisait la pluie et le beau temps : c'était là que le producteur-distributeur avait acheté de petits films, comme *Clerks* et *Reservoir Dogs,* qu'il avait transformés en monuments de la culture. Dans son récit, McGowan ne se souvenait plus précisément de quelle année il s'agissait ; beaucoup d'actrices se souviennent du passé en fonction non pas des dates, mais des films dans lesquels elles jouaient, qui étaient en tournage ou qui étaient diffusés en salle à l'époque. McGowan se souvenait de la projection durant laquelle elle était assise à côté de Weinstein : le film, dit-elle avec un rire incrédule, s'intitulait *Going All the Way* (littéralement « aller jusqu'au bout », et, de façon idiomatique, « coucher ensemble »).

À l'issue de la projection, Weinstein avait demandé à la rencontrer, ce qui n'avait rien de surprenant : le grand producteur voulait se rapprocher de l'étoile montante. Elle se rendit à son hôtel, le Stein Eriksen Lodge Deer Valley, à Park City, où il la reçut dans sa chambre. Ils ne firent que discuter de films et de rôles, dit-elle.

Mais en sortant, Weinstein l'attira dans une pièce où il avait un Jacuzzi, la déshabilla sur le rebord du bac et enfonça son visage entre ses cuisses, déclara McGowan. Elle raconta qu'elle avait eu l'impression de quitter son corps, de flotter dans les airs jusqu'au plafond et d'observer la scène d'en haut. « J'étais en état de choc, je suis passée en mode survie », expliqua-t-elle. Pour pouvoir s'échapper au plus vite, déclara McGowan, elle simula un orgasme et se communiqua mentalement des instructions pas à pas : « Tourne la poignée de la porte. » « Mets fin à ce rendez-vous. »

Quelques jours plus tard, Weinstein lui laissa un message sur son répondeur, à Los Angeles, avec une offre glaçante : d'autres vedettes féminines étaient ses bonnes amies, et elle aussi pouvait rejoindre ce club. Choquée et désemparée, McGowan se plaignit à ses agents, prit un avocat et obtint 100 000 dollars de compensation financière ; le paiement avait essentiellement pour but d'étouffer l'affaire, sans que Weinstein admette ses torts. Elle déclara avoir fait don de la somme à un centre d'aide aux victimes de viol.

Possédait-elle un exemplaire de l'accord ? « Ils ne m'en ont pas donné. »

Le problème, poursuivit-elle, ne se limitait pas à Weinstein. Hollywood était un système organisé de maltraitance des femmes. Elles y étaient attirées par des promesses de gloire et transformées en produits à haut rendement. Leur corps y était traité comme une marchandise qui devait toujours être parfaite, avant d'être mise au rebut. Au cours de la conversation téléphonique, elle égraina un chapelet d'accusations :

« Weinstein n'est pas le seul, c'est toute une machine, une chaîne d'approvisionnement. »

« Personne ne les surveille, ils n'ont peur de rien. »

« Chaque studio humilie et indemnise ses victimes. »

« Tout le monde, ou presque, est tenu par un accord de non-divulgation. »

« Si les hommes blancs pouvaient avoir une aire de jeux, ce serait celle-ci. »

« Les femmes là-bas sont tout autant coupables. »

« Ne sors pas du rang ; personne n'est irremplaçable. »

Les paroles de McGowan étaient saisissantes. Cela n'avait rien de nouveau d'affirmer que Hollywood abusait des femmes, les obligeait à rentrer dans le moule, puis les rejetait lorsqu'elles vieillissaient ou se rebellaient. Mais entendre un récit de première main sur cette exploitation, de la part d'une actrice connue, avec force détails perturbants et impliquant l'un des producteurs les plus en vue d'Hollywood, c'était tout autre chose : plus incisif, plus précis, à donner la nausée.

La conversation s'acheva sur une promesse de se reparler bientôt. McGowan était quelqu'un de particulier, mais les scandales qui avaient parfois éclaté autour de ce qu'elle avait dit, ce qu'elle avait fait, ou de celui avec qui elle était sortie – tout cela n'avait pas d'incidence sur ce qui nous intéressait. La question était de savoir comment son histoire allait résister à la rigueur du traitement journalistique, et, si elle survivait jusque-là, à l'inévitable remise en cause par Weinstein, suivie du regard inquisiteur du public. Avant même que le *Times* puisse ne serait-ce qu'envisager de publier les allégations de McGowan, elles devaient être étayées, puis, enfin, soumises à Weinstein qui avait un droit de réponse.

L'article se devait d'être équitable, surtout vu la gravité des accusations. En 2014, le magazine *Rolling Stone* avait décrit ce qu'ils avaient appelé un atroce viol en réunion à l'université de Virginie, sans apporter de preuves suffisantes[9]. La controverse qui s'était ensuivie avait déclenché des poursuites en justice[10] qui avaient failli ruiner la réputation du magazine, en apportant de l'eau au moulin de ceux qui affirmaient que les femmes inventaient des histoires de viol, tout en freinant la lutte contre les agressions sexuelles sur les campus. Le *Washington Post* rapporta que la police avait qualifié l'histoire de « ramassis de balivernes[11] », le *Columbia Journalism Review* la qualifia de « gâchis confus » et l'article reçut une récompense décernée à la plus grosse erreur de l'année.

À première vue, le récit de McGowan semblait vulnérable aux critiques de Weinstein. Il pourrait facilement affirmer avoir gardé un tout autre souvenir des événements, dire qu'elle semblait y avoir pris du plaisir. Il en détenait la preuve parfaite : son orgasme feint. L'enregistrement sur la cassette du répondeur était potentiellement significatif puisqu'il montrait que Weinstein se servait de son pouvoir en tant que producteur pour monnayer des faveurs sexuelles. Mais, à moins que McGowan ne détienne la cassette qui datait d'il y a deux décennies, cela se limitait à un lointain souvenir d'un message qui était aussi très facile à nier.

En tant que témoignage isolé, l'histoire de McGowan avait de fortes chances de se transformer en dispute classique : sa parole contre la sienne. McGowan raconterait une histoire terrible. Weinstein nierait en bloc. En l'absence de témoins, les gens prendraient parti : le camp Rose contre le camp Harvey.

Mais McGowan rappela qu'elle avait obtenu une indemnisation financière. Il serait difficile d'en retrouver la trace, mais il y avait eu des avocats, un accord signé, de l'argent avait changé de mains, un don avait été fait à un centre d'aide aux victimes de viol. Le contrat devait bien être conservé quelque part. Il ne prouverait pas ce qui s'était passé dans la chambre d'hôtel, mais il pouvait renforcer les dires de McGowan en démontrant que Weinstein lui avait versé à l'époque une somme significative pour régler un différend.

Jodi transmit tout ce qu'elle avait appris à celle qui était depuis longtemps sa rédactrice au *Times*, Rebecca Corbett, experte en investigations complexes. Elles tentèrent de déterminer si le récit de McGowan pouvait être rendu suffisamment solide, et surtout : y avait-il d'autres femmes qui détenaient des histoires semblables à son sujet ?

Pour le découvrir, il allait falloir déployer de gros efforts. Weinstein avait produit ou distribué des centaines de films durant plusieurs décennies. Avec son frère, Bob, il avait fondé deux sociétés : Miramax et The Weinstein Company (TWC). Il dirigeait toujours la seconde. Il y avait donc de nombreuses sources potentielles, ce qui était préférable à une situation dans laquelle des informations d'intérêt majeur sont détenues par quelques personnes seulement. Mais cela faisait beaucoup de monde à contacter, des actrices et des ex-employées disséminées à travers plusieurs continents et, pour la plupart, sans doute peu désireuses de s'exprimer.

À la mi-juin, Corbett suggéra que Jodi contacte sa collègue, Megan Twohey, qui était relativement nouvelle au journal. Megan était en congé maternité, mais elle était douée pour ce type de travail, expliqua la rédactrice. Jodi ne savait pas bien quelle aide elle pourrait lui apporter, mais elle lui envoya néanmoins un courriel.

Lorsque Megan reçut le message de Jodi, elle s'occupait de son bébé et se remettait de la pire déconvenue de toute sa carrière. Elle était arrivée au *Times* en février 2016 pour traiter de sujets politiques et enquêter sur les candidats aux élections présidentielles. Megan avait accepté le travail non sans une pointe d'hésitation : la politique n'avait jamais été son domaine de prédilection et elle ne s'y intéressait pas spécialement.

Mais dans les semaines qui avaient suivi son arrivée, Dean Baquet, rédacteur en chef du journal, avait orienté Megan vers un sujet d'enquête qui était davantage en adéquation avec ses penchants journalistiques : le comportement de Donald J. Trump à l'encontre des femmes. Avait-il déjà franchi des limites légales ou éthiques ? Pendant plus de dix ans, Megan avait débusqué des comportements sexuels abusifs. À Chicago, elle avait révélé que la police et les procureurs escamotaient des kits de viol[12], privant les victimes des preuves dont elles avaient besoin, et que des médecins coupables d'agressions sexuelles continuaient à exercer. Plus tard, elle avait révélé un marché noir d'enfants adoptés qui avait alimenté des prédateurs sexuels.

Trump cultivait depuis longtemps une allure de playboy, parfois assez caricaturale. Il en était à sa troisième épouse et s'était lancé dans la course présidentielle en laissant derrière lui un sillage d'interviews réalisées par Howard Stern, dans lesquelles il se vantait de ses exploits sexuels et prononçait des commentaires grossiers sur les femmes, y compris sa propre fille, Ivanka.

Baquet avait repéré dans ces fanfaronnades quelques raisons de s'alarmer. Si Donald Trump n'avait que des mœurs légères, il n'y aurait pas là matière à un article – le journal n'était pas là pour enquêter sur la vie sexuelle des gens sans raison, pas même celle des candidats présidentiels. Mais certaines des remarques sexistes de Trump avaient été prononcées sur le lieu de travail et constituaient donc un signe possible de harcèlement sexuel. Dans *The Celebrity Apprentice*, une émission de télé-réalité coproduite et animée par lui, Trump avait dit à une candidate : « Je vous verrais bien à genoux, ça ferait une belle image[13]. » Quelques décennies plus tôt, sa première épouse, Ivana Trump, l'avait apparemment accusé de viol conjugal avant de minimiser ses allégations. Baquet avait déjà engagé un autre journaliste, Michael Barbaro, pour enquêter sur la façon dont Trump traitait les femmes. Le rédacteur en chef voulait que Megan et Barbaro creusent la question : était-il tout simplement grossier dans son comportement envers les femmes, ou le problème allait-il plus loin ?

Au départ, l'enquête progressait lentement : la plupart des ex-employées de Trump étaient muselées par des accords de confidentialité[14]. Il s'était souvent, par le passé, montré vindicatif envers ceux qui l'avaient contrarié, ce qui en avait freiné beaucoup dans leur élan. En outre, il y avait eu tant de poursuites en justice intentées contre lui au fil des ans qu'il était difficile de savoir par où commencer.

Toutefois, en mai 2016, Megan et Barbaro étaient prêts à écrire un article, fondé sur des centaines de documents et plus d'une cinquantaine d'interviews de gens qui avaient travaillé avec ou pour Trump, étaient sortis avec lui ou l'avaient rencontré en public. C'était un homme puissant qui présentait un comportement contradictoire. Il pouvait se montrer courtois et encourageant envers les femmes qui travaillaient avec lui et il en avait fait progresser plusieurs jusqu'au sommet de la hiérarchie de son entreprise. Mais il avait aussi l'habitude d'émettre des commentaires incessants sur l'apparence physique des femmes et d'avoir une conduite perturbante sur le lieu de travail.

Surtout, Megan avait réuni de nombreuses allégations d'agressions sexuelles au-delà de celle d'Ivana[15]. Une ancienne Miss Utah avait expliqué en détail qu'en 1997, Trump l'avait embrassée à deux reprises sur la bouche contre son gré : la première lors du gala qui avait suivi le concours de beauté pour élire la Miss États-Unis, et la seconde lors d'un rendez-vous à son bureau pour discuter d'une carrière possible dans le mannequinat. Dans deux vieilles actions en justice, une ancienne associée de Trump dans l'organisation de concours de beauté avait affirmé que l'homme d'affaires l'avait tripotée sous la table lors d'un dîner professionnel à l'hôtel Plaza et l'avait entraînée dans une chambre lors d'un autre rendez-vous de travail où il l'avait « embrassée, pelotée et empêchée[16] » de partir.

La prudence était de mise. Si une seule allégation ne tenait pas la route, cela nuirait à tout l'article. Lorsqu'une ancienne candidate à un concours de beauté raconta à Megan que Trump l'avait tripotée dans sa maison de Palm Beach, l'incitant à se réfugier dans sa chambre et à téléphoner à son père, paniquée, un collègue retrouva la trace de l'homme à l'étranger. « J'ai le père », annonça le collègue dans un courriel. « En résumé – il n'a aucun souvenir de quelque chose qui aurait un rapport avec Trump. » Cela ne signifiait pas que la fille avait menti. Mais cela voulait dire qu'ils ne pouvaient pas utiliser son allégation dans l'article.

L'article – qui rapportait directement le témoignage de nombreuses femmes – fut publié à l'aube (heure de la côte Est) du samedi 14 mai 2016. Son nombre de lecteurs explosa rapidement et il devint l'article politique le plus lu du *Times* jusque-là cette année. Le fait que Trump, connu pour attaquer violemment les articles qui se montraient critiques envers lui, ne dise mot de tout le weekend fut considéré comme symptomatique de sa solidité. Avant publication, Megan et Barbaro avaient mené une longue interview du candidat et avaient inséré ses réponses dans le texte, y compris ses dénégations de tout écart de conduite et son insistance sur le fait qu'il avait toujours traité les femmes avec respect[17].

Le lundi matin, ils patientaient dans les coulisses de l'émission d'actualité *CBS This Morning*, sur le point d'être interviewés à propos de l'article, lorsque Gayle King entra dans la pièce et pointa la télévision du doigt : « Avez-vous vu que Rowanne Brewer Lane vient de passer sur *Fox and Friends* pour contester votre histoire ?[18] »

Brewer Lane était la première personne citée dans l'article. Cet ancien mannequin avait rencontré Trump lors d'une fête autour de la piscine de Mar-a-Lago, en 1990. Elle avait raconté au cours d'une interview que Trump l'avait entraînée dans une pièce et incitée à mettre un maillot de bain, puis l'avait exhibée devant ses invités. Brewer Lane ne contestait pas ses propres paroles concernant l'interaction. Elle n'était pas d'accord sur la façon dont elle était décrite : « un face-à-face dégradant entre Trump et une jeune femme qu'il connaissait à peine ».

Le témoignage occupait quelques paragraphes d'un article de cinq mille mots qui précisait que Brewer Lane s'était ensuite mise à sortir avec Trump. Mais ses critiques publiques offrirent à Trump un angle d'attaque pour remettre en cause la totalité de l'article. Il s'empara immédiatement de ses commentaires et commença à rendre les coups dans une série de tweets :

> Le @nytimes est très malhonnête. Le reportage racoleur à mon sujet qui a paru hier vient d'être dénoncé par Rowanne Brewer qui a déclaré que c'était un mensonge[19] !
> Depuis la prise de parole de la femme qui joue un rôle central dans l'échec de l'article racoleur du @nytimes à mon sujet, nous avons montré que l'article n'était qu'un tissu de mensonges[20] !

Ses supporters ne tardèrent pas à monter au créneau eux aussi, s'en prenant directement à Megan et à Barbaro sur les réseaux sociaux, par courriels, et dans des coups de téléphone furieux. L'article avait minutieusement documenté de graves allégations de comportements sexuels répréhensibles à l'encontre de Trump. Mais ces critiques envers une anecdote beaucoup moins grave avaient mis Megan et Barbaro sur la défensive.

L'équipe de Bill O'Reilly, le roi grandiloquent de l'actualité d'extrême-droite, ne cessait de téléphoner à Megan pour lui demander si elle était féministe, comme si cela pouvait la discréditer. Se méfiant de leurs motivations, elle déclina leurs demandes d'interviews, puis regarda l'animateur clamer devant des millions de spectateurs qu'il ne fallait pas se fier à son travail. « Le problème, c'est que Megan Twohey est féministe, du moins ça y ressemble », déclara-t-il. L'argument était absurde[21] – aurait-il fallu qu'un machiste raconte l'histoire, s'interrogeait le *Washington Post* ? –, mais O'Reilly mobilisa toute sa capacité d'influence pour affaiblir l'article et essayer d'en discréditer l'auteur.

Ces attaques publiques ne ressemblaient à rien de ce que Megan avait déjà connu. Elle fut très contente lorsque arriva le mois de juin 2016 et qu'un engagement pris de longue date, son mariage, l'éloigna de la salle de rédaction.

Mais y avait-il d'autres femmes qui détenaient des allégations de baisers forcés, d'attouchements ou pire encore ? De retour de sa lune de miel, Megan reprit ses enquêtes sur Trump.

Quelques mois plus tard, le vendredi 7 octobre, Megan s'entretenait au téléphone avec une source lorsque ses collègues commencèrent à se lever et à se diriger vers les télévisions dispersées dans la salle de rédaction. Le *Washington Post* avait obtenu un extrait d'enregistrement audio de l'émission de ragots *Access Hollywood* datant de 2005[22], dans lequel Trump se vantait de se montrer agressif envers les femmes.

> Je suis systématiquement attiré par les belles femmes – il faut que je les embrasse [...] sans attendre. Et lorsque vous êtes une star, elles vous laissent faire. Vous pouvez tout faire [...] même leur attraper la chatte. Vous pouvez tout faire.

On n'avait encore jamais rien entendu de tel de la part d'un candidat présidentiel. Cela semblait confirmer le comportement que Megan avait passé des mois à reconstituer.

Trump s'excusa pour ses paroles[23], puis redoubla de dénégations. Ses commentaires sur l'enregistrement d'*Access Hollywood* n'étaient que du bavardage de vestiaire, insista-t-il. Deux jours plus tard, lors du débat présidentiel du 9 octobre, il nia avoir jamais embrassé une femme sans sa permission ou empoigné ses parties intimes. Certes, il s'en était vanté. Mais l'avait-il déjà fait ? « Non, jamais », affirma le candidat[24].

Dans la semaine qui suivit, Megan et Barbaro étaient presque prêts à publier un nouvel article dans lequel deux autres femmes déclaraient que les paroles de Trump sur l'enregistrement audio correspondaient à leurs expériences[25]. Jessica Leeds, soixante-quatorze ans, ancienne agent de change et arrière-grand-mère, qui vivait dans un studio bien rangé de l'Upper East Side, à Manhattan, et Rachel Crooks, trente-trois ans, doctorante en administration de l'enseignement supérieur, originaire de Green Springs, dans l'Ohio, avaient envoyé des courriels au *Times* pour détailler leurs allégations.

Leeds voyageait en tant que commerciale pour une imprimerie, au début des années 1980, lorsqu'elle avait eu la chance de se voir proposer un siège en première classe sur un vol de Dallas à New York. Sur le siège voisin se trouvait Donald Trump, grand, blond et bavard. Quarante-cinq minutes après le décollage, estima Leeds, il s'était penché vers elle, avait saisi l'un de ses seins et essayé de mettre la main sous sa jupe.

« Il me touchait partout, ses mains se baladaient sur tout mon corps », écrivait-elle dans son courriel où elle expliquait avoir fui en classe économique.

Crooks était la fille d'une infirmière et d'un mécanicien. Elle n'aimait pas parler politique, mais se disait républicaine. Au lycée, elle était mordue de basket-ball, d'athlétisme et de volley et avait été élue *Most Likely To Succeed.* En 2005, elle avait voulu connaître New York. Son petit ami et elle avaient loué un appartement bon marché dans la banlieue de Brooklyn, en dormant sur un matelas gonflable le temps d'amasser assez d'argent pour s'offrir un futon. Pour payer le loyer, elle travaillait comme secrétaire chez un promoteur immobilier, dont les bureaux se situaient au vingt-quatrième étage de la tour Trump et qui était un sous-traitant de la Trump Organization. *The Apprentice* avait commencé à être diffusé l'année précédente et c'était la nouvelle émission la plus populaire de la saison[26].

Un jour, cet hiver-là, elle avait vu Donald Trump attendre l'ascenseur devant son bureau. Elle s'était levée pour se présenter et lui avait tendu la main. Il l'avait serrée sans la relâcher, dit-elle. Il l'avait embrassée sur les joues, puis sur les lèvres, très fort. Le tout n'avait pas duré plus d'une minute ou deux. Elle avait vingt-deux ans. Avant cela, le seul homme à l'avoir embrassée était le petit ami qui partageait sa vie[27].

« J'étais si insignifiante aux yeux de M. Trump qu'il pensait pouvoir s'imposer de la sorte, et cela m'avait mise très en colère », écrivit-elle.

Crooks décrivait un baiser forcé qui ressemblait presque exactement à ceux qu'avait subis l'ex-Miss Utah. Leeds décrivait des attouchements comparables à ceux qui avaient été endurés par l'ancienne associée dans l'organisation de concours de beauté. Tout cela correspondait au comportement dont Trump se vantait dans l'enregistrement. Au téléphone, Leeds et Crooks avaient affirmé à Megan qu'elles étaient prêtes à témoigner. Aucune des deux ne voulait attirer l'attention, mais elles voulaient que tout le monde sache que Trump mentait.

Conscients des enjeux, Megan et Barbaro interrogèrent les amis et les proches auxquels les deux femmes s'étaient confiées. Ils creusèrent leur passé pour s'assurer qu'elles n'avaient pas de liens avec la campagne d'Hillary Clinton. Megan demanda même à Crooks de lui envoyer une vieille photo d'elle à son bureau dans la tour Trump pour confirmer qu'elle y travaillait bien. Toutes ces vérifications auraient pu paraître insultantes aux deux femmes. Mais elles avaient pour but de les protéger, elles et le *Times*.

Il ne restait plus qu'à faire part de ces allégations à l'équipe de Trump. Au crépuscule, Megan était en train de dîner tout en lisant ses courriels, car elle s'attendait à recevoir un déni de pure forme de la part d'un porte-parole. À la place, son téléphone portable sonna.

C'était Trump.

À peine Megan avait-elle commencé à lui poser ses questions qu'il se déchaîna. Jessica Leeds et Rachel Crooks mentaient. Il ne les connaissait pas. S'il leur avait fait de telles choses, pourquoi n'avaient-elles pas porté plainte à la police ?

Megan lui expliqua que les femmes n'affirmaient pas le connaître, mais seulement l'avoir rencontré par hasard. Elle lui rappela les allégations de l'ex-Miss Utah et son ancienne partenaire d'affaires pour les concours de beauté.

Trump, qui fulminait, changea de cible. Le *New York Times* avait fabriqué le récit de ces femmes de toutes pièces. Si l'article était publié, il les traînerait en justice.

Megan était bien décidée à continuer à le faire parler. Qu'avait-il à dire au sujet de la cassette d'*Access Hollywood* qui venait de fuiter ? Elle lui redemanda s'il était coupable des gestes dont il s'était vanté.

« Je ne fais pas ça », insista-t-il en haussant la voix. « Je ne fais pas ça. C'était une discussion de vestiaire. » Il se mit en colère contre elle : « Vous êtes dégueulasse ! » cria-t-il. « Vous me dégoûtez[28]. »

Lorsqu'il raccrocha, Megan se détendit. Aussi violente qu'ait été la conversation, elle avait suffisamment laissé à Trump l'occasion de réagir aux allégations. Ils pouvaient désormais publier l'article, ainsi que ses commentaires.

Quelques minutes plus tard, Trump monta sur scène en Floride pour un meeting électoral et entreprit de diriger l'énergie trépidante et la colère du public contre les journalistes[29].

« Les médias corrompus sont ligués contre vous, le peuple américain », clama-t-il. « Et je vais vous dire, ils sont calomnieux, diffamatoires, horribles, et ce n'est vraiment pas juste. Mais nous serons plus forts que le système. »

Les élections devaient avoir lieu moins de quatre semaines plus tard. Le président républicain de la Chambre se plaignit d'en avoir assez de la cassette d'*Access Hollywood.* Le sénateur John McCain retira son appui. Le gouverneur Mike Pence, qui était candidat à la vice-présidence, annonça qu'il priait pour la famille Trump. Des républicains lui demandèrent de renoncer à sa candidature[30].

D'autres femmes prirent la parole pour porter des accusations contre Trump. L'une était sortie en boîte de nuit avec des amies. Une autre était une ancienne candidate pour *The Apprentice.* Une troisième était la journaliste qui avait écrit un article plein de bons de sentiments sur le premier anniversaire de mariage de Trump et Melania, sa troisième épouse. Leurs histoires ressemblaient beaucoup à celles que Megan avait déjà rapportées. Trump les aurait pelotées, tripotées ou caressées, poussées contre un mur pour les embrasser ou frotter son sexe contre elles. Qui pouvait encore ignorer ou nier son comportement récurrent de prédateur ?

Mais les journalistes ne parvinrent pas à vérifier toutes les allégations. Une poursuite explosive au civil prétendit qu'il avait violé une fille de treize ans, vingt ans plus tôt, lors d'une réception organisée par Jeffrey Epstein, un célèbre financier qui, par la suite, ferait l'objet d'une enquête pour avoir dirigé un réseau d'exploitation sexuelle de mineures à destination d'hommes influents, et finirait condamné pour avoir recouru aux services d'une prostituée[31]. Mais la victime présumée de Trump, désignée par le nom de Jane Doe, n'avait jamais été identifiée ni n'avait contacté les journalistes, même confidentiellement. Sans femme dont l'existence pouvait être confirmée et dont le témoignage pouvait être vérifié, Megan avait refusé de traiter l'affaire et découragé ses collègues de s'en saisir.

D'autres plaintes attirèrent l'attention, mais elles ne semblaient pas particulièrement médiatiques.

Megan vit une femme raconter, en larmes, lors d'une conférence de presse télévisée, un incident qui laissait entendre que Trump aurait accidentellement passé la main sur sa poitrine et l'aurait harcelée verbalement pendant qu'elle attendait un taxi[32].

Tandis que les allégations de Crooks et Leeds, qui avaient été rapportées avec minutie, se mêlaient aux autres accusations, Trump passa d'une stratégie de fermes dénégations à des attaques tous azimuts. Ses accusatrices étaient des menteuses. En quête de notoriété. Qui travaillaient pour Hillary Clinton. Trop laides et rebutantes pour avoir attiré son attention. Il les traînerait en justice.

Ses partisans écoutèrent son message et, une fois encore, passèrent à l'action. Le présentateur de *Fox Business*, Lou Dobbs, partagea avec son million d'abonnés Twitter un lien vers un article d'un site d'actualité conservateur qui communiquait le numéro de téléphone et l'adresse de Jessica Leeds, tout en affirmant à tort qu'elle travaillait pour la Fondation Clinton[33].

Si Leeds n'était pas particulièrement impressionnable, Rachel Crooks, au contraire, fut extrêmement secouée. Elle ne pouvait plus sortir de chez elle à cause des journalistes qui campaient sur sa pelouse dans l'Ohio. Elle ne pouvait pas non plus téléphoner à cause des trolls de Trump qui l'inondaient de messages : « Tu es horrible » ; « On te paie pour ça » ; « Quelqu'un devrait te mettre un pistolet sur la tempe et rendre service à notre pays ». Un inconnu publia un message sur Facebook en s'identifiant comme un ami de la famille et affirma qu'il savait que Crooks mentait sur Trump. La publication arrivait en tête des résultats de recherches portant sur le nom de Crooks. Un autre homme dont Crooks n'avait jamais entendu parler l'accusa d'avoir volé une entreprise pour laquelle elle n'avait jamais travaillé.

À chaque nouvelle attaque, Megan se sentait encore plus mal. Elle avait incité les deux femmes à parler en leur disant qu'elles rendraient service aux autres en partageant des informations vitales sur le candidat à l'élection présidentielle. C'était Megan qui avait exposé leur vie intime à tout le pays. Désormais, elles étaient assiégées. Crooks, dont la voix tremblait au téléphone, lui avait demandé ce que ferait le *Times* si Trump mettait ses menaces de poursuites à exécution. Le journal ne ferait pas grand-chose. Des milliers de gens étaient cités dans le *Times* chaque semaine : comme pour les autres publications, le journal ne pouvait pas se montrer légalement responsable envers eux.

Megan faisait elle aussi l'objet d'attaques. Des menaces de supporters de Trump lui parvenaient sur son téléphone et son ordinateur. Elle alerta la sécurité du *Times* après avoir reçu plusieurs messages anonymes de la part d'un homme qui la menaçait de la violer et de la tuer avant de jeter son cadavre dans l'Hudson. Comme elle était enceinte et que sa grossesse devenait de plus en plus visible, elle s'inquiétait que des inconnus ne se mettent à tweeter des menaces envers son bébé, ou pire encore.

Trump menaçait de la poursuivre en justice. Son avocat envoya une lettre à Baquet, que l'équipe Trump rendit publique, lui demandant de retirer les déclarations de Leeds et Crooks. « Si elle ne le fait pas, mon client n'aura pas d'autre choix que de la poursuivre en justice pour dommages et intérêts », écrivit-il[34].

David McCraw, vice-président et conseiller général adjoint du *New York Times*, très apprécié dans la salle de rédaction pour son caractère imperturbable et sa défense des journalistes, transmit une réponse du même acabit. « Réduire leurs voix au silence aurait fait du tort non seulement à nos lecteurs, mais aussi à la démocratie elle-même[35]. » C'était tout juste s'il ne mettait pas Trump au défi de poursuivre le *Times*. « S'il pense que les citoyens américains n'ont pas le droit de savoir ce que ces femmes ont à dire et que la justice de ce pays nous oblige, nous et tous ceux qui osent le critiquer, à garder le silence ou à être punis, nous saisirons l'occasion de permettre à un tribunal de le remettre dans le droit chemin. »

C'était un vibrant plaidoyer, non seulement pour le journalisme, mais aussi pour le droit des femmes à porter des accusations contre des hommes influents. Quand le *Times* publia la lettre sur son site web, elle devint immédiatement virale.

Cependant, dans la salle de rédaction, Megan craignait que Trump ne mette sa menace à exécution et ne les attaque, Barbaro et elle, mais aussi le journal ; McCraw soupçonnait qu'il le ferait bel et bien s'il ne remportait pas l'élection. Trump finirait par perdre devant le tribunal, mais son procès serait long et laborieux. En prévision d'éventuelles poursuites légales, Megan s'était mise à archiver toutes ses notes, courriels et textos.

Le 7 novembre, trois semaines et demie plus tard, Megan s'envola vers l'Illinois pour observer ce que beaucoup de gens pensaient être l'élection de la première femme présidente des États-Unis. Pour le symbole, les rédacteurs de Megan lui avaient demandé de capturer le moment historique dans les bureaux de vote de Park Ridge, ville de la banlieue de Chicago dont Hillary Clinton était originaire.

Comme tout journaliste, Megan ne prenait ni le parti de Clinton ni celui d'un autre candidat. Quelques semaines plus tôt, dans un article qui lui avait valu d'essuyer les critiques des partisans de la candidate démocrate, Megan avait souligné le rôle joué par Hillary Clinton contre les femmes qui avaient porté des accusations de conduite sexuelle inappropriée, ou pire, à l'encontre de Bill Clinton. Ses alliés insistaient sur le fait que son rôle avait été minime, mais Megan avait trouvé la preuve qu'elle avait engagé un détective privé pour rechercher des informations entachant la réputation de ces femmes.

En interviewant les électeurs, Megan savait qu'ils prendraient leurs décisions en fonction de nombreux facteurs, qui dépassaient les allégations de harcèlement sexuel à l'encontre de Trump. Mais Megan s'attendait à ce que ces accusations suscitent des interrogations. Dans les semaines qui précédèrent les élections, un chœur de femmes qui utilisaient des hashtags comme #WhyWomenDontReport avait commencé à s'exprimer en ligne au sujet d'autres hommes qui avaient commis des actes similaires à leur encontre. Parmi elles se trouvait Rose McGowan, avec ses tweets au sujet du directeur de studio qui l'avait violée.

Mais dans les interviews successives réalisées au bureau de vote, il devint de plus en plus évident que rares étaient les banlieusardes blanches qui se préoccupaient des accusations portées contre Trump ou des paroles qu'il avait prononcées sur la cassette d'*Access Hollywood.* Ce soir-là, Megan n'eut pas besoin de regarder la télévision : elle savait déjà que Trump avait été élu.

Durant le mois d'avril suivant les élections, Megan et Jodi observèrent avec étonnement, chacune de leur côté, une série de développements qui conduiraient directement au début de l'enquête sur Weinstein. Bill O'Reilly, l'animateur de droite au sommet de sa gloire, perdit son poste sur Fox News Network après que le *Times* eut dénoncé la façon dont la chaîne de télévision et O'Reilly lui-même avaient dissimulé des allégations répétées de harcèlement sexuel[36]. L'article, écrit par Emily Steel et Michael Schmidt, avait nécessité huit mois d'enquête et avait réussi à prouver qu'O'Reilly avait négocié des accords avec au moins cinq femmes qui l'avaient accusé de harcèlement verbal, de comportement obscène et d'avances indésirables. O'Reilly et Fox News auraient dépensé 13 millions de dollars au total pour acheter le silence de ces femmes : une énorme indemnisation secrète de la part de l'un des plus grands critiques du féminisme aux États-Unis.

Dans cette histoire, une seule femme avait témoigné publiquement à propos de ses allégations : Wendy Walsh, ancienne invitée de l'émission d'O'Reilly, qui avait perdu un poste lucratif en déclinant de le rejoindre dans sa chambre d'hôtel. La plupart des femmes de cette histoire avaient interdiction de s'exprimer parce qu'elles avaient conclu un accord avec O'Reilly ou le réseau. Elles avaient accepté de grosses sommes d'argent en échange de leur silence.

Mais Steel et Schmidt avaient compris une chose importante : des transactions aussi complexes ne peuvent jamais être vraiment secrètes. Les accords impliquaient des avocats, des négociations, de l'argent, et des tiers finissaient inévitablement par le découvrir – des collègues, des agents, des membres de la famille et des amis. Ensemble, les paiements constituaient une piste légale et financière qui dévoilait toute l'histoire des allégations à l'encontre d'O'Reilly. Les indemnisations ne pouvaient pas empêcher l'histoire ; elles constituaient elles-mêmes cette histoire, une dissimulation qui avait pour effet d'attirer les regards vers la faute présumée. C'était une nouvelle façon de révéler un harcèlement sexuel.

En quelques jours, des annonceurs comme Mercedes-Benz et Allstate se retirèrent de l'émission d'O'Reilly[37]. Plus important encore, d'autres femmes de Fox commencèrent à déposer des plaintes contre le comportement de l'animateur[38]. Le 19 avril, moins de trois semaines après la publication de l'histoire du *Times*, il fut licencié. Roger Ailes, consultant média proche du parti républicain et architecte du réseau, avait lui aussi perdu son emploi, non pas à cause de plaintes de femmes maltraitées – Fox était au courant de bon nombre d'entre elles –, mais plutôt à cause de la divulgation publique de ces plaintes[39]. Le fait que cela se soit produit une seconde fois rendait l'histoire encore plus étonnante : on aurait dit un renversement provisoire de la physique du pouvoir.

Les rédacteurs du *Times* prirent rapidement la mesure de l'événement. Les femmes semblaient en avoir de plus en plus assez. Comme cela avait été le cas avec les commentaires de Trump, « attrapez-les par la chatte », les femmes exprimèrent leur frustration face aux révélations concernant O'Reilly. Il n'était jamais simple de les convaincre de témoigner dans des affaires comme celle-ci, mais cela pouvait être une occasion à saisir.

L'affaire O'Reilly montrait quelle stratégie suivre. Il était très rare qu'une victime se manifeste d'elle-même. Mais si des schémas récurrents de mauvais comportements pouvaient être révélés, il pourrait y avoir là un moyen de raconter plus d'histoires de ce type. Les rédacteurs réunirent une équipe de journalistes afin qu'ils enquêtent sur divers secteurs d'activité : la Silicon Valley et la high-tech, un univers utopique, censé s'affranchir des anciennes règles, qui excluait néanmoins les femmes. Le monde universitaire semblait lui aussi mûr pour des investigations, en raison du pouvoir que les professeurs exerçaient sur les étudiantes qui voulaient faire carrière dans les mêmes domaines qu'eux. Les journalistes prévoyaient aussi de s'intéresser aux employées du bas de l'échelle qui avaient peu de visibilité, qui subissaient une forte pression économique, et qui avaient moins de recours que les femmes qui occupaient une position sociale plus élevée.

Quelques jours après le licenciement d'O'Reilly, Rebecca Corbett demanda à Jodi d'obtenir des réponses à deux questions. La première était la suivante : y avait-il d'autres hommes influents dans la vie américaine qui dissimulaient des comportements injurieux envers les femmes ? Jodi passa quelques coups de téléphone pour demander conseil et Shaunna Thomas, qui était une militante féministe, lui conseilla de s'intéresser à Hollywood, au livre de

Rose McGowan qui allait bientôt sortir et à Harvey Weinstein[40]. Mais Corbett confia aussi une deuxième mission à Jodi : elle ne devait pas s'en tenir aux auteurs de méfaits, mais épingler les éléments du système qui rendaient le harcèlement sexuel si répandu et difficile à éradiquer. Ces accords de confidentialité, qui semblaient être évoqués dans tous les témoignages, étaient-ils communs ? Et comment avaient-ils masqué le problème ?

Lorsque Jodi l'appela pour demander conseil, Megan ne savait toujours pas sur quelles histoires elle allait enquêter en rentrant de congé. Mais elles discutèrent de ce qui avait incité certaines femmes, comme Jessica Leeds et Rachel Crooks, à faire le premier pas, et du fait que l'article sur O'Reilly avait prouvé que le *Times* savait mener à bien un projet aussi délicat sans anicroche. Elles analysèrent ce qu'il fallait dire dans les toutes premières secondes d'une conversation téléphonique avec une victime potentielle qui ne les connaissait pas. Megan suggéra quelques nouvelles approches, y compris une technique qu'elle avait utilisée pour pousser des victimes de viol à Chicago à partager leurs expériences : « Je ne peux pas changer ce qu'il vous est arrivé par le passé. Mais ensemble, nous pourrions utiliser votre expérience pour protéger d'autres femmes. »

Cette phrase, plus que toute autre, produisait un déclic. Trêve de vaines promesses et de léchage de bottes. Cette phrase suggérait des raisons suffisantes de se confier sur un sujet douloureux et confus. C'était ce que Jodi avait essayé de dire à McGowan dans son courriel de prise de contact : nous sommes des gens sérieux.

L'argumentaire était qu'il fallait aider les autres, ce qui restait la meilleure raison de parler à un journaliste, et l'une des seules réponses éloquentes à opposer à « Je ne veux pas être au centre de l'attention » ou « Je veux m'épargner tout ce stress ».

Après ce coup de téléphone, Jodi avait elle-même une question à poser à Corbett : quand Megan rentrait-elle de son congé maternité ?

Chapitre 2

Secrets d'Hollywood

Les conseils de Megan étaient précieux. Mais, en juin 2017, tandis que l'enquête sur Weinstein progressait, la question était de savoir comment s'entretenir avec des vedettes du grand écran. Leur vocation exigeait qu'elles préservent les apparences, et elles s'efforçaient d'éviter que leur vie privée ne soit étalée aux yeux du public. La procédure ordinaire pour joindre ces stars consistait à téléphoner à leurs attachés de presse. Il en était hors de question dans de telles circonstances, tout comme contacter leurs agents ou leurs managers. Ces gens étaient payés pour ériger et maintenir des murailles infranchissables, et souvent loyaux envers des hommes d'influence comme Weinstein. De plus, les questions étaient d'ordre privé, trop problématiques pour être divulguées à des intermédiaires rémunérés. Le seul espoir de Jodi était de rencontrer directement des actrices. Mais elle n'était pas sûre d'en connaître une seule : c'était un monde dans lequel elle n'avait presque aucune source ni contact.

Jodi parcourut des photos prises sur le tapis rouge lors de la dernière édition du Festival de Cannes[1]. Comme d'habitude, il y avait peu de clichés d'hommes. Nicole Kidman, Jessica Chastain, Salma Hayek, Charlize Theron et Marion Cotillard posaient pour les photographes ; Uma Thurman portait une scintillante jupe dorée lors d'un gala de bienfaisance parrainé tous les ans par Weinstein, une vente aux enchères organisée au profit de la fondation américaine contre le sida, l'amfAR. Était-il possible que parmi elles se trouvent des victimes de Weinstein ? Que savaient-elles des expériences des autres ? Ces femmes paraissaient parfaites, sereines et désespérément hors d'atteinte.

Jodi se lança dans la recherche des adresses électroniques et des numéros de téléphone privés de femmes qui avaient joué dans les films de Weinstein – notamment Ashley Judd, qui, dans une interview pour *Variety* en 2015, avait déclaré avoir été sexuellement harcelée par un producteur[2]. Certaines de ces recherches de coordonnées personnelles prirent la tournure d'enquêtes à part entière : appels à des proches dont le numéro de téléphone figurait dans l'annuaire, recherches d'intermédiaires qui pourraient faire les présentations…

En de rares occasions, Jodi put s'entretenir avec des actrices, mais les conversations furent bien souvent très brèves et peu productives. Puis une amie qui avait des relations lui donna un conseil : « Contacte l'actrice Judith Godrèche. Elle est connue en France et elle a déclaré en privé avoir été victime de Weinstein. Par ailleurs, elle est plutôt franche de nature. » Jodi écrivit un courriel à Godrèche. Pas de réponse. Elle réessaya et reçut une réponse succincte. « Je suis désolée, mais mon avocat ne veut pas que je sois impliquée[3]. » Cette réponse était assez frustrante, mais elle apportait un indice : impliquée dans quoi ?

La prise de contact avec des ex-employées de Weinstein se révéla un peu plus fructueuse. Elles étaient plus facilement joignables, que ce soit sur LinkedIn ou par le biais de leur numéro professionnel ou privé. Leurs réponses différaient et entraient parfois en conflit. Beaucoup ne furent pas surprises d'être contactées par une journaliste, mais elles refusaient néanmoins de s'exprimer. D'autres étaient disposées à fournir des bribes d'informations : d'anciens soupçons qui avaient subsisté au fil des ans, ou des conseils sur les stars hollywoodiennes qu'il fallait essayer de contacter.

Quelques ex-employées lui donnèrent des leçons de morale : la vie sexuelle d'Harvey Weinstein ne regardait que lui. La « promotion canapé », ces actrices qui accordaient des faveurs aux producteurs et réalisateurs en échange de rôles, était aussi vieille qu'Hollywood ; un aspect désagréable, mais inévitable du business, disaient-elles. (Comme pour souligner cet argument, une sculpture représentant Harvey Weinstein en peignoir assis sur un canapé existait bel et bien à Los Angeles, près de la célèbre salle de cinéma où avaient souvent lieu les premières de ses films.) Plusieurs témoins employèrent la même formule pour décrire la façon dont Weinstein avait traité les actrices : « Oh, il est possible qu'il l'ait pourchassée autour d'un canapé », dirent-ils de telle ou telle femme comme s'ils décrivaient une pantomime. Ces ex-employées s'adressèrent à Jodi comme à une naïve idéaliste. Le traitement que Weinstein infligeait aux femmes était un secret de Polichinelle depuis des années, affirmèrent-elles. Jodi ne saurait jamais le fin mot de l'histoire et, même si elle y parvenait, cela n'intéresserait personne.

Le vendredi 30 juin, Jodi pénétra dans un minuscule restaurant de West Hollywood pour y rencontrer l'actrice Marisa Tomei. Une ex-employée de Miramax avait rapporté que Weinstein avait harcelé Tomei, ce qui l'avait tant perturbée qu'elle en avait pleuré au travail. Jodi s'était procuré les coordonnées de Tomei par l'intermédiaire d'un auteur dramatique et elle était maintenant attablée face à elle au restaurant.

Le tuyau était infondé. Tomei n'était pas une victime de Weinstein[4]. Mais cela faisait des décennies qu'elle déplorait la façon dont les femmes étaient traitées dans l'industrie du cinéma. Elle avait tenu le premier rôle dans des films et des séries télévisées, allant de *Campus Show* (1987) à *Mon cousin Vinny* (1992) et *Empire* (2015). Elle avait lutté contre les écarts de salaires et avait d'innombrables fois servi de faire-valoir dans des scènes faisant la part belle à des personnages masculins. Souvent, jouer consistait simplement à réagir à ce que faisaient les hommes, disait-elle.

Tomei lui fit part d'une théorie : les actrices et le public étaient coincés dans un cycle de malentendus mutuels. Dès leur plus jeune âge, les filles apprenaient à admirer et à prendre pour modèles les personnages de fiction qu'elles voyaient à l'écran. Par conséquent, beaucoup voulaient devenir actrices à leur tour. Les chanceuses qui réalisaient leur rêve ne pouvaient pas parler du harcèlement ou des normes physiques éprouvantes ; ce serait se tirer une balle dans le pied. Par conséquent, le cercle vicieux continuait avec la génération suivante de fillettes qui grandissaient avec des rêves d'Hollywood, sans savoir que l'industrie les maltraiterait elles aussi.

Tomei avait le vertige à l'idée de dévoiler sa théorie dont elle n'avait jamais parlé à quiconque, pas même à d'autres actrices. Partager ses impressions sur une industrie qui se basait uniquement sur les apparences la rendrait trop vulnérable, dit-elle. Par solidarité, elle avait conservé une coupure tirée d'un numéro de *Vogue* de 2013, dans lequel Claire Danes évoquait ce que Meryl Streep et Jodie Foster lui avaient appris. « Il faut demander plus d'argent parce qu'il y en a toujours plus mais ils ne te le donnent pas parce que tu es une fille ! » avait déclaré Danes[5].

« Rendez-vous compte que j'ai été jusqu'à découper ce petit bout de paragraphe trouvé dans un article pour ne plus avoir l'impression d'être un cas isolé », dit plus tard Tomei à Jodi. « Pour ne plus avoir l'impression que cela n'arrivait qu'à moi. »

Peu à peu, Jodi parvint à entrer en contact avec d'autres actrices connues, par l'intermédiaire d'une amie commune ou d'un manager particulièrement serviable. Certaines de leurs adresses électroniques étaient des pseudonymes, souvent comiques, et une fois au téléphone, elles conjuraient Jodi de ne pas les divulguer. Mais elles étaient franches. Hollywood était gangrené par les abus sexuels omniprésents, déploraient la majorité d'entre elles. Daryl Hannah, dont la voix si familière après de nombreux films à succès était teintée d'angoisse, reconnut avoir été victime de Weinstein mais avait trop peur pour divulguer les détails. Une autre actrice, qui avait remporté un Oscar, déclara qu'elle aurait voulu qu'il soit mis hors d'état de nuire depuis des années déjà, sans savoir vraiment comment aider, parce que les actrices qui s'étaient confiées à elle à propos de leurs mésaventures voulaient protéger leur vie privée. Cette femme avait été témoin de l'échec des investigations menées des années plus tôt par le *New Yorker* et l'article du *New York Magazine* dont la parution avait été annulée. Elle se demandait pourquoi tous ces reportages semblaient s'évanouir dans le néant avant d'avoir été menés à bien.

Les conversations avec ces actrices ne seraient pas rendues publiques. Toutefois, elles en disaient long et contredisaient les leçons de morale à propos du fait que Weinstein ne donnait pas matière à un article. Tomei et les autres étaient mondialement connues, elles jouaient de grands rôles et avaient décroché de nombreuses récompenses. Elles étaient des témoins de première main. Mais sur ce sujet, elles se sentaient incapables de faire changer les choses et elles soutenaient l'enquête du *Times.*

Quand Jodi contacta d'autres femmes à qui on lui avait suggéré de s'adresser, cela ne servit à rien : tout le monde refusa de témoigner. Même les actrices qui lui avaient donné des informations utiles cessèrent vite de répondre à ses courriels et textos.

La semaine où elle rencontra Tomei, Jodi reçut un courriel prometteur. Lisa Bloom, célèbre avocate féministe et fille de Gloria Allred, une avocate connue pour son travail pour les droits des femmes, voulait lui parler. Elle avait représenté des femmes dans des affaires majeures et très médiatisées d'inconduite masculine, comme celles impliquant Bill O'Reilly et Bill Cosby. Jodi supposait que Bloom avait parmi ses clientes des femmes qui avaient porté des allégations contre Weinstein, qu'elle avait eu vent du projet du *Times* et qu'elle la contactait pour lui proposer son aide.

Jodi transféra le courriel à sa collègue Emily Steel, l'une des journalistes qui avaient révélé l'histoire des accords confidentiels de Bill O'Reilly. Femme menue à la voix aiguë, Steel avait une dizaine d'années de moins que Jodi, qui avait vite appris à écouter attentivement tout ce qu'elle disait. Dès qu'elle reçut son e-mail, Steel lui téléphona pour l'avertir : Bloom était en affaire avec Weinstein. L'information était de notoriété publique. Bloom avait posté un tweet enthousiaste quelques mois plus tôt : « GRANDE NOUVELLE : Mon livre *SUSPICION NATION* va être adapté en minisérie produite par Harvey Weinstein et Jay Z ![6] »

Jodi comprit que la personne à l'origine du courriel n'était pas Bloom. Harvey Weinstein savait que le *Times* menait une enquête, et passait à l'offensive.

Jodi n'était pas tenue d'informer Weinstein de ses investigations – elle n'était même pas certaine d'aboutir à un article – et l'obligation de lui demander une interview ou ses réactions viendrait plus tard. Mais maintenant qu'il était au courant, le travail d'enquête n'en serait que plus difficile. Toute investigation d'exactions graves équivalait à une lutte acharnée contre le sujet de l'enquête pour contrôler les informations et contacter les sources – une course à la publication pour le camp des journalistes, et une course à la dissimulation pour le camp adverse.

Elle aurait aimé avoir un peu plus de marge de manœuvre en amont, mais il n'y avait rien d'autre à faire que de continuer à enquêter. Jodi organisa un rendez-vous téléphonique avec Bloom durant lequel elle en dit le moins possible.

Nicholas Kristof, chroniqueur au *Times*, facilita la prise de contact avec Ashley Judd puisqu'il avait écrit la préface de son autobiographie[7]. Quelques jours après qu'il les eut présentées l'une à l'autre, Jodi envoya un appel FaceTime à Judd qui avait déjà compris de quoi il retournait. Et, contrairement à Tomei, elle avait une histoire personnelle à raconter sur Weinstein[8].

En 1996, alors que Judd approchait de la trentaine et avait déjà tenu des rôles dans des films comme *Heat* et *Le Droit de tuer ?*, elle avait rencontré Weinstein lors d'une réception à Los Angeles. Le producteur avait demandé à la rencontrer et Judd avait supposé qu'il s'agissait d'un rendez-vous professionnel. Ils avaient prévu de se voir à l'hôtel Beverly Hills – au restaurant Polo Lounge, pensait Judd. Elle ne se doutait de rien. Son père faisait partie du voyage et elle avait présenté les deux hommes l'un à l'autre lors de la réception. « Même mon propre père n'a rien vu venir », déclara Judd.

À son arrivée à l'hôtel, on l'informa qu'elle devait rencontrer Weinstein dans sa suite où il l'attendait avec une bouteille de champagne dans un seau à glace. Elle n'en but que quelques gorgées. Ils bavardèrent et, se doutant de ses intentions, « je me suis éclipsée aussi vite que possible », se souvint-elle.

Quelques jours plus tard, il lui adressa une autre invitation, cette fois pour un petit-déjeuner à l'hôtel Peninsula de Beverly Hills. Une conversation si tôt le matin ne devait présenter aucun danger, se dit Judd.

Elle arriva à l'hôtel épuisée. Elle avait passé la nuit sur le tournage de son premier grand thriller, *Le Collectionneur*, avec Morgan Freeman, et elle était venue directement à la sortie du plateau. Lorsque le personnel à la réception l'informa qu'elle rencontrerait le producteur dans sa suite et non au restaurant, elle fut contrariée : elle avait besoin de dormir et le service de chambre mettrait des heures à arriver. Elle se dit qu'elle commanderait des céréales pour gagner du temps.

Lorsqu'elle arriva dans la chambre, raconta-t-elle à Jodi, Weinstein, à sa grande surprise, était en peignoir. Il lui proposa de lui faire un massage, ce qu'elle refusa. Il revint à la charge en lui offrant de lui masser seulement les épaules. Elle repoussa de nouveau ses avances. Il la dirigea alors vers son dressing en lui demandant de l'aider à choisir sa tenue pour la journée. Puis il l'amena à la salle de bain. Vingt ans plus tard, elle se souvenait encore de la disposition de la chambre d'hôtel, dit-elle.

Les requêtes de Weinstein prenaient des connotations de plus en plus manifestement sexuelles, poursuivit-elle. Elle les refusa toutes successivement, mais il continuait. « J'ai dit non de multiples façons, à de nombreuses reprises, et il revenait toujours à la charge avec une nouvelle demande sordide », dit-elle. Ses demandes ressemblaient à des ordres militaires, raconta-t-elle à Jodi. Il fallait obéir fissa : d'abord, tu fais ci, après tu fais ça. Finalement, il évoqua la possibilité qu'elle le regarde prendre une douche, comme si c'était une sorte de compromis.

Elle se souvient qu'elle s'était sentie piégée dans la pièce et qu'elle avait eu peur de nuire à sa carrière. « Il y avait beaucoup en jeu, tout le poids de Miramax », dit-elle.

Il fallait qu'elle trouve une stratégie de sortie, une façon d'échapper à Weinstein. « Je te propose un accord, Harvey », se souvint-elle avoir dit. « Quand je remporterai un Oscar dans un film de Miramax, je te ferai une fellation. » Puis elle sortit.

Judd expliqua qu'elle s'était trouvée dans une situation sans issue : repousser le producteur, c'était s'exposer à de graves conséquences pour sa carrière. Elle avait donc trouvé rapidement une blague qui ne le blesserait pas, tout en lui permettant de quitter la chambre sans encombre.

À l'époque, Judd avait estimé qu'il ne s'agissait que d'un incident de parcours, bien que très dérangeant. Peu après, elle avait décrit ce qu'il s'était passé à sa mère, la chanteuse Naomi Judd, à son père, à son agent et, plus tard, à d'autres confidents. Judd avait paru sereine durant la conversation téléphonique, et là était peut-être l'explication : elle n'avait pas réprimé son histoire, qui n'avait donc pas l'aspect à vif d'une confession.

Quelques années plus tard, elle accepta un rôle pour Miramax dans le film *Frida*, à la demande de Salma Hayek, la star qui jouait le rôle de l'artiste mexicaine Frida Kahlo. (Judd était prudente à cause de Weinstein, mais elle voulait aider Hayek.) Pendant le tournage au Mexique, elles passèrent une journée de repos dans un hôtel à se détendre avec l'autre co-vedette Valeria Golino. Les trois femmes étaient assises à une table, à l'extérieur, quand Weinstein passa devant elles. Il salua chaleureusement les autres et ne prêta qu'à peine attention à Judd, se souvint-elle.

Après son départ, elle raconta aux deux autres femmes ce qu'il s'était produit dans la chambre d'hôtel à Los Angeles. C'est son grand truc, répondirent-elles. Il a toujours ce genre de demandes. Ça leur était arrivé à elles aussi.

Judd leur demanda pourquoi elles ne s'alliaient pas pour s'opposer à Weinstein. « Je ne comprenais pas comment nous pouvions toutes avoir si peur de lui », dit Judd. Mais *Frida* était un projet auquel Hayek tenait beaucoup. Il était produit par Weinstein qui avait le pouvoir d'arrêter la production à tout moment.

Durant cette conversation téléphonique avec Judd, qui dura une heure, l'enquête progressa un peu. Judd avait mentionné un groupe d'actrices qui, des années plus tôt, avaient évoqué le comportement problématique de Weinstein. C'était un homme d'affaires puissant qui se servait de rendez-vous professionnels comme prétexte pour essayer de forcer les femmes à avoir des rapports sexuels, disait-elle, et personne ne faisait rien pour l'en empêcher.

Ashley Judd avait eu une enfance solitaire. Elle était née Ashley Ciminella, en 1968, de parents qui s'étaient séparés alors qu'elle n'était encore qu'une enfant. À l'époque, sa mère était musicienne amateure.

Elle faisait ses gammes à la maison, mais elle travaillait en tant que serveuse, puis secrétaire, pour payer les factures. La scolarité d'Ashley s'était déroulée dans treize écoles et quatre États différents ; à chaque fois, elle laissait ses amies derrière elle. Elle était si seule qu'elle s'était inventé une ribambelle de fées pour lui tenir compagnie[9]. Dans ses mémoires *All That Is Bitter and Sweet*, elle écrivait qu'à huit ou neuf ans : « Je me préparais des repas à base de pizza congelée Chef Boyardee et de cookies maison. J'allais toute seule prendre le bus scolaire, même le jour de la rentrée, même si je ne savais pas bien où je devais aller. » Elle avait passé son enfance à se demander où étaient ceux qui auraient dû s'occuper d'elle.

En grandissant, elle avait été agressée sexuellement plusieurs fois, écrivait-elle. À l'école primaire, un vieux monsieur lui avait proposé un *quarter* pour jouer au flipper si elle venait s'asseoir sur ses genoux. « Je fus choquée lorsqu'il m'entoura soudain de ses bras, me serra très fort, couvrit ma bouche de la sienne et enfonça sa langue entre mes dents », écrivait-elle. Elle l'avait raconté aux adultes qui étaient censés la garder, mais ils ne l'avaient pas crue. Un été, alors qu'elle était lycéenne et travaillait comme mannequin au Japon, elle avait été agressée sexuellement par son employeur et violée par une connaissance, dit-elle.

À l'université du Kentucky, elle avait pu se faire des amies dans une sororité et dans ses cours sur le genre. Elle avait été frappée par l'injustice des allées mal éclairées et des cabines téléphoniques isolées du campus, dit-elle plus tard. Pourquoi les femmes devaient-elles vivre confinées pour être en sécurité ? Animée par le sentiment qu'il pourrait en être autrement, elle s'était découvert un goût pour l'activisme et avait mené une grève étudiante pour protester contre l'emploi d'une insulte raciste par un membre du conseil d'administration. Elle avait envisagé de devenir missionnaire et s'était portée volontaire dans les *Peace Corps* qu'elle avait l'intention de rejoindre après avoir obtenu son diplôme.

À la place, elle était devenue une actrice célèbre – elle avait voulu tenter l'aventure tant qu'elle était jeune et pouvait prendre des risques. Néanmoins, pendant son temps libre, elle se servait de sa célébrité pour défendre des causes justes ; elle visitait des villages pauvres, des bidonvilles et des hôpitaux dans le monde entier pour promouvoir la lutte contre le sida et la violence faite aux femmes, ainsi que les soins aux femmes enceintes et le planning familial. En 2006, Salma Hayek et elle avaient visité des dispensaires pour les séropositifs et des maisons closes au Guatemala, où elles avaient rencontré des prostituées qui expliquaient qu'elles avaient besoin d'argent et pouvaient gagner deux dollars par client, dix ou douze fois par jour. Malgré les problèmes que Judd avait pu constater à Hollywood, elle maintenait ses deux vies séparées : d'un côté, sa carrière dans le show-business, et de l'autre, ses démarches pour la santé publique.

En 2009, à quarante et un ans, elle s'était inscrite dans un programme de reconversion professionnelle à la Kennedy School d'Harvard. (Le secrétaire général de l'ONU, Ban Ki-moon, avait suivi les mêmes cours – tout comme Bill O'Reilly.) Sans l'avouer encore, elle envisageait une carrière politique. L'État du Tennessee n'avait jamais eu de femme gouverneure ou sénatrice.

À Harvard, elle se sentait davantage chez elle que dans le show-business, et elle n'était pas certaine de vouloir jouer de nouveau la comédie. « J'ai trouvé mes semblables », dit-elle. Son cours préféré, qui s'intitulait « Violence sexiste, droit et justice sociale », était enseigné par une professeure de droit qui s'appelait Diane Rosenfeld[10]. Judd s'était liée avec les étudiants en deuxième et troisième année de droit. Elle leur avait proposé de constituer un groupe de travail et leur préparait des biscuits. Elle prenait facilement la parole en classe, mais parlait rarement d'Hollywood.

Dans son cours, Rosenfeld affirmait que le système juridique avait été conçu pour protéger davantage les hommes que les femmes. Elle demandait aux étudiants d'étudier le comportement égalitaire des singes bonobos qui, au fil de l'évolution, avaient éliminé l'intimidation sexuelle masculine de leurs communautés. Si un mâle se montrait agressif envers une femelle bonobo, celle-ci poussait un cri spécial, leur expliquait Rosenfeld. Les autres femelles accouraient pour l'aider et descendaient des arbres pour repousser l'agresseur.

Pour Judd, ce cours était une révélation et, dans une certaine mesure, un retour aux sources. Rosenfeld lui offrait un cadre intellectuel et théorique pour éclairer d'un jour nouveau les choses dont elle avait été témoin toute sa vie – durant son enfance, à Hollywood, pendant ses tournées dans les maisons closes et les dispensaires à l'étranger. « Elle métabolisait de tout son être tout ce que mon cours avait à apporter », déclara Rosenfeld. Judd répondait présente à tout, remarquait la professeure : aux conférences, aux réceptions, aux présentations d'études sur la surveillance GPS des auteurs de violences conjugales à haut risque.

Elle avait réuni ses pensées dans un mémoire de fin d'année dans lequel elle invitait les femmes à dénoncer leurs expériences communes et à s'en prendre à la violence sexuelle. « Je propose un modèle basé sur des alliances entre femmes », écrivait-elle en première page[11]. Elle voulait que les femmes suivent l'exemple des bonobos, qu'elles sortent de leur isolement et qu'elles cessent de se cacher, qu'elles s'allient pour chasser les hommes trop agressifs.

Il serait difficile de convaincre les femmes que les choses pouvaient changer, écrivait-elle dans ce travail qui fut récompensé par un Dean's Scholar Award. « Les préjugés sont inscrits dans les structures mêmes de nos institutions officielles, dans l'économie et la vie quotidienne », disait-elle. Néanmoins, « quelque chose nous attend de l'autre côté ».

Il ne restait plus qu'à faire, « avec confiance, un premier pas courageux pour sortir de l'isolement ».

Pourtant, en juin 2017, Judd n'était pas sûre de vouloir accuser Weinstein publiquement. Elle avait déjà essayé de dénoncer son comportement une fois. En 2015, elle avait raconté cette histoire au magazine *Variety*, sans nommer Weinstein, Hayek ou Golino, dans l'espoir que cela déclencherait une réaction, que cela inciterait les autres à s'allier, peut-être.

Il ne s'était pas passé grand-chose. Les feux médiatiques qui s'étaient ensuivis avaient été dirigés vers Judd, et non Weinstein, de façon aussi brève que sensationnaliste. Judd avait dû réduire le nombre de ses interventions pour la promotion d'un film, *Big Stone*

Gap, afin d'éviter qu'on ne lui pose trop de questions à propos de l'incident. Si elle s'exprimait de nouveau, l'expérience pourrait se reproduire.

C'était un récit édifiant. Le témoignage de Judd dans *Variety* avait été audacieux, mais ce n'était qu'un récit isolé, qui ne donnait pas le nom du coupable ni ne divulguait d'informations étayant ses propos. En journalisme, il fallait être précis. Il fallait donner des noms, des dates, apporter des preuves, mettre en évidence des comportements récurrents. Jodi ne voulait pas que, parce qu'une faible histoire n'avait mené nulle part, Judd refuse de participer à ce qui pourrait en être une bien plus solide.

Judd était aussi sur ses gardes car, quelques mois plus tôt à peine, elle avait dû payer le prix fort pour avoir parlé. Pendant des années, elle avait détenu un contrat lucratif en tant qu'ambassadrice pour Copper Fit, une gamme de chaussettes, de gaines et de gants de contention. Dans les publicités, elle récitait joyeusement des textes du type : « J'adore mon parquet, mais il n'est pas toujours tendre avec mes pieds. C'est pourquoi je porte des chaussettes antidérapantes Copper Fit. » Elle entretenait de bonnes relations avec l'entreprise et il lui arrivait de prendre un verre avec son dirigeant.

Durant les semaines précédant la Marche des femmes, en janvier 2017, elle lui avait envoyé un poème de protestation sur la colère des femmes, écrit par Nina Donovan, qui avait dix-neuf ans à l'époque et était originaire de Franklin, au Tennessee. Judd venait de découvrir le texte et elle prévoyait de le lire depuis la scène principale de la marche. « *Je suis une femme immonde. Mais pas aussi immonde qu'un homme dont on jurerait qu'il prend des bains de miettes de Cheetos*[12]. »

Le poème n'était pas vulgaire, mais il était agressif : « *Nous sommes là pour être aussi immondes que des draps tachés de sang* », écrivait Donovan, affirmant ainsi que la menstruation faisait partie de la vie. Copper Fit n'avait fait aucune objection. Mais, quelques semaines après la marche, Judd avait été licenciée[13]. Les clients se plaignaient du poème, s'était justifiée la marque.

Judd avait donc toutes les raisons de se montrer prudente. Mais, lors de la conversation téléphonique, Jodi avait employé des mots que Judd attendait d'entendre : « schéma récurrent ». Un facteur important pour Judd, dit-elle, était le nombre d'histoires semblables à la sienne que les journalistes parviendraient à débusquer et le fait que d'autres actrices soient prêtes à se confier publiquement. Fidèle au mémoire qu'elle avait écrit à Harvard, elle voulait que de nombreuses femmes se dressent à l'unisson contre Weinstein.

L'appel s'acheva sur un plan : Judd allait contacter Salma Hayek[14]. Elle demanderait aussi conseil à Jill Kargman, écrivaine, productrice et vedette de la série télévisée *Odd Mom Out*, qui lui avait déjà apporté son éclairage sur des univers qui ne lui étaient pas familiers. Kargman pressa Jodi de s'entretenir avec Jenni Konner, coproductrice avec Lena Dunham de la série télévisée *Girls*[15]. Konner, à son tour, voulait que Jodi parle aussi à Dunham. Jodi hésitait. Extérieurement, Dunham ne donnait pas l'impression de savoir garder un secret. Elle passait son temps à écrire des tweets qui s'appuyaient même sur des détails intimes de sa vie.

Les appels ne furent pas du temps perdu. Konner et Dunham avaient entendu parler du comportement agressif présumé de Weinstein et elles avaient voulu le dénoncer dans *Lenny Letter*, leur bulletin en ligne, mais elles n'en avaient pas les ressources légales, ni matérielles. Dunham, qui avait été la porte-parole de Hillary Clinton durant la campagne de 2016, dit à Jodi qu'elle avait demandé aux assistants de Clinton d'arrêter de faire appel à Weinstein pour collecter des fonds, mais ses avertissements n'avaient eu aucun résultat. (Plus tard, Tina Brown, la rédactrice du magazine qui s'était elle-même brièvement associée à Weinstein à la fin des années 1990 au sein du magazine *Talk*, dit à Jodi qu'elle avait adressé un avertissement similaire à l'équipe électorale de Clinton en 2008[16]. Lorsque les révélations devinrent publiques, Clinton et son équipe se dirent choqués et nièrent avoir été avertis par Dunham.)

Konner et Dunham se révélèrent être un véritable standard téléphonique pour contacter les célébrités : rapides et discrètes, elles fournirent à Jodi quelques-uns des numéros de lignes directes dont elle avait besoin. Une autre personne haut placée dans le divertissement, avec des penchants féministes, fit de même.

Le taux de réponse des actrices demeurait assez faible. Mais, à la fin du mois de juin, Konner lui annonça une bonne nouvelle : Gwyneth Paltrow voulait lui parler.

Au début, Paltrow n'avait pas vraiment figuré sur la liste de personnes à contacter. Elle avait été une *golden girl* de Weinstein, l'une de ses grandes vedettes et, vingt ans plus tard, les souvenirs de sa carrière d'actrice étaient toujours indissociables de ceux du producteur. Ils avaient été maintes fois photographiés ensemble, couple souriant aux airs de père-fille. En 1999, lorsque

Paltrow avait remporté l'Oscar de la meilleure actrice pour son rôle dans *Shakespeare in Love*, Weinstein se tenait à ses côtés, fier comme un paon : il avait fait le film, façonné la star. À l'époque, Paltrow était surnommée « Première Dame de Miramax ». Il semblait peu probable qu'elle aide le *Times*. Ce n'était pas une rebelle, comme McGowan, ou une militante, comme Judd. Elle avait créé sa ligne de produits de beauté et, pour certains, elle était devenue une personnalité que l'on adorait détester.

Mais, lors de leur conversation téléphonique programmée pour le dernier weekend de juin 2017, Paltrow révéla une autre facette de sa personnalité : c'était une source centrale qui semblait en savoir bien plus long que quiconque. Au téléphone, Paltrow était polie et paraissait un peu nerveuse. Après les paroles rassurantes habituelles – non, ce n'était pas officiel ; oui, Jodi comprenait le caractère délicat de la situation – Paltrow divulgua un pan inconnu de l'histoire de sa relation avec Weinstein[17].

Ils s'étaient rencontrés près d'un ascenseur au festival du film de Toronto, en 1994 ou 1995, lorsqu'elle avait environ vingt-deux ans, se souvint Paltrow. À l'époque, sa carrière n'avait pas encore vraiment décollé. Ses parents, l'actrice Blythe Danner et le réalisateur et producteur Bruce Paltrow, avaient du succès et elle avait eu des critiques encourageantes pour un film intitulé *Flesh and Bone*, mais elle devait encore passer des auditions pour décrocher plus de rôles.

Près de l'ascenseur, Weinstein lui avait témoigné sa confiance. « Je t'ai vue dans ce film. Tu dois venir travailler pour nous. Tu as beaucoup de talent », se souvint-elle l'entendre dire. Elle ajouta : « Je me souviens juste que son opinion m'avait donné le sentiment d'être légitimée. »

Dans un délai assez court, il lui avait proposé deux films. Si elle acceptait une comédie intitulée *Le Porteur de cercueil*, lui avait dit Weinstein, elle pourrait aussi tenir le premier rôle dans sa prochaine adaptation du roman de Jane Austen, *Emma* – un rôle de rêve qui ferait d'elle une star.

Paltrow avait rejoint le bastion Miramax, en centre-ville, qui, à l'époque, lui avait paru chaleureux et créatif. « J'étais comme un poisson dans l'eau », dit-elle. Elle sortait avec Brad Pitt qui, à l'époque, était beaucoup plus célèbre qu'elle, et faisait des allers-retours entre New York et Los Angeles. Lors de l'un de ces voyages, avant que ne débute le tournage d'*Emma*, elle avait reçu un fax de ses agents à la Creative Artists Agency lui demandant de rencontrer Weinstein à l'hôtel Peninsula de Beverly Hills.

C'était le même hôtel que dans l'histoire de Judd. La suite du témoignage de Paltrow paraissait aussi familière. Le rendez-vous semblait être une habitude ; il avait lieu dans la suite pour plus de discrétion. « J'étais tellement heureuse de voir Harvey que je ne tenais pas en place, un peu comme un golden retriever », dit-elle. Ils avaient parlé affaires. Mais Weinstein avait conclu la conversation en posant ses mains sur elle et en lui demandant de passer dans la chambre pour qu'ils se fassent des massages. Paltrow avait du mal à comprendre ce qu'il se passait, dit-elle. Elle avait considéré Weinstein comme un oncle. Elle était choquée et révulsée à l'idée qu'il s'intéresse à elle sexuellement. Il lui avait demandé une deuxième fois de passer dans la chambre.

Elle s'était défilée, mais « pas d'une façon qui laissait entendre qu'il s'était mal comporté », dit-elle. Dès qu'elle était partie, elle avait raconté à Brad Pitt ce qu'il s'était passé, puis à quelques amis, à des membres de sa famille et à son agent.

La partie suivante de l'histoire de Paltrow divergeait de celle de Judd et la rendait potentiellement plus importante. Des semaines plus tard, lorsque Paltrow et Pitt s'étaient rendus à la même première que Weinstein, Pitt avait demandé des explications au producteur et lui avait dit de surveiller ses mains baladeuses. Sur le moment, Paltrow s'était sentie soulagée : son petit ami la protégeait.

Mais lorsqu'elle était rentrée à New York, Weinstein lui avait téléphoné pour la menacer, lui reprochant d'avoir raconté à Pitt ce qu'il s'était passé. « Il m'a servi une version de "Je vais ruiner ta carrière" », dit-elle. Elle se souvint qu'elle se trouvait dans son ancien appartement sur Prince Street, dans SoHo, craignant de perdre les deux rôles, surtout le premier rôle dans *Emma*. « Je n'étais personne, j'étais une enfant, j'avais déjà signé. J'étais pétrifiée parce que je croyais qu'il allait me virer », dit-elle.

Elle avait essayé de ramener la relation sur un plan professionnel en expliquant à Weinstein qu'il lui avait paru naturel de se confier à son petit ami, mais qu'elle voulait oublier cet épisode et aller de l'avant. « J'ai toujours voulu la paix, je n'ai jamais cherché les problèmes », dit-elle. Pendant un temps, leur relation était redevenue comme avant. « Ça peut paraître étrange, mais je me disais bon, voilà, on est passés à autre chose », déclara-t-elle. Plus son partenariat avec Weinstein fonctionnait, moins elle avait le sentiment de pouvoir parler de l'épisode désagréable qui avait eu lieu au début de leur collaboration. « J'avais cette incroyable carrière qui m'empêchait, en un sens, de revenir sur ce qui s'était passé », dit-elle. « J'étais censée garder le secret. »

La philosophie d'Hollywood, confia-t-elle, était de ravaler ses plaintes et de supporter ce type de comportement. Elle n'imaginait pas que cet incident puisse faire partie d'une série. Durant les années qu'elle passa chez Miramax, elle entendit des rumeurs occasionnelles au sujet de Weinstein, sans jamais plus de précisions. Weinstein était grossier par d'autres façons, qui faisaient paraître anecdotique l'épisode dans la salle de bain, en comparaison. Il jetait des objets. Ses tirades dépassaient tout ce que Paltrow ou d'autres avaient pu voir chez un adulte. Les employés de Miramax qu'elle connaissait vivaient dans la peur de ses sautes d'humeur. « Voilà la bombe H, la bombe H approche », prévenaient-ils à son arrivée.

Après les flops de deux films de Miramax dans lesquels jouait Paltrow – *Un amour infini*, en 2000, et *Hôtesse à tout prix*, en 2003 – Weinstein ne la traitait plus pareil, dit-elle. « Je n'étais plus l'actrice qui transformait en or tout ce qu'elle touchait. Je n'avais plus autant de valeur à ses yeux. » Lorsque Paltrow tomba enceinte de son premier enfant, elle prit ses distances avec le producteur.

Cela continua jusqu'au décès de Miriam Weinstein, la mère du producteur et figure appréciée à Miramax, en 2016[18]. Paltrow écrivit un bref courriel de condoléances à Weinstein. À sa grande surprise, il le lut à haute voix lors des funérailles et lui téléphona peu après – pour la remercier, s'imagina Paltrow.

Mais après les mondanités de rigueur, il recommença à lui mettre la pression. *New York Magazine* travaillait sur un article sur son comportement avec les femmes. Ils n'ont rien contre moi, affirma Weinstein à Paltrow. Il voulait qu'elle lui promette de ne pas parler de l'incident du Peninsula qui avait eu lieu des années plus tôt. « J'aimerais juste protéger les personnes qui ont dit oui », expliqua-t-il en voulant parler des femmes qui avaient succombé à ses avances. Paltrow déclina la demande d'interview du magazine, sans toutefois promettre de ne jamais parler.

L'histoire devait sortir, dit-elle à Jodi. Pendant longtemps, elle avait supposé qu'elle ne révèlerait jamais ce qui s'était passé. Mais, vingt ans plus tard, tout paraissait différent, et c'était pour cela qu'elle se confiait au téléphone, en ce moment même.

Paltrow lui fit bien comprendre qu'elle n'était pas prête à témoigner publiquement. Dire qu'elle traversait une mauvaise période sur le plan des relations publiques serait un euphémisme. À l'époque, sa boutique en ligne et sa marque Goop vendaient un œuf de jade qui coûtait soixante-six dollars et qui était censé être placé à l'intérieur du vagin pour « favoriser l'énergie sexuelle, libérer les méridiens qi dans le corps, intensifier la féminité et booster notre force vitale », comme l'expliquait le site[19]. Les œufs avaient provoqué des mois de rires moqueurs et Paltrow était accusée de vendre allègrement des produits aux bénéfices douteux pour la santé. « Des bandelettes de test d'urine issues de l'agriculture biologique et du commerce équitable seront bientôt en vente sur GOOP moyennant soixante-dix-sept dollars, je présume ? » avait écrit le Dr Jen Gunter, une gynécologue qui avait émis des critiques acerbes sur le produit et d'autres pratiques défendues par Goop[20].

Sur Instagram, Paltrow paraissait aussi sereine qu'à l'ordinaire. En privé, elle était effondrée et n'était pas certaine de pouvoir supporter davantage de controverse. Elle était certaine qu'une histoire lui prêtant une relation avec Weinstein ferait sensation et deviendrait le scandale scabreux de la semaine. « Je ne savais pas si j'allais être traînée dans la boue », dit-elle. « Traditionnellement, c'est en général ce qui arrive aux femmes ; il suffit de se renseigner pour s'en rendre compte. » Plus d'une centaine de personnes travaillaient pour elle remboursaient des hypothèques et élevaient leurs enfants, et le fait qu'elle se retrouve embourbée dans d'autres controverses leur ferait du mal à eux aussi. « Je ne veux pas ruiner l'entreprise », dit-elle.

Mais Paltrow décida qu'elle se servirait de ses relations à Hollywood pour aider Jodi à identifier et à recruter d'autres victimes de Weinstein afin que les femmes puissent partager la lourde tâche de la prise de parole. (Jodi ne pouvait pas lui parler de Judd, ni parler d'elle à Judd.) Paltrow énuméra une demi-douzaine d'autres noms célèbres qu'elle voulait contacter, demandant des conseils sur les protocoles du journalisme d'investigation. Jodi en évoqua d'autres. Paltrow était en vacances avec ses enfants en Europe et ses publications sur les réseaux sociaux montraient des verres de vin, un pique-nique et un lac en Italie. En privé, elle envoyait des textos à d'anciennes collègues et connaissances afin d'obtenir des informations de contact, demandant à d'autres femmes si elles accepteraient de se confier.

Le 5 juillet, Megan retourna au *Times*, sans avoir encore décidé quel sujet traiter. Le jour de sa reprise du travail, Rebecca Corbett lui exposa les possibilités qui s'offraient à elle. La première était de reprendre l'affaire Donald Trump. Durant les derniers mois de sa grossesse, Megan s'était penchée sur l'entreprise de Trump et ses liens avec la Russie, révélant son projet de construction d'une tour Trump à Moscou pendant la campagne électorale et autres négociations douteuses. La deuxième était de se joindre à l'enquête sur Harvey Weinstein. Jodi souhaitait toujours que Megan vienne lui prêter main-forte. Était-elle intéressée ?

Megan demanda un jour de réflexion et consulta quelques collègues de confiance. Ceux qui enquêtaient sur Trump étaient unanimes : c'était l'histoire d'une vie. Beaucoup plus importante qu'un sordide producteur d'Hollywood accusé de s'en prendre à de jeunes actrices. Laisser passer la chance d'enquêter sur le président serait une grave erreur. Mais Megan n'en était pas si sûre ; elle avait vu s'empiler des articles sans concession sur Trump sans que cela produise beaucoup d'effet.

Toutefois, l'enquête sur Weinstein était un grand point d'interrogation. L'accusation portée par McGowan était grave, mais une partie des informations réunies par Jodi ne paraissaient pas si horribles comparées aux agressions sexuelles sur lesquelles Megan avait enquêté à Chicago. À quel point ces histoires de massage avaient-elles vraiment causé du mal ? Il lui était difficile de ranger les actrices célèbres dans la catégorie des victimes. La mission essentielle du journalisme était de faire entendre les sans-voix, ceux auxquels on ne prêtait pas attention. Les stars de cinéma, avec leur fortune et leur gloire, en étaient très loin.

Et puis, la promotion canapé correspondait-elle à la définition légale du harcèlement sexuel ? Les femmes n'étaient pas techniquement des employées de Weinstein et, pour certaines d'entre elles, il n'y avait pas de rôles précis à la clé. Qu'est-ce que l'enquête pourrait vraiment prouver ?

Mais Jodi insista en affirmant que, si les récits étaient fondés, Weinstein incarnait la façon dont les hommes puissants abusaient de leur statut pour imposer leur domination sur les femmes. Lorsque le producteur avait proposé une rencontre à ces jeunes actrices, elles avaient répondu parce qu'elles voulaient travailler, qu'elles avaient de l'ambition, qu'elles nourrissaient des espoirs et des rêves. En retour, il les avait coincées dans une situation sans issue : se soumettre à ses exigences sexuelles ou risquer des répercussions. C'était du harcèlement sexuel, que cela coïncide ou non avec la définition légale.

Dans ce qui restait sans doute la plus célèbre allégation de harcèlement de tous les temps, Anita Hill avait accusé Clarence Thomas de lui proposer des rendez-vous et d'émettre des commentaires pornographiques au travail. Même si le statut de futur juge à la Cour suprême et celui de producteur à Hollywood étaient différents, les plaintes contre Weinstein dénotaient aussi un comportement de prédateur. Et le fait que ses accusatrices étaient des femmes célèbres n'était pas un souci, au contraire : cela démontrait que le problème était universel.

Megan prit une chaise dans le compartiment de Jodi et se mit au travail.

Désormais, les deux journalistes étaient en contact avec des femmes mondialement célèbres. Angelina Jolie avait eu une histoire avec Weinstein, leur apprit une ex-employée de Miramax qui communiqua l'adresse électronique de la vedette d'Hollywood à Jodi. La journaliste envoya à la star un message aux mots soigneusement choisis, parla à un conseiller juridique et attendit de voir si elle décidait de participer. Elles écrivirent aussi à Uma Thurman, qui ne répondit pas, car, comme les journalistes l'apprirent plus tard, quelqu'un leur avait dit qu'elles n'étaient pas dignes de confiance[21]. Malgré de nombreux messages, Salma Hayek ne répondit pas non plus.

Ambra Battilana Gutierrez, un mannequin italien qui affirmait avoir fait l'objet d'attouchements par Weinstein pendant un rendez-vous à son bureau en 2015 – l'incident qui avait fait l'objet d'une enquête par le NYPD –, semblait avoir été la seule femme à avoir porté plainte contre le producteur. Au final, le bureau du procureur avait refusé de poursuivre Weinstein. Mais des détectives privés engagés par Battilana avaient apparemment enregistré le producteur en train de discuter de ce qui s'était produit.

Megan ne reçut pas de réponse de la part du mannequin, et la police de New York refusait de lui remettre une copie du dépôt de plainte, évoquant une politique de longue date qui interdisait de communiquer de tels documents. Elle se tourna donc vers des avocats et d'autres personnes qui auraient pu avoir vent de l'affaire. Durant son enquête sur les preuves ADN à Chicago, Megan avait interviewé Linda Fairstein, qui était célèbre dans le domaine des poursuites pour crimes sexuels[22]. Megan la contacta de nouveau pour l'occasion, en espérant qu'elle puisse lui révéler de précieuses informations sur le service des crimes sexuels pour lequel elle avait travaillé autrefois, celui qui avait refusé d'engager des poursuites. Mais dès qu'elle entendit la raison de l'appel, le ton de Fairstein se fit distant. Les allégations d'Ambra Battilana Gutierrez n'étaient pas fondées, insista-t-elle. Il n'y avait pas là de conduite criminelle. Et il n'y avait rien d'irrégulier sur la façon dont l'affaire avait été traitée. « Je ne pense pas qu'il y ait de piste à suivre », dit-elle à Megan.

À la mi-juillet, les journalistes rencontrèrent Rose McGowan en personne pour la première fois – au cours d'un dîner dans l'appartement de Jodi, pour plus de discrétion. McGowan était particulièrement tendue. Ses yeux ne cessaient de parcourir la pièce. Parler de la pluie et du beau temps ne l'intéressait pas. Mais elle répondit de bonne grâce à une série de questions, surtout sur les répercussions du rendez-vous dans la chambre d'hôtel et sur ceux qui pourraient s'en souvenir ou fournir des preuves. Jodi et Megan lui demandèrent d'essayer d'obtenir un exemplaire de l'accord de non-divulgation en lui expliquant que l'un des cabinets d'avocats devait en avoir conservé un.

Après l'entretien avec McGowan, les journalistes soulevèrent une question particulièrement complexe auprès de Matt Purdy, rédacteur au journal, qui avait supervisé l'affaire O'Reilly et réuni une équipe spécialisée dans le harcèlement sexuel, et qui suivait l'enquête de très près. En plus de McGowan, des sources secondaires suggéraient aussi que Weinstein avait commis des délits criminels à plusieurs reprises : agression, viol. Fallait-il chercher à mettre la main sur ces plaintes avant toute autre chose, accorder la priorité aux délits potentiels les plus graves ? « Pas nécessairement », répondit Purdy. « Concentrez-vous d'abord sur ce que vous pouvez prouver, même si ce ne sont que des délits mineurs. Faites témoigner les femmes qui accusent le producteur de harcèlement sexuel. Procurez-vous les documents nécessaires, surtout ceux concernant les compensations financières versées aux victimes. » Personne n'avait encore réussi à épingler Weinstein, alors le plus important était de le faire de façon irréprochable. Purdy ne niait pas la possibilité de transgressions plus graves ; ce qu'il disait au contraire était que, pour peu que Jodi et Morgan parviennent à monter un article solide, tout sortirait certainement en masse.

Samedi 15 juillet, Jodi découvrit plusieurs textos paniqués et appels manqués de la part de Paltrow. Harvey Weinstein se trouvait dans le salon de sa maison des Hamptons. Elle était cachée dans la salle de bain du haut pour l'éviter.

Le plus surprenant n'était pas sa présence en elle-même, mais son timing. Paltrow avait eu de ses nouvelles une ou deux semaines plus tôt. Il avait eu vent d'une réception qu'elle organisait pour des investisseurs potentiels dans une comédie musicale qu'elle soutenait et il avait demandé à venir. Elle avait le sentiment qu'il lui envoyait un message – je te surveille. Paltrow avait demandé à Jodi ce qu'elle devait faire.

Jodi aurait préféré ne pas interférer ainsi, mais elles avaient discuté ensemble des différentes possibilités qui s'offraient à Paltrow. Elle pouvait lui demander de ne pas venir, mais il aurait pu en déduire qu'elle était en communication avec un journaliste. Peut-être valait-il mieux l'inviter. Mais que se passerait-il s'il exigeait de savoir si elle était en relation avec le *Times* ?

Paltrow avait décidé qu'il valait mieux accepter sa présence et espérer qu'il se fonde dans la foule. Mais il était arrivé de bonne heure, essayant probablement de lui parler seul à seule, ce qui déstabilisait Paltrow. Jodi était anxieuse elle aussi, surtout après tous les textos que Paltrow lui avait envoyés.

Même si elle était à des kilomètres de là, Jodi persuada Paltrow d'agir comme elles l'avaient convenu. Après la réception, Paltrow lui téléphona : la fête s'était déroulée sans incident. Elle avait gardé son assistante près d'elle. Elle paraissait toujours aussi déterminée – peut-être même un peu fascinée par la façon dont les choses se déroulaient.

Le premier vendredi d'août, Jodi et Megan rencontrèrent Paltrow pour la première fois dans sa maison des Hamptons. Elles espéraient l'encourager à témoigner publiquement. Elles entamèrent l'entretien sur la terrasse à l'arrière de la maison, entourée de balancelles et de haies touffues. En personne, Paltrow était truculente et drôle. Elle posa à Megan des questions pleines d'empathie sur sa récente maternité avant de raconter de nouveau son histoire avec Weinstein. Quand Megan lui demanda prudemment plus de détails et lui dit que l'on chercherait à contacter Brad Pitt afin qu'il confirme son récit, Paltrow acquiesça sans réserve. C'était la procédure habituelle, l'informa Megan : pour corroborer le récit des victimes présumées, on s'adressait à ceux à qui elles s'étaient confiées à l'époque, afin de s'assurer qu'ils se souvenaient de l'histoire de la même façon.

Demander à Paltrow de témoigner était délicat. Elle était toujours en plein brouhaha causé par l'œuf de jade. Jodi et Megan comprenaient ses réticences, mais elles ne voulaient pas que cela empêche l'actrice de prendre part à une histoire potentiellement plus importante. De plus, même si Paltrow avait le bras long, elle n'avait pas réussi à convaincre d'autres actrices de parler de leurs accrochages avec Weinstein. L'une refusait parce qu'elle était l'amie de l'épouse du producteur. D'autres n'avaient pas répondu.

Au milieu de l'interview, Paltrow reçut un appel d'une amie célèbre. Elle s'éloigna sur la pelouse pour lui demander si elle avait été une victime de Weinstein. À son retour, elle déclara que la femme lui avait dit qu'il ne s'était jamais rien passé. Paltrow résuma sa pensée : elle voulait s'exprimer officiellement, mais elle ne voulait pas que l'histoire soit centrée sur elle. Plus il y avait de femmes qui s'exprimaient dans l'article, mieux ce serait. « Je veux m'assurer de ne pas me retrouver au centre de l'attention », dit-elle.

Dans la voiture sur le chemin du retour des Hamptons, Jodi et Megan avaient repris courage. Paltrow n'avait pas dit oui, mais elles avaient noué le contact. Puis les journalistes se rendirent compte qu'elles pourraient en profiter pour passer voir quelqu'un qui n'avait pas répondu à leurs demandes : une ancienne cadre de Miramax qui habitait non loin de là. Elles firent donc un détour et se garèrent devant sa maison de vacances. La femme leur ouvrit avec le sourire. Mais dès qu'elle comprit le motif de leur présence, elle leur claqua la porte au nez, les laissant plantées là, sous le porche.

Rebecca Corbett voulut immédiatement tout savoir sur le voyage dans les Hamptons. En tant que rédactrice, elle vivait pleinement toutes les histoires de ses journalistes, accompagnant leur progression, partageant leurs doutes, tout en conservant un regard critique. Weinstein, qui aimait se vanter de sa proximité avec des personnalités influentes des médias, n'avait probablement jamais entendu parler de Corbett[23]. Elle avait la soixantaine, sceptique, scrupuleuse et allergique au tape-à-l'œil et à l'exagération. Elle était à la tête du service d'enquêtes du *Times*, mais elle faisait si peu de vagues que c'était à peine si son nom apparaissait sur Google. Ses ambitions étaient journalistiques plutôt que personnelles.

Toutefois, elle était très appréciée dans le milieu de la presse écrite en raison d'une qualité qu'elle partageait avec Weinstein : il lui était arrivé d'employer sa très grande influence pour défendre le travail des autres. Au *Baltimore Sun*, elle avait été le mentor d'un journaliste de vingt-deux ans qui s'appelait David Simon. Elle l'avait poussé à arrêter de traiter les faits divers pour se consacrer à des articles plus ambitieux sur la sociologie du crime. Elle avait été sa rédactrice jusqu'au jour où il avait quitté le *Sun* pour devenir scénariste de séries télévisées comme *Sur écoute*. (Dans la dernière saison, le personnage du rédacteur, l'un des rares vrais héros de la série, est en partie inspiré par Corbett même s'il s'agit d'un homme[24].) Quelques années après le 11 septembre 2001, lorsque deux journalistes du

Times avaient découvert que la National Security Agency espionnait les citoyens américains sans mandat, Corbett avait poursuivi l'enquête malgré les débats internes et les fortes pressions exercées par la Maison-Blanche, produisant l'un des plus gros scoops des années Bush[25].

Comme Jodi et Megan, elle avait évolué dans des salles de rédaction majoritairement masculines, élevant sa fille entre deux bouclages. Lorsqu'elle avait été nommée au comité de direction du *Times* en 2013, sa composition était devenue à 50 % féminine pour la première fois, mais l'événement était passé quasiment inaperçu. Par la suite, les gens diraient que deux femmes avaient divulgué l'affaire Weinstein, alors qu'en réalité, elles étaient trois.

Les témoignages sur des incidents en chambre d'hôtel s'empilaient sur le bureau de Corbett, qui avait une préoccupation principale. « Quelle est votre stratégie pour inciter ces femmes à témoigner ? » demandait-elle régulièrement. Jodi et Megan lui donnaient une vague réponse : si nous en identifions assez, nous pourrons les pousser à témoigner toutes ensemble. L'union fait la force.

Cette approche était trop risquée pour Corbett. Les sources étaient extrêmement réticentes, ce qui était compréhensible. Il y avait un aspect profondément injuste dans ce type d'enquête : pourquoi était-ce aux victimes de parler publiquement de choses si déplaisantes, alors qu'elles n'avaient rien fait de mal ? Corbett craignait que Jodi et Megan se retrouvent avec une pile énorme d'histoires de chambres d'hôtel qu'elles ne pourraient pas divulguer, et toujours pas d'article. Même si les journalistes parvenaient à persuader une femme ou deux de témoigner, cela pourrait conduire à l'éternel débat : *sa parole contre la sienne.*

Les journalistes étaient en train de comprendre que l'affaire Weinstein devrait être divulguée avec des preuves : des témoignages officiels, idéalement, mais aussi des preuves écrites, légales et financières, auxquelles rien ni personne ne pourrait s'opposer.

Chapitre 3

Comment réduire une victime au silence

À la mi-juillet, tandis que Jodi concentrait ses efforts sur Hollywood, Megan tenta de répondre à une question fondamentale pour l'enquête : y avait-il des dépôts de plainte pour comportement abusif à l'encontre de Weinstein ?

Après tout, il y avait des lois pour protéger les victimes de harcèlement sexuel, et, au moins en théorie, des agences gouvernementales pour les faire respecter. Si Weinstein était un harceleur en série, quelques-unes de ses victimes pourraient avoir déposé une plainte auprès de la commission fédérale sur l'égalité d'accès à l'emploi (*Equal Employment Opportunity Commission*, ou EEOC) ou des différentes agences publiques correspondantes à New York et

Los Angeles, villes où Weinstein avait installé les bureaux de ses sociétés[1].

Les agences fédérales et new-yorkaises n'avaient rien. Mais Grace Ashford, une jeune chercheuse pleine de bon sens qui était au *Times* depuis un mois, dénicha un rapport du département californien de l'emploi et du logement équitables, qui contenait plusieurs plaintes pour harcèlement sur le lieu de travail à l'encontre de Miramax[2]. L'information était noyée dans le jargon ultra-obscur de la bureaucratie d'État : adresses, dates et codes révélant la nature de l'allégation et la façon dont elle avait été résolue, mais rien sur l'identité des plaignants ni sur ce qu'il s'était précisément produit.

Le 12 septembre 2001, l'agence avait reçu une plainte pour harcèlement sexuel à l'encontre de Miramax. Étonnamment, leurs bureaux étaient fermés ce jour-là.

Dans le rapport, il était écrit : « Le plaignant a choisi d'intenter une action en justice », ce qui signifiait normalement que l'agence avait validé le bien-fondé de la plainte et l'avait aiguillée vers le système juridique civil. Mais ce n'était pas allé plus loin et il n'y avait pas non plus de trace d'un procès au rôle de Californie. Comment une plainte qui avait été déposée auprès du gouvernement pouvait-elle se volatiliser en quelques heures ?

Megan appela sans relâche l'agence pour lui poser la question, mais le téléphone semblait sonner dans le vide. Lorsqu'elle finit par obtenir une réponse par courriel, le fonctionnaire l'informa que la plainte à l'encontre de Miramax et beaucoup d'autres archives similaires avaient été détruites conformément à la politique de l'agence qui limitait à trois ans la durée de conservation des documents. Une autre politique interdisait au fonctionnaire de communiquer le nom de la personne qui avait déposé plainte.

C'était à devenir fou. Après d'autres pressions, Megan parvint à se procurer le nom de l'enquêteur gouvernemental qui avait traité l'affaire à l'époque de son dépôt. La femme avait pris sa retraite. Personne à l'agence ne savait où elle habitait. Grâce aux réseaux sociaux et aux annuaires, Megan découvrit qu'elle habitait à l'est de Los Angeles et elle finit par réussir à la joindre au téléphone.

La conversation fut brève. L'ex-enquêtrice avait examiné des centaines de plaintes à l'époque où elle travaillait pour l'agence californienne et elle ne se souvenait plus de celle-là.

« C'est quoi, Miramax ? » demanda-t-elle.

L'après-midi du 14 juillet, l'équipe du *Times* qui avait été réunie pour travailler sur les histoires de harcèlement après le scoop de l'affaire O'Reilly – comprenant Rebecca Corbett, Matt Purdy, Emily Steel et d'autres – entra dans la salle de conférence Page Une, déserte, pour une mise au point[3]. Rien n'ornait les murs, nulle photo de présidents ni d'événements historiques. Deux fois par jour, les rédacteurs s'y réunissaient pour discuter des histoires qui feraient la une des éditions papier et numérique du journal. Les journalistes n'assistaient presque jamais à ces réunions ; que la réunion ait lieu dans ces locaux lui conférait un caractère exceptionnel.

Les nouvelles histoires de harcèlement étaient prometteuses. Deux semaines plus tôt, Katie Benner, qui couvrait la Silicon Valley, avait publié un exposé détaillé sur le harcèlement dans le secteur de la tech, sur les femmes entrepreneurs qui avaient cherché à attirer les capitaux d'investisseurs masculins et qui, à la place, avaient reçu des textos inappropriés, avaient subi des attouchements et fait l'objet d'attitudes indésirables (« J'avais du mal à savoir si je devais vous embaucher ou vous draguer[4] »). Pendant longtemps, les femmes dans ce secteur majoritairement masculin avaient gardé le silence, considérant les discussions comme risquées et taboues.

Désormais, elles étaient de plus en plus nombreuses à prendre la parole. Au début de l'année, Uber avait été ébranlé quand Susan Fowler, ex-ingénieure informatique, avait écrit un article de blog décrivant le harcèlement et les coups bas qu'elle avait subis au sein de l'entreprise[5]. Dans l'article de Benner, plus de deux douzaines de femmes s'étaient exprimées, pour la plupart publiquement, ou en citant le nom des investisseurs. Dans les portraits photographiques qui accompagnaient l'article, les femmes paraissaient calmes et fortes : des créatrices d'entreprises qui s'attendaient à être traitées avec justice.

L'histoire avait produit son effet. L'un des hommes et l'une des entreprises avaient présenté des excuses[6]. Les femmes avaient été félicitées pour avoir partagé leurs expériences. La boîte aux lettres électronique de Benner débordait de nouveaux témoignages et de nouvelles pistes à suivre.

Le succès de l'affaire O'Reilly n'était donc pas un cas isolé. Megan et Jodi avaient transmis l'article de Benner et les réactions de soutien à leurs sources dans l'affaire Weinstein, comme pour leur dire : certes, c'est compliqué, mais notre équipe peut le faire.

La réunion débuta par quelques nouvelles : Jodi et Megan progressaient lentement mais sûrement sur Weinstein. Emily Steel avait entendu des récits alarmants de violations chez Vice[7]. Catrin Einhorn s'entretenait avec les employés de restaurants, de boutiques, d'hôtels et de chantiers de construction[8]. Susan Chira se concentrait sur des lieux de travail ouvriers autrefois majoritairement masculins, comme des chantiers navals et des mines de charbon[9].

Dans tous les secteurs, le harcèlement avait sa sociologie particulière. Dans la restauration, l'alcool était omniprésent sur le lieu de travail, brouillant le jugement et levant les inhibitions, et les managers répugnaient souvent à mettre en cause les clients qui avaient dépassé les limites. La Silicon Valley était pleine de jeunes hommes devenus riches du jour au lendemain, qui ne se sentaient redevables à personne. Sur les chantiers navals, les chantiers de construction et d'autres lieux de travail traditionnellement masculins, les hommes essayaient parfois d'exclure les femmes en les mettant physiquement en danger. Chira avait entendu parler d'une femme qui avait été laissée au fond de la mine, sans moyens de communication, et d'une autre qui avait été oubliée en haut d'une éolienne.

Avant d'aborder le projet, les journalistes avaient défriché le cadre juridique du harcèlement sexuel. Depuis les années 1960, un ensemble de lois avaient été votées pour protéger les individus contre les avances non voulues sur le lieu de travail. Le harcèlement sexuel n'était pas un délit pénal, à moins qu'il n'implique un viol ou une agression, mais c'était une violation des lois fédérales relatives aux droits civils. Tous savaient ce qui était arrivé à Clarence Thomas et Bill Clinton. Mais, en rapportant ce qu'ils avaient chacun appris sur différents secteurs économiques, les journalistes firent un constat alarmant : certaines des armes conçues pour combattre le harcèlement sexuel finissaient en fait par le favoriser.

Emily Steel détenait la première piste solide grâce à son travail sur Fox et O'Reilly. Il était de notoriété publique que de nombreuses affaires de harcèlement sexuel se réglaient à l'écart des tribunaux, et Michael Schmidt et elle avaient déjà révélé que O'Reilly et Fox s'étaient servis d'accords amiables qui imposaient des clauses de confidentialité – en substance, ils payaient les victimes pour qu'elles gardent le silence. Mais les conditions précises de ces contrats méritaient d'être examinées de plus près.

D'après ce que Steel avait appris, les termes des accords les faisaient davantage ressembler à des tentatives de dissimulation qu'à d'honnêtes transactions juridiques. Les femmes avaient été obligées de remettre toutes les preuves qu'elles possédaient – enregistrements audio, journaux intimes, courriels, fichiers de sauvegarde, tout autre embryon de preuve – à O'Reilly et ses avocats. Ces femmes, et dans l'un des cas, leurs avocats, avaient interdiction d'aider d'autres femmes qui auraient pu faire valoir des demandes similaires à l'encontre du présentateur. S'ils recevaient des assignations les obligeant à parler, ils étaient dans l'obligation de prévenir O'Reilly et son équipe, qui pourraient prendre des mesures pour les empêcher de témoigner[10].

L'avocat de l'une des femmes avait accepté de changer de camp pour « donner des conseils juridiques à O'Reilly concernant des questions de harcèlement sexuel », selon les termes de l'accord. Une autre victime présumée avait promis de ne jamais faire de déclaration désobligeante concernant O'Reilly ou Fox News, « écrite ou orale, directe ou indirecte », et de ne jamais – au grand jamais – répondre à un journaliste qui la contacterait à ce sujet. Dans le cadre de l'accord, elle avait confirmé qu'elle n'avait pas déposé plainte auprès d'une quelconque agence gouvernementale chargée de lutter contre le harcèlement sexuel, y compris l'EEOC.

En échange, l'une des victimes présumées avait reçu environ 9 millions de dollars et une autre 3,25 millions de dollars. Si l'une de ces femmes violait l'une de ces clauses, elle perdrait l'argent. Ce qu'O'Reilly avait infligé ou non à ces femmes avait ainsi été comme jeté dans un puits, sans moyen de le récupérer. C'était le prix du silence ; l'accord avait été conclu.

Cet été-là, tandis que Steel continuait à enquêter sur O'Reilly, elle se posait aussi de plus vastes questions : ces clauses étaient-elles légales ? Des femmes signaient-elles chaque jour des documents comme ceux-ci partout dans le pays, à l'insu de tous ou presque ? Les avocats spécialisés dans le harcèlement sexuel tentaient-ils vraiment de résoudre le problème contre lequel ils étaient censés lutter, ou se contentaient-ils de parvenir à des accords financiers pour leur propre profit ?

Steel avait suggéré aux rédacteurs que le journal se penche sur ces questions. Cela faisait partie de la mission que Corbett avait confiée à Jodi. Entre deux coups de téléphone à des stars, elle avait appelé des experts en droit dans tout le pays, depuis les petits avocats spécialisés dans le droit du travail jusqu'aux grands ténors du barreau. Le moment était venu de partager ses trouvailles.

D'après les juristes, les clauses que Steel décrivait n'étaient pas des aberrations. C'était une pratique courante dans les affaires de harcèlement sexuel et souvent l'une des seules façons de les régler.

Les femmes signaient ces accords pour de bonnes raisons, soulignaient les avocats. Elles avaient besoin d'argent, souhaitaient protéger leur vie privée, ne voyaient pas de meilleure option ou voulaient simplement tourner la page. Elles pouvaient éviter d'être traitées d'affabulatrices, de menteuses, d'allumeuses ou d'habituées des tribunaux. C'était une façon pour elles d'être indemnisées et de reprendre le fil de leur existence. L'alternative, porter l'affaire en justice, était éprouvante. La législation fédérale sur le harcèlement sexuel n'était pas très solide et excluait de vastes catégories de gens – travailleurs indépendants, salariés d'entreprises de moins de quinze personnes… Le statut fédéral des conditions de dépôt de plainte pouvait être limité à 180 jours et les compensations financières fédérales étaient plafonnées à 300 000 dollars – pas forcément assez pour compenser les pertes de revenus ou susciter l'intérêt d'un bon avocat. Pas étonnant que beaucoup considèrent les règlements à l'amiable comme les propositions les plus sûres.

Les accords étaient tout aussi avantageux pour les avocats, surtout financièrement. Ils prélevaient généralement une part de la somme perçue par leur client, qui s'élevait le plus souvent à un tiers du montant. S'ils perdaient au tribunal, ils n'étaient parfois pas rémunérés. Les règlements à l'amiable des affaires de harcèlement sexuel étaient donc devenus une activité très lucrative. Certains avocats luttaient contre les conditions les plus scandaleuses, mais d'autres les approuvaient les yeux fermés ou capitulaient pour gagner davantage.

Même l'EEOC, l'agence gouvernementale qui était censée faire appliquer la législation sur le harcèlement sexuel, gardait souvent le secret sur les règlements amiables[11]. L'agence disposait de très peu de pouvoir dans l'application de la législation, et, en vertu de son mandat, elle devait si possible régler les confits à l'amiable, ne divulguant souvent que très peu. « Nous savons en interne quelles sont les entreprises qui font l'objet du plus d'accusations », avait déclaré Chai Feldblum, à l'époque commissaire à l'EEOC. Mais l'agence n'était pas autorisée à révéler ces informations. Avant d'accepter un emploi, une femme ne pouvait pas vérifier auprès de l'EEOC le passif de son employeur potentiel en matière de harcèlement. Il n'était donc pas étonnant que Megan n'ait rien pu déterrer sur les anciennes plaintes contre Miramax auprès de l'agence de Californie. Ces agences collectaient des informations cruciales grâce à l'argent du contribuable, qu'il leur fallait ensuite garder bien au chaud là où personne ou presque ne pouvait les consulter.

Jodi le résumait ainsi : les États-Unis disposaient d'un système qui permettait d'étouffer les plaintes pour harcèlement sexuel et protégeait donc les harceleurs au lieu de mettre un terme à leurs agissements.

Les femmes renonçaient régulièrement à leur droit de parler des actes qu'elles avaient subis et les harceleurs poursuivaient leur chemin, partant ailleurs commettre à nouveau les mêmes exactions. Comme les règlements amiables et les accords de confidentialité n'étaient presque jamais étudiés à l'école de droit ni évoqués au tribunal, le grand public n'en savait rien ou presque. Même les journalistes présents, qui avaient l'habitude d'enquêter sur des questions liées à la discrimination sexuelle, n'avaient jamais vraiment pris la mesure de ce qui se passait.

À la fin de la réunion, Jodi et Megan récapitulèrent tous les points qu'il fallait encore creuser. Le public serait-il intéressé par ces obscurs instruments légaux et leurs ramifications ? Il y avait des raisons de se montrer optimiste : après la publication de son article, Benner avait appris que des activistes et des législateurs californiens voulaient faire changer les règlementations de l'État sur la légalité des accords secrets dans les affaires d'abus sexuels.

Mais si Harvey Weinstein avait conclu des accords amiables avec d'autres que Rose McGowan, et si ces plaintes avaient été étouffées par des avocats, serait-il possible de retrouver ces femmes ?

En 2005, les frères Weinstein avaient cédé le contrôle de Miramax, leur première société de production de films[12]. Cependant, bon nombre de leurs ex-employés étaient restés en contact, irréversiblement liés par les terribles et merveilleux moments qu'ils avaient traversés ensemble, parfois presque simultanément. Pour beaucoup, le fait d'avoir travaillé chez Miramax avait été formateur. C'était à la fois une épreuve, un privilège et un traumatisme. Vous pouviez y influencer le goût des cinéphiles, négocier un contrat sur un yacht à Cannes et perdre toute dignité sous les vociférations du patron, le tout dans la même journée. Lorsque les ex-employés de Miramax organisaient des retrouvailles informelles à New York et Los Angeles, ils appelaient ces réunions des « Mir-anon » (abréviation de « Miramax Anonymous ») en plaisantant, comme s'ils étaient en thérapie de groupe.

Pendant tout le mois de juillet, Megan et Jodi continuèrent à explorer quotidiennement ce réseau des Mir-anon, chacun des membres les renvoyant au membre suivant. Les ex-employés qui étaient censés en savoir le plus ne les rappelaient jamais ; les personnes qui, d'après les rumeurs, auraient le plus contribué aux abus de Weinstein n'avaient aucun intérêt à voir révélée leur complicité dans ses méfaits. Les journalistes demandèrent conseil à d'autres ex-employés : au fil des ans, auraient-ils entendu parler de femmes qui avaient accepté des compensations financières ?

Le dernier weekend de juillet, soit deux semaines après la réunion qui avait rameuté tout le monde dans la salle de conférence, Megan prit la route vers le nord, s'éloignant de New York en empruntant les routes sinueuses d'une banlieue aisée. Elle tentait d'élucider le mystère d'une assistante qui avait brusquement démissionné dans les premières années de Miramax.

Megan connaissait son nom. À ses débuts à Miramax, elle avait impressionné ses collègues par son intelligence et son sérieux et elle avait rapidement gravi les échelons. Puis, en 1990, elle avait disparu, ne laissant derrière elle que des chaussures de sport rangées sous son bureau. Durant les interviews téléphoniques, plusieurs ex-employés de Miramax s'étaient souvenus avoir entendu dire que Weinstein lui aurait fait quelque chose. Mais personne n'avait de détails.

L'indice le plus prometteur avait été communiqué par Kathy DeClesis, l'assistante de Bob Weinstein à l'époque. Selon elle, l'avocat du père de la jeune femme avait envoyé une lettre au bureau peu après sa disparition. Les mots précis lui échappaient, mais DeClesis avait l'impression que la lettre contenait des menaces de poursuites. Ce vague souvenir dépassait tout ce que Megan et Jodi avaient pu obtenir jusque-là. De quoi la jeune femme s'était-elle plainte, comment l'affaire avait-elle été résolue et que lui était-il arrivé ?

L'ex-assistante avait laissé peu de traces en ligne sur l'existence qu'elle avait menée ces vingt-sept dernières années. Elle n'était pas sur LinkedIn. Elle n'était pas sur Facebook. Mais Ashford, la chercheuse du *Times*, avait fini par la retrouver au fin fond de l'internet. Son nom était mentionné dans un annuaire d'employés dans une autre ville. La photo ne révélait aucune trace d'Hollywood ou de célébrité. Juste une femme ordinaire, la quarantaine, les cheveux mi-longs, pas maquillée.

Contacter l'ex-assistante s'avéra encore plus difficile que de l'identifier. Megan laissa de nombreux messages à l'accueil de son lieu de travail, expliquant qu'elle était journaliste au *Times* et qu'elle voulait lui parler, mais on ne la rappela jamais. Le simple fait de s'adresser aux hôtesses d'accueil posait problème, car Megan ne voulait pas que les collègues de sa cible entrevoient la nature des questions qu'elle voulait poser. Elle envisagea brièvement de prendre un avion pour se rendre dans la ville où elle résidait, mais elle ne voulait pas l'effrayer.

Cependant, elle connaissait l'adresse de sa mère qui habitait dans la banlieue de New York. Megan décida de s'y rendre en voiture et d'expliquer en personne pour quelles raisons elle souhaitait en apprendre davantage sur l'expérience de sa fille. Si la mère n'était pas chez elle, Megan lui laisserait une lettre d'explication manuscrite. Une fois arrivée à l'adresse indiquée, elle découvrit une grande maison moderne.

Cela faisait plus de dix ans que, dans le cadre de ses enquêtes, Megan frappait aux portes sans y avoir été invitée, mais ce n'était jamais facile. C'était souvent nécessaire pour faire parler des sources qui ne se confiaient pas volontiers. Au fil des ans, beaucoup de gens l'avaient accueillie chez eux, convaincus par l'esprit d'initiative dont elle avait fait preuve en retrouvant leur trace. Mais elle avait aussi rencontré des gens qui se sentaient violés dans leur intimité par sa simple présence. En frappant à la grande porte en bois, Megan ne pouvait s'empêcher d'avoir l'impression de s'immiscer dans la vie privée de ces gens.

La personne qui apparut à l'entrée n'était pas la mère, mais la femme qu'elle avait vue en photo sur le site web. Megan se retrouvait face à l'ex-assistante.

Une jeune fille se tenait à ses côtés dans l'encadrement de la porte. Lorsque Megan se présenta en tant que journaliste au *Times*, un éclair de reconnaissance – ou peut-être de peur – illumina le visage de la femme. « Je n'arrive pas à croire que vous m'avez trouvée », dit-elle. Ses filles et elle étaient de retour à New York pour les vacances d'été, expliqua-t-elle. Megan les avait surprises au beau milieu d'une visite d'amis de la famille. Ne souhaitant pas trop en dire devant les personnes qui se trouvaient dans la maison, Megan demanda si la femme voulait bien se joindre à elle sous le porche pendant une minute. Elle accepta.

Une fois assise à ses côtés, Megan expliqua que Jodi et elle travaillaient sur une enquête consacrée à Harvey Weinstein. Leurs investigations avaient révélé ce qui semblait être un comportement récurrent de prédateur. Elles avaient des raisons de croire que Weinstein lui avait fait du mal lorsqu'elle travaillait chez Miramax. Megan ne se serait pas donné autant de mal pour la trouver si ce n'était pas important.

Tandis qu'elle parlait, les commissures des lèvres de la femme s'étirèrent légèrement vers le haut. Ce n'était pas un sourire, mais cela révélait un écho à ses paroles. « Cela fait vingt-sept ans que j'attends que l'on vienne frapper à ma porte », dit-elle. « Tout ce que je peux dire, c'est que j'ai eu un différend professionnel avec Miramax, le différend a été résolu à l'amiable et nous avons accepté de ne pas en discuter. »

Megan marqua une pause pour réfléchir à ce qu'elle venait d'entendre. Techniquement, la femme ne divulguait rien. Mais sa non-divulgation avait un sens qui résidait dans les blancs entre les mots. Elle donnait l'impression de dire : il m'est arrivé quelque chose de grave, il y a longtemps, mais je suis contrainte de vous dire cette phrase soigneusement élaborée.

C'est exactement de cette façon que répondrait une femme ayant signé un accord amiable. Il y a des fois, en journalisme, où la meilleure chose à faire est de tourner les talons et de laisser sa source tranquille.

Mais ce n'était pas le cas ici. Megan était bien décidée à continuer la discussion, même au sujet de choses qui n'avaient aucun lien avec l'affaire. Quel âge avaient ses filles ? Celle de Megan n'avait que quatre mois. L'ex-assistante, qui avait à peu près son âge, avait beaucoup de points communs avec elle. La conversation était facile.

Au bout d'une autre demi-heure de bavardage, Megan entra dans le vif du sujet. Elle demanda à l'ex-assistante d'envisager de contribuer à l'enquête du *Times.* Megan savait à quel point il était risqué de ne pas respecter une clause de confidentialité, mais, dit-elle, il existait des moyens de dévoiler des accords au grand jour tout en protégeant les sources. Ses collègues l'avaient fait pour les indemnisations versées par Bill O'Reilly. La femme hochait la tête. Elle ne refusa pas, mais n'accepta pas non plus. En revanche, elle accepta de donner à Megan ce que convoitait toujours un journaliste : son numéro de téléphone portable.

Sur la route du retour vers Brooklyn, Megan reçut un coup de téléphone qui entama son optimisme. La femme dit qu'elle venait d'appeler son avocat. Il lui avait déconseillé de parler au *Times.* Megan conserva un ton positif, même si la nouvelle lui serrait le cœur. Elle répondit que le conseil de l'avocat était prévisible, mais qu'il ne fallait pas nécessairement prendre une décision irrévocable dans l'immédiat. Tout ce que Megan lui demandait, c'était qu'elles gardent le contact et continuent à envisager des options. La femme accepta à contrecœur.

Tandis qu'elle conduisait, les soupçons de Megan ne cessaient de grandir. Jusque-là, les rumeurs concernant le producteur avaient impliqué des actrices. Désormais, Jodi et elle entrevoyaient une nouvelle catégorie de victimes potentielles : les employées des sociétés de Weinstein. La femme qui s'était tenue près de Megan dans la cuisine – peut-être la patiente zéro de l'enquête Weinstein – n'était pas célèbre. Elle était jeune et vulnérable lorsqu'elle travaillait chez Miramax. Était-il possible que le producteur ait abusé de femmes de façon plus systématique que Jodi et elle ne l'avaient envisagé ? Combien de femmes avaient été ses victimes depuis ? Les choses auraient-elles été différentes si l'ex-assistante avait pu s'exprimer librement ?

Ce dernier weekend de juillet, Megan ne savait toujours pas très bien ce qu'il était arrivé à cette femme vingt-sept ans plus tôt. Mais elle voulait éviter à tout prix de couper court à la conversation. Par conséquent, deux jours après sa visite, elle lui envoya un texto :

> Je sais que ma visite a dû vous surprendre. Mais sachez que je me suis permis cette liberté parce que cette histoire est extrêmement importante. Nous tenons là une vraie chance de changer les choses. J'espère que nous allons pouvoir continuer à garder le contact – que je vais pouvoir vous tenir au courant de nos progrès. Je suppose que vous avez déjà eu des conversations à ce sujet – avec votre famille et peut-être avec d'autres. Il me semble que la conversation la plus importante de toutes est celle que vous avez avec vous-même.

Elle envoya aussi un lien vers l'article du *New York Times* sur l'histoire des compensations financières accordées par O'Reilly, mais avant même d'avoir fini son message, Megan se disait déjà qu'elle n'aurait sans doute aucune réponse.

Quelques jours plus tard, Megan se rendit chez John Schmidt, un ex-cadre chez Miramax qui avait été directeur financier de la société en 1990, année de la disparition de la jeune assistante[13]. Megan se disait que Schmidt, qui travaillait toujours dans le secteur du cinéma, serait au courant d'éventuels accords, mais il avait évité ses appels. Elle avait donc décidé de surveiller sa maison à Riverdale, quartier arboré du Bronx, s'enfonçant dans son siège chaque fois que la patrouille locale de gardiennage faisait sa ronde, attendant que les lumières du salon s'allument pour signaler la présence de l'un des habitants. Bientôt, elle était face à face avec Schmidt, s'excusant de surgir à l'improviste à l'heure du dîner, et mal à l'aise parce que sa femme était également présente et l'écoutait avec curiosité.

Megan expliqua à Schmidt que ces règlements amiables étaient insidieux, donnant l'impression aux victimes qu'elles ne pouvaient pas parler en les menaçant de poursuites financières substantielles si elles le faisaient. Si des tiers avaient des informations sur ces indemnisations, ils seraient idéalement placés pour apporter une aide cruciale. Megan ne demandait pas à Schmidt de témoigner. Elle voulait simplement son point de vue sur ce qui s'était peut-être produit des années auparavant.

Mais Schmidt n'était pas prêt à lui parler, du moins pas encore. Il dit à Megan qu'il avait besoin de réfléchir et la raccompagna à la porte. La journaliste savait que les gens avaient souvent besoin de temps pour prendre leur décision, mais c'était frustrant. Certains des ex-employés de Weinstein semblaient être conscients qu'il y avait bel et bien un problème, mais refusaient malgré tout de s'exprimer.

Un vendredi soir de ce même mois de juillet, Jodi appela un cadre d'Hollywood qui s'appelait Matt Brodlie et qui avait travaillé chez Miramax plusieurs années auparavant[14]. Il l'écouta si attentivement qu'elle eut l'impression qu'il l'évaluait. Peu après, il la rappela pour lui donner un nom et un numéro de téléphone. Il avait une amie qui avait travaillé chez Miramax et qui dissimulait un secret depuis des années, dit-il. Elle était à la fois inquiète et désireuse de se confier. Elle s'appelait Amy Israel et elle occupait également un poste à responsabilité dans l'industrie du cinéma.

« J'aimerais faire une longue carrière et je ne veux pas être stigmatisée par cette affaire », telles furent les premières paroles d'Israel au téléphone. « Je ne veux pas être citée, point, fin de l'histoire. » Mais un souvenir lui pesait depuis près de vingt ans et elle désirait se confier.

À l'automne 1998, elle s'était rendue au festival du film de Venise, avec Weinstein, pour découvrir de nouveaux films à acheter. Lors d'une réunion dans la suite de Weinstein, elle avait remarqué deux assistantes qui ne semblaient pas aller très bien : Zelda Perkins, employée de longue date des bureaux de Londres, et Rowena Chiu, qui avait été engagée plus récemment.

« Elles étaient assises là, toutes les deux, tremblantes », se souvient Israel. « Elles exsudaient littéralement la peur. » Weinstein paraissait aller pour le mieux. Il parlait de films comme d'habitude. Israel avait l'intuition qu'il venait de se produire quelque chose impliquant les deux femmes. Weinstein faisait comme si de rien n'était.

Israel avait elle-même fait l'expérience des abus de Weinstein. Il l'avait félicitée et lui avait confié des responsabilités importantes, alors qu'elle était encore très jeune, puis il l'avait harcelée, dit-elle. Un jour, au festival du film de Toronto, elle venait le chercher à son hôtel pour qu'ils se rendent à une projection de gala lorsqu'un assistant lui avait demandé de se rendre dans la suite du patron. Elle avait accepté en pensant que l'assistant serait lui aussi présent. À la place, elle avait trouvé Weinstein presque nu, seulement vêtu d'une minuscule serviette. Il lui avait demandé de lui faire un massage. Elle avait bafouillé qu'elle devait téléphoner à sa mère et fait semblant de composer son numéro sur-le-champ.

Un ou deux ans plus tard, après avoir été promue à la tête du service, elle visionnait un film pour Weinstein, à New York, lorsqu'il lui avait soudain demandé : « Pourquoi est-ce que tu ne retirerais pas ton haut pour faire la roue ? »

« Va te faire voir, gros porc », lui avait-elle répliqué, et il était retourné à sa partie de morpion. (Weinstein nia l'histoire.)

Mais en revenant à présent avec Jodi sur l'affaire de Venise, elle craignait qu'il ne s'y soit produit quelque chose de pire encore. Elle n'en connaissait les conséquences que par bribes. Zelda Perkins avait quitté l'entreprise et signé une sorte de contrat qui lui interdisait de parler de ce qui s'était passé – un accord de non-divulgation, se dit Jodi. Israel recommanda aussi qu'elle appelle une autre ex-employée des bureaux de Londres, une femme qui s'appelait Laura Madden : peut-être avait-elle aussi quelque chose à dire.

Israel posait aussi une question majeure : qu'avaient-ils tous toléré, eux les anciens employés de Miramax ? C'était ce qu'elle voulait savoir par-dessus tout, et c'était la raison pour laquelle elle avait accepté de s'entretenir au téléphone avec une journaliste. À l'époque, Israel avait pris quelques mesures pour protéger ses collègues, comme interdire aux employées d'être seules avec Weinstein. Il lui avait paru impossible d'en faire plus – elle avait des doutes au sujet de ce qu'il s'était produit à Venise, mais elle n'avait guère eu les moyens de se plaindre. Lorsqu'elle avait fait part de sa propre mésaventure avec Weinstein dans la chambre d'hôtel à l'un de ses responsables, il lui avait répondu qu'une autre collègue avait aussi été harcelée, mais qu'aucune action n'avait été intentée.

Ses collègues et elle se concentraient sur leur travail. « Il comptait sur ma honte pour que je garde le silence », dit-elle. Depuis que la nouvelle des crimes de Bill Cosby s'était répandue, elle attendait que le nom de Weinstein sorte, souhaitant que cette histoire soit aussi révélée.

« Pourquoi est-ce que personne ne dit rien ? » demanda Israel au téléphone. « Pourquoi est-ce que les gens ne disent toujours rien, vingt ans après ? »

Trois semaines plus tard, le mercredi 2 août, Jodi était à Londres, South Kensington, assise à une table de restaurant face à Zelda Perkins, et écoutait sa version des événements de 1998[15].

Perkins avait les manières pragmatiques d'une bonne productrice. Elle travaillait surtout pour les arts dramatiques, associée de longue date aux grands producteurs de théâtre et de cinéma de la ville, collaborant à des pièces prestigieuses et parfois à des séries télévisées comme *The Crown.* Elle vivait la plupart du temps dans un cottage à la campagne où elle avait un troupeau de moutons, et se rendait souvent à Londres pour le travail. Comme il lui était légalement interdit d'en parler, très peu de gens étaient au courant de toute l'histoire de sa carrière.

Perkins ne s'était jamais autant ouverte aux journalistes qui l'avaient contactée au fil des ans au sujet des rumeurs concernant Weinstein. (Les autres avaient tous été des hommes, souligna-t-elle.) Baissant la voix, elle replongea dans le récit qu'elle avait commencé au téléphone, lorsque Jodi l'avait contactée pour la première fois.

En 1995, Perkins s'était retrouvée à travailler pour Weinstein lorsqu'il était au summum de son pouvoir. Elle n'avait que vingt-deux ans et avait obtenu le job sur un coup de chance. « Je ne savais pas qui il était et je n'avais pas particulièrement cherché à travailler dans le cinéma », dit-elle. « Je n'étais pas suffisamment sophistiquée pour me rendre compte que j'avais décroché un poste extrêmement rare. »

Weinstein avait harcelé Perkins presque depuis le premier jour, confia-t-elle. « Conquérir les femmes était pathologique chez lui », dit-elle. « C'était ce qui le poussait à sortir du lit le matin. » Ce n'était pas qu'une expression. Tous les matins, Perkins, ou une autre assistante des bureaux londoniens qui était de service, devait sortir Weinstein, qui était en partie ou totalement nu, de son lit dans sa chambre d'hôtel et faire couler sa douche, comme s'il ne pouvait pas ouvrir le robinet lui-même. Weinstein tentait parfois d'attirer Perkins dans son lit, se souvint-elle. Il n'y avait personne à qui se plaindre de son comportement, il n'y avait pas de service des ressources humaines dans leurs minuscules bureaux londoniens, pas de semblant de politiques ou de règles.

Perkins n'avait jamais cédé aux avances de Weinstein. Elle était petite, mais c'était une dure à cuire et elle s'était préparée à ce qui l'attendait. Une autre collègue l'avait prévenue de ne prendre place en sa présence que dans des fauteuils et pas sur des canapés, pour qu'il ne puisse pas s'asseoir près d'elle, et de garder sa parka pour se protéger, même si elle avait trop chaud. « J'ai toujours réussi à dire non », dit-elle.

Même si les risques de travailler pour Weinstein dépassaient tout ce qu'elle avait pu connaître auparavant, il en allait de même pour les avantages. Lors des voyages à Paris et à Rome, « il faisait des distributions de liquide ; c'était notre argent sale », dit-elle. « On rentrait de voyage en éprouvant un étrange mélange de culpabilité et de soulagement d'avoir survécu. » Chaque déplacement ressemblait un saut à l'élastique, dit-elle : grisant, mais dangereusement proche du vide. Parfois, il concluait les voyages par une note bienveillante, disant à Perkins : prends le jet de la société, garde la suite au Ritz pour le weekend, invite ton petit ami, amuse-toi. « Nous acceptions tous les cadeaux », dit-elle.

En 1998, Perkins engagea une autre assistante, Rowena Chiu, qui souhaitait devenir productrice. Elle était si créative et motivée qu'en tant que présidente du club de théâtre de l'université d'Oxford, elle avait monté une pièce de Brecht sur une scène circulaire et fait jouer de l'Euripide dans le texte. Perkins l'avait avertie de se méfier du producteur. En septembre, les deux femmes étaient parties en Italie pour le festival du film de Venise, avec tout ce que cela impliquait pour Weinstein : avant-premières, séjour dans un hôtel de luxe, réunions avec des collègues de New York, dont Amy Israel.

Mais, avant même la réunion dont s'était souvenue Israel, Chiu avait appelé Perkins à l'aide. Quand Chiu lui avait confié les détails perturbants de ce que Weinstein lui avait fait subir la nuit précédente, Perkins avait été effarée, disant que c'était impensable, et s'était lancée à sa recherche.

Cependant, comme le déclara Perkins lors du déjeuner, elle ne pouvait pas révéler les détails de ce que Chiu lui avait confié. C'était à Chiu de les raconter ou de les dissimuler à tout jamais.

Beaucoup plus tard, Chiu raconta en personne à Jodi cette partie de l'histoire[16]. Pendant le séjour à Venise, elle avait pour rôle de s'occuper de Weinstein le soir, ce qui l'obligeait à rester seule avec lui dans une chambre d'hôtel pendant de longues heures. Il lui avait fait des avances dès le début, dit-elle, mais le deuxième ou le troisième soir du festival, son comportement s'était aggravé. Ils étaient censés parcourir une pile de scénarios et, tandis qu'ils les feuilletaient, il la flattait, lui disant qu'elle était très perspicace et qu'elle avait le sens des affaires.

Ce soir-là, elle portait deux paires de collants pour se protéger. Mais, tandis qu'elle essayait de travailler, il l'interrompait avec de multiples exigences sexuelles, qui ne faisaient qu'empirer : des massages, un bain. Elle avait tenté de le calmer en retirant une paire de collants et en le laissant la masser, dit-elle. Lorsque ses mains s'étaient aventurées plus loin, elle avait protesté en disant qu'elle voulait reprendre la lecture des scénarios, qu'elle avait un petit ami. Il avait réagi en promettant aussi de grandioses coups de pouce à la carrière de ce dernier.

« Je n'ai pas explicitement dit non, je ne voulais pas m'opposer directement à lui », dit-elle. « Il était beaucoup plus grand que moi, et tant qu'il n'était pas agressif, je ne voulais pas l'être non plus. »

Cela avait continué pendant quatre heures, dit-elle : elle insistait pour reprendre le travail, puis il recommençait à la harceler et à la toucher, disant qu'ils pouvaient se contenter de sexe oral, qu'il n'avait jamais couché avec une Chinoise. Weinstein avait retiré ses deuxièmes collants. Mais lorsqu'il lui avait demandé de retirer sa culotte, elle avait refusé.

« C'était épuisant, il essayait de venir peu à peu à bout de mes défenses », dit Chiu. « J'étais sur mes gardes ; j'avais peur d'être violée. » Il avait réussi à l'amener sur le lit – il la maintenait là, dit-elle, pas violemment, mais plutôt comme par jeu. Il lui avait écarté les cuisses et dit qu'il suffirait d'un petit coup et ça serait terminé. Avant que les choses n'aillent plus loin, elle s'était retournée et extirpée en se tortillant, reprenant sa tâche consciencieusement et quittant la chambre d'hôtel vers 2 heures du matin, le travail enfin terminé.

Weinstein nia toute l'histoire. « Il n'y a pas une once de vérité dans tout ça », déclara-t-il par le biais d'un porte-parole, « et tout article racontant cette histoire ne ferait qu'entretenir le mensonge. »

La suite du récit de Perkins se déroulait à Londres : elle avait trouvé Weinstein à un repas d'affaires à la terrasse de l'hôtel. Devant tous les convives, elle lui avait ordonné de le suivre. Il était presque docile, se souvint-elle, la suivant dans le hall comme si c'était elle la patronne et lui l'assistant. Lorsqu'elle lui avait demandé des explications, il avait juré sur la vie de sa femme et de ses enfants qu'il n'avait rien fait de mal, se souvint Perkins.

À l'époque, elle avait vingt-quatre ans, c'était la plus âgée des deux et la plus ancienne dans la société. Chiu, son assistante, avait sa version de l'incident, mais Perkins était au courant des écarts de conduite de son patron. Chiu et Perkins s'étaient serré les coudes et avaient démissionné. « Je devais la protéger », dit Perkins. « Elle n'aurait rien pu faire toute seule ; ça aurait été sa parole contre la sienne. J'étais son bouclier. »

Perkins avait alors consulté une personne plus expérimentée, Donna Gigliotti, une productrice qui remporterait ensuite des distinctions pour *Shakespeare in Love*, et, des années plus tard, pour *Les Figures de l'ombre*[17]. Elle avait beaucoup plus de relations que Perkins et c'était l'une des relativement rares productrices ayant le poids et l'expérience nécessaires pour faire tourner des films majeurs. Gigliotti avait insisté pour que Perkins prenne un avocat. Elle lui avait recommandé quelqu'un à New York et l'avait aidée lors de la prise de contact téléphonique. À l'époque, Perkins lui en avait été reconnaissante ; désormais, des années plus tard, elle se demandait si Gigliotti n'aurait pas pu en faire plus[18]. (Par la suite, Gigliotti insisterait sur le fait qu'elle avait essayé d'aider Perkins à trouver un avocat qui prendrait les choses en main.)

Perkins et Chiu, qui était étudiante en droit à temps partiel à l'époque, avaient donc pris un avocat londonien du cabinet Simons Muirhead & Burton, et elles supposaient que la prochaine étape serait une action en justice.

Les avocats avaient informé les deux femmes qu'il n'en serait pas ainsi. Elles ne détenaient aucune preuve physique. Elles n'avaient pas appelé la police à Venise. Elles n'étaient que deux femmes d'une vingtaine d'années s'opposant à Weinstein, et potentiellement à Disney, désormais propriétaire de Miramax. À la place, on leur avait dit que leur meilleure ligne de conduite était un règlement à l'amiable – peut-être un an de salaire, soit environ 20 000 livres. C'est ainsi que ces affaires sont généralement traitées, leur avait-on précisé. Perkins et Chiu avaient protesté en disant qu'elles ne voulaient pas d'argent : elles en feraient don à un organisme de charité, espérant ainsi attirer l'attention du public. Ce n'était pas ainsi que ça fonctionnait, leur avait-on rétorqué. Sans demande financière, il était peu probable que les avocats de Weinstein acceptent ne serait-ce que d'entamer les négociations.

Indignée, Perkins avait donné un chiffre encore plus élevé, puis tenté de parvenir à un accord qui permettrait de faire cesser le comportement de Weinstein. Elle avait exigé que Weinstein suive une thérapie et qu'elle soit présente à la première séance. Miramax devrait définir une politique contre le harcèlement sexuel, impliquant une formation et un comité de trois personnes qui évalueraient les plaintes, l'une d'elles au moins devant être avocat. Si une plainte similaire était déposée dans les deux prochaines années, avec des indemnisations d'au moins 35 000 livres ou six mois de salaire, l'affaire serait rapportée à Disney ou Weinstein serait renvoyé.

Les avocats de Weinstein s'étaient défendus. Le producteur était représenté par un cabinet d'avocats londonien, Allen & Overy. Par ailleurs, un avocat de Miramax du nom de Steve Hutensky, qui gérait de façon générale les accords et les contrats avec les acteurs, les réalisateurs et les scénaristes, était apparu à Londres depuis les bureaux new-yorkais pour travailler avec eux. (Hutensky dira plus tard que ce fut la seule plainte pour agression sexuelle à l'encontre de Weinstein dont il ait eu connaissance et que le producteur lui avait juré que la relation était consentie et qu'il réglait l'affaire pour protéger son mariage.) La séance de négociations avait duré jusqu'à 5 heures du matin. Finalement, chaque femme avait reçu 125 000 livres, mais elles devaient toutes les deux se plier à d'extravagantes conditions.

Tandis que Perkins et Jodi déjeunaient en discutant à Londres, les preuves écrites de ces conditions se trouvaient dans le sac de Perkins. Jodi et Megan savaient pour le règlement amiable de Rose McGowan et soupçonnaient qu'un accord avait été conclu avec l'ex-assistante que Megan avait rencontrée, mais elles n'avaient jamais posé les yeux sur ce type de contrat dans le cadre de l'affaire Weinstein. En journalisme d'investigation, savoir que des documents incriminants existaient était déjà bien ; les voir était excellent ; et s'en procurer des copies était encore mieux. Dans les jours précédant le voyage de Jodi, Megan avait eu des paroles d'encouragement et lui avait fait part de son soutien avec des émojis : « Tu verras les documents, j'en suis certaine. »

Perkins hésitait à extraire de son sac les feuilles jaunies marquées du vieux logo Miramax. Elle commença par les lire à haute voix. Elle n'était pas autorisée à parler à quiconque de l'époque où elle travaillait chez Miramax. N'importe quel « professionnel de santé » qu'elle consultait à propos de ce qui s'était passé devrait signer un accord de confidentialité. Elle ne pouvait pas se confier à son propre comptable à propos de l'argent qu'elle percevait. L'accord impliquait qu'elle énumère tous ceux à qui elle s'était confiée au sujet des événements de Venise – pas nommément, Perkins avait refusé de le faire ; à la place, il y avait une étrange liste anonyme. Elle avait dit à d'autres employés et à son petit ami qu'elle quittait Miramax « à cause d'un certain acte » et pour des raisons morales ; elle avait décrit à ses deux amies les plus proches la nature exacte de ce qui s'était produit, etc.

La liste des conditions était longue. Elle n'avait pas le droit de parler de ce qui s'était passé « à aucun organisme médiatique en existence aujourd'hui ou à l'avenir ». (Et pourtant, se dit Jodi, vingt ans plus tard, voilà que Perkins déjeunait avec une journaliste : quelle femme !) « Au cas où les parties divulgueraient l'affaire », poursuivit Perkins, elle devrait fournir « toute assistance raisonnable qui pourrait lui être demandée afin de prendre des mesures jugées prudentes pour gérer le susdit afin de prévenir toute nouvelle divulgation ou, le cas échéant, d'en atténuer l'effet. » En d'autres termes, Perkins devait aider à dissimuler la vérité même si elle venait à être dévoilée d'une façon ou d'une autre.

Ces conditions étaient des insultes au bon sens. Les accords avaient marqué un tournant décisif dans la vie de Perkins, mais elle n'était pas même autorisée à détenir un exemplaire complet du document. À la place, on lui avait accordé un droit de consultation restreint – si elle voulait le voir, elle pouvait en consulter un exemplaire au cabinet d'avocats. Le document que Perkins avait apporté au déjeuner se composait de fragments ficelés ensemble. Lorsqu'elle avait demandé à son avocate comment il lui était possible de se soumettre à un accord qu'elle ne pouvait pas consulter, celle-ci lui en avait remis ces extraits. Le pire était que, après d'intenses pressions de la part des avocats de Weinstein, Perkins et Chiu, qui avaient un accord assorti, avaient accepté des clauses confidentielles impliquant qu'elles ne pourraient plus jamais discuter de l'affaire entre elles.

Les documents étaient datés du 23 octobre 1998. Il n'avait fallu que quelques semaines pour résoudre l'imbroglio de Venise. Chiu avait envoyé un Filofax à Perkins en guise de cadeau de remerciement, puis elle s'était volatilisée.

Après cela, Perkins s'était sentie « brisée et désenchantée ». Sa quête d'un nouveau travail n'était pas facile, car ne pouvait pas expliquer à ses employeurs potentiels pourquoi elle avait quitté si brusquement une entreprise aussi prestigieuse. Comprenant que sa carrière dans le cinéma était terminée, elle avait décidé de partir au Guatemala élever des chevaux. Elle s'était battue lors des négociations pour avoir le droit d'assister à la thérapie de Weinstein et elle lui avait choisi un thérapeute, mais elle avait du mal à fixer des rendez-vous et finit par abandonner.

Shakespeare in Love avait tout gagné aux Academy Awards de 1999, qui avaient eu lieu cinq mois après la signature des documents. Le film avait remporté sept Oscars, plus que tout autre film cette année. Gwyneth Paltrow avait reçu l'Oscar de la meilleure actrice. Weinstein et Donna Gigliotti celui du meilleur film. (Plus tard, elle retravailla brièvement avec lui : en 2010, Gigliotti était la présidente de production de Weinstein.) Le nom de Perkins était au générique du film.

Au cours de la vingtaine d'années suivantes, le regard de Perkins sur l'affaire avait changé. Elle ne cherchait plus à coincer Harvey Weinstein, mais plutôt à dénoncer publiquement l'inéquité du système de compensations financières pour éviter que d'autres femmes ne soient contraintes de renoncer à leurs droits.

« Pour moi, le plus traumatisant a été la façon dont l'affaire a été traitée par les avocats », dira-t-elle plus tard. « Je voulais qu'Harvey soit démasqué, mais ce qui m'a brisé le cœur, c'est ce qu'il s'est produit quand je suis allée consulter des avocats. »

Perkins était tentée d'enfreindre les termes de son accord de confidentialité et de briser l'omerta. Jodi était impressionnée par son courage. Quand tant d'autres femmes ne répondaient même pas au téléphone, Perkins envisageait de s'exposer à de graves conséquences financières et légales. Avant de se rendre à Londres, Jodi avait téléphoné à un spécialiste du droit du travail afin qu'il évalue ce que risquait une femme liée par un accord de confidentialité si elle ne respectait pas les termes du contrat. L'avocat n'avait laissé planer aucun doute. « Ils la traîneraient en justice et lui demanderaient de rendre l'argent. » Durant toutes ses années de pratique du droit, dit-il, aucun client n'avait jamais enfreint un accord de confidentialité. « Ils payent pour obtenir le silence », conclut-il. Perkins décida, comme toutes les autres, qu'elle ne voulait pas être la seule à prendre la parole : si Jodi et Megan pouvaient persuader d'autres femmes d'enfreindre leur accord, elle le ferait aussi.

Une façon plus sûre, bien que moins satisfaisante, de continuer était d'étayer les faits de cet accord en s'adressant à des tiers. Amy Israel connaissait une partie de l'histoire et elle n'était pas la seule. Mais il n'en restait pas moins un autre problème. Chiu, la victime présumée, ne répondait pas aux messages électroniques ou téléphoniques. Elle ne voulait pas qu'on la retrouve.

La semaine précédant le voyage à Londres, Jodi avait pris un avion pour se rendre dans la baie de San Francisco où elle avait loué une voiture pour se rendre chez Chiu, dans la Silicon Valley[19]. Comme Megan quelques semaines plus tôt, elle avait écrit une lettre sur du joli papier et répété son discours à l'avance.

Un homme bricolait une voiture dans l'allée. Jodi s'était présentée et avait demandé si Rowena Chiu était chez elle.

Non, elle était en voyage à l'étranger, avait-il répondu. Mais il était son mari et il était certain que sa femme ne voulait pas parler aux journalistes. Pouvait-elle s'en aller maintenant ?

Jodi avait hoché la tête. Avant de partir, elle avait demandé au mari s'ils pouvaient discuter brièvement, officieusement, dans l'allée. Elle voulait lui expliquer ce qui l'avait amenée à faire le voyage depuis New York.

Il ne s'était pas présenté, mais elle connaissait son nom : Andrew Cheung. Elle tentait de déchiffrer son expression. Cela devait lui faire bizarre de se retrouver nez à nez avec une journaliste alors qu'il était en train de nettoyer sa voiture.

Cheung avait aquiescé, non sans une certaine hésitation. Après que Jodi lui eut exposé les grandes lignes, il s'était mis à lui poser des questions. Vous n'êtes pas la première journaliste à avoir contacté ma femme, avait-il dit. Que lui voulez-vous, vous et tous les autres ?

Il devait sûrement connaître la réponse, s'était dit Jodi. Il lui paraissait impossible que plusieurs journalistes contactent son épouse sans qu'il sache pourquoi. Il essayait probablement de savoir ce que Jodi savait et il utilisait la même stratégie que l'ex-assistante envers Megan dans la banlieue de New York : faire semblant de n'être au courant de rien.

Que répondre ? Elle ne pouvait pas mentir. Elle avait surgi dans l'allée de cet homme en lui demandant de discuter. Si elle voulait que ce couple soit franc avec elle, elle devait aussi se montrer transparente envers eux. Mais à ce stade, elle ne connaissait pas encore les détails des allégations, et si vraiment il ignorait ce qui s'était produit à Venise, ce n'était pas à Jodi de l'en informer.

Jodi lui avait alors dit, en choisissant ses mots et en précisant qu'elle pouvait se tromper, que sa femme avait sans doute été harcelée par Harvey Weinstein. Lorsqu'elle avait mentionné une compensation financière, Cheung avait ri et désigné la maison à l'allure ordinaire qui se dressait derrière lui. « Ai-je l'air d'un homme dont la femme a reçu une compensation financière ? » avait-il demandé.

Il n'était pas au courant, avait compris Jodi avec effroi. Cette femme n'avait rien dit à son mari. Ces clauses de confidentialité signées des années plus tôt les avaient conduits tous les trois à cette étrange situation : une femme n'avait pas le droit de partager ses propres expériences avec son époux. Un mari se tenait incrédule dans sa propre allée, apprenant les secrets de sa femme de la bouche d'une inconnue. Il avait promis de lui faire passer un message, mais avait dit qu'il était certain que Chiu voulait qu'on la laisse tranquille. Si Weinstein avait harcelé tant d'autres femmes, avait-il demandé, ne pouvez-vous pas faire votre article et la laisser en dehors de tout ça ?

Avant de partir, espérant qu'elle n'avait pas fait qu'empirer les choses, Jodi avait répondu à sa question : « Si tout le monde adopte cette attitude, l'article ne sera jamais écrit. »

Après son départ, Cheung avait interrogé sa femme, qui rendait visite à ses parents au Royaume-Uni, au sujet de la visite de Jodi. Mais Chiu avait éludé le sujet et Cheung n'avait pas poussé l'interrogatoire plus loin. Il savait qu'elle avait travaillé pour Miramax, mais parce qu'il n'était pas au courant de l'agression présumée ou du règlement à l'amiable, il ignorait aussi un autre détail : neuf mois après le festival de Venise, elle s'était fait réembaucher par la société.

Ce n'était pas ce qu'elle souhaitait. Mais comme Perkins, elle ne parvenait pas à décrocher d'autres emplois dans le cinéma à Londres, à cause des circonstances inexpliquées de son départ. Dans le cadre de l'accord, Miramax lui avait déjà remis un courrier de référence, alors elle avait demandé à Hutensky, l'avocat de l'entreprise, de lui communiquer des pistes d'emploi dans d'autres sociétés.

Le message qu'elle avait reçu en retour était : Harvey t'apprécie beaucoup et aimerait que tu reviennes.

Chiu avait cédé et réintégré Miramax, à l'été 1999, pour un poste basé à Hong Kong, afin de repérer des films asiatiques qui pourraient être adaptés en productions hollywoodiennes. Elle n'avait eu aucun contact avec Weinstein, à part une téléconférence où Hutensky était aussi en ligne pour superviser l'appel, et elle se demandait ce que les autres employés savaient – mais elle ne pouvait évidemment pas leur en parler.

« J'ai fait de mon mieux pour prendre un nouveau départ. C'était un pays inconnu », dit-elle. « J'ai essayé de le voir ainsi : “Je construis mon propre empire et je suis loin de New York et des abus commis au siège de Miramax.” » Au début, elle s'était consacrée pleinement à la découverte de films asiatiques, mais elle avait constaté que Miramax n'y accordait pas vraiment d'importance. Peu à peu, elle avait commencé à soupçonner que le travail avait été inventé de toutes pièces pour la garder sous le contrôle de Weinstein.

« C'était un pacte avec le diable », dit-elle. Elle avait fait une dépression et deux tentatives de suicide avant de quitter Miramax définitivement et rentrer à Londres où elle avait repris ses études et décroché un MBA avant de démarrer une nouvelle vie.

Lorsque Jodi était apparue dans son allée, Chiu avait un CV plein de réussites et d'aventures dans le monde des affaires, ainsi que quatre enfants dont un en bas âge. Chiu avait dit à son mari de ne pas s'inquiéter pour la visite de Jodi. Des journalistes apparaissaient de temps en temps, avait-elle expliqué, mais ils n'écrivaient jamais rien et elle ne pensait pas qu'ils le feraient un jour.

Le mardi 3 août, vingt-quatre heures après le déjeuner à Londres avec Zelda Perkins, Jodi était assise à une table de pique-nique face à une autre femme recommandée par Amy Israel : Laura Madden[20].

Quand Jodi lui avait demandé si elle pouvait la rencontrer, Madden avait accepté, non sans hésitation. Elle habitait au pays de Galles, mais cette semaine-là, elle partait en vacances en Cornouailles, à l'extrême sud-ouest de l'Angleterre, et elle ne pourrait lui consacrer qu'environ une heure. Jodi s'y rendit tout de même. Les vols depuis Londres étaient complets, si bien qu'elle avait fait le trajet en train, ce qui lui avait pris cinq heures. Durant la dernière heure du voyage, le train était tombé en panne et elle avait donc fini le trajet en bus. Elle voulait absolument voir Madden, parce que son histoire, qu'elle avait déjà commencé à lui dévoiler au téléphone, unifiait de nombreux éléments que les journalistes avaient déjà entendus séparément.

En 1992, Madden n'avait que 21 ou 22 ans. C'était une fille de la campagne irlandaise qui ne connaissait rien à la vie, ayant grandi dans une propriété qui appartenait à sa famille depuis des générations. La fortune familiale avait été dilapidée – les parents avaient dû transformer la propriété en hôtel –, mais les gens du coin trouvaient que sa famille était trop snob et trop britannique. Quand elle était enfant, elle se réfugiait dans les livres et se promenait sur les terres familiales. Madden n'allait pas à l'université et, à part quelques mois de séjour linguistique en Espagne, elle n'avait jamais quitté la maison.

Lorsque le tournage d'un film avait commencé près de chez elle, elle avait décroché un job de figurante et attrapé le virus du cinéma. L'équipe lui avait dit de chercher du travail sur le tournage d'*Into the West* avec Gabriel Byrne et Ellen Barkin. Elle avait été engagée et c'était ainsi qu'elle s'était un jour retrouvée dans la chambre d'hôtel de Weinstein, à Dublin, ravie à l'idée de répondre au téléphone et de faire des courses pour le producteur qu'elle n'avait jamais rencontré. À son arrivée, du champagne et des sandwiches l'attendaient. Weinstein avait complimenté Madden, lui disant que tout le monde à la production avait remarqué son talent et appréciait son travail.

« Il m'a dit qu'il me garantissait un emploi permanent aux bureaux londoniens de Miramax et que je pouvais commencer sur-le-champ », écrivit par la suite Madden à Jodi dans un courriel. « J'étais ravie, puisque c'était littéralement mon job de rêve. »

Weinstein, en peignoir, avait dit à Madden qu'il était épuisé par son voyage et il voulait qu'elle le masse. Elle avait résisté. Il avait insisté, disant que tout le monde le faisait, que ça n'avait rien de romantique, qu'il avait juste besoin de se détendre, se souvint-elle. « Je me suis sentie complètement prise au piège : je sentais que quelque chose n'allait pas dans cette situation, mais je me disais que le problème venait peut-être de moi et que tout cela était complètement normal », écrivit Madden.

Lorsqu'il avait retiré son peignoir, Madden avait posé les mains sur lui mais s'était figée. Il lui avait proposé de la masser la première, pour la mettre à l'aise. Elle avait retiré son haut, comme il le lui demandait, puis son soutien-gorge, et il l'avait touchée partout, se souvint-elle. Elle ne ressentait que du dégoût et avait peur de perdre le travail qu'il lui proposait à Londres.

Ce ne fut que des mois plus tard, lorsque toute l'affaire éclata au grand jour, que Madden divulgua les pires détails de son histoire. Weinstein n'avait pas tardé à lui enlever sa culotte. Il se tenait au-dessus d'elle. Il était nu et se masturbait. « J'étais allongée sur le lit et j'étais terrifiée, je me sentais en danger et totalement dépassée », écrivit-elle. Elle lui avait demandé de la laisser tranquille. Mais il ne cessait de lui faire des demandes de faveurs sexuelles, du même ordre que celles que Judd avait décrites – pourrions-nous faire ceci, pourrions-nous faire cela. Weinstein avait proposé qu'ils prennent une douche et Madden était si paralysée qu'elle avait accepté. Tandis que l'eau coulait autour d'eux, il continuait à se masturber et Madden pleurait si fort que le producteur avait fini par paraître agacé et reculer, dit-elle. Elle s'était alors enfermée dans la salle de bain pour continuer à sangloter. Elle avait l'impression de continuer à l'entendre se masturber de l'autre côté de la porte.

Omettant ces détails, Madden raconta qu'elle se précipita dans la chambre pour récupérer ses vêtements et ses affaires avant de s'enfuir en courant. (Plus tard, Weinstein nierait en intégralité son récit.)

Le pire était qu'elle avait d'abord été si enthousiaste à l'idée d'avoir décroché un emploi et d'avoir eu autant de chance. « L'impression accablante dont je me souviens encore était la honte et la déception qu'une perspective aussi prometteuse puisse être réduite à ça », dit-elle. « Il m'a privée de tout l'optimisme que j'avais pu avoir pour mon avenir. Tout espoir d'avoir obtenu cet emploi par mon propre mérite s'était envolé. »

Par la suite, une collègue à qui elle avait demandé de l'aide avait téléphoné à Weinstein pour lui demander d'expliquer son comportement et il s'était volontiers excusé. « Je devais accepter le travail et ne pas me sentir compromise », dit Madden. Le producteur avait juré que cela n'arriverait plus.

Madden avait pris le poste à Londres où elle avait travaillé pendant six ans dans la production pour l'homme qui avait abusé d'elle, dit-elle. Elle se sentait en sécurité notamment parce qu'il était basé aux États-Unis. Au bout du compte, c'était bien le travail qu'elle avait voulu. Son père, qui avait d'abord été furieux en apprenant les mauvais traitements qu'elle avait subis, avait fini par soutenir sa décision.

Mais Madden n'avait jamais été heureuse chez Miramax. Lorsque le producteur se rendait à Londres, elle ne savait jamais laquelle de ses facettes elle allait voir : la charmante ou la dangereuse. Elle avait vécu beaucoup d'autres moments désagréables dans des chambres d'hôtel avec Weinstein, dit-elle, même si aucun n'avait été aussi affreux. Elle avait passé toute sa période d'emploi à se sentir « compromise » – selon ses mots – par ce qui s'était produit au début. « J'ai porté le poids de la responsabilité de l'agression, je me disais que j'aurais dû le repousser tout de suite et que je n'aurais jamais dû accepter ce job », écrivit-elle plus tard.

L'histoire de Madden était une sorte de condensé des autres, car elle réunissait les éléments de ce que Jodi et Megan commençaient à appeler « le mode opératoire » : les avances caractéristiques de Weinstein, si semblables d'un récit à l'autre. Chacune de ces histoires était bouleversante en elle-même, mais leur implacable répétition donnait froid dans le dos. Les actrices et les ex-employées de la société de production, des femmes qui ne se connaissaient pas, qui ne vivaient pas dans le même pays, racontaient aux journalistes des variations d'une même histoire. Elles employaient les mêmes mots et décrivaient des scènes similaires. Des jeunes femmes ambitieuses, des nouvelles recrues chez Miramax, qui espéraient entrer en contact avec le producteur. Des suites dans des hôtels. Des bouteilles de champagne qui attendaient au frais. Weinstein en peignoir. Elles étaient si jeunes, si désarmées. Elles voulaient toutes la même chose que la jeune Laura Madden : leur propre équivalent de ce job aux bureaux de Londres, la chance de travailler, de participer, de réussir.

Durant sa discussion avec Madden, Jodi ne mentionna pas le déjeuner de la veille avec Perkins.

Elle n'avait pas non plus évoqué Madden auprès de Perkins. Elle n'y était pas autorisée puisque les conversations étaient confidentielles. Même si les deux femmes avaient travaillé ensemble aux bureaux londoniens, elles ne s'étaient jamais confiées l'une à l'autre. Elles étaient restées isolées ; personne ne voyait l'ensemble du tableau. Il était tentant de rêver de réunir toutes les victimes présumées de Weinstein, de leur montrer qu'elles avaient toutes été victimes de quelque chose qui les dépassait, les englobait. Mais ce serait périlleux, même avec leur autorisation, pour elles comme pour les journalistes. Il ne fallait pas que les sources se connaissent entre elles. Les journalistes savaient bien que l'anxiété était contagieuse. L'une des femmes pouvait convaincre les autres de ne pas participer. Une fuite pouvait tout compromettre.

Plus tôt, au téléphone, Madden avait dit qu'elle ne serait jamais capable de divulguer toute l'histoire. Maintenant qu'elles étaient assises toutes les deux à la plage, Jodi avait d'elle une impression plus claire. Il y avait quelque chose de discrètement impressionnant chez Madden : elle se montrait prudente au sujet de ce dont elle se souvenait ou non, elle était judicieuse dans ses descriptions et elle avait l'œil pour les nuances et les détails. Après Miramax, elle s'était épanouie dans la maternité. Mais maintenant, elle se trouvait dans une période difficile. Son mariage venait de se terminer. Elle se demandait comment elle allait faire pour élever seule ses quatre enfants âgés de onze à seize ans. Elle venait d'avoir un cancer, avait subi une ablation d'un sein et aurait besoin d'une deuxième mastectomie, en plus d'une chirurgie reconstructive, dans les prochains mois. Elle n'avait jamais travaillé à plein temps depuis qu'elle avait quitté Miramax et n'avait que brièvement géré un petit service de restauration. Elle essayait de terminer une formation de paysagiste, mais elle manquait de confiance en elle. Elle ne le dit pas à Jodi à l'époque, mais entre sa séparation et ses mastectomies, elle avait l'impression que toute sa féminité était mise en cause et elle se demandait si elle pourrait encore plaire ou être désirée un jour. Tandis qu'elles bavardaient sur la plage, Jodi réalisa que même les vacances étaient éprouvantes pour Madden. Elle n'avait pas l'habitude de passer ses étés toute seule.

De plus, son impression d'avoir commis une faute ne s'était jamais dissipée. (C'était pour cette raison qu'elle n'avait raconté à Jodi qu'une version expurgée de son histoire.) Elle ne pourrait jamais se confier publiquement, avait-elle dit à Jodi, parce qu'elle avait bien trop peur d'être jugée pour ne pas s'être enfuie.

Mais elle avait accepté de parler en privé à Jodi en raison d'un appel qu'elle avait reçu avant même leurs conversations, de la part d'une ex-assistante de Weinstein nommée Pamela Lubell, avec qui elle n'avait pas parlé depuis près de vingt ans. Lubell s'était épanchée sur la chance qu'elles avaient eue de travailler chez Miramax et sur la gentillesse de Weinstein. Puis elle avait demandé si Madden avait été contactée par des journalistes – « ces cafards de journalistes », avait-elle dit. Lubell voulait s'assurer que Madden ne leur parlerait pas. Madden avait refusé de lui promettre quoi que ce soit, alors Lubell avait continué de la poursuivre de ses appels. « S'il y a un projet que tu as envie de réaliser, tu peux toujours me l'envoyer ; je le transmettrai à Harvey », lui avait dit Lubell. Madden était certaine que Weinstein avait demandé à son ancienne collègue de l'appeler. Elle lui avait répondu sans détour. Oui, Weinstein l'avait harcelée. Non, elle ne pouvait pas lui garantir qu'elle ne parlerait pas. En fait, elle était scandalisée par ses tentatives pour la réduire au silence. C'était pour cela qu'elle avait répondu à Jodi dès son premier appel.

Sur la plage, Jodi demanda à Madden de songer à témoigner officiellement. Elle lui décrivit la quantité grandissante d'allégations, sans citer personne ; elle dit à Madden que son histoire exercerait une grande influence sur les autres ; et elle lui promit qu'elles reverraient tout ensemble avant de publier, et qu'elle ferait tout son possible pour que l'expérience soit la moins dégradante possible. Si Weinstein contre-attaquait d'une quelconque façon, ça ne ferait que démontrer sa culpabilité, ajouta-t-elle.

Madden répondit prudemment qu'elle allait y réfléchir. Elle voulait que l'histoire tienne la route. Depuis que Jodi était informée des difficultés personnelles auxquelles Madden était confrontée, elle s'inquiétait que le timing ne soit mauvais pour l'ex-assistante. Mais, personnellement, Madden pensait le contraire : « Tout semblait imploser », dit-elle. « Un peu plus d'implosion ne pouvait pas être pire. » Elle désirait quelque chose de proactif, quelque chose de positif.

Et, dans son for intérieur, Madden formulait un argument encore plus fort. Elle se rendait compte qu'elle était libre. Elle ne travaillait plus à Hollywood. Et surtout, elle n'avait pas reçu d'argent pour garder le silence et n'avait pas non plus signé d'accord de non-divulgation. Elle se demandait si elle n'avait pas le devoir de parler, puisque les autres ne le pouvaient pas.

À New York, Megan déployait un dernier effort pour retrouver la trace de la mystérieuse plainte déposée en 2001 contre Miramax au département californien de l'emploi et du logement équitables. Elle avait besoin de se faire aider par une personne qui connaissait bien le terrain, qui comprendrait pourquoi elle refusait de renoncer. Elle écrivit un courriel à Gloria Allred.

Megan avait fait la connaissance de l'avocate féministe en octobre 2016 pendant son enquête sur les relations de Trump avec les femmes. Après la divulgation de l'enregistrement d'*Access Hollywood*, Allred avait représenté plusieurs femmes qui avaient porté des accusations contre Trump. Elle avait tenu des conférences de presse strictement contrôlées, réconfortant ses clientes lorsqu'elles fondaient en larmes devant les caméras. Quand Trump s'était déchaîné contre certaines accusatrices, Allred avait contre-attaqué.

Certains journalistes et critiques considéraient qu'elle ne cherchait qu'à se mettre en avant, de façon éhontée. Mais après avoir lu l'autobiographie d'Allred[21], lui avoir longuement parlé et interviewé quelques-uns de ses anciens clients et collègues, Megan la prenait très au sérieux. En tant que jeune mère célibataire, Allred s'était battue pour obtenir des aides. Elle avait été violée sous la menace d'une arme à vingt-cinq ans et elle s'était fait avorter illégalement, ce qui avait bien failli la tuer. La motivation d'Allred pour contribuer à protéger d'autres femmes et permettre aux victimes de s'exprimer semblait être la conséquence de ses propres souffrances.

Toutefois, un aspect poussait Megan à la prudence pour ce qui était de demander l'aide d'Allred dans l'enquête sur Weinstein : l'étrange influence de Lisa Bloom, qui était sa fille. Par conséquent, lorsqu'elle parla à Allred, elle ne mentionna pas Weinstein nommément, mais dit seulement qu'elle avait besoin de conseils pour obtenir d'anciennes plaintes pour harcèlement sexuel auprès d'une agence gouvernementale en Californie. Allred était muette et ne lui donna que très peu de conseils. Megan ne savait pas, et n'aurait jamais soupçonné, que le cabinet d'Allred possédait des archives sur Weinstein, des documents qui n'avaient pas été portés à l'attention du gouvernement ou du public.

Même si l'avocate avait la réputation d'être la porte-parole des victimes féminines, elle tirait une partie de son travail et de ses revenus de la négociation d'accords secrets qui réduisaient ces femmes au silence et enterraient les allégations de harcèlement et d'abus sexuels. En 2011, son associé et elle avaient négocié un accord avec Bill O'Reilly – l'un de ces accords si incroyablement contraignants qu'ils avaient attiré l'attention d'Emily Steel[22]. Fin 2016, alors que le public commençait à être mis au courant des abus à l'encontre des gymnastes perpétrés par l'ancien médecin de l'équipe, Larry Nassar, Allred planchait sur un accord pour museler la médaillée olympique McKayla Moroney, l'une des plus grandes personnalités de ce sport[23].

Megan n'apprit que plusieurs mois plus tard qu'en 2004, le cabinet d'Allred avait aussi négocié un accord avec Weinstein. Sa victime présumée – la cliente du cabinet – était Ashley Matthau (alors Anderson), qui avait travaillé comme danseuse dans *Dirty Dancing 2*, film produit cette année-là par Miramax[24]. Matthau avait vingt-trois ans à l'époque, mais paraissait plus jeune. Elle avait passé son adolescence dans le monde isolé de la danse, suivant l'American Ballet Theater dans ses tournées. Ensuite, elle avait été aspirée par l'univers des vidéos clips, des fêtes organisées à la Playboy Mansion et d'autres milieux dans lesquels le mot d'ordre était : « Sois belle et tais-toi. »

Mais ce qu'il s'était produit durant le tournage du film avait fait jaillir une profonde colère en elle. Lors d'une visite sur le plateau du tournage de *Dirty Dancing*, à Puerto Rico, Weinstein avait insisté pour que Matthau vienne dans sa chambre d'hôtel pour un rendez-vous privé afin de discuter de futurs projets. Une fois seuls, dit-elle, il l'avait poussée sur le lit, il lui avait tripoté les seins et s'était masturbé sur elle. « Je n'arrêtais pas de lui dire : "Arrêtez, je suis fiancée" », raconta plus tard Matthau à Megan. « Mais il répétait sans cesse : "C'est juste un petit câlin. Ce n'est pas grave. Ce n'est pas comme si nous avions un rapport sexuel." » Le lendemain, Weinstein lui avait promis de lui donner plus de travail, comme s'il passait un contrat. « Je ne voulais pas qu'il s'en sorte impunément. Je voulais me défendre. »

À la demande de son fiancé, Matthau s'était adressée à Gloria Allred. Le fiancé avait vu l'avocate à la télévision et il s'était dit qu'elle pouvait les aider. Allred avait orienté Matthau vers son associé, John West, qui avait encouragé cette dernière à trouver un règlement à l'amiable. De crainte de s'opposer à Weinstein et à tout son pouvoir en public, Matthau n'avait pas tardé à accepter 125 000 dollars en échange de son engagement à ne plus jamais mentionner les allégations, dit-elle. « Je me souviens que John n'avait même pas négocié, ou en tout cas pas beaucoup, parce qu'il pensait que je ne pourrais pas le gérer émotionnellement », expliqua Matthau. « Il m'a conseillé de prendre l'argent, de passer à autre chose et d'essayer de soigner mes blessures. » La part du cabinet s'élevait à 40 %, dit-elle.

West et Allred refusèrent de commenter la représentation de Matthau par le cabinet. Toutefois, lors d'un autre entretien, Allred offrit les mêmes arguments en faveur des accords confidentiels que les journalistes avaient déjà entendus : ils étaient préférables pour les clients. En effet, beaucoup souhaitaient que leur vie privée soit respectée et avaient peur d'être évincés par leurs employeurs ; intenter une action en justice était risqué et pouvait durer des années. « Personne n'a forcé personne à signer un accord de non-divulgation », dit-elle à Megan. « Personne ne leur a mis un pistolet sur la tempe. »

Allred admit aussi la dure réalité concernant les clauses de confidentialité : elles protégeaient aussi les auteurs des comportements sexuels répréhensibles. « Une cliente dira : "Je veux être indemnisée, vous m'avez obtenu un montant conséquent et j'en suis ravie, mais pourquoi dois-je le garder secret ?" » dit Allred. « Parce que ce puissant personnage veut qu'on le laisse tranquille, il veut que ça se termine et il veut passer à autre chose, tout comme vous. »

En 2017, les avocats d'une association de consommateurs en Californie, État natal d'Allred, avaient perçu le danger de cette ligne de pensée[25]. Ils estimaient que les victimes de harcèlement sexuel méritaient des compensations financières, mais que les règlements amiables ne devaient pas servir à couvrir – et donc à perpétuer – un comportement de prédateur. « S'il y a un harceleur en série en maraude, vous ne pouvez pas protéger sans cesse ce type de secrets, parce qu'il continuera ses méfaits », dit plus tard Nancy Peverini, lobbyiste pour l'association.

En janvier, Connie Leyva, législatrice, avait envisagé de faire voter une loi, à la demande de ces avocats, afin de transformer les accords à l'amiable pour harcèlement sexuel en Californie, en interdisant les clauses de confidentialité et en veillant à ce que les futures victimes puissent s'exprimer et désigner les coupables. C'était l'avancée que Katie Benner avait mentionnée à ses collègues du *Times* dans la salle de conférence.

Puis Allred était entrée en scène. Lors d'une conversation téléphonique tendue avec les lobbyistes et une assistante de Leyva, Allred avait été inflexible : les harceleurs sexuels ne verseraient jamais le moindre sou aux victimes sans obtenir la garantie de leur silence en retour[26]. Si la législation était proposée, elle ferait le voyage jusqu'à la capitale pour s'y opposer.

L'association d'avocats savait qu'aucune loi visant à protéger les victimes ne pourrait survivre à des attaques publiques portées par Gloria Allred. Elle déploierait ses nombreux fans qui la voyaient comme l'avocate ultime. Sans surprise, Connie Leyva avait décidé de retirer son soutien à la loi. Sous la menace d'Allred, l'effort visant à réformer le système et à protéger les voix des victimes s'était essoufflé avant même d'avoir commencé.

Chapitre 4

« Gestion de la réputation »

Le 12 juillet, Dean Baquet, le rédacteur en chef du *Times*, réunit Jodi, Megan, Corbett et Matt Purdy dans son bureau. Il voulait être informé des progrès de l'enquête sur Weinstein. Mais il avait aussi des instructions à leur transmettre.

Au sein de la salle de rédaction, le bureau d'angle de Baquet était un lieu à l'écart, plus spacieux et plus silencieux, qui contenait des souvenirs d'une vie passée dans le milieu de la presse écrite. Baquet avait grandi à La Nouvelle-Orléans, dans un appartement à l'arrière du restaurant créole tenu par ses parents, qui était si modeste qu'une boîte à cigares servait de caisse[1]. C'était le premier rédacteur noir du *Times*, mais il évoquait rarement son expérience personnelle des problèmes raciaux devant son équipe. Il préférait discourir sur l'art de demander des comptes aux puissants en sachant quand se montrer agressif ou maître de soi face à eux.

Ce jour-là, Baquet voulait notamment leur transmettre un appel à la prudence. En 2014, à Cambridge, dans le Massachusetts, lors de la première d'une version initiale de *Finding Neverland*, la comédie musicale à problèmes produite par Weinstein, celui-ci avait tenté d'empêcher le journal de publier une critique, sachant qu'un article négatif pouvait condamner le spectacle. Il s'était plaint à Baquet et Arthur Sulzberger, qui, à l'époque, était directeur de la publication, en évoquant sans la moindre subtilité l'argent qu'il dépensait en publicité dans le journal et citant une tradition en vigueur à New York de ne pas publier de critiques sur les avant-premières qui n'avaient pas lieu en ville. Mais l'un des rédacteurs des rubriques culture avait persuadé Baquet que la règle était tombée en désuétude : *Finding Neverland* était une production à gros budget, et le spectacle faisait beaucoup de bruit en ligne. En entendant cela, Weinstein avait averti Baquet qu'il pouvait s'attendre à recevoir un appel de Meryl Streep en personne.

L'appel de la célèbre actrice n'était jamais venu, mais Baquet avait été contacté par David Boies, l'un des plus grands avocats du pays[2]. Durant les années 1990, Boies avait mené l'accusation du gouvernement américain dans l'affaire antitrust à l'encontre de Microsoft. Il avait représenté Al Gore dans le recomptage des suffrages de l'élection présidentielle de 2000 et avait contribué à convaincre la Cour suprême de lever l'interdiction du mariage homosexuel en Californie. Il conseillait le producteur depuis 2001. Mais en appelant Baquet en 2014 pour le dissuader de publier sa critique sur les débuts de *Finding Neverland*, Boies avait lancé la conversation en disant : « Je n'appelle pas en tant qu'avocat d'Harvey, mais en tant qu'ami d'Harvey. »[3] Baquet avait eu le sentiment que l'avocat se montrait hypocrite vis-à-vis de ses relations avec Weinstein, et son attitude faussement amicale lui semblait condescendante. Baquet avait refusé de changer sa position.

L'année suivante, *Finding Neverland* était sur le point de faire ses débuts à Broadway et le *Times* préparait un article sur la production. Weinstein avait hurlé sur un rédacteur du service Culture du *Times* pour qu'il omette de mentionner un rebondissement : il faisait l'objet d'une enquête de police à New York suite à la plainte pour attouchements déposée par Ambra Battilana Gutierrez. Le producteur avait clamé que l'accusation était mensongère et insisté pour que le *Times* ne la mentionne pas, même si elle avait déjà fait beaucoup de bruit dans le journal et ailleurs.

Baquet avait donné pour consigne à son équipe de conserver la référence à la plainte et dit à Weinstein de ne plus jamais s'adresser à ses journalistes sur ce ton. « Vous et moi allons avoir une petite discussion un de ces jours sur votre manière de parler à mes journalistes », avait écrit Baquet dans un courriel à Weinstein en mars 2015. « Et je ne mâcherai pas mes mots, faites-moi confiance. »

Une enquête sur le traitement infligé par le producteur aux femmes avait des enjeux bien plus importants qu'une critique de comédie musicale et Baquet prédisait que Weinstein ferait tout ce qui était en son pouvoir pour l'empêcher. De fait, même si Baquet ne voulait pas en faire grand cas, Weinstein et Boies avaient déjà commencé à l'appeler, lui et le directeur de la rédaction, pour demander à avoir des conversations en privé.

Baquet voulait que Jodi et Megan suivent deux règles en avançant dans leur enquête. D'abord, elles devaient s'attendre à ce que Weinstein ait recours à des pratiques de plus en plus désespérées : qu'il emploie des détectives pour les suivre, elles ou leurs sources, et pour fouiller dans leur passé. Il planta ses yeux dans ceux des journalistes. « Partez du principe que vous êtes suivies », leur dit-il. « Parlez comme si toutes vos conversations étaient sur écoute. » Ensuite, Baquet ne voulait pas que les journalistes parlent à Weinstein en privé. Cela demandait de la rigueur. Quel journaliste ne souhaitait pas s'adresser directement à lui ? Mais Jodi et Megan devaient faire preuve de stratégie, dit Baquet. Autoriser Weinstein à faire des confidences reviendrait à le laisser mentir en toute impunité. S'il avait quelque chose à dire, il devait le dire à haute voix, officiellement.

Mais au début du mois d'août, Megan commença à remettre les règles de Baquet en question après que Jodi eut reçu un coup de téléphone inattendu de la part de Lanny Davis, avocat à Washington sous Clinton. Il dirigeait une affaire lucrative en tant que conseiller de crise et représentait souvent des crapules, comme certains dirigeants africains sur lesquels le journal avait mené des enquêtes. Il venait d'être embauché par Weinstein et voulait discuter officieusement. Jodi lui annonça que toutes les communications seraient consignées, mais lorsqu'il résista, elle en fit part à Megan et Corbett. Tandis que Jodi attendait, Davis continuait à lui poser des questions : pouvaient-ils se rencontrer – tout de suite ? David Boies pouvait-il se joindre à eux ? « C'est un ami proche du client », écrivit Davis dans un courriel, répétant la phrase qui avait tant agacé Baquet des années plus tôt.

Jodi et Corbett avaient déjà eu affaire à Lanny Davis auparavant. Il était vieux jeu et cordial en apparence, même s'il était aussi connu pour crier sur les journalistes lorsqu'il estimait qu'ils se montraient injustes envers lui ou ses clients.

Malgré tout ce qu'avait dit Baquet, Megan insista pour rencontrer Davis. Elle comprenait l'argument de son rédacteur en chef. Mais, d'expérience, elle savait qu'engager la conversation avec ceux qui ont des choses à cacher les conduisait souvent à se tirer une balle dans le pied. Par ailleurs, elle était curieuse. Comment Weinstein avait-il pu soi-disant mettre un terme à de précédentes enquêtes de journalisme ? Si le producteur mijotait quelque chose, mieux valait qu'elle le sache le plus tôt possible.

Megan proposa que Jodi et elle parlent à Davis de façon informelle, ce qui signifiait qu'elles pouvaient rapporter ses paroles tant qu'elles ne citaient pas son nom. Quelques jours plus tard, Corbett autorisa Jodi et Megan à rencontrer Davis. Mais elle et Baquet stipulèrent que l'entretien ne saurait remplacer une conversation officielle avec Weinstein. Boies n'était pas le bienvenu. Et même si les journalistes devaient jouer cartes sur table, elles ne révèleraient rien sur les actrices et les ex-employées qui avaient commencé à raconter leurs troublantes histoires.

Dès que Jodi contacta Davis pour régler les détails, l'expert en relations publiques, très loquace, se mit à révéler des informations sur son client. « Il traverse une période très agitée », dit Davis au sujet de Weinstein. « Et il n'est pas toujours très rationnel. »

Le 3 août, Davis prit place à la longue table d'une des salles de conférence du *Times,* discutant de baseball, du fait qu'il était un ami proche d'Hillary Clinton et de ses années à la faculté de droit de Yale[4]. Corbett s'était jointe à Jodi et Megan pour l'entretien, gage du sérieux de ce moment. Megan sortit son iPhone et, avec la permission de Davis, elle commença à enregistrer leur conversation. Comme souvent, le clic sur le bouton d'enregistrement mit fin au bavardage.

« Si je suis là, ce n'est pas pour essayer d'étouffer une affaire, de la manipuler ou l'égarer », dit Davis. Il avait d'autres objectifs en tête.

Le premier était de défendre son client. Il mentionna l'accusation voilée de viol faite par Rose McGowan à l'encontre de Weinstein sur Twitter l'année précédente. Son équipe savait qu'elle pourrait inclure l'allégation dans les mémoires qu'elle était en train d'écrire. Si Jodi et Megan avaient l'intention d'enquêter sur l'accusation, Davis voulait qu'on lui donne la possibilité d'y répondre.

Sur ce point au moins, il était facile de s'entendre. Évidemment, le *Times* demanderait à Weinstein de répondre aux allégations.

Le deuxième objectif de Davis était de sonder les journalistes : « Je ne m'attends pas à ce que vous me donniez vos sources, surtout dans une histoire comme celle-là – mais s'il vous était possible de me faire savoir globalement le propos de votre article, cela m'aiderait à faire mon travail, qui est de répondre à vos questions et de m'assurer qu'elles sont correctes. »

Encore une réponse simple. Jodi et Megan dirent à Davis qu'elles enquêtaient sur les comportements problématiques de Weinstein à l'encontre des femmes et elles en restèrent là.

Son troisième objectif était de tenter de négocier. Même si Weinstein niait catégoriquement toute allégation de viol ou d'agression, il avait conscience du nombre croissant de plaintes au sujet de sa façon de traiter les femmes, expliqua Davis. Weinstein avait commencé à voir son comportement d'autrefois sous un autre jour. Le sens du mot « consensuel » était en train d'évoluer pour ces hommes puissants qui appartenaient à une ancienne génération, dit Davis – tout comme « la raison pour laquelle les femmes n'ont pas l'impression que c'est consensuel, même si un homme se persuade que ça l'est ».

Où Davis voulait-il en venir ? Ce n'était pas facile à dire. Ce jour-là, et les semaines suivantes, elles constatèrent qu'il était bel et bien un professionnel de la communication et qu'il savait compliquer les choses. Ses déclarations n'avaient pas de sens précis. Il distillait des informations utiles à propos de clients haut placés, mais ces affirmations se révélaient parfois fausses.

« Je pense qu'il y a un sujet à faire sur l'évolution du comportement des hommes, et notamment d'Harvey Weinstein sur ce sujet », dit Davis.

Ses paroles devinrent de plus en plus nébuleuses : « Il pourrait bien y avoir là une encore plus grande histoire, une affaire qui traînerait là depuis longtemps à propos d'Harvey et de beaucoup de gens à Hollywood qui sont des hommes, des hommes puissants. Il pourrait y avoir quelque chose qui, une fois votre article terminé, aurait une signification beaucoup plus générale pour les hommes qui sont en train de prendre conscience de la question sous un nouvel angle. »

Davis semblait leur proposer quelque chose, avec prudence – mais quoi ? Weinstein était-il prêt à accorder une interview à Megan et Jodi pour discuter de son propre comportement douteux envers les femmes ?

Davis venait de commencer à évoquer cette éventualité auprès de Weinstein, précisant que son client devait « ménager en priorité sa femme et ses enfants ». Mais il pensait que le producteur pourrait être prêt à avoir cette discussion avec les journalistes. « J'ai été au moins un peu encouragé en ce sens », dit-il.

Ce n'était que la première rencontre avec l'équipe de Weinstein et son camp semblait déjà reconnaître qu'il s'était mal conduit. C'était le signe que toute l'étendue des découvertes pourrait être bien pire. Si Weinstein était déjà prêt à discuter de ses torts, l'entretien serait monumental et l'enquête se révèlerait beaucoup plus facile que prévu. Mais l'idée de voir Weinstein débarquer dans la salle de presse pour se confier sur ses transgressions sexuelles n'était pas plausible. Personne, ou presque, n'admettait jamais ses torts sans être confronté à des preuves.

Les journalistes dirent à Davis qu'elles seraient bien sûr disposées à entendre tout ce que le producteur avait à dire – officiellement. Ils en restèrent là : si Davis essayait de leur faire miroiter un quelconque accord, la fin de leur enquête en échange d'une interview, elles n'étaient pas intéressées.

À la place, Megan ramena la discussion à Rose McGowan. Davis maintenait que l'accusation de viol était infondée et que la principale raison pour laquelle il ne fallait pas lui accorder crédit était l'absence de tout « tollé contemporain » à l'époque de l'agression présumée. « L'a-t-elle dit à quelqu'un à l'époque ? A-t-elle présenté des signes de désarroi ? » demanda-t-il.

Mais McGowan avait dit à Megan et Jodi qu'elle avait bel et bien semblé bouleversée juste après sa rencontre avec Weinstein dans une chambre d'hôtel, en 1997. Elle l'avait dit à son manager, puis à un avocat, qui l'avait aidée à obtenir le paiement de 100 000 dollars de la part de Weinstein. McGowan n'avait pas encore parlé officiellement aux journalistes qui cherchaient encore à corroborer cette compensation financière. Peut-être qu'en pressant Davis de lui donner sa version des événements, Megan pourrait l'acculer et l'obliger à confirmer le versement de l'indemnité.

Megan se pencha en avant : Davis était-il vraiment sûr que McGowan n'avait pas montré des signes de détresse à l'époque ? Weinstein n'avait-il jamais eu vent des inquiétudes de l'actrice avant le tweet de l'an dernier ?

Le discours de Davis changea. « Des inquiétudes ? » dit-il. « Oui – il était au courant qu'il y avait des inquiétudes, mais pas qu'elle l'accusait de viol. Donc je tire un grand trait sur le mot viol. Mais en dehors de cela, oui, il était au courant de sentiments, d'inquiétudes… »

Corbett demanda : « De quel ordre ? »

« Et si ces inquiétudes ne concernaient pas le viol », demanda Jodi, « alors sur quoi portaient-elles ? »

Davis avait eu l'intention de raconter aux journalistes tout ce que Weinstein n'avait pas fait à McGowan. Désormais, il devait expliquer ce que le producteur avait fait. « La seule chose dont je peux parler, Jodi, tout ce que je sais, se rapporte au sentiment d'être exploitée à cause d'un rapport de force déséquilibré. Abusée, exploitée, un large éventail de qualificatifs décrivant après coup, ou au moment des faits, ce que les femmes ressentent quand elles sont en position d'inégalité. »

« La coercition mentale n'est pas de la coercition physique », poursuivit-il, ajoutant que Lisa Bloom travaillait avec Weinstein pour l'aider à comprendre la différence. « Je sais qu'il a mentionné que Lisa a examiné tout cela, qu'elle l'a examiné lui, qu'elle a examiné sa conduite passée et l'a aidé à mieux comprendre. »

Lisa Bloom ! L'avocate qui avait envoyé un courriel à Jodi quelques semaines plus tôt. Qu'allait-on découvrir encore sur sa relation avec le producteur ? Mais au lieu de poser la question, il fallait interroger Davis au sujet de ce que Weinstein savait sur McGowan et depuis quand.

Puisque Weinstein était bel et bien au courant des inquiétudes de McGowan à l'époque, comment avait-il réagi ?

« Je pense qu'il avait négocié légalement avec elle à leur sujet », dit Davis.

« Comment décririez-vous ces négociations légales ? » demanda Megan. Elle était à deux doigts d'avoir confirmation du versement d'une compensation financière.

« Je pense qu'il a pris conscience qu'elle ne considérait pas ce qui s'était passé comme convenable pour elle », dit Davis. « Je ne parle pas de viol ; je parle de l'effet qu'il produisait sur Rose McGowan. Elle dit que c'était un effet grave. Que plutôt que de se battre… »

« Plutôt que de se battre, quoi ? » demanda Megan.

« Je pense qu'il a accepté de verser une compensation financière plutôt que de régler l'affaire au tribunal », déclara Davis. Du point de vue de Weinstein, expliqua-t-il, « mieux vaut transiger à l'amiable même si vous n'avez rien fait de mal ».

Incroyable ! Elles discutaient avec le camp de Weinstein depuis à peine quelques minutes et Davis confirmait déjà la compensation financière versée par Weinstein à McGowan, et évoquait une plus vaste tendance aux indemnisations.

Y avait-il d'autres cas de « relations intimes douteuses avec des femmes que Weinstein avait réglées à l'amiable » ? demanda Megan. Les journalistes ne le disaient pas, mais elles étaient jusque-là au courant pour McGowan, Perkins et Chiu, et elles soupçonnaient qu'une compensation financière avait été versée à l'assistante qui avait fui les bureaux de New York. Megan en était aussi venue à se douter qu'Ambra Battilana Gutierrez, qui avait porté plainte à la police en 2015, avait été indemnisée. Davis connaissait-il la vérité ?

Davis semblait mal à l'aise. « J'essaye de me montrer prudent parce que je ne suis pas sûr de ma position légale pour ce qui est d'admettre qu'il y a eu des règlements à l'amiable et que ces règlements impliquaient des comportements sexuels personnels. Donc, disons pour l'instant, ne serait-ce qu'informellement, que je dois me renseigner pour savoir quelles sont mes limites d'un point de vue légal, si je confirme sur le plan informel les règlements à l'amiable. Je dois savoir où je mets les pieds. Mais la réponse est oui, il y en a eu, mais je dois me renseigner pour savoir comment je peux préciser mes dires. »

Avant qu'il ne parte, Megan voulait lui poser une dernière question. Elle avait encore en tête les avertissements de Baquet à propos de détectives privés, d'intimidation et de menaces. Elle posa la question suivante à l'avocat : à part engager Davis, qu'avait fait Weinstein en réaction aux entretiens menés par elle et Jodi ? Avait-il essayé d'interférer avec l'enquête d'une façon quelconque ?

« Écoutez, ce type peut vraiment être un abruti », dit Davis. « Tout dépend de son humeur et de ce qu'il a mangé. »

Mais non, insista-t-il, le producteur n'avait nullement l'intention de gêner leur enquête. Davis déclara qu'il avait lui-même posé la question à Weinstein lors de leur première réunion : « Avez-vous prévu d'engager des gens pour passer à l'offensive contre ceux qui pourraient coopérer avec le *New York Times* ? Je dois savoir. »

Davis dit que la réponse de Weinstein était sans équivoque : « Non, je n'ai pas l'intention de le faire. »

Davis quitta la salle de conférence en promettant de faire valoir une interview potentielle à Weinstein. Les journalistes demeuraient sceptiques, mais se sentaient encouragées. Peut-être Weinstein savait-il qu'il ne pouvait pas arrêter l'enquête du *Times*. Par ailleurs, et c'était tout aussi important, Davis avait été enregistré en train d'affirmer que Weinstein n'essayerait même pas.

Mais le producteur avait un coup d'avance sur l'enquête depuis le début. Ses efforts pour cacher ses agressions présumées avaient débuté en octobre 2016, au moment du premier tweet de McGowan. *New York Magazine* avait voulu enquêter sur l'affaire et Weinstein avait demandé à Paltrow de se taire. Il avait dépensé des centaines de milliers de dollars pour identifier ceux qui risquaient de parler, pour dissimuler ses traces et même pour obtenir des extraits des mémoires de McGowan au moment où elle les écrivait. À l'époque de l'entretien avec Davis au *Times*, il combattait le travail de Jodi et de Megan en déployant des moyens qui allaient bien au-delà de les traiter de « cafards de journalistes ».

Le plus étonnant, c'était la somme de soutien dont il bénéficiait.

Le 10 juillet, soit deux jours avant la réunion dans le bureau de Baquet et un mois avant la conversation avec Lanny Davis, David Boies se préparait à monter à bord d'un hélicoptère privé, à East Hampton, après avoir fêté un anniversaire en famille, lorsque Weinstein lui avait téléphoné – encore. D'après les assistantes du producteur, il appelait souvent l'avocat ces temps-ci. Protégés par le secret professionnel, les deux hommes complotaient pour préparer leur contre-attaque le jour où le *Times* publierait un article.

Weinstein lui téléphonait pour lui faire part d'une nouvelle idée, se souviendra Boies par la suite. Le producteur expliqua qu'il considérait Arthur Sulzberger Jr., directeur de la publication du *Times*, comme un ami. Les sociétés de Weinstein étaient d'importants annonceurs depuis des années. Les deux hommes avaient partagé des repas d'affaires et évolué pendant longtemps dans les mêmes cercles. Aujourd'hui, Weinstein pourrait utiliser cette relation pour faire pression sur Sulzberger Jr. afin qu'il étouffe l'histoire, suggérait-il.

Le producteur et l'avocat travaillaient ensemble depuis seize ans, avec des styles très différents. Weinstein était audacieux, mais aussi imprévisible, brutal et parfois grossier ; Boies était raffiné et convaincant. L'avocat réfrénait certains des instincts du producteur, mais il permettait aux autres de protéger un homme accusé à plusieurs reprises de harcèlement, ce qu'il n'ignorait pas.

Fils d'enseignants de l'Illinois, Boies était un enfant dyslexique qui n'avait pas été diagnostiqué comme tel, ce qui avait freiné son apprentissage. Cela ne l'avait pas empêché de décrocher un diplôme de droit à Yale et d'avoir pourfendu de grandes entreprises. Boies était audacieux. Grand amateur de jeux de cartes depuis sa jeunesse, il avait été renvoyé de la première faculté de droit où il étudiait parce qu'il entretenait une liaison avec la femme d'un professeur (qu'il épouserait plus tard) et il s'était mis à dos plusieurs collaborateurs à cause de ses manières hors norme.

Il aimait aussi être au cœur de la culture populaire. Quand Boies avait quitté un cabinet pour ouvrir le sien – afin d'éviter un conflit d'intérêts qui l'aurait empêché de représenter un nouveau client, George Steinbrenner, le propriétaire des New York Yankees –, il avait rapidement attiré d'autres célébrités, comme Calvin Klein, Don Imus et Garry Shandling.

Parmi ceux qui s'offraient ses services, il y avait les éditeurs de Miramax Books, maison d'édition fondée par Weinstein et son frère, Bob. C'était en 2001, et Boies venait de perdre le procès opposant Bush à Gore, une défaite aux conséquences incommensurables que l'avocat avait inexplicablement réussi à utiliser pour s'attirer des légions de nouveaux fans. Les éditeurs voulaient que Boies écrive une autobiographie, mais le célèbre avocat ne répondait pas à leurs appels. Puis, un jour, Weinstein lui avait téléphoné en personne pour l'inviter à déjeuner, se souviendra plus tard Boies dans une série d'entretiens avec Megan.

Boies avait rencontré sans tarder les frères Weinstein au Tribeca Grill. L'avocat avait été clair : il n'avait pas le temps d'écrire un livre et il n'était pas trop porté sur l'introspection. Weinstein ne voulait pas lâcher le morceau. Boies dit que Weinstein donnait l'impression que la tâche était facile : tout ce qu'il avait à faire, c'était écrire l'histoire de quelques-unes de ses affaires. À la fin du repas, Boies avait accepté.

L'année suivante s'était écoulée sans qu'il écrive le moindre mot. Un après-midi, sa femme avait levé le nez de son ordinateur. « Chéri, tu ne m'as pas dit que tu avais terminé ton livre », avait-elle dit. « Quel livre ? » avait répondu Boies. « Eh bien, le livre pour Harvey. Je viens de vérifier et il sera publié à l'automne, semblerait-il. » Boies s'était senti complètement coincé. S'il n'allait pas jusqu'au bout, il donnerait l'impression d'avoir échoué. Il avait alors écrit chaque jour jusqu'à ce que le livre soit sur le bureau de son éditeur. Dès le début de leur relation, Weinstein semblait savoir exactement comment s'y prendre pour lui forcer la main et Boies ne disait pas non.

Weinstein avait obtenu non seulement le livre, mais aussi une nouvelle représentation juridique. Dès les premiers mois suivant leur premier déjeuner en 2001, l'avocat aidait déjà en privé le producteur à étouffer un article potentiel au sujet de l'allégation d'agression sexuelle de la part de Rowena Chiu.

En 2002, Ken Auletta, journaliste au *New Yorker*, avait eu vent des compensations financières que Weinstein avait versées à Zelda Perkins et Chiu – celles-là mêmes que Jodi et Megan étaient en train de reconstituer[5]. Auletta n'avait pas réussi à s'entretenir avec Perkins et Chiu, mais il espérait toujours écrire un article au sujet des indemnisations et de l'incident qui les avait provoquées.

Auletta, le rédacteur en chef du magazine David Remnick, un autre rédacteur et son avocat avaient donc rencontré Weinstein, son frère Bob et David Boies pour discuter de l'affaire[6]. Au début, Boies semblait servir d'arbitre. Lorsque Weinstein avait insisté en disant qu'il engagerait une procédure de référé contre le magazine, Boies lui avait tapoté le bras et dit qu'il ne pourrait pas contourner le Premier amendement. Mais il s'était ensuite tourné vers les journalistes pour leur dire que publier l'article serait une grave erreur.

Boies dira plus tard à Megan qu'il croyait Weinstein lorsque celui-ci affirmait que sa rencontre avec Chiu n'avait été qu'une aventure extraconjugale parfaitement consensuelle. Il pensait qu'il était plausible que des femmes mentent pour extorquer de l'argent à Weinstein, argument qu'il avait fait valoir lors de la rencontre avec le *New Yorker*. Le lendemain, à l'occasion d'une nouvelle réunion avec les journalistes du *New Yorker*, Bob Weinstein lui avait remis des copies de chèques qu'il avait signés pour indemniser les deux femmes au nom de son frère : preuve, affirmait-il, que l'argent de l'entreprise n'avait jamais servi à régler les affaires personnelles de Weinstein. Sans allégation officielle d'agression ni preuve de détournement des fonds de l'entreprise, Auletta avait reconnu que ses rédacteurs et lui ne pouvaient écrire un article sur les compensations financières.

À ce moment-là, Boies était devenu l'avocat des frères Weinstein et il était de plus en plus impliqué dans leur travail. Les frères faisaient la guerre à Disney. Lorsque la maison mère avait refusé de distribuer *Fahrenheit 9/11* de Michael Moore, Boies avait aidé les frères à reprendre le contrôle du film et à le transférer chez Lionsgate Films. Lorsque les Weinstein avaient décidé de quitter Disney pour de bon et de fonder la Weinstein Company en 2005, Boies les avait aidés à décrocher des contrats qui spécifiaient qu'ils ne pouvaient être licenciés que s'ils étaient reconnus coupables d'un crime.

Deux célébrités parmi les célébrités, Weinstein et Boies assistaient ensemble à des avant-premières, des galas de charité et des soirées au bénéfice de partis politiques. Boies admirait le fait que « Harvey était toujours en train de vendre quelque chose », et, par le biais de Weinstein, il avait tissé un précieux lien avec le monde du cinéma. Sa fille, Mary Regency, voulait être actrice. Boies avait lui-même investi dans l'industrie du cinéma et fondé une société de production, Boies/Schiller Film Group, en 2012, avec le fils de l'un des associés de son cabinet. Au fil des ans, Boies et le groupe avaient fait affaire avec la Weinstein Company et Weinstein avait accordé de précieuses faveurs à son avocat, y compris la négociation d'un rôle pour sa fille qui avait fait une apparition dans un film de 2011 qui était passé quasiment inaperçu, *The Last Days.*

> Cher David,
> J'espère que tu vas bien. Merci de m'avoir envoyé *The Last Days.* Je l'ai regardé avec mon équipe – Mary est merveilleuse dans ce film. Ce n'est pas un film facile – je ne pense pas que ce soit un film commercial et ce n'est pas non plus mon type de film –, mais Mary y est épatante.
> Si tu peux réunir toutes ses scènes et son travail précédent, je demanderai à mon équipe de lui faire une super bande démo que je ferai passer aux bons agents de casting. Je la mettrai en contact avec mes employés en interne pour qu'elle décroche un petit rôle dans ma prochaine production, *Mais comment font les femmes ?* avec Sarah Jessica Parker. Je ferai tout ce qui est en mon pouvoir pour l'aider.
> Bien cordialement,
> Harvey

Ce rôle ne s'était jamais concrétisé, mais l'année suivante, Mary Regency avait décroché un rôle dans son film *Happiness Therapy.* En octobre 2011, Jon Gordon, ancien assistant de Weinstein, qui aidait à produire le film, avait envoyé un courriel à Weinstein au sujet de l'actrice afin de lui demander des instructions de la part de David O. Russell, le réalisateur :

> David aimerait que la fille de David Boies, Regency, joue le rôle de la secrétaire du Dr Patel.

DAVID O. NE LUI A PAS ENCORE PROPOSÉ LE RÔLE, CAR IL AIMERAIT SAVOIR SI TU VEUX OU DOIS D'ABORD RÉGLER QUELQUE CHOSE AVEC DAVID BOIES.

Ces imbroglios cinématographiques avec Weinstein expliquaient-ils pourquoi Boies s'était efforcé de dissimuler des allégations sans cesse plus nombreuses d'inconduites sexuelles à l'encontre du producteur ? « Eh bien, ça se pourrait, vous savez ? » dit Boies. « Si je suis l'avocat d'Harvey, je vais m'efforcer d'étouffer les choses. C'est mon rôle, n'est-ce pas ? »

Boies affirma que, conflit d'intérêts ou non, il était « totalement dévoué à [ses] clients ».

Au cours des années suivantes, l'avocat avait eu vent d'autres accusations. Il assurait régulièrement la défense de Weinstein et l'aidait à dissimuler les faits, changer l'histoire, et réduire les gens au silence. Il choisissait de croire Weinstein lorsque ce dernier affirmait qu'il ne faisait que batifoler. « Je pensais que, comme beaucoup de gens à Hollywood, entouré de très belles femmes qui voulaient être appréciées de lui, il se retrouvait à avoir de nombreuses liaisons », dit Boies.

Même plus tard, lorsque l'étendue des agressions présumées de Weinstein fut révélée, Boies ne voyait aucun problème dans les efforts qu'il avait déployés pour le protéger.

« Quand je regarde en arrière, je n'ai aucun regret de l'avoir représenté comme je l'ai fait », dit-il.

Par une soirée d'été de 2017, quand Weinstein évoqua la possibilité de faire pression sur Sulzberger, Boies rejeta l'idée, en partie parce qu'il trouvait que c'était une perte de temps. Cela aurait pu marcher ailleurs, mais cela ne se révèlerait d'aucune utilité avec le *Times*.

À la place, Boies se focalisait sur un moyen plus indirect d'empêcher la publication de l'article du *Times*, une simple variation d'une stratégie que Weinstein appliquait déjà.

Le producteur avait longtemps fait appel à des détectives privés pour protéger sa réputation[7]. Pour l'essentiel, ces sociétés étaient des professionnels de la surveillance : ils épiaient les journalistes, rédigeaient des rapports sur eux, et il leur arrivait même de fouiller leurs poubelles. D'après les règles tacites régissant les rapports entre le journaliste et son sujet, faire appel à un détective privé était une pratique douteuse, mais qui n'avait rien de surprenant ni d'illégal. Comme l'avait dit Baquet, il fallait que Jodi et Megan s'y attendent.

Mais neuf mois plus tôt, Weinstein était secrètement entré en relation avec une société israélienne d'un tout autre ordre : « Le groupe israélien Black Cube m'a contacté par l'intermédiaire de Ehud Barack », avait écrit Weinstein dans un courriel adressé à Boies et daté du 16 octobre 2016, que Megan se procura par la suite. « Ce sont des stratèges qui affirment que votre cabinet a fait appel à eux. » Black Cube ne se contentait pas de surveiller les gens. Elle les manipulait, allant même jusqu'à utiliser un acteur qui endossait une fausse identité pour duper des cibles sans méfiance. Elle employait aussi d'anciens experts des services de renseignements militaires. À l'époque du courriel, deux de ces agents venaient d'être arrêtés pour piratage informatique en Roumanie. Boies et son cabinet, Schiller & Flexner, avaient en effet déjà fait appel à Black Cube. Selon les termes d'un contrat signé en octobre de cette année-là entre Weinstein et la société israélienne, Weinstein acceptait de verser aux manipulateurs professionnels 100 000 dollars par mois pour que son comportement échappe aux regards inquisiteurs[8].

La relation n'avait pas tardé à être mise à profit.

Seth Freedman, journaliste britannique indépendant, transmettait à Black Cube des informations qu'il s'était procurées auprès de femmes qui auraient pu révéler publiquement les agissements de Weinstein[9]. Freedman déclarait à ces femmes qu'il était journaliste et qu'il avait travaillé pour le *Guardian*, affirmant parfois qu'il écrivait des articles sur la vie à Hollywood, parfois qu'il travaillait sur l'industrie du cinéma. L'actrice Katherine Kendall et quelques autres femmes lui avaient parlé librement au téléphone, sans jamais se douter qu'il puisse s'agir d'autre chose que de journalisme.

Black Cube s'intéressait à Benjamin Wallace, l'écrivain et journaliste pour *New York Magazine* qui enquêtait sur les rapports qu'avait Weinstein avec les femmes[10]. Freedman l'avait contacté pour lui proposer des informations intéressantes, sans jamais les lui communiquer. Wallace avait aussi été approché par une femme qui était un agent de Black Cube et qui prétendait être une source potentielle. Lorsqu'ils s'étaient rencontrés, Wallace n'avait pas dit grand-chose à cette personne qui se faisait appeler Anna, la soupçonnant d'être à la solde de Weinstein. Ses rédacteurs en chef et lui avaient fini par décider de suspendre l'enquête. Personne ne parlait, expliqua Wallace par la suite ; l'affaire Weinstein semblait être une impasse.

En mai 2017, la même agente s'intéressait à McGowan[11]. Cette fois, elle se faisait appeler Diana Filip et affirmait gérer les investissements durables et éco-responsables pour le cabinet londonien de gestion de fortune Reuben Capital Partners. Elle avait un accent allemand, se servait d'un numéro de téléphone portable britannique et avait proposé à McGowan 60 000 dollars pour un congrès. Durant les mois suivants, elles s'étaient rencontrées au moins trois fois dans la ville où se trouvait McGowan, discutant pendant des heures des problèmes auxquels faisaient face les femmes. Diana Filip se disait désireuse d'investir dans la société de production de McGowan. McGowan lui avait lu un passage de ses mémoires.

« Elle se faisait passer pour quelqu'un qui se souciait vraiment des femmes », dira McGowan à Megan.

En juillet 2017, Boies avait renégocié le contrat de Weinstein avec Black Cube dans le but de résoudre deux problèmes. Le premier était l'enquête de Jodi et Megan. Le deuxième était le litige de facturation entre Weinstein et Black Cube. La société israélienne s'attendait à un bonus pour lui avoir procuré des informations concernant les mémoires de McGowan, mais Weinstein refusait de payer sous prétexte que les pages ne faisaient que répéter son tweet, dit Boies.

D'après les termes du contrat que Boies avait contribué à réviser, la mission de Black Cube était devenue beaucoup plus explicite : faire cesser l'enquête de Jodi et Megan[12].

Black Cube devait « fournir des renseignements qui [contribueraient] aux efforts déployés par le Client pour faire cesser définitivement la publication d'un nouvel article néfaste dans un grand journal new-yorkais », tout en réunissant plus d'informations sur le livre de McGowan. L'agent « Anna », aka Diana Filip, la femme qui avait approché McGowan et Wallace, se consacrerait à l'affaire à plein temps, tout comme le pseudo-journaliste freelance. Le contrat promettait aussi l'usage continuel de « gestionnaires d'avatars » qui créaient de fausses identités sur les réseaux sociaux, de linguistes et d'« experts en opérations » qui se concentreraient sur « l'ingénierie sociale », tous étant supervisés par d'anciens dirigeants des services de renseignements israéliens. Si Black Cube parvenait à empêcher la publication de l'article, la société se verrait accorder un bonus de 300 000 dollars. Boies avait signé le nouveau contrat le 11 juillet, plusieurs semaines avant que Lanny Davis ne rencontre Jodi, Megan et Corbett au *Times.*

En leur faisant miroiter avec bonhomie la perspective d'une interview avec Weinstein, Davis avait évité de mentionner aux journalistes que, lors de sa première rencontre avec Weinstein, un agent Black Cube avait été présent. Il n'en informa Megan que bien plus tard, disant qu'il ne savait pas bien ce que l'agent faisait pour son client.

La même semaine que celle du rendez-vous avec Davis, Jodi reçut des courriels et des textos de la part de cette même Diana Filip[13]. La journaliste n'avait jamais entendu parler de celle qui affirmait travailler pour un organisme londonien dénommé Reuben

Capital Partners. Elle disait organiser des événements consacrés à la situation des femmes sur leur lieu de travail et elle voulait qu'elle y participe. Jodi avait déjà refusé de donner une suite favorable à sa demande, mais la femme insistait dans un courriel :

> Bonjour Jodi,
> Merci pour vos explications.
> Nous organisons une série de tables rondes sur l'inégalité de genre et la discrimination sur le lieu de travail. Nous souhaitons que des décideurs, des dirigeants d'entreprises, des journalistes et d'autres parties prenantes aient la possibilité de discuter de ces problèmes en exposant leurs différents points de vue.
> Des personnalités éminentes ont déjà fait part de leur volonté de participer à cette initiative et nous sommes maintenant sur le point de finaliser le programme et l'agenda.
> Étant donné vos travaux dans ce domaine, j'aimerais avoir votre avis, d'une façon ou d'une autre (même si ce n'est pas en tant que conférencière).
> J'aimerais que ces événements produisent un impact et aient une réelle valeur, plutôt que de ne représenter que de vaines paroles, donc j'aimerais m'assurer que toutes les bonnes questions sont posées. Comme vous pouvez probablement vous en douter, ce projet me passionne – d'ailleurs, c'est surtout moi qui en ai eu l'initiative.
> Je comprends la difficulté pour vous d'y jouer un rôle direct. Néanmoins, j'aimerais pouvoir m'entretenir brièvement avec vous et entendre votre opinion.

> Merci beaucoup pour l'attention que vous voudrez bien m'accorder,
> Diana

Le courriel sonnait faux – Jodi ne savait pas trop dire en quoi précisément. Elle envoya le message à l'expert de la sécurité en ligne du journal qui lui dit que l'URL semblait inoffensive. Le site web, qui présentait un portrait souriant de femme en tailleur, appelait à l'égalité de genre dans le monde de l'entreprise. « Les femmes sont moins payées, obtiennent moins de promotions et ne sont pas appréciées à leur juste valeur sur leur lieu de travail », affirmait le site. « Cette initiative va non seulement se focaliser sur la lutte contre toutes les formes de discrimination envers les femmes au travail, mais elle œuvrera aussi à promouvoir l'inclusion des femmes dans les affaires – activement et à tous les niveaux. » Le langage employé était plus dur que la moyenne du féminisme d'entreprise, appelant à l'« activisme progressiste » et à la « transparence complète » au travail.

Au lieu de séduire Jodi, ce message déclencha un signal d'alerte. Son travail consistait à recueillir des informations et à dévoiler des secrets, pas à prendre part à un quelconque activisme. Et parce que l'éthique du *Times* interdisait aux journalistes de participer à des conférences organisées par des entreprises, afin de protéger le journal contre toute tentative de soudoiement, elle ne pouvait pas accepter d'argent. Elle n'avait pas non plus de temps à consacrer à de vains bavardages autour d'une tasse de café.

Quelques jours plus tard, Filip lui écrivit de nouveau. Jodi lui répondit laconiquement pour lui manifester son absence d'intérêt : « Je suis débordée, mais bonne chance pour votre projet. »

Par la suite, Ronan Farrow dévoilerait une partie du travail effectué par Black Cube pour Weinstein. Boies affirma qu'il pensait que le meilleur moyen pour Weinstein d'empêcher la parution de témoignages sur son attitude envers les femmes était de fournir des faits qui renforceraient sa défense. D'après Boies, le rôle de Black Cube était de recueillir ces informations. Il dit qu'il n'avait pas eu connaissance des tactiques sournoises déployées par l'entreprise à l'encontre des journalistes et qu'il regrettait de ne pas avoir été plus attentif. Étonnamment, le cabinet de Boies avait aidé à exécuter ce contrat visant à nuire à l'enquête du *Times* alors même qu'il représentait le journal dans des affaires légales. D'après Boies, cela ne constituait pas un conflit d'intérêts, mais le journal le renvoya, arguant que ses actions étaient « répréhensibles ».

Durant l'été 2017, Jodi n'aurait jamais deviné que ces messages féministes racoleurs émanaient d'une actrice-agente engagée pour saboter son enquête et saper les témoignages des victimes. Elle ne soupçonnait pas non plus qu'ils avaient un lien avec Boies. Celui-ci avait demandé à rencontrer Baquet, qui avait refusé par l'entremise de Megan et Jodi. Boies semblait jouer un rôle secondaire, loin du cœur de l'action.

Au moment où Megan et Jodi jaugeaient l'équipe de Weinstein, Emily Steel leur transmit un nouveau portrait dithyrambique de Gloria Allred et Lisa Bloom, qui venait de paraître dans le magazine *W* sous le titre « Gloria Allred et Lisa Bloom défendent les femmes en 2017[14] ».

L'article décrivait la fille d'Allred comme étant sa digne héritière et son égale, les deux femmes se dressant ensemble en première ligne pour défendre les droits civiques, notamment les affaires de « harcèlement sexuel et d'agressions par des hommes puissants ». Les avocates, qui posaient devant la plage de Malibu qui bordait la maison d'Allred, ressemblaient plus à des sœurs qu'à une mère et fille.

Le cœur de métier de Bloom, comme celui de sa mère, était la notoriété. Au cours de sa carrière, elle était apparue en tant qu'experte légale sur de nombreuses chaînes de télévision et animait même sa propre émission sur Court TV. Elle avait son propre cabinet à Los Angeles et elle semblait suivre plus ou moins l'exemple de sa mère : elle attirait les clients célèbres et leur obtenait de grosses compensations financières en privé.

Son talent pour les relations publiques était mis en avant dans l'article paru dans *W*. Bloom s'y vantait d'avoir négocié des indemnisations mirobolantes : « Les femmes qui ont été harcelées sexuellement sont devenues millionnaires », dit-elle. Pour l'interview, Bloom portait un T-shirt « Notorious RBG », comme si elle souhaitait se revendiquer de la plus grande avocate féministe de toutes, Ruth Bader Ginsburg.

Alors pourquoi Bloom avait-elle accepté de travailler pour un prédateur sexuel présumé ? Était-ce lié à la production du film tiré de son livre, qu'elle avait annoncée triomphalement quelques mois plus tôt ? Qu'est-ce qui la motivait ? Comment fonctionnait-elle ?

Megan dit à Jodi et Steel qu'elle avait commencé à se méfier de Bloom en 2016, lorsque l'avocate s'était retrouvée mêlée à une action en justice dans laquelle Donald J. Trump était accusé d'avoir violé une fille de treize ans lors d'une fête organisée par Jeffrey Epstein durant les années 1990, celle-là même que Megan avait refusé de couvrir parce qu'il avait été impossible de vérifier les déclarations de la victime anonyme. Une semaine avant les élections, tandis que les débats faisaient rage à propos de l'enregistrement d'*Access Hollywood* et que les allégations ne cessaient de se multiplier contre Trump, Bloom avait annoncé qu'elle représentait la victime, Jane Doe. Megan n'avait jamais parlé à Bloom, mais elle s'était empressée de lui envoyer un courriel[15].

> J'ai longtemps considéré que c'était une affaire suspecte et j'ai douté de l'existence d'une réelle plaignante/victime.
> Avez-vous effectivement rencontré la plaignante et en avez-vous conclu que l'action est légitime ?
> J'apprécierais grandement de connaître votre avis.

Megan n'avait jamais reçu de réponse. À la place, elle avait assisté à la conférence de presse organisée par Bloom à son cabinet de Los Angeles où Jane Doe devait faire sa première apparition publique[16].

La seule personne qui était apparue devant les caméras ce jour-là était Bloom. Elle avait annoncé que la victime, qui, affirmait-elle, se trouvait au cabinet, avait reçu des menaces de mort et était trop terrifiée pour apparaître en public. Peut-être était-ce vrai ; peut-être la cliente de Bloom avait-elle effectivement été violée par Trump et avait-elle réellement peur de prendre la parole. Mais pour Megan, toute l'opération ressemblait à un effort élaboré pour attirer l'attention des médias sur des allégations infondées à l'encontre du candidat présidentiel.

Plus tard, Bloom admit avoir réclamé de l'argent à un organisme politique pro-Clinton en disant qu'elle avait besoin de la somme pour vérifier la plainte de Jane Doe et que, après l'abandon de l'action en justice, elle avait accepté 700 000 dollars de la part de donateurs en faveur de Clinton pour assurer la sécurité, le déménagement et l'établissement d'un « lieu sûr » pour d'autres accusatrices potentielles contre Trump[17]. Lorsque les autres femmes avaient renoncé à se faire connaître, Bloom avait apparemment remboursé 500 000 dollars de dons, mais conservé les 200 000 dollars restants. Elle dira plus tard au *Times* qu'elle avait besoin de « fonds pour rembourser ses dépenses personnelles ». Lorsque les arrangements financiers finirent par être révélés, les républicains accusèrent Bloom d'avoir proposé de l'argent à des femmes pour inventer des mensonges sur Trump. D'autres y virent une manipulation d'accusations bancales de la part de l'avocate à l'encontre de Trump pour son propre profit.

Bloom dira plus tard qu'elle avait passé des mois à enquêter sur Jane Doe et que, finalement, la femme avait eu trop peur d'apparaître publiquement[18]. Par conséquent, elle avait donné l'ordre à son équipe d'abandonner l'affaire et de ne pas en parler. Elle affirma qu'elle n'avait pas encaissé d'honoraires pour son travail avec les accusatrices de Trump.

À la même période, certains des clients de Bloom avaient commencé à la critiquer. En 2016, Steel avait discrètement commencé à interviewer Tamara

Holder, avocate progressiste et ancienne collaboratrice de la Fox, qui avait porté plainte contre la chaîne en alléguant qu'elle avait été agressée sexuellement[19]. Selon des documents juridiques auxquels Steel avait eu accès, Holder affirmait qu'en février 2015, alors qu'elle animait une émission qui s'appelait *Sports Court*, un dirigeant de la Fox dénommé Francisco Cortes l'avait piégée dans son bureau et avait essayé de la forcer à lui faire une fellation.

Tandis que Steel menait son enquête, Bloom avait aidé Holder à obtenir plus de 2,5 millions de dollars d'indemnisations. Holder affirma ne pas avoir compris les conditions de l'accord, qui étaient particulièrement contraignantes. Si le *Times* ou le *Wall Street Journal* publiaient des articles au sujet de son expérience, Holder perdrait une grande partie de la somme. « En signant, je n'avais pas compris que si Steel » – ou un journaliste du *Wall Street Journal* – « publiait un article, je perdrais le deuxième versement », écrira-t-elle plus tard à Bloom.

Holder était furieuse. D'après elle, Bloom l'avait forcée à accepter un accord sans divulguer l'étendue des risques financiers encourus par l'animatrice. Pire encore, elle craignait d'avoir perdu la possibilité de révéler son histoire alors qu'elle avait bien expliqué à Bloom que c'était plus précieux à ses yeux que d'éventuelles indemnisations. Lorsqu'elle avait exprimé ses préoccupations peu après la signature de l'accord, dit-elle, Bloom avait refusé de la garder comme cliente, tout en empochant 1 million de dollars.

« Elle ne se souciait pas de moi », dira plus tard Holder à Megan. « Elle ne s'intéressait qu'à l'argent. »

Bloom nia avoir fait pression sur elle pour qu'elle signe un accord. Elle affirma toujours relire ligne par ligne les contrats d'indemnisation avec ses clients et qu'il était parfaitement habituel que leur relation professionnelle prenne fin une fois les compensations financières obtenues. Bloom souligna également que Holder était elle-même une avocate avec une certaine expérience en droit civil.

Le samedi 26 août au soir, Megan entendit par hasard une histoire au sujet de Lisa Bloom qui commença à éclairer le travail qu'elle accomplissait pour Weinstein.

Megan devait rencontrer quelqu'un qui, espérait-elle, lui expliquerait une étrange transaction financière impliquant *Finding Neverland*, la comédie musicale produite par Weinstein évoquée par Baquet, et l'amfAR, la fondation américaine contre le sida pour laquelle le producteur organisait des galas et des ventes aux enchères à Cannes. Comme le spectacle avait du mal à décoller, Weinstein avait fait en sorte que 600 000 dollars de fonds levés lors d'une vente aux enchères de 2015 au profit de l'amfAR aillent dans la poche des investisseurs de *Finding Neverland*, sans en avertir l'organisme de charité, dont certains des dirigeants se sentaient trompés et craignaient d'avoir été victimes d'une opération illégale[20].

Megan devait rencontrer Tom Ajamie, l'avocat qui avait été engagé par la direction de l'amfAR pour étudier l'affaire[21]. Il dit à Megan que l'enquête qu'il avait menée sur Weinstein ne ressemblait à aucune de ses précédentes expériences. Le producteur l'avait empêché par tous les moyens d'analyser la transaction financière. David Boies avait réduit les membres du comité de direction au silence avec des accords de non-divulgation. Entretemps, plus Ajamie posait de questions sur Weinstein, plus il entendait parler d'allégations de harcèlement et d'abus sexuels.

Ajamie était si perturbé par ces affirmations qu'il en avait parlé à Bloom autour d'un verre, à Los Angeles, en octobre 2016. Ajamie, qui avait déjà rencontré Bloom à une précédente occasion, était impressionné par ses références féministes et espérait forger une relation professionnelle. Si elle était prête à s'en prendre à des hommes influents, comme Donald Trump, elle n'aurait sûrement pas peur de poursuivre Harvey Weinstein, se disait-il. Peut-être travaillait-elle déjà pour certaines de ses victimes ?

Bloom avait dit à Ajamie qu'elle n'avait jamais eu vent de plaintes au sujet des relations de Weinstein avec les femmes et elle lui avait demandé de la tenir au courant, dit-il. Mais quelques mois plus tard, l'affaire avait pris un tour étrange. Bloom avait accepté la proposition d'Ajamie de passer quelques jours avec des amis dans un appartement qu'il avait loué à Park City, dans l'Utah, pendant le festival du film de Sundance, en janvier 2017. Après avoir participé à une fête organisée par Weinstein et Jay-Z, Bloom était rentrée en disant que Weinstein voulait rencontrer Ajamie. Il avait accepté à contrecœur que Bloom le conduise dans la suite de Weinstein, à l'hôtel Main and SKY, pour le petit-déjeuner. Après s'en être pris à lui pour avoir fouillé dans son passé, Weinstein avait imploré Ajamie de trouver un accord avec lui. Il suffisait qu'Ajamie signe un contrat de non-divulgation rédigé par Boies dans lequel il acceptait de ne pas révéler tout ce qu'il avait appris sur Weinstein. « Restons amis », disait Weinstein à Ajamie. « Nous pouvons faire affaire ensemble. »

Ajamie avait refusé de signer un quelconque accord en échange de son silence et quitté la pièce convaincu que le producteur avait bien plus à cacher que la transaction à 600 000 dollars de l'amfAR.

Par la suite, se souvint-il, au moment où Bloom et lui s'en allaient, elle s'était tournée vers lui. Pendant l'entretien, l'avocate s'était présentée comme une intermédiaire neutre et n'avait pas dit grand-chose. Elle avait maintenant quelques conseils à lui donner.

« Vous savez, je pense que vous devriez vraiment revoir votre position vis-à-vis de lui », dit-elle.

« Que voulez-vous dire ? » lui demanda Ajamie.

« Il pourrait donner un coup de pouce à votre carrière. »

Au moment de son séjour à Park City, Bloom travaillait pour le producteur depuis déjà six semaines à un tarif de 895 dollars de l'heure[22].

Beaucoup plus tard, Bloom dira qu'avoir représenté Weinstein en 2017 avait été une « erreur colossale » qu'elle « regrettait amèrement ». « J'étais naïve de croire qu'il ne s'agissait que de paroles inappropriées envers les femmes et de penser que je pourrais traiter la cause du problème autrement, en l'encourageant à s'excuser, ce qu'il a fait quand l'affaire a éclaté », écrivit-elle dans un courriel à Jodi et Megan. « Il est clair que mon approche n'est pas passée du tout et j'aurais dû le comprendre tout de suite. Aurais-je dû supposer que les choses dépassaient de loin ce que je savais à l'époque ? Oui. Je me suis fourvoyée. »

Mais, contrairement à ce courriel, lorsque Bloom avait été engagée par Weinstein en décembre 2016, elle semblait en savoir beaucoup sur le terrain sur lequel elle s'aventurait – et se proposait de jouer un rôle bien plus sinistre que simplement l'encourager à présenter des excuses. Elle avait exposé cette vision dans un mémo, obtenu plus tard par Megan, qu'elle avait envoyé à Weinstein ainsi qu'à des détectives privés qui s'appelaient Jack Palladino et Sara Ness :

> Harvey,
> Ce fut un plaisir de discuter avec vous aujourd'hui, même si nous aurions tous préféré que ce soit dans de meilleures circonstances. J'ai passé le reste de la journée à lire les rapports complets de Jack et Sara au sujet de Rose, qui donne vraiment l'impression d'être une menteuse pathologique très perturbée, et de votre ex-assistante [...] qui semble poser moins de problèmes. J'ai aussi lu attentivement les publications de Rose sur Twitter pour tâcher de la comprendre et j'ai regardé son film, *Dawn*. (Je ne suis pas critique de film, mais je l'ai trouvé affreux. Par contre, il en dit long sur Rose : un garçon rencontre une fille. La fille fait confiance au garçon. Le garçon tue la fille. Tous les hommes sont nuls. Fin.)
> Je pense être bien placée pour vous aider contre toutes les Rose du monde, parce que j'en ai représenté beaucoup. De prime abord, on a le sentiment que ce sont des femmes impressionnantes, audacieuses. Mais lorsque l'on insiste pour obtenir des preuves, on découvre leurs faiblesses et leurs mensonges. Rose ne semble pas

faire grand-chose de ses journées ces jours-ci, à part entretenir son image de guerrière féministe, qui prend rapidement de l'ampleur et qui semble entièrement basée sur ses fulminations en ligne. Pour que son « Armée Rose » continue à la suivre, elle doit redoubler d'outrance dans ses diatribes. Il est clair qu'il faut mettre un terme à ses ridicules attaques diffamatoires à votre encontre. Elle est dangereuse. Vous avez raison de vous en préoccuper.

Quelques pistes qui me sont venues à l'esprit à première lecture, que je pourrais détailler lors d'un prochain rendez-vous téléphonique :

1. Tenter de nouer un contact amical avec elle par mon entremise ou celle d'un intermédiaire et, une fois qu'un lien aura été établi, parvenir à un accord « gagnant-gagnant ». Question clé : que veut-elle ? Diriger un film, semble-t-il ?
2. Mener une campagne de diffamation en ligne pour la discréditer en la présentant comme une menteuse pathologique. Quelques articles ciblés seront bien utiles si les choses finissent par nous éclater à la figure. Nous pouvons placer un article la montrant comme étant de plus en plus dérangée. Si quelqu'un lance une recherche sur elle dans Google, cet article ressortira et elle sera discréditée. Tous les faits basés sur des informations accessibles au public sont de notre côté. Cela pourrait commencer en même temps que le point n° 1.
3. Lettre de mise en demeure de ma part, l'avertissant de son non-respect des termes de votre accord et lui faisant part de causes d'action pour non-respect de la vie privée, diffamation, etc.

Risque : elle publie la lettre en ligne, ce qui ferait du bruit. (Sara : j'ai besoin de voir ce contrat, s'il vous plaît.)
4. Vous et moi nous exprimons publiquement dans un entretien préventif dans lequel vous évoquez avoir évolué dans vos relations avec les femmes, depuis la mort de votre mère, l'enregistrement de Trump, et, peut-être, de vilaines rumeurs infondées à votre sujet. Cela fera les gros titres si vous exprimez une authentique contrition envers toutes les personnes que vous avez pu offenser, tout en soulignant qu'il s'agissait toujours de relations consensuelles entre adultes. Vous pensiez que c'était suffisant à l'époque, mais aujourd'hui, vous comprenez que les choses sont plus nuancées, qu'un déséquilibre de pouvoir a des répercussions, etc. Vous m'avez contactée pour vous aider à comprendre l'évolution rapide des mœurs concernant l'inconduite sexuelle parce que vous êtes quelqu'un de bien (comme le prouve le fait que vous ayez toute votre vie produit des films sur d'importantes questions sociales, et votre extrême générosité envers des associations caritatives). Exemple : alors que les femmes étaient prêtes à se déchaîner contre Charlie Sheen à cause de sa séropositivité, il a récemment donné une interview dans *Today Show* pour l'annoncer lui-même, ce qui lui a valu d'immenses louanges. J'ai représenté quelques-unes de ces femmes et leurs histoires ont été largement désamorcées par son interview et l'admiration que cela lui a valu. Il est essentiel d'être le premier à dévoiler ce genre de choses pour conserver la maîtrise de sa propre

réputation. Je vous le recommande vivement. Si vous êtes d'accord, j'aimerais vous rencontrer pour que nous voyions l'histoire en détail afin de maximiser son efficacité. Vous devez en être le héros et pas le méchant. C'est parfaitement réalisable.
5. Créer une fondation Weinstein ayant pour objet l'égalité des sexes dans le cinéma, etc. Ou bien, instaurez les Standards Weinstein dont le but serait qu'un tiers des films soient réalisés ou écrits par des femmes, qu'ils passent le test de Bechdel (deux personnages féminins nommés dans le film parlent ensemble d'un sujet qui est sans rapport avec un homme), ou autre. Annoncez que vous allez immédiatement passer à la vitesse supérieure en matière de parité, par tous les moyens possibles, dans tous les films dans lesquels vous intervenez. Annoncez un partenariat avec le groupe de Geena Davis qui œuvre pour l'égalité entre les hommes et les femmes au cinéma, par exemple, en rendant obligatoire que la moitié des figurants dans les scènes de foule soient des femmes. Vous voyez où je veux en venir. Les détails peuvent être revus, mais le but est de faire de vous un leader et de relever le niveau d'une façon concrète qui fera les gros titres.
6. Gestion de la réputation positive. J'ai fait une recherche sur votre nom dans Google et quelques articles détestables surgissent. Je travaille avec l'une des meilleures sociétés de gestion de la réputation qui peut établir des liens vers les articles positifs afin de dresser un « pare-feu » qui empêchera les articles négatifs d'arriver en tête des résultats dans Google. Votre première page dans Google est essentielle puisque 95 % des gens ne vont pas

chercher plus loin. Nous pouvons l'améliorer. C'est facile à faire ! Cela doit avoir lieu en même temps que les autres options.

Petit rappel : pourriez-vous me mettre en contact avec David Boies afin que je puisse obtenir un acompte ?

Par ailleurs, étant donné que vos courriels ont été piratés récemment dans le cadre de la campagne Clinton, je vous recommande de créer un nouveau compte de messagerie sécurisé pour l'échange de messages électroniques avec cette équipe. Nous ne devrions pas échanger de messages sur ces sujets sensibles en passant par votre messagerie professionnelle, car vos informaticiens et d'autres personnes pourraient y avoir accès.

Merci, et je suis très honorée d'être intégrée à cette équipe.

On se parle demain ?

Cordialement,

Lisa Bloom

Weinstein lui avait versé une avance sur honoraires de 50 000 dollars. Les documents de facturation qui s'étaient ensuivis retracent sa propre comptabilité privée de tous ses actes en soutien à Weinstein.

Elle avait collaboré avec l'agent de Black Cube « Anna », aka Diana Filip. Elle s'était rendue à des réunions avec Weinstein et Boies. Elle avait aidé à orchestrer la collecte d'informations sur Rose McGowan, Ambra Battilana Gutierrez, Ashley Judd et d'autres femmes qui pourraient accuser Weinstein. Bloom avait travaillé main dans la main avec Sara Ness, la détective privée qui compilait des dossiers sur les journalistes qui enquêtaient sur Weinstein, fouillant leurs comptes sur les réseaux sociaux pour y trouver des indices sur leurs sources. Exactement comme Baquet l'avait prédit : Weinstein et son équipe surveillaient les journalistes, se servant de leurs moindres clics sur les réseaux sociaux pour essayer de savoir à qui ils parlaient.

« En se basant sur les activités sur les réseaux sociaux et les commentaires de HW, il semblerait que jusqu'ici les noms suivants figurent parmi les sources potentielles les plus pertinentes/importantes pour Kantor et Farrow », écrivait Ness dans le dossier que Jodi et Megan ne virent que plusieurs mois plus tard[23]. L'énumération se poursuivait sur des pages et des pages, mentionnant les noms des personnes qu'elles suivaient sur Twitter et depuis quelle date. Plusieurs des sources les plus importantes de Jodi et Megan figuraient dans la liste.

Certaines évaluations relevaient d'erreurs de calcul. « Difficile de prédire si McGowan accordera une interview à Farrow ou Kantor », écrivait la détective, alors que Jodi et Megan discutaient depuis des semaines déjà avec McGowan. « Il semble peu probable que Judd veuille s'exprimer officiellement et revenir sur l'article publié en 2015 dans *Variety* », disait-elle aussi. Et Weinstein « ne pense pas que Paltrow présente une menace ».

Mais d'autres notes visaient terriblement juste. Plusieurs femmes étaient décrites comme étant des « sources adverses » potentielles, y compris l'assistante qui avait fui Miramax en 1990, celle que Megan avait débusquée dans la maison de sa mère.

L'expression « sources adverses » renvoyait au mot « adversaires ». Bénéficiant du soutien de la grande équipe qu'il avait réunie, Weinstein était parti en guerre.

Chapitre 5

La complicité d'une entreprise

Durant tout le mois d'août, et même au début du mois de septembre 2017, Jodi et Megan furent confrontées à un problème qui ne cessait de prendre de l'importance : malgré tout ce qu'elles avaient appris sur les mauvais traitements présumés infligés par Weinstein aux femmes, il n'y avait pas matière à un article.

Un soir, Rebecca Corbett invita les journalistes dans un bar tranquille de Midtown, à Manhattan, et elle leur demanda où elles en étaient. Jodi et Megan énumérèrent tout ce qu'elles avaient appris jusque-là. Les stars qui avaient évoqué des histoires impliquant Weinstein. Les ex-employées. Les règlements à l'amiable.

Corbett était parfaitement au courant des informations dont elles disposaient. Elle cherchait à leur démontrer quelque chose. Combien de femmes avaient témoigné officiellement ? Combien d'accords avaient été confirmés ? Parmi les femmes qui leur avaient raconté qu'elles avaient elles-mêmes subi une agression, seule Laura Madden avait accepté d'être citée, et son accord n'était pas définitif. Les preuves qu'elles détenaient sur les indemnisations étaient incomplètes.

« Vous n'avez pas de témoignage publiable », dit Corbett.

Persuader des ex-employés de Weinstein de parler était toujours aussi difficile, surtout au sein du cercle restreint des dirigeants qui travaillaient depuis longtemps pour le producteur. Ils n'avaient aucun intérêt à faire des confidences. Pourquoi voudraient-ils que le monde entier sache qu'ils avaient gravi les échelons en protégeant un homme qui semblait présenter une menace ? Le mieux à faire, c'était de les convaincre que l'enquête du *Times* était une façon de racheter leurs fautes passées, un moyen sans danger d'évoquer des comportements qui les avaient peut-être rongés.

À la fin d'une conversation qui n'avait pas été particulièrement révélatrice avec un dirigeant, Jodi entendit une remarque intrigante. Elle avait pour sujet l'un des lieutenants de Weinstein, Irwin Reiter, directeur financier de la Weinstein Company. D'anciens collègues l'avaient présenté comme étant la mémoire institutionnelle de la société : il tenait la comptabilité des frères depuis 1989. Il avait aussi été décrit comme loyal, bourru et peu enclin à se soucier de la façon dont son boss traitait les femmes. Mais ce dirigeant fit aussi une remarque que personne n'avait encore émise : « Irwin Reiter déteste Harvey Weinstein. »

Jodi avait déjà obtenu le numéro de téléphone de Reiter, mais elle attendait d'en savoir un peu plus long sur lui avant de l'appeler. Ce moment était arrivé. Lorsqu'elle lui téléphona, il lui répondit qu'il ne voulait pas lui parler – mais avant de raccrocher, il lui donna son adresse électronique privée. Jodi lui écrivit un courrier.

> Vendredi 15 septembre 2017, 16:46
> À : Irwin Reiter
> De : Jodi Kantor
> Cher Irwin,
> Merci pour votre adresse électronique. Nous enquêtons sur des allégations en lien avec un schéma récurrent de mauvais traitements infligés aux femmes sur plusieurs années. Nos investigations ont révélé plusieurs règlements à l'amiable. On m'a dit que ce sujet était au centre de vos préoccupations. En nous donnant des précisions sur cette histoire, vous contribueriez à résoudre cette situation, en toute confidentialité. J'aimerais avoir la possibilité de m'entretenir avec vous en privé et vous exposer les informations dont nous disposons afin que vous puissiez les confirmer.
> Ma sœur habite près de chez vous et je prévois d'aller bientôt dans le New Jersey. Pourrais-je vous offrir un café afin que vous m'en disiez davantage ?

Vendredi 15 septembre 2017, 20:27
À : Jodi Kantor
De : Irwin Reiter
Vos antécédents sont impressionnants. En 2017, les choses étant ce qu'elles sont, j'ai le plus grand respect pour les journalistes. Passez un bon weekend.

Jodi transmit immédiatement le message d'Irwin.

Vendredi 15 septembre 2017, 20:37
À : Megan Twohey
De : Jodi Kantor
Que dois-je répondre ?

Vendredi 15 septembre 2017, 21:11
À : Irwin Reiter
De : Jodi Kantor
Merci, cela me tient à cœur. La quête de la vérité ne m'a jamais paru aussi primordiale. Je peux être chez vous lundi, vers 11 heures, pour me présenter. (D'après l'annuaire, vous résidez au 3 Hebron Drive, à East Windsor.) Dites-moi si un autre jour ou un autre moment vous convient mieux.

Vendredi 15 septembre 2017, 21:46
À : Jodi Kantor
De : Irwin Reiter
Vous avez beau être une grande journaliste d'investigation, vous êtes vraiment nulle en recherches

dans l'annuaire. Jamais de ma vie je n'ai habité dans le New Jersey. Je réfléchis à tout cela et je vous ferai part de ma décision lundi.

Pour ne pas rompre l'échange, Jodi continua la conversation avec des banalités, tandis que Megan, invisible, lisait les réactions de Reiter et conseillait Jodi sur ses réponses[1].

Reiter lui transmit bientôt ses instructions : rendez-vous à 9 heures 30 au bar, derrière le restaurant Little Park, à Tribeca. Il fixa les règles de la rencontre : c'était lui qui poserait les questions ; il se réservait le droit de partir au bout de cinq minutes ; il réglerait la note. Cela convenait parfaitement à Jodi, mais elle était surprise par le choix du lieu. Tribeca, c'était le monde de Weinstein. Quand il y avait installé les bureaux de Miramax, plusieurs dizaines d'années auparavant, la croissance de l'entreprise avait contribué à transformer ce quartier, autrefois miteux, en un endroit chic et prestigieux, où vivaient des gens fortunés, avec des lofts à plusieurs millions de dollars, des restaurants haut de gamme et un célèbre festival de cinéma. Little Park, restaurant cher et à la mode, ressemblait au genre d'endroit que le producteur pourrait fréquenter. Les bureaux de la Weinstein Company, qu'il avait cofondée avec son frère en 2005, étaient à six pâtés de maisons. Mais elle ne discuta pas son choix. Si Reiter voulait la rencontrer sous le nez de Weinstein, il en serait ainsi.

Le lundi 18 septembre au soir, Jodi entra dans le restaurant, très animé, et jeta un coup d'œil autour d'elle : même si Weinstein n'était pas là, elle voulait s'assurer qu'elle ne connaissait personne afin d'éviter qu'une connaissance ne vienne à sa table pour la saluer[2]. Elle avança jusqu'à un endroit isolé, au fond, où il n'y avait presque personne : c'était un bar sombre qui ressemblait au salon d'un club, lieu idéal pour les conversations privées, avec beaucoup d'espace entre les tables entourées de canapés et de fauteuils. Où était Reiter ? Et était-il un espion envoyé pour découvrir ce que savait la journaliste ?

Mais le petit homme, dans la cinquantaine, qui était assis dans un fauteuil au fond de la salle, paraissait trop nerveux pour être une taupe. Il regardait sans cesse par-dessus son épaule et faisait des blagues cyniques sur le meilleur moyen d'échapper aux sbires envoyés par Weinstein. Il avait des manières débonnaires et un débit de paroles saccadé.

Au bout de quelques minutes de conversation, Reiter était toujours sur ses gardes, mais il ne posait pas beaucoup de questions à Jodi et ne semblait pas pressé de s'en aller. Elle l'interrogea donc à son tour : elle voulait savoir s'il disposait de détails financiers concernant les plus anciens règlements à l'amiable. En l'entendant l'interroger sur le passé, il paraissait assez étonné, voire déçu. Finalement, il demanda : « Pourquoi posez-vous des questions sur de l'histoire ancienne, alors que Weinstein a commis tant d'agressions récentes sur ses propres employées ? »

Agressions récentes.

Jodi et Megan ne savaient pas grand-chose à ce sujet ; à part l'enquête policière de 2015 sur le comportement de Weinstein, elles n'avaient que quelques tuyaux non confirmés. Quand Jodi demanda à Reiter de lui en dire plus, il devint plus tendu, puis se mit à parler de façon elliptique. Il mentionna une jeune responsable du développement qui lisait des scripts et une autre qui avait travaillé à la Weinstein Company tout en suivant des études de commerce. Il désignait ces personnes par leurs initiales : EN, LO, etc. Il n'était pas disposé à en dire plus. Ce qui lui importait le plus, dit-il, c'était d'empêcher Weinstein de continuer à faire ce qu'il avait fait ces dernières années aux jeunes femmes qui travaillaient pour la société.

Pendant les deux semaines suivantes, Jodi et Reiter se retrouvèrent régulièrement le soir, toujours tard, presque toujours au bar derrière Little Park. Jodi et Megan n'en parlèrent à personne, hormis aux rédacteurs. Dans les courriels et les textos qu'ils échangeaient, les journalistes l'appelaient « la source » ou « le type de Jodi ». Le comptable jurait que chaque rendez-vous serait le dernier. Il risquait son job. Il parlait avec un débit de mitraillette, prêt à révéler certaines choses, mais pas d'autres, refusant parfois de donner des noms, zigzaguant entre des épisodes qui semblaient centraux et d'autres qui paraissaient anecdotiques ou difficiles à prouver. Il ne prétendait pas tout comprendre à ce qu'il s'était passé au sein de la société, et il ne racontait pas l'histoire dans l'ordre.

Entre deux rencontres, Jodi et Megan s'efforçaient de déchiffrer ses paroles, de remonter le fil et d'étayer ses propos en parlant à d'autres ex-employés, en obtenant des documents sur ce qu'il racontait et en contactant les femmes auxquelles Reiter faisait allusion. Elles se focalisaient sur les fondamentaux : qu'avait fait Weinstein à ces jeunes femmes et quelles preuves pouvait-on trouver ?

Mais elles commençaient aussi à prendre conscience que Reiter laissait entrevoir une histoire qui nécessiterait une enquête beaucoup plus longue. En 2014 et 2015, deux années difficiles pour la Weinstein Company, la menace que faisait peser le producteur sur les femmes était devenue beaucoup plus visible dans les plus hautes sphères de la société, et des problèmes faisaient surface avec une troublante régularité.

Harvey Weinstein avait longtemps abusé de certaines personnes et pratiques de ses illustres sociétés – des avocats aux assistantes, des contrats aux frais professionnels – pour soutenir ses prédations ou les dissimuler. Certains employés savaient peu de choses, ou rien du tout, puisqu'ils ne travaillaient que sur les affiches de films ou les dates de sorties. Mais sur cette période de deux ans, Reiter ainsi que les membres le plus actifs du comité de direction de la société, mais aussi le propre frère et partenaire de Weinstein, avaient pris de plus en plus conscience des allégations de harcèlement et d'abus sexuels à l'encontre de Weinstein, ce qui n'était pas pour les rassurer. Pourtant, aucun d'eux n'avait rien fait pour affronter le problème et le producteur manifestait une remarquable capacité à créer sa propre réalité en faisant tout bonnement disparaître les sources de tracas.

Comment une entreprise pouvait-elle être si intimement complice de pareils abus ?

Pendant longtemps, Reiter avait détourné les yeux face aux agissements de son patron envers les femmes. Il avait commencé à travailler chez Miramax le 15 juillet 1989, à trente ans. Comptable formé au Brooklyn College, il était émerveillé par les films audacieux que Weinstein produisait, si différents de ceux qui passaient dans la plupart des multiplexes. L'année suivante, il avait remarqué le départ mystérieux et soudain d'une assistante des minuscules bureaux de New York – la femme que Megan rencontra plus tard chez sa mère. On lui avait dit que Weinstein s'était mal comporté envers elle. Elle avait négocié une indemnisation et l'affaire avait été réglée.

Près de dix ans plus tard, Reiter avait appris que Zelda Perkins avait connu un problème aux bureaux londoniens et qu'un avocat de la société avait été envoyé en Angleterre pour le résoudre. Et, comme beaucoup de ses collègues, Reiter entendait des rumeurs à propos de « liaisons » entre le producteur et certaines actrices, mais il ne savait pas bien qui profitait de qui : n'était-il pas bien connu que les actrices étaient prêtes à tout pour décrocher un rôle ? De plus, n'étant qu'un employé de bureau, payé pour tenir les comptes, il n'avait pas l'autorité suffisante pour interroger Weinstein sur ses agissements. Il n'avait pas posé de questions.

Jusqu'en 2014, lorsqu'il avait commencé à s'inquiéter davantage. Durant l'été, Reiter avait intercepté d'alarmants bavardages de bureau à propos du comportement de Weinstein envers les femmes. En octobre, des femmes de différents horizons et de tous âges accusèrent publiquement Bill Cosby d'agression sexuelle. Lorsque la nouvelle éclata, les émissions de Cosby et ses dates de tournée furent annulées[3]. Lorsqu'il apparaissait en public, des manifestants et des perturbateurs exprimaient leur réprobation.

À la lumière de l'affaire Cosby, Reiter avait le sentiment de devoir intervenir. Il n'en était pas encore arrivé au point de se demander si des femmes avaient été blessées ni de quelle façon. Il s'inquiétait de ce qu'il adviendrait de la Weinstein Company, qui projetait une image de réussite – elle faisait des coups prestigieux comme *Le Discours d'un roi* et l'émission de télévision *Projet haute couture*, mais elle était plus fragile que l'on aurait pu le penser, beaucoup de projets ayant échoué en engendrant des centaines de millions de dollars de perte. Un scandale sexuel risquait de la détruire.

En novembre 2014, il avait rédigé un courriel accusateur à Weinstein, nommant quelques-unes des femmes dont il avait entendu parler dans les bruits de couloir. « Arrête de faire le con », avait-il écrit à son boss, d'après un brouillon. Il ne se souciait pas de ce que Weinstein faisait à ces femmes « à moins que cela n'ait des répercussions sur la société. Est-ce le cas ? » demandait-il. Le lendemain, Weinstein s'était confronté à Reiter, sans rien avouer. Après cela, le producteur lui avait battu froid et s'était mis à le surnommer « la police du sexe » au bureau. (Weinstein nia cela.)

Des semaines plus tard, en décembre 2014, au moment où l'entreprise était censée fermer pour les fêtes, Reiter était arrivé au bureau un matin et avait constaté que certains dirigeants paraissaient très préoccupés. Une jeune femme de vingt-cinq ans qui s'appelait Emily Nestor, jeune diplômée, avait décroché un poste temporaire en tant qu'hôtesse d'accueil aux bureaux de Los Angeles pendant la période des fêtes. Lors de son deuxième jour de travail, Weinstein avait insisté pour qu'elle le rejoigne au petit-déjeuner à l'hôtel Peninsula, à Beverly Hills, et lui avait proposé d'être son mentor en échange de rapports sexuels, se vantant de toutes les actrices qui avaient prétendument accepté et qui étaient devenues riches et célèbres[4]. Nestor ne cessait de dire non et il ne cessait d'insister. Lorsqu'elle avait fini par s'extirper de la situation et était retournée au bureau, elle avait raconté aux autres employés ce qui venait de se passer et ils avaient alerté leurs collègues à New York.

Reiter était inquiet : la société était confrontée à ce qui semblait être un cas de harcèlement sexuel. Nestor ne voulait pas déposer plainte auprès des ressources humaines. Reiter et d'autres dirigeants avaient donc persuadé les employés de Los Angeles, qui avaient entendu son récit de première main, de tout mettre par écrit. L'un des récits rapportait le mal qu'elle avait eu à repousser Weinstein : « Elle dit qu'il était très insistant et ne changeait pas de sujet, alors qu'elle n'avait pas cessé de lui dire non pendant plus d'une heure[5]. »

Début 2015, Reiter déjeunait dans un restaurant de Midtown avec sa fille Shari, qui avait vingt-six ans, soit à peu près le même âge que Nestor. Elle était étudiante en psychologie et c'était une féministe convaincue. En entendant son père lui raconter ce qui se passait sur son lieu de travail, lui passant même son téléphone pour lui montrer quelques-uns des courriels et des documents, sa fille, qui était accompagnée d'un ami étudiant en droit, avait été horrifiée. Shari avait poussé son père à agir, se souviendront-ils tous les deux, et l'étudiant lui avait dit qu'il devait trouver un moyen de faire cesser le comportement d'Harvey Weinstein.

Reiter le souhaitait. Il n'avait plus seulement peur pour la société : il commençait aussi à s'inquiéter pour les employées et il était perturbé par l'idée qu'un patron puisse s'en prendre aux femmes qui travaillaient pour lui. Mais il ne voyait pas ce qu'il pouvait faire. Les conseillers de l'entreprise avaient déclaré que, puisque Nestor ne voulait pas déposer officiellement plainte, il ne serait pas judicieux de transmettre son récit au comité de direction de la société. Il était futile d'aller plus loin. De plus, avait-il dit à sa fille, ils savaient tous les deux ce qu'il se passait dans ce type de situation : les victimes finissaient souvent par être accusées, comme si c'étaient elles qui s'étaient mal comportées.

Shari insistait[6]. La conversation avait monté d'un ton au point d'attirer l'attention des autres clients du restaurant, se souviendra-t-elle plus tard. Il avait du pouvoir, disait-elle à son père. Il pouvait contribuer à créer un environnement propice à la prise de parole des femmes et il était de son devoir de ne pas en rester là.

Par la suite, durant l'hiver, Reiter avait entendu parler du cas d'une autre jeune femme. Sandeep Rehal était l'assistante personnelle de Weinstein[7]. Elle avait vingt-huit ans et c'était son premier vrai emploi. Elle s'était confiée à Reiter et à d'autres dirigeants au sujet de tâches qu'elle trouvait gênantes. Weinstein lui avait demandé de lui louer un appartement meublé avec la carte de crédit de l'entreprise et d'y faire livrer de la lingerie féminine, des fleurs et deux peignoirs. Elle devait tenir une liste de femmes qu'elle désignait par une expression que Reiter avait déjà entendue au bureau : « les amies de Harvey ». Gérer leurs allées et venues faisait désormais partie de ses attributions.

Rehal avait bien trop honte et était beaucoup trop effrayée pour confier aux cadres masculins ses pires expériences, dira-t-elle par la suite. Elle devait se procurer et fournir à Weinstein un médicament contre les troubles de l'érection, qui s'appelait le Caverject et qui s'administrait sous forme d'injections dans le pénis. Elle devait conserver un stock de ces seringues à son bureau, les lui remettre dans des sacs en papier kraft et parfois faire livrer le traitement dans des hôtels et ailleurs, juste avant ses rendez-vous avec des femmes. Un jour, alors qu'elle avait passé une semaine à chercher un nouveau fournisseur et l'avait payé avec la carte de crédit de l'entreprise, Weinstein avait accordé à Rehal une prime de 500 dollars, versée par la société, d'après un courriel qu'elle l'avait vu envoyer aux ressources humaines. Il avait sous-entendu qu'il y aurait des conséquences si elle parlait à quiconque de ces tâches : il avait mentionné son prêt étudiant et l'école où allait sa petite sœur, affirmant qu'il pouvait la faire renvoyer. Son silence serait récompensé. « Tu vas à l'université Harvey Weinstein et c'est moi qui décide si tu obtiens ton diplôme », lui avait-il dit. Rehal n'avait pas tardé à quitter la société et Reiter n'avait plus entendu parler d'elle.

Mais le comptable avait commencé à se plaindre auprès de ses collègues d'un autre problème soulevé par Rehal – l'utilisation des fonds de la société. Weinstein payait des sommes faramineuses avec la carte bancaire de l'entreprise en se basant sur un système assez laxiste pour désigner les dépenses personnelles qu'il se faisait rembourser. En plus de son généreux salaire – 2,5 millions de dollars en 2015[8] –, il exigeait parfois que la société de production se charge de régler des factures discutables, y compris 24000 dollars de pourboire à l'équipage d'un yacht – qu'il finit par rembourser – et un trajet en jet privé en Europe pour aller chercher un mannequin. (Weinstein nia avoir détourné les fonds de l'entreprise.)

Après que Weinstein eut exigé des indemnisations pour un nouveau lot de femmes embauchées dans la production sans missions ou tâches précises, Reiter avait écrit à Tom Prince, directeur de la production à la Weinstein Company[9] ;

> Jeudi 10 février 2015
> À : Tom Prince
> De : Irwin Reiter
> Combien ??????????
> Combien pour lui suffire ????
> Combien pour que l'on se décide à réagir ???

> À : Tom Prince
> De : Irwin Reiter
> Il n'y a pas à réfléchir... ça finira par arriver... quel âge a Cosby ? Depuis combien de temps cachait-il son problème sexuel ? J'espère que ça aura lieu de son vivant et pas de façon posthume...

> À : Irwin Reiter
> De : Tom Prince
> C'est vraiment ahurissant

Entre les discussions en fin de soirée de Jodi et Reiter, les journalistes continuaient à fouiller pour confirmer les confidences du comptable. Emily Nestor ne souhaitait pas commenter publiquement ce qui s'était passé. Mais Megan ne tarda pas à s'entretenir au téléphone avec une autre jeune assistante, dont Reiter lui avait communiqué les initiales et qui avait quitté la Weinstein Company à l'été 2015. La femme avait une voix mal assurée. Mais peu à peu, elle commença à expliquer qu'elle avait quitté la société « pour des raisons morales ». Comme elle avait signé un accord de non-divulgation, elle avait peur de raconter à Megan tout ce qu'elle avait subi. Weinstein l'avait harcelée, bombardée de sollicitations pour des rapports sexuels et des massages qu'elle avait refusés à maintes reprises. Elle n'avait pas voulu laisser passer sa chance de faire partie d'une société aussi prestigieuse, alors elle avait fait en sorte d'obtenir un autre poste qui lui permettait de garder ses distances.

Quand Weinstein avait exigé qu'elle recommence à travailler pour lui directement, elle s'était plainte auprès d'un dirigeant des tâches qu'elle avait été obligée d'accomplir pour Weinstein, espérant que le responsable l'aiderait à se tenir hors d'atteinte du patron, dit-elle. À la place, Weinstein lui avait téléphoné en personne, la forçant à nier toute allégation, à écrire une lettre dans laquelle elle affirmait avoir eu une « expérience positive » au sein de la société, puis à partir.

Au même moment, Jodi avait des conversations étrangement similaires avec une ex-assistante, Michelle Franklin, qui avait travaillé dans les bureaux londoniens en 2012[10]. Elle était aussi très angoissée à l'idée de s'exprimer et ne voulait pas que ses paroles soient consignées. Weinstein n'avait jamais forcé la main à Franklin pour qu'ils aient des relations sexuelles.

Mais, comme la jeune assistante à qui Megan avait parlé, elle raconta qu'elle devait organiser des rencontres dans des chambres d'hôtel pour des « amies d'Harvey » – le même terme que Reiter et les autres avaient employé. Comme Rehal, elle avait pour rôle de se procurer à la pharmacie le médicament contre les troubles de l'érection. Lorsqu'elle rangeait ses chambres d'hôtel, il lui était même arrivé de ramasser des seringues usagées éparpillées sur le sol de la chambre. (Weinstein nia ces témoignages.)

Un jour, alors qu'elle accompagnait une jeune femme jusqu'à la chambre d'hôtel de Weinstein, Franklin avait affronté le producteur. « Ce n'est pas mon travail et je n'ai pas envie de le faire », se souvint-elle lui avoir dit. « Ton avis ne compte pas », lui avait-il répondu, selon elle. Elle avait été licenciée peu de temps après.

L'après-midi du 19 septembre, Megan fit l'expérience de la capacité de Weinstein à mettre la pression aux gens, à leur forcer la main et à prétendre impudemment que les problèmes n'existaient pas[11].

Pendant deux semaines, elle avait récolté de nouveaux détails sur la façon dont les 600 000 dollars collectés à la vente de charité de 2015 au profit de la recherche sur le sida avaient atterri, par le biais d'une série de transactions compliquées, sur le compte d'investisseurs dans la production de *Finding Neverland* de Weinstein. Jodi et les rédacteurs craignaient que cela ne s'éloigne de leur sujet : le traitement que Weinstein réservait aux femmes.

Mais Megan ne voulait pas lâcher l'affaire. Elle avait eu la confirmation que le bureau du procureur général de New York menait une enquête. Elle avait obtenu des documents internes démontrant que des personnes au sein de l'amfAR avaient exprimé de graves préoccupations. Dans un courriel, le directeur financier avait écrit : « Rien dans cet accord ne me paraît juste. » Des experts juridiques disaient à Megan que l'arrangement pouvait être considéré comme frauduleux. Même s'il n'avait pas enfreint la loi, Weinstein semblait avoir siphonné plus d'un demi-million de dollars destinés à la recherche contre le sida pour rembourser ses propres investisseurs.

D'après Megan, l'histoire montrerait que Weinstein pouvait mettre une institution à sa botte. Le producteur avait entretenu de bonnes relations avec l'amfAR pendant des années, aidant l'organisation à organiser les ventes aux enchères fréquentées par les stars à Cannes – dont Jodi avait étudié quelques mois plus tôt les photos prises sur le tapis rouge. David Boies avait aidé Weinstein à réduire au silence le comité de l'amfAR qui voulait mener une enquête externe. Dans une récente interview, Boies, assisté de Lanny Davis et Charlie Prince, avocat de la Weinstein Company, avait fait tourner en rond Megan pendant près de deux heures, renforçant sa défense sur le thème *circulez, y a rien à voir.*

Et voilà que Weinstein en personne était arrivé au quatrième étage de l'immeuble du *Times*, bien décidé à affronter Megan et à étouffer l'affaire.

L'entretien avait reçu l'aval de Corbett et Baquet à deux conditions : *primo*, il devait être officiel et, *secundo*, il concernerait uniquement la transaction financière et non les allégations de mauvais traitements à l'égard des femmes. Megan avait hâte d'obtenir des réponses, mais aussi d'évaluer l'homme sur lequel Jodi et elle enquêtaient depuis des mois. Corbett participerait à la réunion pour éviter les digressions.

Le producteur portait des vêtements chiffonnés et boitait légèrement. Il grogna un bonjour d'une voix grave et nasale où pointait un authentique accent new-yorkais.

Toute sa bande suivait sur ses talons. Megan ne fut pas surprise de voir Davis et Prince. Un autre avocat, Jason Lilien, qui venait apparemment d'être engagé par Weinstein, se présenta comme étant l'ancien chef du bureau des organismes de bienfaisance du procureur général de l'État de New York. « Je sais que ça peut paraître égocentrique, mais j'ai littéralement écrit les lois en vigueur à New York dans ce domaine », dit-il à Megan.

La présence de deux autres membres du contingent était déconcertante. Megan serra la main de Roberta Kaplan, l'avocate qui avait plaidé avec succès devant la Cour suprême lors de l'affaire Windsor, qui avait fait date dans l'adoption du mariage pour tous. Puis Megan reconnut une grande brune d'âge moyen, au visage étrangement familier. C'était Karen Duffy, aka « Duff », qui était vidéo-jockey sur MTV dans sa jeunesse. Pourquoi avaient-elles choisi d'être aux côtés de Weinstein dans une affaire dont elles ignoraient sûrement tout ?

Corbett voulut exposer clairement ses attentes : la réunion serait uniquement consacrée à la transaction avec l'amfAR.

Mais il fut bientôt évident que Weinstein avait l'intention de mener l'entretien comme il l'entendait.

Il souhaitait s'exprimer à propos de sa prise de conscience du drame du sida, de son immense générosité philanthropique et de sa profonde préoccupation pour la souffrance d'autrui. Les visiteurs assis autour de la salle de conférence n'étaient là que pour lui donner la réplique.

Au début, Weinstein employa un ton amical, bien que condescendant. Il commença par un tutoriel sur le mode de fonctionnement réel du monde des galas de bienfaisance. Si les journalistes creusaient un peu plus loin, expliqua-t-il, ils comprendraient que des transactions créatives, comme celle impliquant l'amfAR, étaient extrêmement répandues. Tout le monde le faisait. Il fallait gérer un organisme de charité comme une entreprise si l'on voulait faire le bien dans le monde, dit-il, soulignant que d'autres sommes qu'il avait contribué à collecter à la vente aux enchères avaient bien été remises à l'amfAR.

« C'est du jargon juridique », dit-il, souriant largement à toute la salle. « Notre idée était d'aider les gens. »

Il évoqua ensuite tout ce qu'il avait fait pour la lutte contre le sida. Il se souvint avoir vu de près, pour la première fois, les ravages causés par la maladie, lorsque Michael Bennett, metteur en scène de Broadway, célèbre pour avoir monté *Chorus Line*, était tombé malade plusieurs décennies auparavant.

« Un jour, j'ai reçu un coup de téléphone de son ami disant que Michael avait une pneumonie. Et je… » Weinstein marqua une pause, comme pour mettre de l'ordre dans ses esprits. « OK, c'est bon. Il faut que j'en passe par là. »

Weinstein se mit carrément à lire un script, une déclaration écrite par un ancien vice-président de l'amfAR qui ne pouvait pas assister à la réunion. Il décrivait sa propre compassion et générosité à la troisième personne :

« Harvey s'avança et dit : "Puis-je vous aider" ? Nous avons accepté son offre et il a littéralement pris en main la vente aux enchères et houspillé les gens. »

Il semblait s'étouffer d'émotion et avoir du mal à parler.

« Je ne joue pas la comédie », déclara-t-il.

Il recommença, puis s'arrêta de nouveau, comme submergé, avant de faire glisser le script à travers la table en direction de Duffy qui lut le reste. Les larmes aux yeux, elle dit que Weinstein avait contribué à lui sauver la vie lorsque les médecins lui avaient diagnostiqué une maladie rare. Désormais, dit-elle, il était important « de représenter les gens qui ne peuvent pas s'exprimer ici », les victimes du sida qui avaient bénéficié directement de la générosité de Weinstein.

Megan les laissa finir avant de leur poser plus de questions. Ceux qui prenaient part à une vente aux enchères au profit d'un organisme caritatif ne méritaient-ils pas de savoir où allait leur argent ? Était-ce approprié que des contributions à des œuvres de charité finissent dans la poche de Weinstein et d'autres investisseurs de *Finding Neverland* ?

À chaque nouvelle salve, Weinstein paraissait de plus en plus agacé.

Megan et Corbett savaient-elles que leur propre employeur prélevait l'argent d'organismes caritatifs pour financer le journalisme d'investigation ?

« Qui profite de la déduction fiscale ? Comment s'arrangent-ils ? » rétorqua-t-il. Puis son agressivité vis-à-vis du journal se changea d'un coup en admiration. « J'adore le *New York Times* », dit-il. « Mon anecdote préférée se déroule en 1977. Je suis étudiant, je me retrouve bloqué par une tempête de neige à Buffalo, dans l'État de New York. Un type sort, c'est mon ami Gary. "Que vas-tu acheter au magasin ?" je lui demande. "Je vais acheter des Twinkies", répond-il. L'autre type va acheter du lait. Une fille dit : "Je veux des Cheerios." Et ma fameuse citation, qui n'est pas récente, vous pouvez vérifier. J'ai dit : "Prends-moi juste le dernier numéro du *New York Times.*" »

S'il y avait quoi que ce soit d'inconvenant concernant la transaction à 600 000 dollars, insista-t-il, Megan devait interroger les avocats qui en étaient responsables. Et si les enchérisseurs n'avaient pas compris que cet argent servirait à ses affaires, eh bien, c'était leur problème. « Si vous ne voulez pas faire de dons pour ça, alors ne le faites pas », dit-il.

Kaplan dit qu'elle siégeait au comité d'un autre organisme caritatif de lutte contre le sida et avança que si le *Times* donnait suite à cette histoire, cela pourrait nuire aux malades du sida dans le monde entier. Elle ne semblait pas comprendre les tenants et aboutissants de la transaction financière qu'elle était pourtant venue défendre.

Megan demanda : « Weinstein referait-il ce type d'arrangement financier ? »

« Pas si vous êtes dans les parages », plaisanta le producteur.

« Je pense que nous devrions conclure », dit Corbett.

Mais Weinstein avait un dernier argument. Il ne se battait pas seulement pour faire le bien ; il luttait contre les méchants. Les membres du comité de l'association caritative ne l'avaient dénoncé au procureur général que parce qu'ils voulaient prendre les rênes de l'organisation pour servir leurs propres intérêts.

L'avocat de la Weinstein Company essaya d'intervenir, mais Weinstein le fit taire d'un geste.

« Je préfère dire la vérité, au risque que cela me perde », déclara Weinstein aux journalistes. « C'est comme ça que j'ai grandi. J'ai grandi en disant la vérité. »

Megan les remercia du temps qu'ils avaient bien voulu consacrer au *Times*. Malgré toute la théâtralité qu'ils avaient déployée, elle comptait toujours écrire son article à propos de la transaction à 600 000 dollars. En regardant le producteur s'en aller, ses supporters dans son sillage, elle fut frappée par l'image de cet homme écrasant tout le monde sur son passage et s'attendant à ce que tous le suivent sans discuter.

Quand Jodi vit le groupe s'en aller, elle descendit dans le hall. Elle avait insisté pour se présenter à Weinstein avant que la réunion ne commence et, au moment de son départ, elle voulut le revoir pour lui rappeler la suggestion de Lanny Davis quant à une éventuelle interview.

Le producteur se trouvait de l'autre côté des tourniquets de sécurité, parmi la foule habituelle d'employés de bureau et de touristes photographiant l'enseigne du *Times*. Lorsque Jodi l'aborda, il se pencha vers elle avec une telle intensité qu'elle dut se rappeler de ne pas trahir des signes d'intimidation. Elle lui dit que même si la réunion du jour portait sur l'amfAR,

Megan et elle espéraient l'interviewer plus tard au sujet de la façon dont il traitait les femmes.

Weinstein commença par se moquer de cette enquête devant son cortège, évoquant leurs découvertes même si les journalistes n'en avaient jamais parlé. « À ce qu'il paraît, je les aurais attirées dans des chambres d'hôtel », dit-il sur un ton moqueur.

« Asseyons-nous et parlons-en tout de suite », proposa-t-il soudain. « Je vous dirai tout. Nous serons transparents et il n'y aura pas d'article. Allez, faisons ça. »

Jodi refusa. Megan et elle le contacteraient lorsqu'elles seraient prêtes, dit-elle.

Il se rapprocha et Jodi ne put retenir un rire nerveux. Il n'avait pas commis ces choses terribles dont les femmes l'accusaient, dit-il. Il n'était pas si terrible.

Il sourit d'un air sardonique, puis dit : « Je suis encore pire[12]. »

Les tactiques déployées par Weinstein pendant l'entretien au sujet de la transaction impliquant l'amfAR étaient révélatrices de son mode opératoire. Plus tard, elles permettraient à Megan de déchiffrer ce qui s'était passé dans ses bureaux, en mars 2015, lorsque Ambra Battilana Gutierrez, le mannequin italien, avait déposé sa plainte. Emily Nestor et Sandeep Rehal venaient de démissionner, mais cette allégation causait beaucoup plus de tumulte que les autres, parce que pour la première fois, une femme portait une accusation publique à l'encontre de Weinstein. Après s'être rendue au bureau de Weinstein pour une réunion de travail, Gutierrez était allée trouver la police de

New York et avait accusé le producteur d'attouchements. La nouvelle avait fait les gros titres. Et pour la société de production, cela ne pouvait pas plus mal tomber : elle était sur le point de vendre son département télévision à la chaîne britannique ITV pour plus de 400 millions de dollars, une négociation qui aurait servi d'éventuelle bouée de sauvetage. Reiter, qui rapporta qu'on lui avait promis un bonus d'un million de dollars pour la vente, était horrifié – c'était exactement ce qu'il avait craint : un scandale public.

La police, qui avait aidé Gutierrez à enregistrer clandestinement Weinstein en train de discuter de l'incident, affirma plus tard avoir été bien décidée à le voir condamné pour abus sexuel[13].

Mais le bureau du procureur du district avait vite annoncé qu'il abandonnait les poursuites, disant simplement qu'« après examen, les preuves disponibles, comprenant de nombreux entretiens avec les deux partis, ne permettent pas de poursuites pénales ». Gutierrez avait quitté New York sans donner d'interviews ni discuter publiquement de sa plainte contre Weinstein, ce qui avait poussé Reiter et d'autres à se demander ce qui avait bien pu se passer dans les coulisses.

Ce que presque tout le monde ignorait à l'époque, c'était que Weinstein avait mené une campagne élaborée pour faire disparaître l'allégation du mannequin.

Elkan Abramowitz, spécialiste du droit pénal et ex-associé de Cy Vance, procureur de district, était le visage public de l'équipe juridique de Weinstein.

En privé, Linda Fairstein, la célèbre avocate générale de Manhattan, spécialiste des délits sexuels, lui apportait aussi son aide. Elle était en lien avec les bureaux de Weinstein au sujet de l'affaire et avait mis en contact l'équipe juridique de Weinstein et le procureur principal. (Durant l'été 2017, lorsqu'elle avait juré à Megan que les allégations du mannequin étaient infondées, Fairstein n'avait pas révélé ses liens avec l'affaire. Plus tard, Fairstein dira que c'était la faute de Megan qui ne le lui avait pas demandé, et que ses actes n'avaient rien eu d'inhabituel.)

Les détectives privés de Weinstein avaient fait en sorte de se procurer des documents concernant deux affaires jugées par les tribunaux italiens impliquant Gutierrez. En 2011, elle avait témoigné pour l'accusation au procès de Silvio Berlusconi, l'ex-Premier ministre italien, accusé de fréquenter une prostituée mineure. Gutierrez avait décrit une sex-party avec des adolescentes chez Berlusconi durant laquelle elle aurait refusé de participer à des actes obscènes. Lorsqu'elle était à la barre, la défense l'avait interrogée sur l'allégation d'agression sexuelle qu'elle avait faite des années plus tôt à l'encontre d'un homme de plus de soixante-dix ans. Le procureur avait refusé de poursuivre cette affaire lorsque Gutierrez avait refusé de coopérer. Durant son interrogatoire, elle avait nié les faits initiaux qu'elle avait pourtant déclarés sous serment.

Les archives du tribunal n'apportaient pas la preuve que Gutierrez mentait au sujet de Weinstein. Elles ne démontraient même pas qu'elle avait menti au sujet de l'autre homme plus âgé. Mais les procureurs de New York reconnaîtraient plus tard qu'ils s'inquiétaient de sa crédibilité en cas de procès, vu ce que Weinstein avait déterré sur elle.

Boies et Abramowitz avaient communiqué les documents italiens à Ken Auletta, journaliste au *New Yorker*[14]. Auletta avait envisagé d'écrire un article sur l'affaire. Mais les avocats l'avaient convaincu que Gutierrez n'était pas fiable, expliquera Auletta par la suite.

Rudolph Giuliani, ancien maire de New York, avait passé l'un des premiers coups de téléphone à Weinstein après le dépôt de plainte à la police et l'avait redirigé vers Daniel S. Connolly, associé de son cabinet.

Après la décision des procureurs de ne pas donner suite, Weinstein, représenté par Connolly, avait versé à Gutierrez une indemnisation financière à sept chiffres en échange de son silence[15]. Dans le cadre de l'accord, il avait aussi obtenu la copie de l'enregistrement audio que Gutierrez avait fait à l'intention de la police[16].

Auprès des dirigeants de la société et des autres, Weinstein affirmait que tout l'épisode avait pour but de le faire chanter, mais il n'avait pas révélé qu'il avait versé à Gutierrez une généreuse compensation financière.

« C'est une experte en extorsion, elle l'a déjà fait – elle l'a fait à un vieil Italien et elle est allée aux petites sauteries de Berlusconi », aurait dit Weinstein à Lance Maerov, membre du comité de direction. « Et si vous ne me croyez pas, je demanderai à Rudy Giuliani de vous parler. »

Pour l'estocade finale, Weinstein s'était servi du pouvoir et des ressources de sa propre société pour l'aider à sceller son accord secret visant à faire taire son accusatrice.

Durant la soirée du samedi 18 avril 2015, le producteur avait convoqué deux éminentes associées du cabinet de Giuliani. Gutierrez était présente, accompagnée de son avocat. À la demande du producteur, les deux femmes avaient présenté au mannequin ce qu'elle pourrait faire pour devenir actrice et se faire connaître du grand public, selon les souvenirs des personnes présentes à la rencontre.

Cela faisait partie de l'accord qui avait été conclu entre les deux parties : Weinstein donnerait discrètement un coup de pouce à la carrière de Gutierrez. Pour le mannequin, c'était un moyen de se ressaisir et de tourner la page. Pour le producteur, c'était un moyen de pression familier : si tu gardes le silence, nous t'aiderons à réussir.

Ce soir-là, Weinstein avait écrit un courriel de remerciement aux deux associées, que Megan obtint plus tard.

> J'ai apprécié votre participation à la réunion qui a eu lieu aujourd'hui, à 18 heures, au cabinet de Giuliani. Je peux vous assurer que je règlerai tous vos frais. Je vous indemniserai totalement, j'apprécie tout ce que vous faites [...] Il y aura une prime de 10000 dollars pour chacune de vous et toute ma gratitude.
> Bien cordialement,
> Harvey

Personne n'avait plus d'intérêt à tenir Weinstein responsable de son comportement que Bob Weinstein, son frère et partenaire en affaires de longue date[17].

Les frères s'étaient fait un nom dans l'industrie du cinéma en se reposant sur un lien qui remontait à la chambre qu'ils partageaient dans leur enfance. Ils avaient grandi dans un appartement modeste du Queens. Dès l'âge de dix ou douze ans, Weinstein avait été un grand lecteur, un détecteur de talent. Il était incollable sur les célébrités : il notait qui passait dans les émissions de télévision de seconde partie de soirée, qui faisait parler de lui ou d'elle dans la rubrique potins et les discothèques à la mode. « Vous saviez que Sinatra est en ville ce soir ? » demandait-il au dîner à sa famille, surprise qu'il en sache autant à un si jeune âge. Bob s'intéressait davantage aux chiffres, se souvenant plus tard que la famille avait dû se serrer la ceinture quand le loyer était passé de 86 dollars à 92 dollars par mois.

Lorsqu'ils avaient créé Miramax, Weinstein débusquait les films prestigieux tandis que Bob gérait la finance et bâtissait une affaire lucrative dans les films d'horreur et diverses franchises grand public. Aux débuts de la société, les frères passaient souvent la soirée à se parler au téléphone, de 21 heures ou 22 heures jusqu'à 1 ou 2 heures du matin. Certaines personnes trouvaient qu'il était difficile de travailler correctement avec Bob. Il était maladroit et avait des sautes d'humeur : il pouvait être gentil une minute et furieux la suivante. Chez son frère aîné, Bob trouvait l'inspiration, la créativité et la motivation, comparant leur relation à un mariage, à l'« ultime amitié », à une longue conversation à bâtons rompus, déclara-t-il dans une série d'entretiens avec Megan.

Mais la Weinstein Company, créée en 2005, n'avait jamais atteint le niveau culturel ou économique de

Miramax et les frères avaient vite eu des différends financiers, l'approche plus disciplinée de Bob s'opposant à l'appétit insatiable de Weinstein pour acheter et donner le feu vert à des films, engendrer de gros frais, puis acheter encore et en faire encore plus. Bob observait avec inquiétude son frère devenir obnubilé par sa gloire personnelle pour n'être qu'un prénom : Harvey.

Il avait aussi pu constater la menace que son frère représentait pour les femmes. Même s'il niait en avoir connaissance, Bob avait participé aux discussions concernant la compensation confidentielle qui avait été versée à la jeune assistante qui avait fui Miramax en 1990, raconteraient par la suite à Megan deux personnes au courant de l'accord. Lorsque Harvey Weinstein avait eu besoin d'argent pour indemniser Zelda Perkins et sa collègue, Bob avait rédigé les chèques[18]. (Il dira plus tard que son frère lui avait dit que l'argent servait à couvrir une liaison extra-conjugale.)

Mais Bob ne considérait le comportement sexuel de son frère que comme une forme supplémentaire d'excès, dit-il à Megan. À ses yeux, son frère était « fou, incontrôlable – incapable de se restreindre quant à l'argent, quant aux dépenses, quant à ses colères, quant à son appétit pour les femmes ».

Un jour, en 2010 ou 2011, les frères se disputaient à propos de finances dans une petite antichambre près du bureau de Weinstein[19]. Au moment où Bob se levait pour s'en aller, Weinstein l'avait frappé au visage. D'autres cadres étaient présents : Reiter, le conseiller général adjoint, le directeur des opérations et le contrôleur des finances. Tous avaient vu le visage ensanglanté de Bob. Personne, pas même Bob, n'avait fait quoi que ce soit pour mettre Weinstein face aux conséquences de sa violence.

À cette époque, même s'ils géraient ensemble la société, les employés et les sommes colossales qui avaient été investies dans leur entreprise, Bob avait décidé qu'il n'était pas responsable de son frère.

Par la suite, Bob avait continué à prendre ses distances envers lui. Ils codirigeaient techniquement l'entreprise et, aux yeux du monde, ils formaient toujours une équipe, mais ils communiquaient de moins en moins. Cela faisait déjà un moment qu'ils travaillaient dans des locaux séparés ; cette distance venait de prendre un sens supplémentaire.

Bob envisageait régulièrement de scinder la société en deux. Il filait en douce pour discuter de son projet, portant le nom de code « Splitco », avec ses banquiers, mais les problèmes financiers étaient insurmontables, dit-il. Lorsque Bob évoquait l'idée, son frère répondait : « Bien sûr, nous pouvons diviser la société. Je prendrai tout et tu n'auras rien. » Finalement, Bob avait renoncé à s'en aller. « Je n'étais pas prêt à abandonner tout cela », dit-il. « Ce n'est pas si facile de tout recommencer. »

Son attitude était aussi dictée par une expérience privée dont il discutait rarement au bureau, mais qui était devenue emblématique de ce qu'il pensait de son frère.

Au moment de son divorce avec sa première femme, au début des années 1990, Bob s'était mis à boire, dit-il à Megan, tous les soirs jusqu'à sombrer dans l'inconscience. Ce n'était que grâce à l'aide des Alcooliques anonymes et d'Al-Anon qu'il avait réussi à cesser. Désormais, il voyait presque tous les comportements humains à la lumière de ce qu'il avait appris dans sa lutte contre l'alcoolisme. Il croyait aux douze étapes fondamentales du rétablissement : personne ne peut forcer quelqu'un à changer. Les gens doivent vouloir changer eux-mêmes.

Bob était persuadé que son frère avait un problème d'addiction au sexe et que seul Harvey Weinstein pouvait arrêter Harvey Weinstein. C'était un choix moral commode, et probablement désastreux, qui permettait à Bob de justifier le fait de ne rien tenter de plus. Il restait le partenaire en affaires de son frère mais se défilait lorsqu'il aurait fallu intervenir. Il refusait d'endosser une responsabilité quelconque, ou même de venir en aide aux employés qui venaient le voir pour se plaindre du langage dégradant ou des tactiques agressives de son frère.

« Les gens venaient se plaindre dans mon bureau : "Ton frère me hurle dessus" », dit-il. « Je répondais : "Démissionne. Tu as du talent." »

C'est ce qui passait pour son credo de management. « Envoie une note aux RH », conseillait-il parfois à ses employés, même si le service des ressources humaines n'était pas d'une grande aide. « Écris une lettre. »

Mais durant les semaines suivant l'accusation publique de Gutierrez, Bob avait fini par se sentir obligé d'agir. L'accord de vente du département télévision était tombé à l'eau, portant un rude coup à leurs affaires. Il craignait que, sans intervention extérieure, son frère n'agisse de façon encore plus néfaste pour la société. Un hasard de timing semblait lui fournir l'ouverture rêvée : les contrats des frères Weinstein et d'autres hauts dirigeants arrivaient à expiration fin 2015. Bob profiterait de l'occasion pour s'assurer que son frère allait suivre un traitement de fond pour son comportement sexuel.

Cet été-là, Bob avait envoyé à David Boies un courriel contenant une lettre à son frère[20]. Dans le message, que Megan se procurerait par la suite, il expliquait qu'il espérait que Weinstein et Boies lui répondraient avec un « plan d'action responsable ».

> Cher Harvey,
> Tout d'abord, je dois reconnaître que je suis très content que tu aies décidé de faire le premier pas en consultant le Dr Evans et le Dr Carnes afin de t'attaquer aux problèmes qui t'affectent depuis tant d'années. C'est un immense pas en avant que d'aborder pour la première fois ces difficultés avec la sincérité et le sérieux qu'elles méritent.
> Je veux que tu voies par écrit, d'après mes propres expériences, comment tes agissements passés m'ont affecté. Je ne parle qu'en mon nom, et mon nom seul.
> Durant les quinze ou vingt dernières années, j'ai été personnellement impacté par les répercussions de ton comportement. Si je l'affirme, c'est parce que j'aimerais que tu comprennes que cela fait très longtemps que cela dure et que cela n'a fait qu'empirer avec le temps.
> Dans certains cas, David Boies et moi-même avons dû intervenir pour t'épargner des problèmes. Je fais référence à un certain incident en Angleterre. Dans ce cas, comme dans tous les autres, tu as toujours minimisé ton comportement, ta mauvaise conduite, et tu as toujours dénigré les autres personnes

concernées de façon à détourner l'attention de tes propres méfaits. Le fait que tu ne puisses pas ou que tu ne veuilles pas reconnaître ton propre rôle là-dedans m'a toujours rendu triste et mis en colère.

Durant toutes ces années, si je le voulais, je pourrais citer au moins une centaine de cas – sans exagérer, au moins cinq fois l'an, plus de vingt employés sont venus se plaindre dans mon bureau parce que tu les avais verbalement et émotionnellement agressés. Ils m'ont rapporté que tu les avais traités d'imbéciles, d'incompétents, d'idiots, etc. Tu ne parlais pas de leur travail, mais d'eux personnellement. Tu dénigrais ces personnes en tant qu'êtres humains.

Je prenais ta défense, leur disant que tu ne le pensais pas, ou que ça allait passer, mais je savais, et eux aussi, que c'était ainsi que tu traitais tes employés et que ça continuerait. Et il en a été ainsi et ça n'a fait qu'empirer. En de nombreuses occasions, je disais à ces personnes, si elles le pouvaient, de trouver le courage de partir. Ces gens avaient des familles à nourrir et ce n'était pas une décision facile pour eux.

Pour ma part, j'ai commencé à être triste et en colère. À mes yeux, tu avais complètement perdu la tête, tu ne savais plus considérer les gens comme des êtres humains à part entière. Tu ne te souciais plus de leur droit fondamental à la dignité.

Je savais au fond de mon cœur que tu correspondais à l'exacte définition du *bully* : un tyran que sa propre vulnérabilité pousse à malmener les plus faibles.

J'ai aussi commencé à me remettre moi-même en question, surtout en ce qui concernait nos rapports. J'ai vu mes propres faiblesses et ma dépendance envers toi et j'ai réalisé que moi non plus, je n'avais pas le courage de t'affronter. Et que moi aussi, j'avais continué de mon plein gré à souffrir de tes abus. J'ai commencé à affronter sérieusement ce problème, afin d'aller mieux. Je n'attends plus ta propre guérison pour guider mes décisions. C'est un processus lent et difficile, mais je me remets petit à petit.

Je tiens à te rappeler que tu m'as agressé physiquement dans ton bureau et que tu as menti à ce sujet en le minimisant pas plus tard qu'il y a quelques semaines dans le cabinet de tes thérapeutes. Quand j'ai abordé le sujet, tu as dit que tu t'étais excusé !! Tu l'as fait sans aucune sincérité et tu n'avais pas l'air de t'en soucier.

« Tu vois, j'ai dit que j'étais désolé, alors passons à autre chose. » Je te déteste et je suis triste pour toi quand tu te comportes de cette façon.

Et laisse-moi encore te dire, frapperais-tu tes enfants comme tu m'as frappé ? Traiterais-tu tes enfants d'idiots, d'imbéciles, d'incompétents, etc. ? Le dirais-tu à une vedette du cinéma, à ton égal ou ton supérieur financier ? J'en doute fort.

Il y a d'autres comportements que je ne décrirai pas et dont tu as conscience qu'ils doivent être traités.

Tu m'as dit récemment que ton vrai problème, c'était la colère, comme si tu voulais minimiser l'autre. C'est un comportement typique d'une personne dépendante qui crée un écran de fumée en abandonnant une attitude pour pouvoir garder un autre « mauvais comportement ».

Tu as aussi blessé beaucoup de gens avec cette autre facette de toi. Tu t'en es pris aux gens et tu t'es servi de ton pouvoir sur eux. Tu as fait honte à ta famille et à ta société par ta mauvaise conduite. Ta réaction a une fois encore été d'accuser les victimes ou de minimiser cette mauvaise conduite de diverses façons. Si tu penses que tu ne fais rien de mal dans ce domaine, alors avoue tout à ta femme et à ta famille. Dans le bureau de Bart Mandell, tu m'as dit que tu avais honte de ce comportement et que tu voulais que personne ne soit au courant. Donc je t'ai vu devenir de pire en pire au fil des ans, au point de disparaître, à mes yeux, en tant que personne, en tant que mon frère, Harvey ; il ne reste plus qu'une âme vide qui fait ce qu'elle peut pour remplir cet espace et atténuer cette douleur qui ne se dissipe pas.

Si je peux te dire tout cela sans jugement, c'est parce que j'ai moi aussi suivi ce chemin, mon frère. Je parle d'expérience. J'ai souffert, je me suis mal comporté et j'ai fini complètement perdu, vaincu. C'est après avoir admis ma défaite que je me suis rendu compte que j'avais besoin d'aide.

J'ai demandé de l'aide et j'en ai reçu.

Une fois que j'ai reçu cette aide, on m'a dit que je n'irais mieux que si je continuais à y travailler toute ma vie et que si je m'attendais à me rétablir rapidement ou à pouvoir arrêter le traitement au bout d'un certain temps, ma mauvaise habitude reprendrait vite le dessus. Je n'ai jamais eu à en faire l'expérience.

Alors, qu'est-ce que j'attends ? Tout d'abord, j'aimerais que tu comprennes que cette lettre et la requête qui suit ne sont que le fruit de mon amour, de mes angoisses pour toi, mon frère.
Ce que je te demande, c'est d'esquisser les grandes lignes de la nature exacte du traitement que tu vas mettre en place avec le Dr Evans et le Dr Carnes, etc. Combien de fois les consulteras-tu par semaine ? Combien d'années suivras-tu ton traitement ?
J'aimerais savoir si tu vas suivre une thérapie de groupe. Combien de fois par semaine ou par mois y participeras-tu et pendant quelle durée ?
J'aimerais avoir un entretien ou assister à une séance avec chacun de tes médecins pour leur expliquer ce que j'ai vécu avec toi.
J'aimerais que tu me donnes ta parole, ainsi qu'à David Boeis et Bert Fields, que tu suivras le plan dont tu as convenu. Nous savons tous les trois que nous n'avons pas le pouvoir de te faire tenir parole, nous ne la voulons que pour nous-mêmes, et pour toi : pour garder une trace du fait que tu nous l'as un jour donnée.
Voici ce que je ne compte pas faire : je ne communiquerai cette lettre ou cette promesse à aucun membre de nos familles mutuelles. Je ne parlerai de tout cela à aucune relation d'affaires passée ou présente. Ça ne regarde que nous trois.
Pour mon propre intérêt, je te signale que si tu devais de nouveau me frapper ou m'agresser verbalement ou me dénigrer, je prendrais les mesures qui s'imposent pour me protéger, ainsi que ma famille et mes intérêts. Il ne s'agit pas d'une

menace. Je déclare simplement que j'exercerai mon droit en tant qu'être humain.
En ce qui concerne d'autres inconduites qui n'affectent pas notre société, je n'ai pas l'intention ni l'envie de faire la police ou de te rappeler à l'ordre, de quelque façon que ce soit. Ce n'est pas mon rôle.
Je t'encourage à discuter de mes remarques précédentes avec David Boies ; fais-moi connaître ta décision par son intermédiaire. Tu n'es sans doute pas encore en mesure de le comprendre, mais tout cela est dans ton propre intérêt.
Plus que tout, j'attends le retour de Harvey, rien qu'Harvey. Je le connaissais bien et je peux t'assurer que c'était un type formidable, à lui seul.
Ton frère qui t'aime,
Bob

Au même moment, de son côté, un autre dirigeant de la société était lui aussi bien décidé à agir. Les frères Weinstein avaient rempli le comité de direction de la société avec leurs alliés. C'étaient presque tous des hommes – ils n'avaient jamais compté qu'une femme dans leurs rangs : Dr Mathilde Krim, pionnière de la lutte contre le sida, qui ne travaillait ni dans le cinéma ni dans les affaires. La plupart des sièges étaient occupés par de riches dirigeants des secteurs de la finance et du divertissement qui adoptaient une politique de laisser-faire.

Mais Lance Maerov, qui avait été nommé à l'un des trois sièges indépendants en 2013, était différent : il était là pour surveiller les choses[21]. L'employeur de Maerov, le géant de la publicité WPP, Goldman Sachs, et d'autres gros investisseurs voulaient qu'il s'assure que les frères n'escroquaient pas leurs actionnaires. « Je devais simplement m'assurer que ces types restaient honnêtes », dira plus tard Maerov à Megan. « C'était le mandat qui m'avait été confié. »

Au début, il n'avait guère porté attention à la façon dont Weinstein traitait les femmes. Il avait entendu des rumeurs à propos du fait que le producteur faisait jouer ses « amies » dans ses films, et Weinstein semblait toujours avoir une jeune femme à son bras aux projections et autres événements, mais Maerov pensait que ce n'étaient que des aventures extraconjugales, rien de plus. Son but était de débusquer les écarts de conduite financière et d'essayer de dissiper l'atmosphère toxique qui régnait au sein de la société. « Lorsque vous sortiez d'une réunion du comité de direction, vous aviez l'impression d'avoir assisté au repas de Thanksgiving le plus dysfonctionnel de tous », dit-il au sujet des joutes verbales qui opposaient les frères Weinstein.

Mais lorsque les accusations de harcèlement avaient fait les gros titres, Maerov, comme Bob, avait craint que Weinstein ne soit empêtré dans un schéma récurrent de comportement sexuel qui pouvait engager la responsabilité de la société. Il voulait se servir du renouvellement des contrats pour le forcer à évoquer le sujet. Bob et lui ne s'étaient pas concertés ; Bob considérait Maerov comme une menace envers son propre pouvoir. Maerov siégeait au comité chargé du renouvellement des contrats. Au passage, il en profiterait pour examiner le dossier personnel de Weinstein, ce qui n'avait rien d'exceptionnel et lui donnerait l'occasion de vérifier s'il contenait quoi que ce soit de discutable.

Weinstein avait refusé de laisser Maerov consulter le dossier et David Boies l'avait soutenu dans cette décision, en répliquant qu'il devait lui-même revoir le dossier et signaler au comité tous problèmes légaux potentiels pour la société.

Maerov trouvait la proposition insensée et commençait à se méfier de Boies qui disait tantôt qu'il travaillait pour la société, tantôt pour Weinstein, ce qui semblait engendrer un conflit d'intérêts lorsqu'il était question d'informations potentiellement nuisibles que Weinstein pourrait vouloir dissimuler au comité.

Le 1er juillet 2015, au matin, Maerov avait réussi à jeter secrètement un œil au dossier malgré tout, grâce à quelqu'un qui tentait de lui apporter de l'aide : Irwin Reiter. Le comptable et deux autres cadres l'avaient rejoint pour le petit déjeuner à l'hôtel Four Seasons de Beverly Hills. Ils avaient évoqué les plaintes d'agressions verbales qui avaient été faites à l'encontre de Weinstein depuis des années. Puis Reiter avait fait passer à Maerov plusieurs feuilles de papier, se souviendra Maerov. C'était le mémo décrivant ce que Weinstein avait fait à Emily Nestor. Comme Reiter et les autres cadres, qui prenaient un risque, avaient peur de laisser le membre du comité de direction partir avec le document, Maerov avait parcouru les pages à table, trouvant enfin les informations qu'il avait recherchées – et la preuve du comportement qu'il avait soupçonné.

Maerov, Reiter et Bob Weinstein étaient tous d'avis que la situation ne pouvait plus durer. Pourtant, quatre mois plus tard, en octobre 2015, Harvey Weinstein signait un tout nouveau contrat qui lui accordait le pouvoir pour des années à venir. Avec l'aide de David

Boies, Weinstein avait induit en erreur, enfumé et évincé Maerov, Reiter, ainsi que son propre frère.

Pour Maerov, tenter de s'informer sur Weinstein ne ressemblait à rien de ce qu'il avait pu connaître durant des décennies de carrière en entreprise. Weinstein et Boies travaillaient main dans la main, alternant les pressions brutales du producteur avec la persuasion subtile de l'avocat. Lors d'une avant-première durant l'été des négociations de contrats, Weinstein avait menacé de frapper Maerov, d'après ce dernier. Lorsque Maerov s'était plaint, Boies avait réagi par un courrier laconique, affirmant que les accusations étaient « exagérées », « un tantinet hystériques » et prouvaient que « ceux qui ont une opinion comme la vôtre sur Harvey ne devraient pas se retrouver en situation d'essayer de négocier avec lui ». Boies avait ensuite lancé à Maerov ce qui ressemblait à un os à ronger à propos du dossier du service du personnel : Rodgin Cohen, l'un des avocats d'affaires les plus en vue du pays, avait lu le dossier et déclaré que rien de ce qu'il contenait « ne pouvait donner lieu à une action en dommages-intérêts à l'encontre de la société[22] ». (Maerov n'apprit que plus tard que le fils de Cohen était employé à la Weinstein Company et qu'il souhaitait faire carrière dans le cinéma.)

Maerov commettait aussi l'erreur de n'accorder que peu d'importance à des informations essentielles. Lorsque Boies avait ensuite admis que Weinstein avait versé des compensations financières à plusieurs femmes au fil des ans, mais juré que personne n'avait puisé pour cela dans les caisses de la société, Maerov ne lui avait pas demandé plus de détails. Il avait aussi choisi de ne pas tenir compte du mémo concernant

Emily Nestor auquel il avait eu accès. Par la suite, il en diminuerait l'importance, disant à Megan qu'on aurait dit une mauvaise photocopie, ou un scan de scan, et qu'il avait constaté qu'il s'agissait des paroles des collègues de Nestor, et pas de Nestor elle-même.

Il considérait que l'affaire était résolue, car Weinstein avait accepté de faire des concessions sur la négociation des contrats. La société mettrait en place un nouveau code de conduite. Si elle devait un jour verser des compensations à cause des égarements de Weinstein, ce dernier devrait rembourser les frais engagés et payer des amendes – 250 000 dollars pour la première compensation, 500 000 dollars pour la deuxième, et ainsi de suite, jusqu'à un montant d'un million de dollars, étant ainsi définie une véritable grille tarifaire pour de futures allégations potentielles. Le contrat précisait que Weinstein pouvait aussi être renvoyé pour mauvaise conduite. Cela donnait presque l'impression que la société s'attendait à ce que Weinstein continue à accumuler les accusations et que les amendes qui en résulteraient pourraient résoudre le problème.

Le principal souci de Maerov était la responsabilité engagée : il tentait de s'assurer que si quoi que ce soit tournait mal, la société serait épargnée. C'était bien différent d'essayer de garantir la protection des employées contre davantage de harcèlement et d'agressions. Une fois Maerov rassuré sur le fait que l'entreprise était légalement protégée, et que des contrôles financiers supplémentaires avaient été mis en place, il avait estimé qu'il en avait fait assez.

Irwin Reiter ne savait pas quoi faire de plus. Il avait comploté avec Bob Weinstein pour séparer son frère de la société, puis Bob s'était défilé. Il avait fait passer des documents à un membre du comité de direction, sans résultat. Il ne travaillait que trois jours par semaine et, cet été-là, la société avait essayé de le faire venir à temps plein moyennant le double de son salaire, soit un total de 650 000 dollars par an. Il avait refusé. Il n'avait jamais été plus inquiet : « Je serais prêt à signer n'importe quel accord si HW n'était pas mon patron, et je ne signerai rien tant qu'il l'est encore », avait-il écrit à un membre du comité durant l'été 2015. Mais il était resté dans l'entreprise, accomplissant des tâches qui n'avaient pas évolué depuis ses trente ans.

Bob Weinstein, qui détenait le plus de responsabilités, était satisfait parce que son frère avait fini par lui donner ce qu'il voulait : la promesse de suivre une thérapie pour addiction sexuelle. Au départ, Bob avait voulu que l'obligation pour son frère de suivre un traitement soit portée par écrit, comme le code de conduite et la grille tarifaire d'amendes. Boies l'en avait dissuadé, disant que Maerov pourrait utiliser ces informations pour essayer de renforcer le contrôle qu'il exerçait sur la société. À la place, Bob avait accepté une promesse privée qu'il était impossible de faire respecter.

« Il y avait de nombreux courriels dans lesquels il jurait qu'il le ferait, qu'il allait le faire, et il remettait toujours à plus tard, et je me suis dit, *c'est un addict, un addict, un addict* », dit Bob.

« Quand vous commencez à entendre ça, ça vous épuise. Ils mentent sans cesse, ils vous y confrontent en permanence. J'en ai eu assez. J'ai dit : "Je me rends", vous voyez ? »

Tard dans la soirée du 28 septembre 2017, cinq jours après la publication de l'article de Megan sur le scandale de l'amfAR, Jodi rencontra de nouveau Reiter au bar derrière Little Park. Comme les employés de la Weinstein Company avaient lu et discuté de l'article, Reiter avait envoyé un texto à Jodi pour lui raconter leurs réactions. Il n'avait pas été impliqué dans les transactions frauduleuses avec l'organisme de lutte contre le sida puisque le business de théâtre de Weinstein était à part du reste. Mais lui et d'autres employés avaient été fascinés par l'article, dit-il : ils voyaient enfin quelqu'un demander des comptes à leur patron. (Weinstein continua de nier toute malversation. Mais, plus tard, les autorités prirent des mesures : les enquêteurs fédéraux à Manhattan ouvrirent une enquête criminelle concernant les transactions, sans faire de commentaire public quant aux résultats. Le bureau du procureur général de New York écrivit une lettre à l'amfAR, disant que les transactions soulevaient plusieurs problèmes, y compris le fait qu'elles « donnaient lieu à des bénéfices pour des intérêts privés », et il conseilla à l'organisme de charité de renforcer sa gouvernance.[23])

Reiter avait déjà apporté une aide considérable à l'enquête et, de retour au journal, les rédacteurs pressaient déjà Jodi et Megan de commencer à rédiger un premier article sur Weinstein. Mais les journalistes en voulaient plus – notamment, plus de documentation sur ce qu'il s'était produit à la Weinstein Company durant ces deux années tumultueuses, plus d'informations qui pouvaient être publiées sans que rien désigne la source. Reiter avait mentionné un mémo écrit par une jeune cadre respectée qui s'appelait

Lauren O'Connor, et qui, dit-il, avait démissionné à cause de la façon dont Weinstein traitait les femmes.

Sans en dire trop long, Jodi voulait montrer à Reiter que son indignation croissante depuis 2014 était justifiée. Au bout de quelques minutes de conversation, elle sortit de son sac une feuille qu'elle avait préparée quelques heures plus tôt et la remit à Reiter. Celui-ci en savait beaucoup sur tout ce qui s'était passé au sein de la société, mais très peu au sujet de ce qui avait transpiré des rencontres entre Weinstein et les actrices dans des chambres d'hôtel. Jodi expliqua que c'était ce qu'une actrice célèbre lui avait raconté. Le texte ne comptait qu'un seul paragraphe, il ne citait aucun nom hormis celui de Weinstein, ni lieu ni heure. Il décrivait qu'une femme s'était rendue innocemment à une réunion dans un hôtel avec Weinstein et qu'elle avait été surprise d'être dirigée vers la chambre du producteur qui l'attendait en peignoir et lui avait réclamé un massage. Il avait tenté de la forcer à avoir des rapports sexuels en disant qu'il donnerait un coup de pouce à sa carrière. Elle s'était enfuie.

Comme Jodi l'avait deviné, Reiter fut horrifié. Elle lui annonça que cette actrice était loin d'être un cas isolé, que Megan et elle avaient entendu des variations de ce même récit à maintes reprises, ce qui correspondait parfaitement à ce que les employés lui avaient rapporté. Megan et elle ne savaient pas combien de femmes détenaient ce type d'histoire sur Weinstein, dit-elle, mais d'après ce qu'elles avaient entendu, ce nombre pourrait être très élevé.

Jodi lui demanda à nouveau le mémo concernant O'Connor. Il lui en avait déjà lu quelques extraits qu'elle avait notés, mais elle aurait voulu mieux comprendre le document. Pouvait-il y accéder de nouveau sur son téléphone ? Il se mit à le lire à haute voix, puis s'arrêta.

« J'ai besoin d'aller au petit coin », dit-il. Il lança son téléphone à Jodi, toujours ouvert sur le courriel contenant le mémo, se leva et la laissa seule à table.

Après toute son indignation, ses vaines tentatives d'intervention et les moments où il avait baissé les bras, le comptable venait de commettre enfin un acte irrévocable pour arrêter son patron.

La première fois que Reiter avait vu le mémo, il avait eu une impression de déjà-vu. En novembre 2015, peu après la signature du nouveau contrat de Weinstein, à son arrivée au travail, il avait trouvé des collègues réunis dans un bureau pour étudier une fois encore une plainte concernant Weinstein. Celle-ci émanait d'une femme qu'ils connaissaient et en qui ils avaient confiance : O'Connor était une étoile montante dans la société, respectée pour son goût et son travail. Contrairement à Nestor, elle avait déposé une plainte longue et détaillée qui décrivait bien plus qu'un incident isolé[24]. Weinstein avait eu des paroles déplacées à son égard, mais elle portait une accusation bien plus vaste, établissant un portrait de la façon dont il traitait les femmes et dont ce comportement nuisait à la société.

Reiter et les autres en avaient informé Bob Weinstein, qui avait lu le document et convenu que le comité de direction devait être informé de ces accusations. Au lieu de leur transmettre le document – trop risqué –, Bob avait dicté un mémo invitant les membres du comité à venir le voir dans son bureau afin de lire le document en personne, attendant une demi-heure avant d'informer son frère de ce qu'il avait fait.

Après des mois de frustration, Reiter reprenait espoir. Le lendemain, au bureau, il avait regardé avec satisfaction Maerov s'asseoir à une table et lire le mémo. Maerov avait pris des photos de la première et de la dernière page, notant tous les témoins et détails fournis par O'Connor. « Cela semblait parfaitement crédible », dira Maerov plus tard.

Mais après cela, la plainte d'O'Connor s'était évaporée, de la même façon que l'accusation de Gutierrez. Reiter ne comprenait pas. Il s'imaginait que Bob Weinstein avait abandonné une fois de plus. Il supposait que David Boies était intervenu pour couvrir encore les méfaits de son client. Bientôt, O'Connor avait pris la porte sans plus d'explications.

Sauf que les allégations n'avaient pas disparu : Reiter avait vu le mémo, tout comme d'autres collègues. Immédiatement après l'avoir lu, il en avait conservé un exemplaire en lieu sûr. Près de deux ans plus tard, Jodi était assise à quelques blocs des bureaux de la Weinstein Company, avec le document sous les yeux et la source délibérément partie aux toilettes. « Il me dit, sans me le dire, de copier le mémo », pensa Jodi.

Elle se dépêcha, sans s'arrêter pour lire le document, en espérant ne pas faire une erreur. Au bout de quelques clics, le mémo complet était en sa possession.

Lorsque Reiter retourna à la table, son téléphone l'attendait sur sa chaise et Jodi le remercia, sans trop en faire non plus.

Il s'en alla quelques minutes plus tard et elle se rendit immédiatement aux toilettes pour envoyer des captures d'écran à Megan et Corbett. Elle ne voulait pas être la seule à détenir une copie électronique une seconde de plus que nécessaire. Dans la ligne d'objet du courriel, Jodi écrivit tout simplement « Mémo ».

Lauren O'Connor avait envoyé le document le jeudi 3 novembre 2015, avec un objet innocent (« À conserver ») et cette introduction : « Comme demandé, j'ai pris le temps de dresser une liste et de résumer… » Puis elle entrait dans le vif du sujet.

> Un environnement toxique pour les femmes règne dans cette société. Je ne voulais rien de plus que d'y travailler dur et d'y réussir. Ma récompense pour mon dévouement et mon dur labeur a été de subir un harcèlement et des abus répétés de la part du dirigeant de la société. J'ai entendu des témoignages et ai été moi-même témoin d'autres agressions verbales et physiques infligées par Harvey à d'autres employées. Je suis une femme de 28 ans qui essaye de gagner sa vie et de faire carrière. Harvey Weinstein est un homme de 64 ans mondialement célèbre, et c'est sa société. L'équilibre des pouvoirs est le suivant : moi : 0, Harvey Weinstein : 10.
> Je suis professionnelle et j'ai tenté d'être professionnelle. Cependant, ce n'est pas ainsi que l'on me traite. Au lieu de cela, je suis sexualisée et rabaissée. Je suis jeune et je démarre tout juste ma carrière. J'ai eu peur de prendre la parole et j'en ai encore peur. Toutefois, je ne peux supporter de garder le silence et continuer à être soumise à ce comportement scandaleux.

Le reste du mémo était un portrait détaillé du comportement de Weinstein, y compris les confidences qu'une assistante avait faites à O'Connor au sujet d'un massage forcé :

> Elle m'a dit qu'Harvey l'avait obligée à lui faire un massage alors qu'il était nu. Je lui ai demandé ce qu'il s'était passé et elle m'a raconté qu'elle se trouvait dans l'autre pièce de la suite pour brancher son ordinateur. En entrant dans la chambre, elle l'a trouvé allongé sur son lit, nu. Il lui a demandé de lui faire un massage. Elle m'a dit qu'elle lui avait proposé de demander à l'hôtel d'appeler une masseuse. Il lui a répondu d'arrêter de faire l'idiote – elle n'avait qu'à le masser elle-même. Elle lui a répondu qu'elle ne voulait pas et que ça la mettait mal à l'aise. Ma collègue m'a dit qu'elle a été harcelée par Harvey jusqu'à ce qu'elle accepte de le masser. C'était horrible de la voir si perturbée. J'aurais aimé signaler l'affaire, mais elle m'a demandé de la garder confidentielle, car elle avait peur des répercussions si elle se plaignait.

Durant le scandale Gutierrez, écrivit O'Connor, il lui fallait patienter dans la salle d'attente du cabinet de thérapie sexuelle de Weinstein. Lorsqu'une « invitée personnelle » de Weinstein avait dû attendre une heure dans un hall d'hôtel pour obtenir une chambre, il s'était énervé contre O'Connor, lui disant qu'elle ferait mieux d'épouser « un gros connard de Juif riche » et de « faire des putains de mômes ». Lors d'un autre voyage, il avait admis qu'il était un « méchant garçon », mais tenté de la faire taire par une logique confuse : « Nous n'en parlons pas – est-ce que je peux te faire confiance ? Je sais que je suis un méchant garçon, mais l'important, c'est que je n'essaie pas de le cacher. »

Lorsque O'Connor s'était plainte des abus verbaux de Weinstein envers elle à une responsable des ressources humaines de la Weinstein Company, « la réponse fut en substance – dis-nous s'il te frappe ou dépasse les limites physiquement », écrivit-elle.

Elle se plaignait fondamentalement du fait que son travail avait été chamboulé par le comportement sexuel déplacé de Weinstein. Elle était entrée à la Weinstein Company pour adapter de passionnantes histoires au cinéma, alors comment avait-elle pu se retrouver mêlée aux activités sexuelles douteuses de son patron ?

> Durant d'autres déplacements avec Harvey, il me demandait de rencontrer des aspirantes actrices après leur rendez-vous « personnel » dans sa chambre d'hôtel. Harvey voulait que je les accueille lorsqu'elles redescendaient dans le hall de l'hôtel et que je facilite leurs présentations avec des managers et des agents. Je devais aussi veiller à leur casting dans des projets de la Weinstein Company. Il faut noter que seules des employées féminines tiennent ce genre de rôle auprès d'actrices avec qui Harvey partage une « amitié personnelle », ce qui, d'après ce que j'ai compris, signifie soit qu'il a eu, soit qu'il veut avoir des rapports sexuels avec elles. En substance, Weinstein se sert de ses employées féminines pour faciliter sa conquête sexuelle de femmes vulnérables qui espèrent qu'il leur donnera du travail.

> Je suis *literary scout* et chargée de production. J'ai été engagée pour trouver des livres que la Weinstein Company pourrait adapter au cinéma et mon rôle s'est développé jusqu'à la gestion de production. Il est clair que je n'aurais jamais imaginé la gestion des conquêtes sexuelles passées et présentes d'Harvey comme faisant partie des tâches inhérentes à mon poste.

Ce soir-là, lorsque Jodi, Megan et Corbett lurent le mémo dans son intégralité, les enjeux moraux de l'investigation se transformèrent et prirent de l'ampleur. Ce qui avait commencé comme une tentative de rétablir la vérité sur des événements passés venait de devenir une quête beaucoup plus urgente. Personne n'avait jamais réussi à arrêter cet homme. Si les journalistes ne parvenaient pas à publier leurs découvertes, il risquait de s'en prendre à d'autres.

Chapitre 6

« Qui d'autre accepte de témoigner ? »

Vendredi 29 septembre 2017

Le matin suivant, Corbett avait déjà communiqué le mémo à Baquet et Purdy. Le document secret, interne à la société, qui confirmait et détaillait le schéma que les journalistes tentaient de reconstituer depuis des mois, avait une valeur inestimable. Elles observaient la situation depuis l'extérieur. O'Connor l'avait vue de l'intérieur. Son mémo avait levé un verrou.

Corbett, Purdy et Baquet leur donnèrent la même instruction : foncez !

Mais l'équipe n'était pas d'accord sur ce qu'il fallait écrire. Baquet et Purdy, qui avaient encore à l'esprit l'article sur O'Reilly, défendaient une histoire plus ciblée, centrée sur les indemnisations financières, qu'ils espéraient pouvoir publier aussi vite que possible. Ils voulaient poser un jalon, car depuis quelque jours, Jodi et Megan entendaient les pas de Ronan Farrow qui se rapprochait. Il contactait leurs sources et avait apparemment fait part de ses découvertes au *New Yorker*. L'équipe du *Times* ne savait pas précisément de quelles informations il disposait et s'il allait ou non publier bientôt.

Jodi, Megan et Corbett avaient elles aussi envie de divulguer l'affaire, mais elles la connaissaient mieux que Baquet et Purdy. Elles pensaient que le premier article devait être plus vaste et exprimer toute la force des récits qu'elles avaient entendus et étayés. La choquante répétition des histoires dans les chambres d'hôtel. L'apparent ciblage des femmes qui débutaient dans le métier. Le détestable marché de rapports sexuels en échange de travail et l'épais silence de ceux qui savaient. Corbett encourageait les journalistes à commencer à écrire dès que possible l'histoire que les trois femmes commençaient à entrevoir, tout en essayant de retenir Baquet et Purdy.

L'article nécessitait des noms, des dates, des informations légales et financières, des interviews officielles et toute une documentation d'appui. Jodi et Megan mirent de côté les récits à moitié vérifiés et les rumeurs non prouvées et elles dressèrent la liste des ressources qui pouvaient être suffisamment consolidées pour être incluses dans un premier article. Les allégations de harcèlement et d'agressions étaient écrites en noir, et les compensations financières en rouge :

1990 – Assistante chez Miramax, New York. Compensation financière.

1992 – Laura Madden, Irlande.

1994 ou 95 – Gwyneth Paltrow, Los Angeles.

1996 – Ashley Judd, Los Angeles.

1997 – Rose McGowan, Park City, Utah. Compensation financière.

1998 – Zelda Perkins et Rowena Chiu, Venise. Compensation financière.

2014 – Emily Nestor, Los Angeles.

2015 – Ambra Battilana Gutierrez, New York. Compensation financière.

2015 – Lauren O'Connor, New York. Compensation financière ?

2015 – Une assistante à NY démissionne pour « raisons morales ».

Quelques jours plus tôt, Lanny Davis avait fini par donner sa réponse informelle à Megan quant au nombre de compensations financières versées par Weinstein à des femmes : entre huit et douze. Megan avait marqué un temps, choquée de voir l'équipe de Weinstein révéler une chose pareille.

Et vous trouvez normal pour un homme de verser toutes ces compensations ? avait-elle demandé à Davis. « Oui », avait-il répondu sans s'émouvoir.

Mais elles avaient toujours besoin qu'une deuxième source corrobore leurs chiffres. Elles devaient aussi contacter toutes les personnes qui pourraient témoigner officiellement, y compris d'anciens employés de Miramax et de la Weinstein Company qui confirmeraient leurs découvertes. Tous ceux que les journalistes prévoyaient de citer nommément – comme Steve Hutensky, le juriste de Miramax ayant participé aux négociations pour les compensations financières de Perkins et Chiu – devaient bénéficier d'un droit de réponse. Il était aussi temps pour elles d'informer O'Connor qu'elles détenaient une copie de son mémo.

L'ébauche d'article nécessiterait de nombreuses corrections, puisque chaque ligne ou presque imposait des négociations, des vérifications des faits, des ajustements ou des caviardages.

Vendredi après-midi, Corbett, Jodi et Megan étaient en téléconférence avec O'Connor et son avocate, Nicole Page.

Page fut celle qui parla le plus. O'Connor ne dit pas un mot, mais il était clair qu'elle n'était pas heureuse que le *Times* ait mis la main sur son mémo et prévoie d'en publier des extraits. Elle n'avait jamais voulu s'exprimer publiquement. Elle avait essayé de tourner la page après la débâcle de son emploi chez Weinstein en prenant un nouveau départ dans une autre entreprise.

Elle avait peur des représailles de Weinstein et son avocate demanda aux journalistes de renoncer à utiliser le mémo ou, au moins, de ne pas citer le nom d'O'Connor, insistant sur le stress que l'article lui infligerait. Les journalistes échangèrent des coups d'œil inquiets. La dernière chose qu'elles voulaient faire était causer des problèmes à O'Connor. Elle était jeune – elle n'avait pas encore trente ans. Et elle avait pris la parole au nom des autres victimes, ce qui faisait d'elle l'un des rares personnages de la saga Weinstein qui avait osé questionner officiellement la conduite du producteur.

Mais les documents présentant un intérêt médiatique sont rarement cachés aux lecteurs par les journalistes de la presse écrite. O'Connor n'était pas une source qui s'était confiée aux reporters en échange d'une promesse d'anonymat ; elle était l'auteure d'une mise en accusation de Weinstein qui avait circulé au plus haut niveau de sa société avant d'être escamotée. De nombreuses publications omettent les noms des victimes d'agressions sexuelles à leur demande à cause de la nature très privée de ce délit. Mais la situation d'O'Connor était différente : bien qu'elle décrive un traitement verbalement abusif de la part de Weinstein, le pouvoir de son mémo tenait à son rôle de témoin, relatant l'inconduite sexuelle de Weinstein envers d'autres femmes.

Corbett prit le contrôle de l'appel, coinçant des mèches de son carré argenté derrière ses oreilles tandis qu'elle parlait. Elle avait pour habitude d'écouter ce que les gens avaient à dire en restant aussi neutre que possible, et comme Baquet, elle laissait généralement les journalistes gérer les sources. Mais, cette fois, elle s'exprimait au nom de l'institution, ce que les journalistes ne pouvaient pas faire. Le journal devait publier le mémo, dit-elle d'un ton doux, mais ferme. Non, pas en intégralité. Oui, elles pouvaient souligner qu'O'Connor avait refusé de commenter et tenter de montrer clairement qu'elle n'était pas la source du mémo afin de lui épargner des représailles. Oui, le journal souhaitait la citer en tant qu'auteur du mémo pour en établir la crédibilité. Corbett ajouta que si Page ou O'Connor avaient d'autres arguments pour que le nom de cette dernière soit omis, elles ne devaient pas hésiter à les présenter.

Page ne réagit pas et sa cliente garda le silence. Plus tard, Page dira que la décision du journal semblait irrévocable. L'avocate mit fin à la conversation en disant qu'elle comprenait ce que les journalistes voulaient accomplir.

Megan avait ses soupçons sur la raison pour laquelle O'Connor n'avait pas pris la parole durant la conversation téléphonique et il lui suffit de quelques appels supplémentaires pour en obtenir confirmation : O'Connor avait elle aussi accepté une compensation financière. Il lui était légalement interdit de parler.

Ce ne fut que bien plus tard que Megan apprit le fin mot de l'histoire. Juste après l'envoi du mémo, O'Connor avait reçu pour instruction de ne plus revenir au bureau. Quelques jours plus tard, Page négociait une indemnisation avec Boies et un avocat de la Weinstein Company. Boies déclara qu'il avait contribué à fabriquer une couverture pour O'Connor : elle resterait quelques semaines de plus au sein de l'entreprise pour terminer les projets en cours, en travaillant dans des locaux qui lui permettraient d'éviter tout contact avec Weinstein. Toutefois, sa carrière à la Weinstein Company était terminée. Dans un entretien avec Megan, O'Connor expliquera que la réponse de la société à sa plainte avait été : « Comment faire pour que tout cela disparaisse au plus vite ? »

Six jours après l'envoi du mémo, l'accord de désengagement avait été finalisé, dit Boies. Comme exigé, O'Connor avait écrit une lettre à Weinstein en le remerciant de lui avoir donné la possibilité d'en apprendre davantage sur l'industrie du divertissement, ainsi que cette note de suivi aux RH :

> Lundi 9 nov. 2015, 15:23
> De : O'Connor, Lauren
> Sujet : À conserver

> Cette affaire ayant été résolue et aucune autre mesure n'étant requise, je retire ma plainte.
> Lauren

Jodi et Megan convinrent que la prochaine étape était de contacter Lance Maerov, membre du comité de direction de la Weinstein Company. Dans ce premier article, elles voulaient pouvoir prouver ce que Reiter avait commencé à leur apprendre au sujet de la complicité de la compagnie.

Maerov répondit à l'appel sur son téléphone mobile au moment où il entrait dans son immeuble de bureaux de Park Avenue, une tasse de café à la main. Megan se présenta et expliqua que le *Times* se préparait à publier un article au sujet d'allégations à l'encontre de Weinstein qui couvraient une période de plusieurs décennies. Elle lut un extrait du mémo d'O'Connor, puis demanda : « Qu'avez-vous fait à ce sujet ? » La tasse échappa des mains de Maerov, l'éclaboussant de café brûlant. *Comment a-t-elle pu se procurer ce document ?* se souviendra-t-il avoir pensé.

Quelques heures plus tard, Megan rencontrait Maerov à Bryant Park, Midtown Manhattan. Avec ses cheveux impeccablement peignés et son élégante écharpe, Maerov avait tout l'air d'un businessman soigné.

Maerov expliqua que, oui, il s'était inquiété du traitement infligé aux femmes par Weinstein, surtout après l'enquête du NYPD. Il dit à Megan que Weinstein avait affirmé qu'il s'agissait d'une tentative d'extorsion, et que le comité avait approuvé un code de conduite destiné à réfréner les comportements nuisibles. Lorsque le comité de direction avait été informé, plus tard dans l'année, du mémo d'O'Connor, Maerov voulait qu'un avocat extérieur mène une enquête, dit-il. Mais au bout d'un jour ou deux, Boies l'avait informé que l'affaire était résolue. « Boies m'a dit que la plainte avait été retirée », dit Maerov à Megan. Alors Maerov avait laissé tomber.

Megan hochait la tête tandis qu'il parlait, lui demandant des détails. Elle le soupçonnait de ne pas lui dire tout ce qu'il savait, mais ce qu'il disait était précieux, surtout si elle pouvait le citer officiellement. Le comité de direction de la Weinstein Company avait été informé des plaintes pour abus sexuels à l'encontre de Weinstein, mais il n'avait pris aucune mesure, hormis la rédaction d'un code de conduite.

Maerov accepta d'être cité, mais il dit à Megan qu'il avait le devoir d'informer les autres membres du comité que le *Times* allait publier un article auquel il avait contribué. Elle lui demanda de bien vouloir attendre la fin du weekend. Une fois que Weinstein apprendrait qu'elles étaient sur le point de publier leur article, il intensifierait ses efforts pour les en empêcher. Jodi et elle avaient besoin de plus de temps. Maerov accepta de leur laisser deux jours de répit.

Avant qu'ils ne se séparent, Maerov posa une dernière question. « Êtes-vous sûre que ce ne sont pas juste des jeunes femmes qui veulent coucher avec un célèbre producteur de films pour donner un coup de pouce à leur carrière ? »

Maerov s'était senti soulagé en sortant du parc, dit-il plus tard à Megan. Durant des années, malgré quelques efforts en ce sens, il n'avait pas pu tenir

Weinstein responsable de ses actes. Qu'importe ce qui émergeait, le producteur réussissait toujours à éviter les ennuis. « C'était comme lorsque vous regardez un film policier dans lequel un personnage comme Al Capone parvient toujours à échapper à la justice ; il a en permanence une longueur d'avance sur les forces de l'ordre », expliqua Maerov. Enfin, quelqu'un remontait la piste.

Cependant, Maerov, comme à son habitude, se sentait lié par son devoir de protéger la Weinstein Company. À peine était-il de retour au bureau qu'il manqua à la promesse qu'il avait faite à Megan. Il téléphona à Bob Weinstein et David Glasser, le président de la Weinstein Company, et leur rapporta tout ce que la journaliste lui avait dit.

Samedi 30 septembre 2017

Ce matin-là, Weinstein, qui avait déjà été mis au courant, téléphona à Maerov pour l'implorer de l'aider à enterrer l'affaire : « Lance, je sais que nous avons eu des différends, mais pourrais-tu m'aider à serrer les rangs au moins pour cette fois ? » Maerov fut si offensé par ses paroles qu'il prit des notes.

Comme Maerov regimbait, Weinstein passa aux menaces, dit-il. Des années plus tôt, Maerov était sorti avec le mannequin Stephanie Seymour alors qu'elle était séparée de son mari, un financier qui s'appelait Peter Brandt. Weinstein dit à Maerov qu'il détenait une lettre écrite par Maerov à Seymour et qu'il s'en servirait contre lui. La lettre à Seymour était « dégoûtante », dit Weinstein.

Maerov refusa. Son rôle était de protéger la société, pas le producteur. Et d'après lui, il n'y avait rien d'inconvenant dans la lettre, dira-t-il plus tard.

Le lendemain, il envoya un courriel d'une seule phrase à Weinstein : « Nous devons discuter d'un plan pour protéger TWC au cas où Megan Twohey publie son article. »

Entretemps, Jodi et Megan étaient à leurs claviers. Jodi écrivait :

> Des actrices et d'anciennes assistantes communiquèrent au *NY Times* des variations de la même histoire, parfois sans savoir que d'autres femmes avaient subi la même chose.
> Comme il avait l'habitude de travailler depuis sa chambre d'hôtel [à Londres], ne se rendant que rarement au bureau, ces femmes étaient souvent seules avec lui et n'avaient guère de possibilités de s'échapper.
> Il faisait appliquer une stricte omerta, menaçant celles qui se plaignaient, bâillonnant les employées par des accords de non-divulgation.

Megan ajouta ce qu'elle savait des événements qui avaient eu lieu en 2015. Le rapport de police de Gutierrez n'avait jamais été rendu public, mais une source en avait lu chaque mot à une collègue du *Times* au téléphone. Megan le cita pour décrire de quelle façon, lors de la réunion de travail, Weinstein avait prétendument « empoigné ses seins après lui avoir demandé s'ils étaient vrais et mis sa main sous sa jupe ». Personne n'avait jamais rien publié sur le fait que, en coulisses, Weinstein avait discrètement « fait un paiement » pour réduire Gutierrez au silence. En recevant le mémo d'O'Connor, « avec des pages et des pages d'allégations détaillées », Maerov avait voulu enquêter, mais Weinstein avait aussi conclu un accord avec O'Connor.

Le samedi soir, Megan et Jodi avaient ce qui ressemblait à un premier jet à montrer à Corbett. Celle-ci créa un fichier secret dans le système informatique de la rédaction du *Times*, que seuls les journalistes et les rédacteurs autorisés pourraient ouvrir. D'ordinaire, les articles étaient identifiés par sujets et par dates de publication prévues ; par exemple, 16DISCOURSTRUMP, 07SEISME, 21BEYONCE. Corbett identifia celui-là avec l'étiquette générique 00ENQUETE, de façon que même les collègues apercevant par hasard l'identifiant dans le système informatique ne puissent pas savoir de quoi il s'agissait.

Tout en écrivant, les journalistes continuaient à vérifier – et essayer d'enrichir – leur propos : de quelles agressions présumées pouvaient-elles parler, de quelles sources, et jusqu'où pouvaient-elles aller dans le détail ? Jodi et Megan ne disposaient que d'un seul entretien qu'elles pouvaient citer avec une victime présumée de Weinstein : Laura Madden, et le récit de sa première rencontre avec le producteur, à Dublin, en 1992. Comme Zelda Perkins était toujours tenue par son accord de confidentialité et que Rowena Chiu ne s'était pas exprimée du tout, toute leur saga se réduisait à quatre paragraphes courts, mais cruciaux, qui montraient qu'il y avait bien eu de graves allégations et un accord d'indemnisation, et qui protégeaient néanmoins les deux femmes impliquées.

L'assistante de 1990, celle que Megan avait trouvée chez sa mère, était l'un des piliers de l'article.

Finalement, John Schmidt, l'ex-cadre chez Miramax à qui Megan avait rendu visite à l'improviste au début de l'été, avait confirmé de façon informelle que l'ex-assistante avait perçu une compensation financière à la suite d'un perturbant épisode avec Weinstein. Il avait accepté de parler à Megan, expliquant qu'il avait été impressionné par son article sur l'amfAR. Megan espérait toujours que la femme finisse par accepter d'être citée nommément. Mais en la contactant, elle avait reçu en réponse :

> Chère Megan,
> Je suis désolée, mais s'il vous plaît, n'essayez plus de me contacter, directement ou indirectement. Je n'ai rien à dire et je n'autorise personne à parler en mon nom. Je ne veux pas être nommée ou citée en tant que source anonyme dans un quelconque article et j'intenterais des poursuites en justice si cela devait se produire.

Comme son histoire semblait impliquer une agression sexuelle, Jodi et Megan ne voulaient pas utiliser son nom sans autorisation. Elles décidèrent de la présenter simplement comme une jeune femme qui avait quitté brusquement la société après une entrevue avec Weinstein, selon les dires de plusieurs ex-employés, et qui avait reçu par la suite une indemnisation financière. Elles citèrent son ancienne responsable, Kathy DeClesis, qui dit : « Ce n'était pas un secret pour la garde rapprochée. »

Plus tard, Megan apprendrait que l'assistante aurait été agressée sexuellement par Weinstein alors qu'elle était passée chez lui faire une course. Schmidt lui en dirait un peu plus : Weinstein lui avait confié peu après l'évènement qu'il avait fait « quelque chose de terrible ». « Je ne sais pas ce qui m'a pris. Cela ne se reproduira plus », aurait dit Weinstein à Schmidt. (Weinstein nia avoir tenu ces propos.)

Ensuite, Megan téléphona à Rose McGowan qui avait paru bien décidée à dénoncer publiquement Weinstein. Mais McGowan dit qu'elle ne pouvait pas témoigner officiellement contre le producteur. Weinstein avait récemment proposé à McGowan 1 million de dollars en échange de son silence et son avocat l'encourageait à accepter l'argent, dit-elle à Megan. Elle ne prévoyait pas de le faire, mais, à cause de nombreuses complications, elle retirait sa participation à l'histoire. Elle dit que son avocat avait envoyé une lettre de mise en demeure à Ronan Farrow pour s'assurer qu'il n'exploiterait pas l'entretien qu'ils avaient eu. « Je suis désolée », dit McGowan. « Je ne peux pas. »

Pourtant, à la demande insistante de Jodi et Megan, McGowan s'était procuré un exemplaire du contrat qu'elle avait conclu avec Weinstein en 1997. Étonnamment, le document d'une page n'incluait pas de clause de confidentialité. McGowan avait pu le communiquer aux journalistes sans risque de conséquences légales ou financières. McGowan se refusait à faire tout commentaire pour l'article, mais il était possible de citer le document dans lequel il était écrit qu'à la suite d'un incident dans une chambre d'hôtel durant le festival du film de Sundance, Weinstein lui avait versé la somme de 100 000 dollars. Le paiement « ne devait pas être interprété comme une confession » de la part de Weinstein, mais il avait pour but d'« éviter un procès et d'acheter sa tranquillité ».

La plupart des anciens employés de Weinstein que les journalistes voulaient citer avaient peur des représailles. Jodi et Megan leur répondaient que l'article reposerait sur des preuves accablantes, que même après toutes ces années, il n'était pas trop tard pour prendre la parole. La plupart refusèrent. (« J'ai une vie ! » protesta un cadre.) Un autre proposa une citation :

« Il y a souvent eu des rumeurs de harcèlement sexuel, mais rarement des preuves tangibles. Malheureusement, et c'est honteux, très peu d'entre nous ont eu le courage ou les moyens de faire face au problème. »

Mais quelques heures plus tard à peine, la grande entreprise pour laquelle il travaillait interdit la citation, se refusant à être ne serait-ce qu'indirectement associée à l'article.

Parmi les rares qui s'exprimèrent, il y avait Mark Gill, l'ex-président de Miramax Los Angeles. « De l'extérieur, tout semblait briller – les Oscars, le succès, le remarquable impact culturel. Mais en coulisses, c'était un bourbier, et [le comportement de Weinstein envers les femmes] en était le pire aspect. » Jodi et Megan comptèrent sa citation, et quelques autres, comme des victoires et les inclurent dans la première ébauche.

Le lundi, à midi, Jodi envoya un texto à Ashley Judd, lui demandant si elle pouvait parler. Baquet et Purdy enjoignaient encore aux journalistes de ne pas se raccrocher aux actrices. L'essentiel était de publier l'affaire et ensuite, prédisaient-ils, tout sortirait. Citer Judd et Paltrow à ce moment-là suffirait très bien.

Jodi et Megan n'étaient pas d'accord. L'affaire Weinstein avait deux volets : les menaces apparentes du producteur à l'encontre, d'une part, de générations d'employées de la société et, d'autre part, d'actrices qui voulaient obtenir des rôles. Les journalistes avaient bien documenté le premier volet. Sans le deuxième – de nombreuses actrices, même des grandes stars, affirmaient avoir été harcelées par Weinstein –, l'histoire serait incomplète.

Judd répondit immédiatement par un texto. Oui, elle était dans la salle d'attente du dentiste et pouvait discuter.

Cela faisait plus de trois mois que Jodi préparait le terrain pour ce moment précis. Deux semaines plus tôt, elle avait rencontré Judd en personne lorsque l'actrice était de passage en ville pour l'Assemblée générale des Nations unies. Sur une terrasse qui surplombait l'East Side de Manhattan, Jodi lui avait demandé d'imaginer ce que cela ferait d'être citée, en insistant sur le fait qu'elle s'efforçait de recueillir également les témoignages d'autres actrices. Judd l'avait écoutée avec attention et avait répondu qu'elle hésitait.

La demande semblait maintenant mal tomber. L'article allait être publié juste avant le lancement de la nouvelle série où jouait Judd, *Berlin Station*, une coïncidence qu'elle aurait voulu éviter. Pire encore, tout ce que Judd souhaitait depuis le début était la compagnie d'autres actrices. Mais même après des douzaines de conversations, ces témoignages ne s'étaient pas concrétisés. Salma Hayek, Uma Thurman et Angelina Jolie n'avaient pas répondu au téléphone. Jodi tentait toujours de persuader Gwyneth Paltrow, mais sa décision restait en suspens. Rosanna Arquette, qui avait aussi décrit à Jodi une effroyable rencontre dans une chambre d'hôtel, ne se sentait pas prête à s'exprimer publiquement. D'autres actrices, connues et inconnues, avaient raconté aux deux journalistes des histoires sur Weinstein et leur avaient fait jurer de garder le secret. Le schéma qui avait protégé Weinstein pendant des décennies – aucune actrice ne voulait être celle qui parlerait la première contre lui – tenait bon.

Lorsqu'elle eut Judd au téléphone, Jodi ne la supplia pas et ne lui dit pas non plus à quel point elle espérait pouvoir la citer. À la place, elle essaya de lui montrer quelle puissance recelait l'article : vingt-cinq années d'allégations, un schéma récurrent très clair, des noms et des exemples, des documents provenant des ressources humaines, des informations légales et financières, ainsi que des citations d'employés, hommes et femmes, illustrant le problème.

Avant même d'avoir fini son discours, Jodi se préparait déjà à un refus. Judd resta sur la réserve. Elle promit d'étudier attentivement sa demande et de la rappeler très vite.

Quelques heures plus tard, Jodi reçut un texto de Laura Madden, quelqu'un dont elle craignait de perdre le témoignage. Les choses s'accéléraient pour l'article, ce qui avait créé un difficile problème : la prochaine opération que Madden redoutait tant, sa deuxième mastectomie accompagnée d'une reconstruction, était programmée pour le 10 octobre. Jodi ne pouvait pas donner de date de publication précise à Madden et il semblait bien que l'opération et la publication allaient coïncider. Cela représentait trop de stress pour une seule personne – mais pour les journalistes, perdre Madden serait désastreux.

Mais Madden s'inquiétait en fait d'être la seule femme du bureau londonien à être citée. Si tel était bien le cas, il ne fallait pas compter sur elle. Elle posa plus de questions à Jodi au sujet de l'article : combien de femmes, de quel endroit, de quel bureau, en quelle année ?

Aucune n'avait envie d'être la seule, et c'était bien compréhensible.

Lundi 2 octobre 2017

Juste après midi, les journalistes entrèrent dans le bureau de Dean Baquet pour discuter de la dernière étape de l'investigation : quand soumettre ce qu'elles avaient découvert à Weinstein, et combien de temps lui laisser pour réagir. Après avoir si longtemps protégé leurs sources, il était temps de rencontrer Weinstein et ses représentants, de décrire leur article et de partager toutes les allégations qu'elles prévoyaient de rendre publiques. Chaque anecdote, chaque rendez-vous, chaque nom de femme. (Elles ne mentionneraient pas Judd ou Paltrow, qui n'étaient pas encore certaines de témoigner.) Ensuite, Jodi et Megan intègreraient les réactions du producteur à l'article. S'il niait les accusations, elles en témoigneraient. S'il s'excusait, elles publieraient ses excuses, telles qu'il les avait formulées. S'il se refusait à tout commentaire, elles s'en contenteraient. Et s'il parvenait à réfuter certaines des allégations, celles-ci devraient être omises.

Présenter les contestations était une pratique journalistique courante. C'était ainsi qu'il convenait de traiter ceux qui faisaient l'objet d'un article, même s'ils n'étaient absolument pas dignes de confiance. Mais le groupe ne parvenait pas à se mettre d'accord sur la durée du délai de réponse qu'il fallait accorder à Weinstein. Il leur faudrait donner une date butoir : vous avez jusqu'à tel moment, puis nous publierons. Mais dès que Weinstein saurait ce que le *Times* prévoyait de publier, il pourrait faire pression sur les victimes présumées pour qu'elles se rétractent, en intimider d'autres pour qu'elles se contredisent, ou essayer de saper leur crédibilité. Il pouvait faire fuiter des informations pour atténuer l'impact de l'histoire ou devancer la publication en déclarant précipitamment sa contrition. Les journalistes devaient protéger les victimes – et l'article.

Six personnes, chacune à leur manière responsable pour l'article et disposant d'une certaine autorité le concernant, étaient assises dans le bureau de Baquet. Baquet était le patron, le journaliste chargé de superviser quotidiennement la totalité du journal, jusqu'à la moindre virgule. C'était toujours à lui que revenaient les décisions finales. Mais Corbett avait dirigé le projet depuis le début, et Baquet se fiait à elle entre autres parce que leurs instincts différaient. Ils discutaient à bâtons rompus avec Matt Purdy qui, malgré le grand nombre d'histoires qu'il supervisait simultanément, suivait toujours l'enquête d'un œil attentif.

Mais Jodi et Megan, en tant que journalistes, avaient leur propre forme d'autorité et de responsabilité. Elles avaient réuni les informations. Elles avaient tissé les liens avec les sources. Elles écrivaient l'histoire, leur signature figurerait en haut de la publication, et que les conséquences soient bonnes ou mauvaises, c'étaient principalement elles qui y feraient face.

La sixième personne dans la pièce était David McCraw, l'avocat du *Times*. Il était là pour épargner les tracas juridiques au journal et personne ne comptait ignorer ses conseils.

Corbett pensait qu'ils devaient laisser quarante-huit heures à Weinstein, tant dans l'intérêt des journalistes que dans le sien. Ils pourraient ainsi se targuer d'avoir fait les choses dans les règles, et Weinstein ne pourrait pas leur reprocher d'avoir été injustes envers lui.

Baquet pensait que c'était trop long. Personne parmi eux ne faisait confiance à Weinstein, mais c'était lui le plus soupçonneux. Son instinct lui dictait que Weinstein tenterait de faire traîner les choses en longueur. D'ailleurs, l'équipe partait du principe que quel que soit le temps imparti à Weinstein, il en prendrait plus. Il s'agissait d'une négociation et les journalistes devaient commencer par le délai le plus court possible.

Mais Baquet voulait lui aussi que l'investigation soit irréprochable. Au début de sa carrière au journal, il avait traité l'affaire Gerald Hatcher, un acteur à la petite semaine accusé de se faire passer pour un dénicheur de talent afin d'attirer des actrices en herbe dans des rendez-vous privés pour discuter de leur future carrière, avant de les violer[1]. Certaines avaient à peine quatorze ans. La manière dont Baquet avait écrit ces articles le faisait toujours grimacer bien des années plus tard. L'homme était coupable, c'était certain. Mais il l'avait condamné beaucoup trop vite, pensait-il, employant un style trop sensationnel et mélodramatique, sans synthèse équitable des arguments pour la défense. « Cela manquait même probablement de respect envers ces femmes », dit-il plus tard. « J'ai toujours eu le sentiment que toutes les personnes au tribunal avaient perdu un peu de respect pour moi, y compris le procureur. » Baquet voulait faire la lumière sur Weinstein dans les règles.

Tout le monde, y compris Jodi et Megan, plaida alternativement pour chaque camp, essayant d'évaluer quel était le plus gros risque : compromettre une enquête en se précipitant sur la fin, ou se montrer trop généreux envers un manipulateur avéré. Lorsque les journalistes repartirent écrire, les rédacteurs délibéraient toujours.

La nuit commençait à tomber sur Times Square lorsqu'une décision fut prise. Megan téléphona à Lanny Davis pour le prévenir : Jodi et elle voulaient parler à Weinstein et son équipe à 13 heures, le lendemain, pour leur faire part des allégations le concernant.

D'un seul coup, les journalistes se retrouvaient à deux jours du lancement, voire moins. Tout autour d'elles, leurs collègues accomplissaient les étapes qui transforment une succession de mots en article du *Times*. Il leur fallait trouver la bonne photo de

Weinstein pour accompagner l'article en une. Beth Flynn, la responsable du service photo du journal, leur en envoya une sélection. Devait-il sourire ou pas ? Sur un tapis rouge ? Avec une femme ? Laquelle ? Est-ce que cela posait un problème si son épouse, Georgina Chapman, apparaissait sur l'une des photos ? Réflexion faite, l'article devait-il mentionner que Weinstein en était à son second mariage, et qu'il était marié lorsque s'étaient produites la plupart des transgressions présumées ?

Comme seul un journaliste à la fois pouvait ouvrir le fichier, Jodi travaillait sur l'article, puis venait le tour de Megan, puis celui de Rebecca, et enfin celui de Rory Tolan, un deuxième rédacteur qui portait une attention toute particulière au langage employé. Ils essayaient de trouver la formulation juste et réécrivaient le texte en se basant sur des notes transmises par McCraw, qui avait émis des recommandations pour blinder l'article du point de vue légal.

Peu après minuit, Megan et Jodi quittèrent le bureau et partagèrent une voiture pour rentrer à Brooklyn. Pour la première fois, elles s'autorisèrent à spéculer sur la réaction des lecteurs. Megan pensait que le comité de direction de la société de Weinstein serait contraint de prendre des mesures contre lui, mais le reste du monde s'en soucierait-il ? Jodi cita Purdy, qui, à la manière habituelle d'un rédacteur de presse sceptique, avait souligné au début de l'enquête qu'Harvey Weinstein n'était pas si célèbre. Peut-être que la plupart des gens ne s'étonneraient pas d'un comportement sordide de la part d'un producteur d'Hollywood.

Mardi 3 octobre 2017

Tandis qu'elles se préparaient pour la conférence téléphonique de 13 heures, Corbett reçut un message étrange de la part de Lanny Davis :

> Chère Rebecca,
> Ceci est un mot très personnel.
> Je n'ai appris l'existence du courriel de Lauren qu'hier soir et je l'ai lu pour la première fois. Je ferai tout mon possible pour que soit fait ce qui aurait dû l'être depuis longtemps. Je ne suis pas optimiste au sujet d'une déclaration. Je vise 13 heures aujourd'hui puisque cela semble être la date butoir irrévocable. Corrigez-moi si je me trompe.
> En tout état de cause, je vous remercie pour votre considération et votre courtoisie – qui dépasse largement ce qui est coutumier, voire nécessaire.
> Lanny

Aux yeux d'un non-initié, le mot pouvait sembler banal : désolé, j'ai reçu une partie des documents tardivement, je ferai de mon mieux pour rattraper mon retard. Traduit dans le langage du journalisme et des relations publiques, voici ce qu'il signifiait :

Weinstein m'a engagé pour m'occuper de votre article sans même me transmettre le mémo de Lauren O'Connor, vous y croyez, vous ? C'est très gênant. Soit dit en passant, ce mémo a beaucoup de poids. Soyez indulgent envers moi, je fais tout mon possible pour que Weinstein vous transmette une déclaration à publier avec l'article, mais ce n'est pas un client facile.

David Boies ne pouvait pas participer à la téléconférence, mais il essayait néanmoins d'intervenir au nom de Weinstein. À 12 heures 19, Baquet reçut un courriel de la part de l'avocat qui demandait que soit accordé un délai supplémentaire à Weinstein, afin qu'il puisse « rendre l'article juste et équitable, selon les standards du *New York Times* et non ceux de Fox News ». Boies, qui réaffirmait ne pas être l'avocat de Weinstein dans cette affaire, insinuait que le *Times* devait suivre l'exemple d'autres médias.

« Trois grands journaux et chaînes de télévision, y compris le *Times*, ont enquêté sur cette affaire au cours de ces derniers mois, et, d'après ce que je peux en voir, ils ont examiné les mêmes allégations et les mêmes preuves », écrivait Boies en faisant référence à NBC et au *New Yorker*. « L'un des deux autres a déclaré avoir décidé de ne pas publier l'article ; l'autre a déclaré qu'avant de publier, ils allaient prendre le temps de revoir en détail avec Harvey les charges qui pesaient contre lui et lui donner suffisamment de temps pour préparer sa réponse. La moindre des choses serait que *Times* fasse de même. »

« Je ne répondrai pas », dit Baquet aux journalistes.

Juste avant 13 heures, les journalistes et Corbett prirent place en vue de l'appel. Elles avaient noté presque mot pour mot ce qu'elles prévoyaient de dire. Leur priorité étaient les femmes dont elles allaient citer le nom. Durant les heures précédentes, Jodi et Megan avaient prévenu Madden, Perkins et les autres en leur disant : *nous sommes sur le point de demander sa réaction à Harvey et nous devons lui communiquer toutes les allégations publiées dans l'article, dont la vôtre. Je sais que ça peut faire peur, mais ça vous protègera et nous aussi, parce que nous pourrons dire qu'il s'agit d'un processus équitable qui lui donne la possibilité de répondre aux accusations portées contre lui. Il est peu probable que vous soyez contactée par ses représentants ou lui personnellement. Mais emportez toujours un carnet avec vous et, si l'on vous appelle, notez tout. Toute menace ou intimidation sera immédiatement publiée dans l'article. La seule façon de combattre ces tactiques, c'est de les dénoncer.*

Les femmes avaient accepté dans un ultime acte de confiance.

Lorsque la téléconférence commença, Weinstein était accompagné non seulement de Davis et Bloom, mais aussi d'un nouvel avocat, Charles Harder[2].

Harder s'était fait un nom en attaquant les publications qui critiquaient ses clients riches ou célèbres[3]. Pour le compte de son client Hulk Hogan, il avait récemment contribué à faire fermer le site de ragots Gawker à cause d'une *sex-tape*, à l'issue d'un procès qui les avait poussés à la faillite – une affaire secrètement financée par l'investisseur en technologie Peter Thiel[4]. Selon Harder, les lois relatives à la diffamation, régissant qui peut publier quoi à propos de qui, étaient trop laxistes. La norme légale en vigueur avait été établie en 1964, lorsque la Cour suprême avait décidé, dans l'affaire qui opposait le *New York Times* à Sullivan, qu'un procès en diffamation devait prouver non seulement que les journalistes avaient publié de fausses informations, mais aussi qu'ils l'avaient fait « dans l'intention manifeste de nuire » à une personnalité publique, un acte défini comme « un manque de respect flagrant pour la vérité ». Cette barre, placée très haut – trop haut, de l'avis de Harder –, protégeait généralement les journalistes.

Il avait représenté Roger Ailes pour faire cesser le battage médiatique autour des accusations de harcèlement sexuel à son encontre[5]. Après avoir négocié le versement de 2,9 millions de dollars de dommages et intérêts par le *Daily Mail* pour avoir écrit à tort, en 2016, que Melania Trump avait travaillé autrefois comme *escort girl*, il avait également été embauché par le président Trump[6]. Le magazine *GQ* avait récemment écrit que Harder représentait « sans doute la plus grande menace pour les journalistes, le Premier amendement et la notion même de liberté de la presse aux États-Unis »[7].

Au téléphone, Harder se montrait laconique et courtois, écoutant les journalistes qui présentaient leur article et répétant des variations sur le thème « nous reviendrons vers vous ».

Son client n'affichait pas une telle retenue. Dès le début de l'appel, Weinstein ne cessait d'interrompre les journalistes, bien décidé à savoir à qui elles avaient parlé et qui l'avait trahi. Diffusée par le haut-parleur du téléphone, sa voix basse, rocailleuse et insistante paraissait encore plus énergique qu'en face à face. Il avait la manie de répéter inlassablement la même question. Tandis que Megan et Jodi énuméraient les allégations, Weinstein tentait de prendre le contrôle par un flot ininterrompu d'interjections :

« Qui d'autre a accepté de témoigner ? »

« Est-ce que la personne qui a dit cela est citée ? »

« Pourquoi ne me dites-vous pas qui accepte d'être cité afin que je puisse leur répondre ? »

« Et cette femme est prête à témoigner ? »

« Pouvez-vous donner le nom de la personne qui a dit cela ? »

Il était si occupé à cuisiner les journalistes qu'il ne semblait pas assimiler le fait qu'elles disposaient non seulement d'interviews, mais aussi des accords de compensations financières et d'autres documents, y compris le mémo d'O'Connor.

Megan souleva la question cruciale du nombre total de compensations financières que Weinstein avait versées. Elle avait déjà obtenu la réponse – entre huit et douze – de la part de Davis, mais elle avait besoin d'une deuxième source, l'idéal étant d'obtenir une confirmation de la bouche de Weinstein. Lorsqu'elle cita le chiffre communiqué par Davis, Weinstein s'en prit à son propre conseiller. « C'est vous qui le dites ; ce n'est pas moi », lança-t-il à Davis. « Si Lanny s'est exprimé, il l'a fait en son nom à lui et pas en celui de son client », dit-il.

Megan se crispa. Peu de gens étaient au courant des compensations financières. Ce chiffre crucial était-il infondé ?

Lorsque les journalistes eurent fini d'énumérer les allégations, Harder demanda combien de temps ils avaient pour répondre. « Nous voudrions que vous reveniez vers nous avant la fin de la journée », dit Corbett, comme cela avait été convenu avec les rédacteurs.

« C'est impossible », répliqua Harder. « Vous nous laissez seulement trois heures pour répondre à une liste interminable d'incidents qui remontent jusqu'au début des années 1990. » Il demanda deux semaines, ce que Corbett refusa, puis il réduisit sa requête à quarante-huit heures. Corbett accepta de revenir vers lui.

La voix de Weinstein résonna à nouveau dans le haut-parleur. « Si le timing n'est pas bon, alors nous coopérerons avec quelqu'un d'autre », menaça-t-il, faisant écho aux craintes des journalistes : qu'il s'adresse directement à un autre média avec une version expurgée et déformée de l'histoire, sitôt après avoir raccroché.

« Je ne suis pas un saint », dit Weinstein. « Mais je n'ai pas commis les fautes dont vous m'accusez. »

Il se lança dans un sermon sur le journalisme.

« Vous devez établir les faits », dit-il. « Nous vous aiderons là-dessus. Si je ne m'étais pas lancé dans le cinéma, j'aurais été journaliste. J'ai lu tous les livres sur le *New York Times*, tous les livres sur le journalisme, et j'ai lu tous les journaux et magazines qui soient. Les journalistes qui m'impressionnent le plus sont ceux qui se sont décarcassés pour être équitables. »

Weinstein poursuivit : « Lorsque vous n'étiez encore que des enfants, vous vouliez raconter l'histoire telle qu'elle s'est passée, vous vouliez dire la vérité », continua-t-il. « Ce n'était pas les délais qui comptaient pour vous. C'était la vérité. Si vous vous trompez, si vous ne dites pas la vérité et si vous n'écrivez que pour écrire, comment pouvez-vous vous regarder dans le miroir ? »

Enfin, au bout de quatre-vingt-dix minutes, l'appel téléphonique s'acheva. Corbett et les journalistes étaient assis dans la salle de conférence.

Corbett réfléchissait à la meilleure façon d'alimenter certaines des allégations pour continuer à renforcer l'histoire. Elle était d'avis d'accéder à la requête de Harder et de leur laisser plus de temps. Après avoir travaillé des années durant avec Baquet, Corbett savait bien comment fonctionnait son esprit et préparait un argumentaire à lui soumettre au sujet d'une nouvelle date butoir.

Megan passait mentalement en revue les réactions de l'équipe de Weinstein afin de déterminer s'ils détenaient des informations capables de réfuter ou d'affaiblir l'article. Au lieu de répondre aux graves accusations portées contre lui, Weinstein posait des questions qui n'aidaient pas sa cause. Il était en désaccord avec Davis. Il avait fait tant d'efforts pour inverser la donne qu'il était difficile de savoir ce qu'il avait retenu de la conversation.

Jodi tentait d'anticiper le prochain coup de Weinstein, certaine qu'il avait un plan pour saper l'article grâce aux informations fournies durant l'appel. Elle était sûre qu'il comptait faire fuiter un élément dans la rubrique ragots qui dirait : « Le *New York Times* essaye de sortir une affaire Harvey Weinstein, mais n'a qu'un seul témoin, et encore. »

Il lui suffirait d'un coup de téléphone pour faire échouer l'article avant même qu'il ne soit publié.

Une heure plus tard, Judd téléphona à Jodi.

L'actrice était aussi calme et posée qu'à son habitude. « Je suis prête à être citée nommément dans le cadre de votre enquête », dit-elle. Elle avait mûrement réfléchi avant de prendre sa décision, elle était allée courir dans les bois, elle avait consulté ses avocats, tenu compte de ses obligations en tant que femme et en tant que chrétienne, et avait décidé que c'était tout simplement ce qu'elle devait faire, dit-elle.

Debout sur la moquette grise, derrière les cloisons vitrées, Jodi perdit pied, comme le marathonien qui s'effondre sur la ligne d'arrivée. Cela faisait des mois que Megan et elle étaient écrasées sous le poids du suspense et des responsabilités. Publier l'article ou tout gâcher, parvenir à citer des actrices ou non. En larmes, Jodi chercha quelque chose à dire à Judd qui serait à la hauteur de ce moment, tout en restant professionnel. Le mieux qu'elle put trouver fut : « Cela veut dire beaucoup pour moi, en tant que journaliste. »

Le reste de l'équipe était rassemblé au bout du couloir et Jodi se dirigea vers eux, toujours au téléphone avec Judd, gesticulant pour leur signaler qu'elle avait d'excellentes nouvelles. Megan sut ce qu'il se passait avant même que Jodi ne le lui dise.

Elles fêtèrent ça en réécrivant leur brouillon. En introduction, il y aurait le récit de Judd sur ce qu'il s'était passé, il y a longtemps, dans la suite de l'hôtel Peninsula, et la première partie de l'article s'achèverait par une citation de Judd, qui était aussi un appel à l'action : « Cela fait longtemps que les femmes discutent entre elles au sujet d'Harvey et il est grand temps que cette conversation se tienne publiquement. » Le soir venu, elles avaient une nouvelle version de l'article qui incluait le nom de Judd.

Entretemps, l'argument de Corbett l'emporta : elles laisseraient à Weinstein jusqu'au lendemain, mercredi 4 octobre, à midi. Cela devint la nouvelle date de publication visée pour l'article. Jodi et Megan réglèrent leurs montres et ajustèrent leurs attentes.

Mardi, à 21 heures, elles étaient encore au bureau. Elles avaient commandé à manger et s'échinaient sur leur article. L'anxiété qui les taraudait n'était rien comparée à ce qui se passait à la Weinstein Company, à quelques kilomètres au sud. Weinstein tenait une téléconférence d'urgence avec Boies et le comité de direction. Maerov avait insisté pour que la réunion ait lieu, outré que Weinstein ait engagé des avocats et le cabinet de Davis pour traiter une affaire dont le comité n'avait pas été informé.

Boies fut celui qui parla le plus. Après avoir minimisé durant des années les problèmes de Weinstein devant le comité, il se montrait soudain plus franc. L'article du *Times* allait sortir, leur dit-il, et « ça allait faire très mal[8] » à l'entreprise, raconteraient par la suite à Megan divers interlocuteurs présents durant l'appel. Boies résuma les découvertes du *Times*, y compris les huit à douze compensations financières, ajoutant que ce chiffre pouvait être plus élevé. À vrai dire, il était peu probable que Weinstein se souvienne du nombre exact d'indemnisations qu'il avait versées à des femmes durant toutes ces années, dit-il. Défendre Weinstein ou le renvoyer ? Les deux solutions étaient aussi extrêmes qu'inappropriées, avança Boies. Le but était de trouver un compromis et de présenter un front uni. « Les gars, si nous ne nous serrons pas les coudes, ça va ressembler à un peloton d'exécution organisé en cercle », dit-il.

À 23 heures 38, Lisa Bloom conseillait à Weinstein de reconnaître que malgré tous leurs efforts, ils ne parviendraient pas à étouffer l'article du *Times*. « Nous pouvons arrondir les angles – et nous le ferons –, mais il va sortir[9] », écrivit-elle dans un courriel à Weinstein, Harder, Davis et Boies dans la file d'attente d'un vol Los Angeles-New York qui l'emmènerait aux côtés de son client. Le mot d'ordre de Bloom était le suivant : Weinstein devait reconnaître qu'il avait pu pratiquer du harcèlement sexuel. Il devait exprimer des remords et promettre de changer. « Je pense souvent à Jesse Jackson qui avait appelé New York "Youpinville" et qui avait demandé pardon, disant “Dieu n’en a pas fini avec moi” », écrivit Bloom dans un courriel que Megan se procurerait par la suite, citant l’excuse de l’ex-candidat présidentiel pour sa remarque antisémite. « J’ai voté pour lui en 84. »

Bloom, comparant ainsi les allégations au sujet de Weinstein à un commentaire isolé de la part de Jackson, proposait une déclaration à remettre au *Times* qui mettait en avant son propre rôle et même son projet de film :

« En tant qu’avocate du droit des femmes, j’ai été franche avec Harvey et il m’a écoutée. Je lui ai dit que les temps avaient changé. Nous sommes en 2017 et il doit revoir sa façon de penser. J’ai constaté qu’Harvey était agréablement sincère et réceptif à mon message. Il a reconnu les erreurs qu’il avait commises. Et lorsque nous avons travaillé ensemble sur le projet d’adaptation de mon livre à l’écran, il s’est toujours montré respectueux envers moi. »

Son message était le suivant : c’est elle qui avait aidé Weinstein à entrevoir la lumière. Après l’avoir aidé en privé à contrecarrer les investigations sur son comportement, elle voulait se dépeindre publiquement comme celle qui le forçait à changer ses habitudes.

Pour se protéger lui-même, Davis avait décidé de rester à Washington. À ce stade, il avait compris que quoi qu’ait fait Weinstein, le producteur ne pourrait plus échapper aux conséquences de l’article. Boies lui-même plaidait en faveur de la contrition.

Mais Weinstein n’était pas prêt à renoncer.

Ce jour-là, Weinstein avait demandé à un informaticien de venir jeter un œil à l’ordinateur de l’une de ses assistantes et lui avait ordonné d'effacer un document intitulé « Amies de HW », selon les personnes présentes. (Cela ressemblait beaucoup au terme employé par les sources de Megan et Jodi : « Les amies de Harvey ».) Le document contenait une liste de noms de femmes et leurs coordonnées, classées par villes.

Avec l'aide de Bloom, Weinstein essayait aussi de faire pression sur ses employés afin qu'ils signent des déclarations écrites disant qu'ils se plaisaient au sein de la société.

Le lendemain, Megan contacta la jeune femme qui avait quitté la société « pour raisons morales ». Celle-ci lui expliqua par textos que Weinstein lui avait téléphoné trois fois le matin, car il la soupçonnait d'être une source.

« J'ai peur », écrivait-elle.

Chapitre 7

« Cela va donner naissance à un mouvement »

Mercredi 4 octobre 2017

Les journalistes arrivèrent au bureau en sachant qu'elles devaient informer l'équipe de Weinstein que Judd avait accepté d'être citée, mais qu'elles craignaient que le producteur ne réussisse à transformer l'information à son avantage – en s'en servant pour repousser encore le délai de réponse ou, pire encore, lancer une campagne de diffamation publique préventive à l'encontre de Judd dans la presse à scandale. (« L'excentrique activiste Ashley Judd a menacé de divulguer de folles accusations… ») Pourtant, elles devaient le faire. À 8 heures 40, Jodi téléphona à Lanny Davis qui prit la nouvelle stoïquement.

Le coup de téléphone de la veille avec Weinstein et son équipe avait porté un coup potentiel à la révélation cruciale sur les accords conclus par Weinstein avec au moins douze femmes. Mais maintenant que d'autres cadres de la Weinstein Company savaient que l'article du *Times* allait sortir, Megan soupçonnait qu'ils risquaient de reprocher à Weinstein d'avoir mis la société en danger par ses actes. Peut-être la colère les pousserait-elle à parler.

Megan téléphona à David Glasser, le président de la Weinstein Company, en Californie[1]. Le soleil ne s'était pas encore levé à Los Angeles, mais Glasser décrocha. Il semblait exténué et à bout de nerfs. Megan lui dit qu'elle l'appelait parce qu'il lui paraissait juste que d'autres cadres puissent réagir à l'article du *Times*.

Sans surprise, Glasser reconnut que la nuit avait été longue. Il y avait eu une réunion d'urgence du comité de direction par téléconférence. Boies avait expliqué dans le détail ce que le *Times* se préparait à publier, dit Glasser, ajoutant qu'il avait été choqué par ce qu'il avait appris.

Vraiment ? lui demanda Megan. Qu'est-ce qui lui avait paru le plus surprenant ? Boies avait-il mentionné le nombre de compensations financières versées par Weinstein à des femmes ? Oui, répondit Glasser : entre huit et douze. Impensable, non ? Et Boies avait signalé au comité de direction que le chiffre pourrait bien être encore plus élevé.

Megan dit à Glasser qu'elle serait ravie d'inclure son point de vue dans le *Times* s'il acceptait d'être cité. D'ici là, pouvait-elle au moins le citer comme source concernant le nombre d'accords, sans le nommer ? Il accepta. Lorsque Megan apprit la nouvelle à Corbett, elle se leva d'un bond pour la serrer dans ses bras.

Les journalistes surveillaient la pendule : les douze coups de midi n'allaient pas tarder à sonner. À l'heure dite, l'équipe de Weinstein se contenta d'un coup de téléphone sans queue ni tête durant lequel ils nièrent certaines allégations, divaguèrent à propos d'épisodes qui ne faisaient même pas partie de l'article et se plaignirent une fois de plus de n'avoir pas eu assez de temps.

Quelques minutes plus tard, Baquet regarda Megan passer un autre coup de téléphone à Davis, qui n'avait rien de plus à lui donner. Depuis le début, Baquet avait refusé de parler à Weinstein ou à l'un de ses représentants. Cette fois, il demanda à Megan de lui passer le téléphone. « Lanny, j'en ai marre de ces conneries », dit Baquet d'un ton plus sec que d'habitude. « Il y a cinq avocats qui nous appellent en votre nom. Nous ne traiterons pas avec cinq avocats différents. Mettez tout votre personnel d'accord et recontactez-nous avec votre réponse. »

À 13 heures 43, la réponse de l'équipe de conseillers de Weinstein arriva sous la forme d'un courrier électronique envoyé par Charles Harder et intitulé « CONFIDENTIEL / NON OFFICIEL / NON PUBLIABLE[2] ». Les journalistes ne considéraient pas cela comme contractuel. Pour que des informations restent non officielles, il fallait que les journalistes eux-mêmes donnent leur accord. Mais l'objet du courriel était à l'exemple de son contenu, un exercice d'intimidation de dix-huit pages qui se résumaient à un message clair : si les journalistes persistaient, Weinstein et Harder poursuivraient le *Times* en justice.

L'équipe se réunit à nouveau dans le bureau de Baquet. David McCraw distribua des feuilles imprimées portant l'entête « Demande de mise en demeure et de conservation des documents et des sources » afin que chacun puisse voir à quoi ils risquaient de se retrouver confrontés. Cela faisait des mois – et, de façon plus intense, des jours – qu'ils attendaient de connaître l'attitude que Weinstein finirait par adopter. Déni ou regret ? La réponse était imprimée sur la feuille :

> Toutes les accusations par le NYT et ses « sources » présumées à l'encontre de mon client pour harcèlement sexuel, notamment envers certaines employées et actrices, sont fausses. Mon client n'a pas commis les fautes dont vous l'accusez.
> Mon client encourt plus de 100 millions de dollars de dommages à cause de votre histoire erronée. Si vous la publiez, il n'aura pas d'autre choix que de tenir le *NYT* légalement responsable de ces dommages.

Weinstein et Harder avaient une autre demande, plus stratégique :

> Comme ces accusations auront pour effet, comme vous le savez, de nuire considérablement à l'activité que mon client a bâtie depuis ces quarante dernières années, si ce n'est la détruire totalement ; et parce que vous travaillez sur un article à son sujet depuis maintenant plusieurs mois et que les événements présumés remontent à plus de vingt-cinq ans, il serait au moins correct de la part du *NYT*

> de laisser à mon client et à ses conseillers un laps de temps raisonnable – nous demandons deux semaines – pour enquêter sur ces questions et produire une présentation appropriée des faits et des preuves qui réfutent les nombreuses accusations sans fondement que le *NYT* est prêt à publier au sujet de mon client. Un tribunal de justice accorde au défendeur au moins un an pour conduire ses investigations et présenter ses arguments devant le tribunal. Nous vous demandons deux semaines.

Weinstein allait se battre. D'après la lettre, c'était lui, la victime, poursuivie par le *Times*. Le courrier, bouillonnant de mépris envers le journalisme, décrivait une obscure réalité alternative dans laquelle les journaux qui révélaient des informations incriminantes sur les puissants violaient la confiance du public, plutôt que de s'en montrer dignes.

La lettre visait directement Laura Madden en la traitant de menteuse. « L'accusation est fausse », écrivait Harder :

> Nous pensons être à même de vous fournir des documents et des témoins qui réfuteront cette allégation, mais nous avons besoin de temps pour les localiser puisque l'affaire date d'il y a 25 ans. Nous vous informons donc par la présente que nous nous sommes mis en quête de la vérité. Si vous publiez ces fausses accusations avant que mon client n'ait eu l'opportunité suffisante de retrouver et de présenter de plus amples preuves (témoins et documents) de la fausseté de cette allégation, cela apportera la preuve de votre mépris flagrant de la vérité.

Cette formulation était celle qui permettait à un plaignant de gagner un procès en diffamation : il lui fallait prouver que les journalistes savaient que leurs informations étaient fausses, mais qu'ils les avaient néanmoins publiées dans l'intention de nuire.

Jodi songea à Madden, qui se trouvait quelque part au pays de Galles. Si Weinstein avait vraiment les moyens de réfuter son témoignage, Jodi devait le savoir immédiatement. Ou ne faisait-il que rouler les dés, jugeant qu'il ne s'agissait là que d'une femme sans pouvoir et avec peu de preuves, et que nier en bloc était sa meilleure chance ?

Les ex-employées qui aidaient les journalistes « cherchaient à nuire, avaient des raisons cachées et voulaient leur faire croire des déclarations fausses et diffamatoires », disait la lettre. « Nous vous informons donc par la présente que vos sources ne sont pas fiables ; elles ne détiennent pas d'informations personnelles ; et elles cherchent à utiliser le *NYT* pour véhiculer leurs efforts abusifs et délictuels dans le but de diffamer mon client et de nuire à sa société. La publication de ces fausses accusations concernant mon client par le *NYT* sera faite dans l'intention de nuire et constituera une diffamation. » L'équipe de Weinstein semblait vouloir tenter de présenter publiquement les courageuses ex-employées comme des asociales aigries.

Dans la dernière partie, Weinstein et Harder visaient directement Jodi et Megan :

> Veuillez noter que vous êtes dans l'obligation légale de conserver, préserver, protéger et ne pas détruire les documents, communications,

> informations et données, sous forme numérique, électronique et imprimée, qui pourraient être pertinents pour le litige, y compris, et sans restriction, tous les documents, informations et données qui font référence et qui se rapportent à Harvey Weinstein, la Weinstein Company et/ou ses cadres, employés et/ou prestataires (collectivement désignés par « TWC »).

Cela englobait tout : textos, messages instantanés, messages sur répondeur, entrées d'agenda. Harvey Weinstein annonçait qu'il allait forcer le *Times* à lui exposer tout le contenu de l'enquête, tout ce que les journalistes avaient juré de protéger.

Les journalistes se réunirent dans le bureau de Baquet pour en discuter. Leur décision fut unanime : il n'y avait aucune raison de changer un seul élément de l'article. La lettre d'Harder était essentiellement de l'intimidation légale. Les journalistes resteraient ouverts aux preuves que Weinstein voudrait bien leur présenter, mais il était inenvisageable de capituler à cause de cette seule lettre.

McCraw rassura le groupe : la loi était de leur côté. Harder évoquait des possibilités effrayantes, mais sans fondement aucun. « Lorsque les faits nous protègent et que la loi nous protège, difficile de nous déboulonner sur le plan légal », dira McCraw.

À 15 heures 33, McCraw transmit aux journalistes une copie de la réponse qu'il venait d'envoyer à Harder et qui ne comptait que trois paragraphes[3]. Aux dix-huit pages de plaintes quant aux méthodes des journalistes, McCraw donnait une réponse simple : « Toute présomption que nous ayons traité

M. Weinstein injustement est infondée et vous pouvez être certain que tout article que nous publierons sera à la hauteur de nos impératifs habituels de précision et d'équité. »

Dans le dernier paragraphe, il délivrait son véritable contre-argument :

> J'ai bien noté vos demandes afférentes à la préservation des documents. À ce sujet, veuillez me donner l'assurance que vous avez pris des mesures immédiates pour réunir toutes les informations et les documents qui pourraient se rapporter à cette affaire, qu'ils soient en la possession, la garde et le contrôle de M. Weinstein ou de l'une de ses entités commerciales. Je vous demande plus particulièrement de conserver immédiatement, en lieu sûr, tous les appels téléphoniques, les courriers électroniques et les textos de M. Davis, l'attaché de presse de M. Weinstein, ainsi que les transcriptions d'appels, courriers électroniques et textos personnels et professionnels de M. Weinstein ; tous les documents se rapportant aux plaintes pour comportement inapproprié sur le lieu de travail, qu'ils soient en la possession, sous la garde ou le contrôle de M. Weinstein ou l'une de ses entités commerciales ; et tous les documents se rapportant aux accords passés avec ses employés, qu'ils soient en la possession, la garde et le contrôle de M. Weinstein ou de l'une de ses entités commerciales.

Traduit du jargon juridique, cela signifiait : Harvey Weinstein, si vous voulez traîner cette affaire en audience publique, ne vous gênez pas. Si vous essayez de vous procurer nos informations, nous en demanderons encore plus de votre part, jusqu'au dernier des documents relatifs aux traitements que vous infligez aux femmes.

La seule et unique concession faite par le journal fut de donner plus de temps à Weinstein. Un délai supplémentaire de deux semaines était hors de question. Mais les journalistes avaient le sentiment de devoir accepter la requête précédente de Harder concernant un délai supplémentaire de quarante-huit heures, même s'il leur était pénible de laisser trop longtemps la balle dans le camp de Weinstein. Ne pas leur accorder au moins cela donnerait du poids aux plaintes de Weinstein quant à l'injustice qu'on lui faisait. Le délai limite était reporté à 13 heures le lendemain, jeudi 5 octobre.

Jodi et Megan étaient épuisées, mais la réponse de McCraw leur avait rendu courage. Il avait invoqué des générations de tradition journalistique, un système juridique qui continuait à protéger la liberté de la presse et un pays où, malgré tout, le Premier amendement était toujours sacro-saint. Elles s'aperçurent aussi que Baquet savourait chaque instant de la confrontation avec Weinstein. Le reste du monde ne pouvait pas voir l'offensive de Harder. Mais faire front ensemble était palpitant.

Cet après-midi, Jodi eut le sentiment qu'elle devait essayer une dernière fois de convaincre Paltrow de témoigner officiellement. Les lecteurs du monde entier seraient choqués d'entendre le témoignage de cette ancienne star de premier plan ; même parmi les sources les plus perspicaces des journalistes, personne n'aurait imaginé que Paltrow elle-même ait été victime de Weinstein ou menacée par lui. Trois paragraphes à son sujet pourraient réécrire l'histoire des années Miramax et donner une voix à toutes les autres femmes qui voulaient s'exprimer. Jodi rassembla toute sa persuasion et insista tant qu'elle craignit que cela ne lui retombe dessus et que la star ne l'envoie promener.

Paltrow et Jodi étaient en discussion quasi permanente depuis une semaine, par téléphone et par textos, et l'actrice semblait réellement y réfléchir. Elle avait contribué au projet depuis le début. Mais tous ses proches lui disaient de se taire. Évidemment, il leur paraissait insensé qu'elle puisse témoigner nommément : ils n'étaient pas au cœur de l'enquête. Jodi se rendait bien compte qu'une part de l'actrice ne voulait pas les écouter, alors elle continuait à l'encourager gentiment, par téléphone et par texto.

Mais Paltrow ne supportait pas l'idée de faire la une des tabloïds pendant des semaines. Elle craignait toujours que la nouvelle ne dégénère en scandale racoleur.

En privé, elle se livrait à des calculs très différents de ceux de Judd, car Weinstein avait joué un bien plus grand rôle dans sa vie : « L'homme le plus important de ma carrière », comme elle le dira plus tard. Elle voulait le dénoncer enfin. Mais la publication arrivait plus tôt qu'elle ne l'aurait cru, et elle avait besoin d'un peu plus de temps pour avoir les idées claires.

> Comme je ne me sens pas suffisamment armée
> pour prendre cette décision, je vais décliner.
> Je suis sincèrement désolée de vous laisser tomber.
> Je suis tiraillée.

L'insatisfaction de Paltrow concernant sa propre décision signifiait que si elle ne se joignait pas à cet article, Jodi voulait qu'elle se prépare en prévision du suivant ; elle pouvait observer depuis les coulisses avant de faire son entrée. Jodi cessa d'envoyer des textos pendant quelques heures, puis recommença.

Dès le début, Jodi et Megan avaient suivi la règle de Baquet : toute communication avec Weinstein devait être consignée. Mais vers 15 heures, Megan fut informée par Davis que Weinstein était en route pour divulguer des informations sensibles et cruciales, officieusement.

Les journalistes étaient désorientées. En route pour aller où ? Au *journal* ? Devaient-elles refuser de le laisser entrer ? Elles devaient se décider, et vite : Weinstein serait à leur porte dans quelques minutes, certainement désireux de calomnier ses accusatrices sans laisser de traces.

Megan décida d'accepter l'entrevue. Elle voulait savoir ce qu'il avait à dire, et le coup de la réunion à l'improviste lui donnait une autre occasion de l'affronter en personne.

Mal rasé, les yeux cernés, Weinstein fit son entrée au *Times*, accompagné de conseillers juridiques renommés : non seulement Bloom, mais aussi Abramowitz, l'ex-procureur devenu avocat au pénal qui avait représenté Weinstein dans l'affaire Gutierrez. Linda Fairstein fermait la marche – l'ex-procureure spécialisée dans les délits sexuels, qui avait déclaré à Megan que les allégations de Gutierrez étaient infondées.

Megan conduisit le groupe dans l'une des salles de réunion aux parois vitrées, le long d'un couloir avec beaucoup de passage, ce qui exposait Weinstein à la vue de tous. Leurs collègues ralentissaient le pas en voyant le producteur et ses représentants entassés dans cet aquarium. Megan informa Weinstein et sa troupe qu'elle leur accordait quinze minutes, pas une de plus.

Les informations que le groupe souhaitait divulguer étaient sordides, douteuses et maigres. Abramowitz et Fairstein décrivirent Gutierrez comme une opportuniste au passé obscène. D'un dossier, Bloom sortit des photos de McGowan et Judd souriantes aux côtés de Weinstein, comme si des clichés officiels pris sur le tapis rouge pouvaient prouver que rien de fâcheux ne s'était produit. Weinstein accusa les deux femmes d'être mentalement déséquilibrées. À une époque de sa vie, Judd avait été hospitalisée à cause de problèmes psychologiques remontant à son enfance, et le producteur citait maintenant la propre autobiographie de l'actrice pour la dépeindre comme folle.

Megan manifesta le moins de réactions possible. Cette réunion officieuse était clairement un guet-apens, mais elle ne pouvait rien contre l'enquête. Avec l'aide d'un collègue en Italie, Jodi et Megan avaient fouillé le passé de Gutierrez. Elles avaient aussi étudié l'histoire de Judd, demandant à Grace Ashford, la chercheuse, de parcourir son autobiographie pour s'assurer qu'elle ne recelait pas de mauvaises surprises qui pourraient être utilisées contre Judd ou contre le journal. En définitive, la rencontre ne fit la lumière que sur les tactiques que Weinstein et ses alliés étaient prêts à employer.

La journée prenait une tournure de plus en plus étrange. Cet après-midi-là, Jodi et Megan découvrirent que l'on parlait d'elles dans *Variety* et le *Hollywood Reporter*[4] :

> Le *New York Times* est-il sur le point de révéler des informations compromettantes sur Harvey Weinstein ?
> Ces dernières semaines, le magnat du cinéma et de la télévision chez Weinstein Co. a enrôlé une armée d'avocats et de gestionnaires de crise pour se déchaîner contre le *Times* au sujet d'une enquête en cours sur son comportement personnel, ont indiqué au *Hollywood Reporter* plusieurs sources bien informées de la bataille qui se livre en coulisses.

L'article ne révélait que peu de détails, mais il faisait aussi mention des efforts du *New Yorker*. L'article de *Variety* lui ressemblait, à la différence que Weinstein y niait avoir jamais entendu parler d'une publication future dans le *Times*. « Je ne suis pas au courant », affirmait Weinstein à *Variety*. « Honnêtement, je ne vois pas de quoi vous parlez. »

« Elle est intéressante, votre histoire. Et si j'en achetais les droits cinématographiques ? » ajoutait-il.

Si les journalistes avaient encore des doutes sur l'intégrité de Weinstein, elles avaient là l'ultime indice : il venait de raconter un parfait mensonge à un autre journal.

Les articles de *Variety* et du *Hollywood Reporter* signifiaient que les intentions de Jodi et Megan avaient été dévoilées. Le jeu de devinettes visant à savoir qui leur avait parlé allait commencer. Les sources allaient s'inquiéter. Le projet n'était plus un secret pour personne, y compris pour la concurrence. Pile au moment où les journalistes avaient besoin de tout contrôler au plus près, elles perdaient la main.

« C'est pas bon, les filles », écrivit Baquet dans un courriel.

Les téléphones et boîtes de messagerie des journalistes se remplirent de messages de personnes qui avaient vu les articles dans la presse d'Hollywood. Jodi et Megan ne réagirent pas. Elles se consacraient totalement à l'écriture de l'article, reformulant une énième fois l'accroche, débusquant les parties problématiques et appliquant les conseils de peaufinage donnés par McCraw.

Peu après minuit, les journalistes se rendirent compte qu'elles étaient trop épuisées pour être efficaces. Elles avaient très peu dormi plusieurs nuits d'affilée. Leurs conversations avec Rebecca et Tolan tournaient en rond. Jodi et Megan jetèrent l'éponge et partagèrent un taxi pour rentrer chez elles. Environ une heure plus tard, Tolan partit aussi. Corbett refusait de s'arracher à son clavier. Elles avaient tant retouché les différentes parties de l'article que Corbett voulait prendre le temps de le relire en totalité et d'évaluer ce qui pouvait encore être amélioré et renforcé.

Même dans des circonstances plus ordinaires, les journalistes de Corbett se faisaient du souci pour elle. Elle semblait ne prendre que très peu soin d'elle-même, en n'arrêtant jamais de travailler – comme bon nombre de ses projets étaient secrets, il était difficile d'évaluer combien de travail elle abattait vraiment – et elle donnait parfois l'impression de ne vivre que de thé noir et d'amandes enrobées de chocolat. Ses journées se déroulaient à un rythme effréné ; on la consultait toutes les cinq minutes.

Mais dans le silence d'une salle de rédaction enfin vidée de toute activité, elle pouvait se concentrer sur la relecture de ses articles. (Son mari disait qu'elle était « dans la zone », conscient que sa femme était temporairement injoignable.) Il arrivait souvent à Corbett de rester si tard au travail que les lumières du plafond s'éteignaient automatiquement, la laissant travailler dans le noir jusqu'à ce qu'elle se lève et agite les bras.

Ce soir-là, elle travailla longtemps à rendre les mots de l'article plus clairs, plus précis et plus forts. Peu avant l'aube, elle s'endormit à son bureau pendant quarante-cinq minutes. À son réveil, elle se remit au travail.

À 7 heures, elle finit par s'arrêter et quitter l'immeuble. Elle ne pouvait pas rentrer chez elle : elle habitait à Baltimore et, du mardi au vendredi, elle dormait dans un hôtel en bas de la rue. Elle se doucha et changea de tenue. Peu de temps après, elle était de retour à son bureau.

Jeudi 5 octobre 2017

Au moment même où Corbett retournait à son hôtel, Jodi reçut un courriel de Laura Madden qui devait se faire opérer cinq jours plus tard. La veille au soir, alors qu'elle était dans sa cuisine au pays de Galles, elle avait dit à ses deux filles, Gracie et Nell, qu'elle avait quelque chose à leur dire. Les adolescentes pensaient que c'était au sujet de l'opération. Au lieu de cela, Madden leur apprit ce que Weinstein lui avait fait des années plus tôt et annonça que l'incident était sur le point d'être raconté dans le journal.

Elles la regardèrent, choquées, essayant de l'imaginer sous les traits d'une victime de vingt ans. « Ma maman est simplement ma maman », dit Gracie[5]. « C'est quelqu'un de très doux. L'idée que des gens puissent lire ce qui lui est arrivé… » Elles confièrent à Madden que des choses similaires étaient arrivées récemment à leurs amies : des garçons ivres les avaient prises pour cible et les jeunes filles n'avaient pas su quoi faire. C'était au tour de Madden d'être choquée. Elle connaissait ces amies mais ne les aurait jamais imaginées confrontées à des choses pareilles.

Dans le courriel, Madden écrivit à Jodi :

> Je me sens dans l'obligation de parler des événements qui se sont produits à Miramax, car je me suis rendu compte que, comme j'ai la chance de ne pas travailler dans le cinéma, cela ne risque pas de nuire à ma carrière. Je n'ai pas non plus été contrainte de garder le silence, même si des individus à la solde d'Harvey Weinstein ont essayé de me convaincre de me taire. Je ne suis pas non plus tenue par une ordonnance de non-publication. J'ai le sentiment de m'exprimer au nom des femmes qui ne le peuvent pas parce que cela nuirait à leur moyen de subsistance ou à leur mariage. Je suis mère de trois filles et je ne veux pas qu'elles aient

à accepter ce type de comportement comme étant « normal », quel que soit le contexte. J'ai subi de graves problèmes de santé et je sais que le temps est précieux et qu'il est important d'affronter ceux qui malmènent les autres. Ma famille me soutient dans ma décision.

Je serai heureuse de témoigner publiquement.

Tout aussi remarquablement, Jodi et Megan commençaient à entendre parler de femmes qu'elles n'avaient encore jamais contactées et qui avaient elles aussi des histoires à raconter sur Weinstein. Durant des mois, les journalistes avaient cherché désespérément des femmes qui voulaient bien se confier. Aujourd'hui, c'étaient elles qui contactaient Jodi et Megan grâce aux articles de *Variety* et d'*Hollywood Reporter,* comme un fleuve dont le courant se serait soudain inversé. Les journalistes n'avaient plus le temps d'enquêter afin de corroborer leurs dires pour inclure leurs récits dans le premier article. Elles devraient attendre le prochain. Mais elles perçurent les messages comme une réplique silencieuse à la lettre de Harder.

À 10 heures 30, Jodi laissa à Paltrow une dernière chance. Elle était assise dans le fauteuil d'une maquilleuse, à Atlanta, où elle tournait un *Avengers.* Ce jour-là, elle devait poser pour une grande photo de groupe, avec tous les personnages ayant pris part à la franchise durant la précédente décennie. Mais elle se sentait malade et à peine capable de jouer ses scènes. Elle avait même pris à part Michelle Pfeiffer, qui tenait aussi un rôle dans le film, pour lui décrire brièvement la situation et lui demander conseil.

À 11 heures 22, elle envoya un texto à Jodi.

> Je suis en tournage à Atlanta. Je me sens sous pression à cause du timing. Je n'en ai pas cru mes yeux en lisant sa réponse au *Hollywood Reporter*, je ne pensais pas qu'il adopterait cette attitude. J'espérais qu'il aurait profité de l'occasion pour exprimer du repentir. J'ai le sentiment qu'il se dirige tout droit vers une chute encore plus dure. Je pense qu'il vaut mieux que j'attende pour l'instant, puis que je fasse quelque chose avec vous ensuite.

Le courriel de Davis, qui arriva à 12 heures 04, n'en fut que plus étonnant. Il restait cinquante-six minutes à l'équipe de Weinstein avant l'expiration du délai imparti par le *Times*. Mais, au lieu de se concentrer sur les nombreuses allégations qui paraîtraient dans l'article, Weinstein, par l'intermédiaire de Davis, bombardait les journalistes de questions sur Paltrow, convaincu qu'elle était citée.

Jodi et Megan étaient interloquées. Il n'y avait nulle trace de Paltrow dans l'article. Pourquoi se concentrait-il sur une question hors de propos ? N'avait-il jamais eu l'intention de répondre aux allégations ? Treize heures vinrent et passèrent. L'équipe de Weinstein affirmait que leurs déclarations étaient bientôt prêtes. À 13 heures 33, il n'y avait toujours rien.

Baquet vit Megan passer un nouveau coup de téléphone à Davis, qui, une fois encore, n'avait rien à lui offrir. Baquet demanda à Megan de faire passer un message : « Dites à Lanny que le délai imparti est écoulé ! »

Soudain, Weinstein en personne était au bout du fil et posait des questions sur Paltrow[6]. « Pourquoi est-ce que je ne proposerais pas tout de suite une interview au *Washington Post* pour dénoncer votre manque de transparence ? » demanda-t-il. « Je ferai cette interview dans les cinq prochaines minutes, sauf si vous crachez le morceau. Si vous ne voulez rien me dire, vous avez intérêt à publier dans la seconde. »

Megan et Jodi étaient de nouveau dans l'une des salles de conférence aux parois vitrées. À l'extérieur, Corbett et Purdy lisaient l'article par-dessus l'épaule de Tolan.

« Vous voudriez une liste des personnes à qui nous avons parlé pour cet article, c'est bien cela ? » demanda Jodi. « Et si nous ne vous la donnons pas, vous nous menacez ? »

« Je ne vous menace pas », dit-il. « Si vous vous êtes servies du témoignage de Gwyneth Paltrow, dites-le-moi. » Paltrow avait peur de témoigner, mais lui semblait encore plus effrayé.

« Mais nous ne nous sommes *pas* servies de Gwyneth Paltrow », dit Megan. Il ne semblait pas comprendre : si Paltrow était citée dans l'article, elles l'en auraient informé et il aurait eu le temps de réagir.

Il demanda encore deux fois, puis une troisième. « Si vous comptez me mentir, laissez tomber, OK ? Ne me mentez pas. Vous allez me massacrer de toute façon, c'est l'idée. J'ai bien compris. Et vous savez quoi ? Je respecte votre journalisme et je respecte ce que vous faites. Vous traitez un sujet important, et les gens comme moi ont besoin d'une leçon, besoin d'évoluer. J'ai compris. Vous le lirez dans ma déclaration. Je sais quand j'entends qu'on me cache quelque chose, vous voyez ce que je veux dire ? Je suis un homme qui a beaucoup de ressources. Dites-moi la vérité. »

Il semblait certain que Jodi et Megan avaient parlé à Paltrow. Même des mois plus tard, elles n'apprirent jamais comment il avait pu le savoir.

Megan réessaya : « Harvey, nous vous avons donné la possibilité de vous exprimer sur chacun des éléments de notre article. »

« Êtes-vous en communication avec Gwyneth Paltrow ? » répéta Weinstein.

Megan sentit une présence à ses côtés. Dean Baquet était penché sur son épaule. Durant les derniers mois, Weinstein avait tant de fois tenté d'entrer directement en contact avec lui, de l'influencer, d'homme important à homme important. Weinstein obtenait enfin l'audience qu'il avait tant désirée.

« Allô, Harvey ? C'est Dean Baquet », dit-il. « Voilà le topo : il faut nous communiquer votre déclaration, maintenant. Je suis sur le point d'appuyer sur le bouton. »

Weinstein l'interrompit. « Salut, Dean, laissez-moi vous dire une chose sur l'intimidation. » Le producteur répéta la menace d'une interview au *Washington Post* pour couper l'herbe sous le pied du *Times*. Baquet était journaliste depuis près de quatre décennies, il avait dirigé deux des plus grands journaux du pays, affronté la CIA et des dictateurs étrangers. Allait-il exploser ?

Au contraire, il parla d'une voix calme où pointait l'accent chantant de La Nouvelle-Orléans. « Harvey, passez-leur un coup de fil », dit-il. « Ce n'est pas un problème. Vous pouvez appeler le *Post*. » Il donnait l'impression de rassurer un enfant. « Harvey, je n'essaye pas de vous intimider. J'essaye de me montrer juste envers vous. »

« Mais c'est bien de l'intimidation, Dean », dit Weinstein.

Corbett et Purdy se trouvaient maintenant aussi dans la pièce. « Non, Harvey, je vous explique », dit Baquet. « Nous essayons d'obtenir votre déclaration pour nous montrer justes envers vous. Merci de nous la donner maintenant, parce que nous sommes sur le point de tout publier. »

« Je ne demande qu'à vous la donner », dit Weinstein.

« Je vous remercie », dit Baquet, espérant qu'ils s'en tiendraient là.

« Mais pendant que je vous ai au téléphone, il faut que vous sachiez que c'est de ma carrière qu'on parle, ma vie », dit Weinstein.

Il recommença à poser ses questions sur Paltrow.

« Elle n'est pas dans l'article ! » répondirent Baquet, Megan et Jodi presque à l'unisson.

« Harvey, je vais mettre fin à cette partie de la conversation », dit Baquet. « Alors voici ce qu'il faut faire, maintenant, Harvey. Nous voulons vous laisser dire ce que vous avez à dire. Alors, dites-le. J'ai aussi un journal à faire sortir. Alors, donnez-leur votre déclaration. Je m'en vais, maintenant. Parlez aux journalistes. Prenez soin de vous. Bonne chance. » Sur ce, il partit.

Une minute plus tard, à 13 heures 41, plusieurs déclarations arrivèrent de la part de l'équipe de Weinstein – les derniers éléments dont les journalistes avaient besoin pour publier.

Au téléphone, Weinstein continuait à discourir (« Même si ça me coûte, au final, des enquêtes comme celle-ci sont importantes »). Bloom se plaignait que le journal avait « un total mépris pour la vérité » et allait publier « un article racoleur » plein de « fausses accusations » qui seraient vite discréditées. Corbett et Purdy avaient quitté discrètement la pièce, sans que les journalistes s'en aperçoivent.

Megan, qui étudiait les déclarations du camp Weinstein, vit soudain quelque chose d'important dans le texte qu'elle avait sous les yeux. « Lisa », interrompit-elle, « vous avez dit qu'Harvey avait besoin de prendre un congé pour se concentrer sur cette histoire ? »

Oui, dit Weinstein. Il allait prendre congé.

« De… la société ? » demanda Megan, voulant être certaine de ne pas se tromper. Oui, dit Weinstein, il voulait prendre du temps pour s'éduquer sur le sujet.

« S'éduquer en m'écoutant, moi », intervint Bloom.

Weinstein parlait toujours, disant à Jodi et Megan qu'elles devraient avoir davantage le sens de l'humour et qu'il priait tous les jours pour le *New York Times.*

Mais Megan et Jodi échangeaient un regard abasourdi. Weinstein prenait congé de sa société. Dans le jargon du journalisme, des relations publiques et des affaires, cela ne pouvait signifier qu'une chose : il concédait avoir commis des actes répréhensibles. Personne ne quittait sa propre société s'il prévoyait de se battre de toutes ses forces. Les journalistes venaient de comprendre qu'il n'allait probablement pas attaquer le *Times,* voire à peine contester l'article.

Megan voulait qu'il en dise plus sur ses projets, mais il promit de la rappeler plus tard. « Nous devons faire une conférence de presse avec le journal chinois », blagua Weinstein en faisant référence à sa menace de divulguer l'histoire à un journal concurrent.

Megan éclata de rire.

« Elle a ri ! » s'exclama Weinstein. « Elles ont ri pour la première fois », dit-il à Bloom. Peut-être que c'était là le charme rugueux que d'autres avaient tenté d'expliquer. Ou peut-être Weinstein se raccrochait-il à un semblant de contrôle, un moment unique de domination alors même qu'il allait à sa perte.

Cela n'avait pas d'importance. Megan et Jodi raccrochèrent et tombèrent dans les bras l'une de l'autre, riant et pleurant de soulagement, fières de leur travail mutuel, fières d'être des femmes œuvrant pour les femmes.

En sortant de la salle de conférence vitrée, les journalistes étaient prêtes à se relancer dans le travail. Mais Corbett et les autres rédacteurs les avaient déjà devancées. Ils avaient examiné les déclarations de l'équipe de Weinstein pour y prélever les informations cruciales à utiliser et transplanter ces lignes dans l'article.

Mises côte à côte, les déclarations écrites de Weinstein et de ses avocats étaient déconcertantes. La déclaration de Lisa Bloom niait « la plupart des accusations comme absolument fausses » mais elle ne disait pas lesquelles. Celle de Weinstein était vaguement contrite (« Cela fait déjà quelque temps que j'ai compris que je dois m'améliorer [...] Le processus que je dois maintenant accomplir sera l'occasion pour moi d'en apprendre davantage sur moi-même et de vaincre mes démons [...] Je respecte toutes les femmes et je regrette ce qui s'est passé. ») Dans des paragraphes décousus, il évoquait son travail contre la National Rifle Association et faisait référence à des paroles de Jay-Z qui n'existaient pas.

« Je fais un film sur notre président, peut-être que nous pourrions faire un pot de départ commun. » De mémoire de journaliste, c'était la déclaration la plus vague et la moins professionnelle que l'on ait jamais vue.

« Il n'était pas vraiment intimidant, c'était juste qu'il parlait fort », dit Matt Purdy. « Il avait beaucoup d'avocats. Il parlait beaucoup. Il prenait une grosse voix. Mais nous avions tous les faits de notre côté. »

Les deux journalistes et les trois rédacteurs s'étaient mis en rang derrière Tolan qui était assis au clavier. Tous les yeux relisaient l'article affiché sur son écran. L'ancienne méthode pour publier un article consistait à l'envoyer à la presse, alimentée par de gigantesques rouleaux de papier et des cuves d'encre ; puis à charger les journaux dans des camions ; puis à les distribuer aux kiosques et sur les perrons. La nouvelle méthode consistait simplement à appuyer sur un bouton.

Pour Baquet, qui ne tenait plus en place, l'article était prêt à partir. Purdy suggéra que les six journalistes le relisent ensemble une dernière fois.

Ils commencèrent au début, par le gros titre :

DURANT DES DÉCENNIES, HARVEY WEINSTEIN
A PAYÉ CELLES QUI L'ACCUSAIENT
DE HARCÈLEMENT SEXUEL

L'article commençait par rapporter trois histoires distinctes ayant eu lieu à l'hôtel Peninsula. Les journalistes détenaient des références à au moins huit compensations financières et un chapelet d'allégations étayées au prix d'un dur travail, en commençant par la jeune assistante, à New York, en 1990, puis en poursuivant sur Madden, en Irlande, le terrible mode opératoire se répétant jusqu'en 2015. « Des douzaines d'ex-employées et d'actuelles employées de M. Weinstein, des assistantes aux cadres, ont déclaré être au courant de ses écarts de conduite lorsqu'elles travaillaient pour lui. Quelques-unes seulement disent l'avoir confronté à ce sujet », avaient-elles écrit. L'article décrivait la façon dont les femmes qui avaient osé se manifester avaient été réduites au silence.

L'équipe parcourut chaque ligne en silence et à l'unisson. Une fois la lecture achevée, personne n'avait de correction ou de suggestion. À 14 heures 05, vingt-quatre minutes seulement après réception des déclarations de Weinstein, Tolan appuya sur le bouton[7].

Weinstein n'avait pas saisi que l'article allait être publié immédiatement. Au même moment, il se trouvait dans son bureau avec Bloom et d'autres avocats, préparant son prochain coup, lorsqu'un assistant passa la tête par la porte. « L'article est sorti », les informa-t-il. Tous les employés avaient les yeux rivés sur leur écran d'ordinateur, lisant les nouvelles sur leur patron.

Au *Times*, le téléphone de Jodi sonna. « J'ai Harvey Weinstein pour vous », chantonna une assistante sur un ton de routine.

« Aucun harcèlement sexuel n'a eu lieu dans cette chambre avec Ashley Judd », beugla Weinstein dès qu'elle prit l'appel. « Il n'y a pas eu de rapport de police. La question est close. »

Jodi et Megan lui demandèrent s'il prévoyait de riposter contre les femmes dont les noms étaient cités dans l'article. Elles voulaient que la réponse soit officielle.

« Les représailles concerneront votre enquête », dit-il. Le ton blagueur qu'il avait employé une heure plus tôt avait viré à la menace ; puis il changea à nouveau de registre. « Je suis désolé pour les femmes aussi », dit-il. « Je ne suis pas un saint, on le sait tous. » Au téléphone, comme dans ses déclarations, il oscillait entre déni et remords. Comment le *Times* pouvait-il qualifier ses actes de harcèlement, voulait-il savoir, si les filles étaient montées dans sa chambre d'hôtel ?

Les dernières notes qu'il joua étaient celles de l'apitoiement. « Je suis déjà mort. Je suis déjà mort », dit-il. « Je suis foutu. »

L'article de trois mille trois cents mots déclencha une crise immédiate à la Weinstein Company. Dans les heures qui suivirent, le comité de direction de l'entreprise organisa une réunion d'urgence par visioconférence pour décider de la réaction à adopter, d'après les notes tirées d'un enregistrement audio de la réunion que Megan se procurerait par la suite.

Un Bob Weinstein fou de rage et plusieurs autres membres du comité insistèrent pour qu'Harvey prenne comme prévu son congé pour suivre un nouveau traitement psychologique pendant que la société enquêtait sur sa conduite. Mais Weinstein se rebella, en laissant entendre que la déclaration qu'il avait faite au *Times* n'était que des paroles en l'air. Le comité émettait « des jugements hâtifs ».

En représailles, il se servirait de ses relations avec les Murdoch pour lancer des rumeurs sur Maerov dans le *Wall Street Journal*. Weinstein refusait de se soumettre à une enquête qui le « conduirait en prison ». Il vendrait la société avant d'en être évincé. « Je ne me laisserai pas forcer la main », dit-il au comité.

Mais après tant d'années de compromis, Bob Weinstein devenait enfin lucide sur les agissements de son frère et ce que l'article signifiait pour lui. « C'est fini pour toi, Harvey », lui dit-il.

Dans les jours qui suivirent, la plupart des directeurs allaient démissionner sans faire de commentaire public[8]. Mais durant cette réunion privée, ils avaient beaucoup de choses à dire. Richard Koenigsberg, qui avait été le comptable des frères Weinstein, proposa que le comité de direction de la société exécute « un numéro d'équilibriste : nous n'approuvons pas ce comportement, mais nous ne pouvons pas être tenus pour responsables de ce qu'a fait Harvey Weinstein il y a vingt ans ». Selon Tim Sarnoff, de la société de production et de distribution, il serait impossible de déconnecter Weinstein de la société Technicolor, et, par conséquent, les directeurs « devaient protéger Harvey ». Paul Tudor Jones, un investisseur, pouvait sembler résolument optimiste, convaincu que « ce sera bientôt oublié ».

Même en fin de partie, ils paraissaient se soucier davantage du bien-être de la société que de celui des femmes, ce qui était justement le problème depuis le début. En essayant à tout prix de ne jamais engager la responsabilité de l'entreprise, ils avaient permis au problème de grandir et de finir par détruire ce qu'ils s'étaient efforcés de protéger.

Durant cette réunion du comité, Weinstein entendait déjà faire son grand retour, avec l'aide de Lisa Bloom. Ils remporteraient le soutien d'organisations féministes, quarante, cinquante, soixante d'entre elles !

« Cela va donner naissance à un mouvement », affirmait Weinstein.

À 21 heures 07, ce soir-là, Bloom écrivit un courriel de défi au comité, très éloigné du ton conciliateur de sa déclaration au *Times.*

> Ce sont nos heures les plus sombres.
> Aujourd'hui, le *New York Times* a publié un article en grande partie faux et diffamatoire, en totale violation de l'éthique journalistique, ne nous laissant que deux jours pour répondre à des douzaines d'allégations, puis refusant d'inclure des informations émanant de témoins oculaires et de documents niant bon nombre de ces affirmations. Demain, d'autres enquêtes seront menées différemment, qui mettront en lumière toutes ces inexactitudes et révèleront des photos montrant plusieurs des accusatrices dans des poses très amicales avec Harvey après ses prétendues exactions.

Bloom avait raison sur le fait que l'enquête allait continuer. Mais pas dans le sens qu'elle s'imaginait.

Le lendemain, vendredi 6 octobre, Jodi et Megan furent contactées par tant de femmes qui avaient des histoires à raconter sur Weinstein que Corbett appela d'autres collègues à la rescousse pour les aider à les rappeler. Tomi-Ann Roberts, professeure en psychologie, dit qu'en 1984, lorsqu'elle avait vingt ans,

Weinstein l'avait encouragée à auditionner pour un film et lui avait proposé un rendez-vous ; lorsqu'elle était arrivée, il était assis nu dans une baignoire et lui avait dit qu'elle devait se déshabiller si elle voulait avoir une chance de décrocher le rôle. Hope Exiner d'Amore, âgée de soixante-deux ans, déclara que Weinstein l'avait violée dans une chambre d'hôtel à Buffalo dans les années 1970. L'actrice Cynthia Burr affirma que Weinstein l'avait forcée à lui faire une fellation à la même époque.

Katherine Kendall déclara qu'en 1993, Weinstein lui avait remis des scénarios et l'avait invitée à une projection, puis ramenée chez lui avant de retirer ses vêtements et de la poursuivre à travers le salon[9]. Une autre ex-actrice, Dawn Dunning, déclara qu'en 2003, Weinstein s'était déclaré son mentor, avait organisé un rendez-vous dans une chambre d'hôtel, étalé les contrats pour trois nouveaux films et affirmé qu'elle aurait les rôles si elle acceptait de faire un plan à trois avec son assistante et lui sur-le-champ. Judith Godrèche, l'actrice française qui avait d'abord refusé de parler, confia qu'il l'avait invitée dans une chambre d'hôtel à Cannes pour discuter de la campagne des Oscars, s'était pressé contre elle et avait remonté son pull.

Jodi et Megan étaient confrontées à une question qu'elles ne pensaient pas avoir à résoudre un jour : sur combien de victimes de Weinstein parviendraient-elles à écrire ?

Après la parution de l'article du *Times*, Ronan Farrow mit la touche finale à son propre récit, puissant et détaillé, des outrages de Weinstein[10]. Lauren Sivan, journaliste à la télévision, raconta à Yashar Ali du *Huffington Post* que Weinstein l'avait coincée dans l'entrée d'un restaurant, avait sorti son sexe pour se masturber et éjaculé dans une plante en pot[11].

Les agents d'Angelina Jolie organisèrent une entrevue avec Jodi. Rosanna Arquette accepta d'être citée. Et Paltrow était elle aussi prête à se joindre au prochain article du *Times* au sujet de la tactique bien rodée de harcèlement et de promotion canapé pratiquée par Weinstein – des « réunions », des discussions d'affaires, des assistantes, des promesses de célébrité comme moyens de prédation.

« C'en est fini de cette façon de menacer les femmes », déclara-t-elle pour le nouvel article que Jodi et une collègue commençaient tout juste à écrire.

Lisa Bloom passa sur *Good Morning America* avec beaucoup de gêne, une intervention qui parut encore plus embarrassante quand Megan révéla plus tard dans le journal que l'avocate avait promis au comité de direction de la Weinstein Company de publier des photos d'accusatrices de Weinstein posant avec lui[12]. Bloom avait alors démissionné de l'équipe de Weinstein, tout comme Lanny Davis. Megan continuait à avancer, bien résolue à en apprendre davantage sur ce que savaient les sociétés de Weinstein au sujet des allégations qui pesaient contre lui et à quel moment elles en avaient été informées.

La seule à ne pas entendre grand-chose du tapage grandissant causé par les réactions fut Ashley Judd. Juste avant la publication, elle était partie camper, seule, dans le parc national des Great Smoky Mountains. Elle n'avait presque pas de réseau, elle avait juré de ne pas aller sur Twitter et demandé à ses agents de répondre aux éventuelles questions qu'on lui poserait. Environ une fois par jour, quand son téléphone captait quelques barres de réseau, elle envoyait à Jodi des photos de sereins paysages montagneux. Randonnant parmi les cornouillers et les magnolias, elle ne saisissait que de très loin l'accueil qu'avaient reçu ses déclarations sur Weinstein et l'influence que son histoire avait pu exercer sur d'autres.

Chapitre 8

Le dilemme du bord de mer

L'article sur Weinstein eut pour effet de lever le voÕe du secret en incitant des femmes du monde entier à dénoncer les expériences simÕaires qu'elles avaient pu vivre. Le nom d'Harvey Weinstein devint un argument en faveur d'une punitŠn pour de telles fautes, sans quoi elles pourraient se poursuivre pendant des décennies – ÕlustratŠn parfaite du processus par lequel des transgressŠns anodines peuvent mener à des délits plus graves. C'était le symbole d'un nouveau consensus : dénoncer le harcèlement et les abus sexuels était admirable, et non pas honteux ou déloyal. C'était aussi le symbole d'une mise en garde : ce type de comportement pouvait présenter un grave risque pour les employeurs. Surtout, on tombait désormais d'accord sur un point : une conduite comme celle de Weinstein était inacceptable, sans équivoque possible, et ne devait pas être tolérée.

Les répercussions, qui se firent sentir à partir d'octobre 2017, dépassaient tout ce que Jodi et Megan avaient pu imaginer. Dans les semaines qui suivirent la publication du premier article, une marée de dénonciations submergea le *Times* et d'autres organes d'informations – témoignages alarmants, désordonnés et non vérifiés sur ce que des femmes avaient enduré aux États-Unis et ailleurs. Toute la profession se penchait désormais sur ces allégations.

L'équipe du *Times* consacrée au harcèlement sexuel fut renforcée et creusa les histoires de serveuses, de danseuses classiques, d'employées de maison, d'ouvrières d'usine, de salariées chez Google, de mannequins, de gardiennes de prison et beaucoup d'autres encore. Lorsque Jodi reçut un tuyau concernant l'humoriste Louis C.K., elle put avec l'aide de deux collègues retracer les récits accablants de cinq femmes[1]. Il perdit la distribution de son film qui était sur le point de sortir en salles, le soutien de sa chaîne de télévision, de son agence, de son manager et de son attaché de presse. L'ensemble du processus semblait concentré et accéléré : C.K. passa des sommets de la gloire à la dégringolade en moins d'un mois.

Durant l'automne, des femmes de tous les horizons postèrent des témoignages #MeToo sur les réseaux sociaux, sortant de l'ombre de leur plein gré en signe de solidarité – sans les mois de mise en confiance ou de persuasion qui avaient été nécessaires dans l'enquête sur Weinstein. Un soir, alors que Megan faisait une pause dans son travail pour absorber les déclarations présentes sur son propre fil d'actualité, elle pleura de voir tant de publications par des femmes qu'elle connaissait.

Le secret de ce changement résidait dans ces responsabilités auxquelles il n'était plus possible d'échapper : désormais convaincues que leurs témoignages feraient changer les choses, de plus en plus de femmes prenaient la parole. Le nombre de ces récits, et la douleur qui en émanait, révélait l'ampleur du phénomène et la façon dont il avait bouleversé des existences, détruit des carrières. Bon nombre d'entreprises et d'autres institutions enquêtèrent sur leurs propres dirigeants et les licencièrent. Ces conséquences – cette promesse : dire la vérité permettra d'agir – persuadèrent toujours plus de femmes de se confier.

Il y eut des révoltes dans des législatures d'États américains au sujet d'allégations qui avaient été depuis longtemps enterrées ; des nuées de manifestants dans les rues de Stockholm ; la démission du ministre britannique de la Défense ; la chute instantanée d'hommes dont le pouvoir avait semblé immuable, comme les animateurs de télévision Charlie Rose et Matt Lauer, et le célèbre chef Mario Batali ; un consensus grandissant sur le fait que toutes sortes de pratiques autrefois tolérées étaient désormais condamnables : les avances sexuelles de la part d'un patron, les politiques d'arbitrage obligatoire dans les entreprises qui dissimulaient le harcèlement et ses abus, mais aussi des comportements plus anodins, comme tirer sur le soutien-gorge des filles dans les couloirs du collège et rire au cinéma lorsqu'un héros conquérant profitait d'une femme à l'écran. Tant de choses étaient soudain remises en question. Cette purge, et le sentiment que les normes sociales connaissaient un bouleversement rapide, semblait être le signe que le progrès restait possible, même à une époque de fracture politique et de conflits incessants.

Durant les premiers mois, l'effet Weinstein transcendait le bord politique : des républicains avaient chu, tout comme des démocrates. Les délits étaient universels et poussaient beaucoup de gens à faire leur autocritique. C'était un souffle d'air frais, mettant un terme au déprimant paradigme qui avait dominé les conversations publiques autour des allégations portées à l'encontre de Clarence Thomas, Bill Clinton et Donald Trump, qui se caractérisaient par un clivage de l'opinion le long des lignes de parti et résultaient en ce qui ressemblait plus à une guerre sainte qu'à une véritable responsabilisation morale.

Cependant, de manière assez inattendue, les conversations revenaient aussi sur la façon dont le président Trump traitait les femmes. Les lecteurs du *Times* demandaient à Megan si lui aussi ne devrait pas également rendre des comptes au sujet des accusations d'abus sexuels portées contre lui en 2016, et si d'autres femmes sortiraient de l'ombre pour y ajouter leur voix. Il n'y avait guère de preuves en ce sens. À la place, Megan suivait discrètement une autre piste d'enquête qui impliquait notamment qu'elle assiste à une cérémonie de remise de prix dans l'industrie du porno, à Los Angeles, sur les traces d'une femme qui s'appelait Stormy Daniels[2]. Megan comptait parmi les journalistes qui essayaient de reconstituer un accord secret selon lequel Trump aurait versé à Daniels des compensations financières durant la course présidentielle afin d'éviter qu'elle ne divulgue une supposée liaison avec lui. Megan était stupéfaite de voir à quel point ces obscurs instruments légaux étaient maintenant au cœur de toutes les conversations ; dans le cas de Trump, cela pourrait impliquer une violation des lois sur le financement des campagnes. La Californie comptait parmi les États qui se préparaient à voter une loi visant à lever le secret sur les compensations financières versées en cas de harcèlement sexuel.

D'autres aspects des affaires Trump et Weinstein convergeaient : il devenait clair que les deux hommes avaient utilisé American Media Inc., société mère du *National Enquirer*, pour aider à jeter le voile sur des histoires préjudiciables impliquant des femmes. En 2016, American Media Inc. avait acheté, puis enterré un autre récit sur une potentielle affaire Trump[3]. Vers la même époque, l'un des cadres de la société avait ordonné à un journaliste de salir certaines des accusatrices de Weinstein.

Tant de choses faisaient surface si soudainement, et tant de gens s'interrogeaient : « Que s'est-il vraiment passé ? Qu'est-ce que l'on nous cache ? Qui est responsable ? »

Sept mois après la parution de leur premier article sur les écarts de conduite présumés de Weinstein, Jodi et Megan se trouvaient dans un tribunal de Manhattan. Elles attendaient Weinstein qui avait passé la matinée à quelques blocs de là dans un commissariat où il se faisait ficher, relever les empreintes et tirer le portrait.

Le producteur avait déjà perdu son emploi et sa réputation. Mais ce jour-là, il allait devoir rendre des comptes pour de bon. Il était assis dans le rang des accusés, aux côtés d'autres cas de justice ordinaire. À l'extérieur du tribunal attendaient de longues rangées de photographes qui n'étaient pas sans rappeler les tapis rouges qu'il avait si longtemps arpentés.

Sortant d'une cellule de détention, Weinstein entra, humilié, dans la salle du tribunal. Ses mains étaient attachées dans son dos par trois jeux de menottes à cause de sa corpulence et il était encadré par deux détectives, dont une femme. Le juge appela l'affaire qui avait été inscrite à l'ordre du jour et la procureure énonça à voix haute les charges qui pesaient contre lui : « Votre honneur, l'accusé se présente devant la cour accusé de deux actes délictueux graves avec violence, des suites de deux agressions distinctes avec usage de la force. » En à peine quelques minutes, Weinstein fut accusé d'avoir commis un viol sur une femme et d'en avoir forcé une autre à pratiquer des rapports sexuels oraux lors d'un acte sexuel non consenti. Il se vit interdire de quitter le territoire et dut remettre son passeport, avant de s'acquitter d'une caution d'un million de dollars.

Nul ne pouvait prédire l'issue du procès. Weinstein ne pouvait pas être jugé pour harcèlement sexuel. C'était un délit civil, et même si plusieurs femmes avaient porté plainte contre lui, leur traitement futur n'était pas encore clair. Certaines des allégations criminelles les plus graves portées à l'encontre du producteur ne furent pas exposées ce jour-là et ne seraient jamais jugées devant un tribunal parce qu'elles avaient dépassé le délai de prescription en vigueur à New York. D'autres victimes présumées refusaient encore de coopérer avec les autorités, cherchant à se protéger ou restant pessimistes quant à la probabilité d'une condamnation. Jodi et Megan n'avaient pas vérifié les dires des deux femmes qui étaient à l'origine des accusations du jour ; celles-ci comptaient parmi les douzaines qui avaient osé prendre la parole après la révélation de l'affaire, et le nom de l'une d'elles n'avait pas encore été rendu public. (Par la suite, les procureurs abandonnèrent un ensemble d'accusations émanant de l'une de ces accusatrices, puis ajoutèrent un autre ensemble se rapportant à une troisième victime présumée.) Les crimes sexuels étaient, on le savait, difficiles à juger, et l'avocat de Weinstein promettait de ne rien laisser passer.

Mais après une cinquantaine d'années de délits présumés, Weinstein était enfin présenté devant les juges. « Il subit maintenant tout ce qu'il a fait subir aux autres », déclara Cynthia Burr, qui avait accusé Weinstein de rapports sexuels oraux forcés dans les années 1970[4]. « Humiliation, dévalorisation, peur, faiblesse, solitude, pertes, souffrance et embarras. Et ce n'est qu'un début pour lui. »

À la fin de sa journée au tribunal, Weinstein se vit poser un encombrant bracelet électronique à la cheville pour qu'on puisse surveiller ses déplacements. Il protesta, refusant l'inévitable, avant d'abandonner la lutte : avait-il le choix ? À sa sortie du tribunal, Weinstein paraissait hébété, comme s'il digérait encore ce qui s'était passé.

Tandis que le printemps cédait la place à l'été, Jodi et Megan commencèrent à se pencher sur de nouvelles questions : qu'est-ce qui changeait vraiment ? Était-ce suffisant ou encore loin du compte ?

Les règles anciennes qui régissaient les relations entre sexe et pouvoir avaient été partiellement balayées, mais nul ne savait encore très bien ce qui allait ou devrait les remplacer. Il n'y avait guère de consensus, et des débats vindicatifs faisaient rage : quels comportements fallait-il disséquer ? Comment savoir qui croire, quels comptes fallait-il rendre ? Des années plus tôt, Tarana Burke avait lancé le mouvement #MeToo pour promouvoir l'empathie et la guérison des victimes de violence sexuelle. Mais aujourd'hui, cette étiquette était utilisée comme fourre-tout pour un vaste éventail de plaintes, allant de l'agression verbale aux rendez-vous désagréables, beaucoup se caractérisant par une absence de clarté quant au respect ou non de la loi. Plus tôt dans l'année, *babe.net*, un magazine en ligne, avait publié un article accusant le comédien Aziz Ansari de s'être comporté de façon inappropriée dans une situation intime. Mais il était difficile de dire si son comportement était juste maladroit et trop insistant, ou pire.

Cette histoire était entièrement basée sur un unique incident rapporté par une accusatrice anonyme, ce qui mettait en lumière un autre dilemme : même si de nombreux médias continuaient à publier des exposés basés sur des enquêtes approfondies et des preuves officielles, d'autres publiaient des histoires qui étaient fondées sur une seule source ou sur des accusateurs qui ne révélaient pas leur identité, avec des critères nettement inférieurs. Une fois publiées, certaines de ces histoires déclenchaient d'autres allégations et davantage de preuves. Mais d'autres articles paraissaient bien maigres et peu impartiaux, ce qui soulevait des questions d'équité pour ceux qui faisaient face à ces accusations. C'était aussi le cas des allégations portées sur les réseaux sociaux, sans aucune vérification ni réponse des accusés.

« Croyez les femmes » était devenu l'un des mots d'ordre du moment. Jodi et Megan partageaient l'esprit de cet impératif : elles avaient consacré leur carrière à publier les histoires des femmes. Mais les journalistes avaient l'obligation d'examiner, vérifier, contrôler et remettre en cause leurs informations. (Un ancien rédacteur de Megan avait accroché une pancarte dans son bureau sur laquelle il était écrit : « Si votre mère vous dit qu'elle vous aime, vérifiez ses dires ».) L'article sur Weinstein avait pu exercer un tel effet entre autres parce qu'il avait atteint quelque chose qui, en 2018, était rare et précieux : un consensus général sur les faits.

C'était facile d'insister sur la nécessité de rendre des comptes. Toutefois, dans certains cas, la responsabilité était bien plus difficile à attribuer. Les démocrates étaient divisés sur l'affaire du sénateur Al Franken, du Minnesota, qui avait démissionné en janvier suite à divers incidents qui remontaient pour la plupart à une période antérieure à sa prise de fonction[5]. Certaines des allégations impliquaient des baisers forcés, mais d'autres ressemblaient à des gestes qui s'expliquaient par son passé d'humoriste. Beaucoup d'entreprises, soucieuses d'appliquer les leçons tirées de l'absence de réaction de la Weinstein Company, commencèrent à se vanter d'appliquer une politique de tolérance zéro. Mais envers quoi ? Une main malvenue posée sur le dos ? Un unique commentaire lors d'une soirée arrosée ? De plus en plus de critiques se plaignaient que les hommes étaient en train de devenir les victimes de l'affaire.

Même l'avocat de Weinstein à l'époque, Benjamin Brafman, s'était saisi de la critique. En juin, un mois après la mise en accusation de Weinstein, Brafman avait donné une interview à la radio dans laquelle il donnait voix aux griefs montants[6]. Il déclarait que les accusations à l'encontre de Weinstein illustraient encore une fois à quel point le mouvement #MeToo se transformait en chasse aux sorcières et engendrait une crise de panique morale. À cause de femmes lançant des accusations exagérées, le mouvement était « tellement excessif » qu'il avait perdu « une partie de sa crédibilité », devenant si extrême que des collègues de bureau craignaient maintenant de « complimenter la tenue d'une séduisante collègue ». Au lieu de faire face aux plaintes très fortes à l'encontre de Weinstein, l'avocat semblait se servir des plaintes les plus faibles de #MeToo pour semer le doute.

Tandis que les répercussions gagnaient en ampleur, certains regrettaient que les changements n'aillent pas assez loin. Les attitudes sociales évoluaient et des gros titres accusateurs faisaient la une quotidiennement. Mais, fondamentalement, presque rien n'avait changé. La législation sur le harcèlement sexuel n'était appliquée que sporadiquement et, dans l'ensemble, dépassée ; hormis quelques révisions dans certains États, il était peu probable qu'elle change dans un futur proche. Des compensations financières étaient toujours versées en secret – de fait, certains avocats affirmèrent que leurs montants n'avaient jamais été aussi élevés –, ce qui permettait aux prédateurs de rester cachés. L'origine ethnique et la catégorie sociale exerçaient aussi une influence démesurée sur la façon dont les affaires étaient traitées.

Jodi évoqua des employées à faibles revenus dont les expériences indiquaient que, structurellement, les choses n'avaient guère changé. La plupart des employeurs qu'elle contacta, de Walmart à Subway, déclarèrent que leurs politiques établies de très longue date convenaient parfaitement. Un grand nombre des employées à qui elle parla étaient intarissables et furieuses : elles avaient vu les actrices prendre la parole et se reconnaissaient dans ce qu'avaient vécu ces célébrités, pourtant très éloignées d'elles. Toutefois, elles ne savaient pas bien si elles étaient en mesure de faire face au problème.

Kim Lawson, vingt-cinq ans, employée chez McDonald's, à Kansas City, dans le Missouri, raconta à Jodi qu'elle avait été harcelée en deux occasions : la première, en 2015, dans le studio délabré qu'elle partageait avec sa fille[7]. Son propriétaire lui avait fait des avances à plusieurs reprises et, comme elle les repoussait, avait augmenté le loyer quatre fois, jusqu'à ce qu'elle n'ait plus les moyens de payer. Privée de son logement, Lawson avait à contrecœur décidé d'envoyer son bébé, Faith, vivre chez sa mère, qui habitait à quatre heures de route de là.

Quelques mois avant de perdre son logement, elle avait réussi à décrocher un nouvel emploi chez McDonald's. Peu de temps après avoir commencé à travailler, elle s'était retrouvée confrontée à un traitement prédateur similaire : un collègue la serrait de trop près, de sorte que chaque fois qu'elle se tournait, elle ne pouvait éviter de se frotter à lui. Elle avait demandé au manager de le sermonner, mais cela ne l'empêchait pas de continuer. Bientôt, l'un des chefs d'équipe commença aussi à lui tourner autour, en faisant des commentaires du type : « Tu es une goutte de chocolat » et « Tu devrais quitter ton petit ami ». Elle s'était retrouvée démunie face à son propriétaire, et au moment de sa discussion avec Jodi, elle ne savait pas non plus comment elle pouvait résoudre les problèmes qu'elle rencontrait au travail. D'après ce qu'elle savait, il n'y avait pas de politique en matière de harcèlement sexuel chez McDonald's. (Il y en avait une, mais les cadres admirent par la suite que peu d'employés la connaissaient.) Elle ne savait pas comment contacter le personnel du siège pour obtenir de l'aide et elle craignait que cela n'engendre des représailles.

« Je ne sais pas à qui m'adresser », dit Lawson à Jodi. « Je ne connais personne à qui je pourrais en parler. »

Jodi et Megan entendaient ce type de questions – qui dois-je contacter ? quelle est la procédure à suivre ? – de la part de nombreuses femmes de tous les horizons. Les numéros de téléphone portable et les adresses électroniques des journalistes avaient circulé et, tous les jours, elles étaient contactées par des victimes de harcèlement, d'abus, qui souffraient en silence. Lors de conversations téléphoniques difficilement supportables, des femmes imploraient Jodi et Megan d'enquêter sur leur cas, certaines que si elles écrivaient un article, cela rétablirait une sorte de justice.

Mais il y avait trop de victimes présumées de Weinstein, et beaucoup d'autres coupables, pour pouvoir écrire sur chacune d'elles. Les journalistes ne savaient pas comment expliquer que le journal était submergé par les témoignages d'abus, que tout ne pouvait pas être raconté et que même les publications les plus puissantes du pays ne pouvaient pas supporter tout le poids de cette avalanche. Les journalistes étaient intervenus lorsque le système avait échoué, mais ce n'était pas une solution durable.

D'une certaine façon, ceux qui pensaient que #MeToo n'était pas allé suffisamment loin et ceux qui protestaient du contraire avaient des arguments en commun : il leur manquait des procédures ou des règles suffisamment claires. Le public n'était pas entièrement d'accord sur le sens exact de mots comme harcèlement ou agression, et encore moins sur la façon dont les entreprises ou les écoles devaient enquêter ou les sanctionner. Tout le monde, des comités de direction aux amis dans des bars, semblait avoir du mal à définir ses propres règles, ce qui donnait lieu à des conversations passionnantes, mais aussi à un chaos généralisé. Nul ne savait comment le pays se mettrait d'accord sur de nouvelles normes ou interromprait le raz-de-marée de plaintes qui ne cessait de grossir.

À la place, le sentiment d'inéquité continuait à grandir dans les deux camps.

Un samedi après-midi, au début du mois d'août, Jodi reçut un texto pressant. L'avocate Debra Katz, spécialiste du harcèlement sexuel, des litiges sur le lieu de travail et des lanceurs d'alertes, voulait lui parler sur-le-champ. Non, ça ne pouvait pas attendre une heure[8].

Dans le cadre de leur relation journaliste-source, Jodi s'était déjà adressée à Katz pour bénéficier de son expertise légale, en la citant dans ses articles, et elles avaient discuté d'Irwin Reiter, qui était depuis devenu l'un de ses clients. Cette fois, lorsque Jodi composa son numéro, Katz décrocha en employant un ton qui voulait dire « c'est compliqué ». Elle voulait lui parler d'une nouvelle cliente dont l'histoire pourrait potentiellement faire grand bruit. Mais rien n'était encore officiel, dit-elle.

Quelques jours plus tôt, elle avait commencé à représenter une femme qui affirmait avoir été agressée par le juge Brett Kavanaugh, candidat de Trump à la Cour suprême. À l'époque, le juge et l'accusatrice étaient lycéens dans une banlieue du Maryland. Selon la cliente de Katz, Kavanaugh, qui était saoul, l'avait poussée dans une chambre pendant une soirée avec l'aide d'un ami. Il avait verrouillé la porte, l'avait immobilisée et s'était frotté contre elle. Il l'avait bâillonnée pour l'empêcher de crier. Elle avait réussi à s'enfuir, mais cet incident continuait à la hanter et à l'angoisser, d'après l'avocate.

L'agression présumée était insuffisamment corroborée, dit Katz. À l'époque, cette femme n'en avait parlé à personne. Ces dernières années, elle en avait discuté avec son mari et quelques amis – lesquels ? Cela restait à voir. Elle s'était aussi confiée à des thérapeutes. Certains détails s'étaient estompés : elle ne savait notamment plus précisément quand cela s'était produit. Katz l'avait déjà fait passer au détecteur de mensonges, et elle semblait se préparer mentalement à raconter son histoire plus largement.

Jodi n'avait jamais entendu l'avocate aussi inquiète. Elle décrivait sa cliente comme une scientifique prudente et méticuleuse, qui n'avait aucune raison d'inventer cette histoire. Mais, poursuivait-elle, cette femme n'était pas armée pour affronter l'opinion publique. Elle voulait sincèrement faire connaître son histoire, sans paraître comprendre à quel point sa famille et sa vie en souffriraient. Quelques semaines avant de s'entretenir avec Katz, la femme avait envoyé depuis sa propre adresse électronique une lettre à un élu pour lui raconter son histoire. Ce document pouvait facilement fuiter, dit Katz. Si cela se produisait, l'avocate ne savait pas comment le pays réagirait.

Katz téléphonait pour deux raisons. Elle voulait indiquer au *Times* qu'il y avait peut-être quelque chose à creuser sur le traitement infligé aux femmes par Kavanaugh : pouvait-on y discerner un motif récurrent ?

Et elle voulait discuter de la possibilité que sa cliente raconte son histoire à Jodi et Megan dans le *Times*, pour devancer une éventuelle fuite. Sa cliente avait envoyé un tuyau au *Washington Post* et y avait parlé à un journaliste, mais elle ne savait pas bien si le *Post* allait poursuivre l'enquête.

Jodi suggéra que la première étape serait qu'elle parle à la cliente, officieusement, pour entendre son histoire de première main. Katz était d'accord et l'avertit : n'essayez pas de retrouver l'identité de cette femme ou de vous présenter chez elle. Elle a peur, et une visite inopinée se retournerait contre vous.

Dès que Jodi raccrocha, elle envoya un texto à Corbett et Megan : « Je dois vous parler ASAP. Kavanaugh, agression. »

À partir de cette toute première ébauche anonyme, le scénario que Katz avait décrit reprenait l'une des problématiques les plus complexes et irrésolues de la conversation #MeToo : le dilemme posé par la façon de gérer un incident douloureux appartenant au passé. La difficulté d'offrir un traitement équitable, permettant aux accusateurs de se plaindre et aux accusés de répondre. Les débats sur la prise de responsabilité : à supposer que l'histoire de cette femme soit vraie, fallait-il juger un candidat à l'aune d'un méfait commis au lycée ?

Si un romancier avait voulu échafauder un scénario pour capturer le tourbillon de sentiments à vif suscité par le phénomène #MeToo, il lui aurait été difficile d'en écrire un plus explosif. Le manque de preuves datant de l'époque de l'agression présumée signifiait que les faits seraient probablement controversés. Si la cliente de Katz rendait ses allégations publiques, certaines personnes verraient l'incident comme une grave agression, voire un acte criminel, tandis que d'autres diraient que ce n'était qu'une bêtise liée à un excès d'alcool. Au moment des faits présumés, Kavanaugh était un adolescent dans une soirée privée. L'affaire était donc très différente des plaintes pour harcèlement sur le lieu de travail qui étaient au cœur de l'affaire Weinstein. Toutefois, cette femme dénonçait un comportement qui pouvait être lourd de conséquences puisque l'homme était pressenti pour l'un des postes les plus influents du pays, dans le cadre duquel il participerait à d'importantes décisions touchant notamment la vie de nombreuses femmes et filles.

Si cette allégation était rendue publique, cela pourrait être un retour aux remous causés par le témoignage d'Anita Hill, en 1991, au moment de la nomination de Clarence Thomas. Tout cela se jouerait dans le Washington de Trump, au moment du départ à la retraite d'un juge au vote décisif, à une époque où les démocrates rageaient contre les républicains qui avaient refusé le dernier choix du président Obama pour la Cour suprême par le biais d'une procédure de nomination déjà très politisée avant même l'élection de Trump. En tant que juge à la Cour suprême, Kavanaugh pourrait légiférer sur l'avortement, sans doute la question la plus clivante dans un pays déjà très divisé. Comme les élections de mi-mandat approchaient, les dénonciations faites par cette femme pourraient être lourdes de conséquences politiques.

Corbett partagea discrètement le tuyau avec d'autres rédacteurs du journal. Des journalistes avaient déjà enquêté sur les interactions de Kavanaugh avec les femmes, mais elle demanda à quelques-uns d'entre eux de creuser davantage et de se préparer à l'éventualité qu'une accusation surgisse à tout moment.

Elle s'appelait Christine Blasey Ford[9]. Au début de l'été 2018, c'était une scientifique réputée, un esprit indépendant et la mère de deux garçons. Elle n'avait pas suivi de très près les débats engendrés par #MeToo. Elle s'attendait à ce que les deux prochains mois de sa vie soient marqués par la controverse à cause d'un article que ses collègues et elle étaient sur le point de publier sur les effets antidépresseurs de la kétamine.

Elle avait toujours rejeté l'univers de Washington. Elle avait grandi dans la même banlieue huppée que Kavanaugh. Mais, alors qu'elle était âgée d'une vingtaine d'années, elle avait fui ce monde pour la Californie où elle s'était plongée dans l'étude du fonctionnement du cerveau. À cinquante et un ans, elle était professeure de psychologie et biostatisticienne dans un consortium composé de professeurs de Palo Alto et Stanford. Twitter était un terrain inconnu pour elle. C'était une démocrate qui avait fait quelques dons pour financer des campagnes ici ou là, notamment pour Bernie Sanders, mais le côté frénétique de la politique américaine lui déplaisait. Comme ses semblables, elle écrivait ses articles dans un langage scientifique incompréhensible pour le commun des mortels. Son nom était apparu dans des études sur les traumatismes, la dépression et la résilience, mais ses souvenirs de l'agression qu'elle avait décrite n'avaient jamais occupé une place centrale dans sa vie.

Elle n'avait pas su grand-chose de ce qu'il était advenu de Kavanaugh jusqu'en 2012, lorsqu'elle avait lu par hasard sur Internet que George W. Bush avait assisté à son mariage. Pour la première fois, elle avait appris que Kavanaugh avait fait une carrière juridique fulgurante. Ce n'était pas le seul des anciens de son lycée à occuper un poste prestigieux. « C'est à ce moment-là que je me suis dit : "Je me demande s'il va être nommé à la Cour suprême" », racontera-t-elle par la suite dans une série d'entretiens.

Cette même année, son mari et elle avaient consulté un conseiller conjugal pour les aider à surmonter des problèmes de communication et notamment pour résoudre des disputes qui subsistaient après la redécoration de leur maison de Palo Alto quelques années plus tôt. Ford avait insisté pour qu'ils construisent une deuxième porte d'entrée, expliquant que sans cela, elle se sentait prise au piège, ce qui avait beaucoup agacé son mari. À la demande du thérapeute, Ford raconta pour la première fois à son mari qu'au lycée, elle avait été enfermée dans une chambre et immobilisée par un garçon qui l'avait agressée sexuellement pendant qu'un autre garçon regardait. C'était pour cette raison qu'elle avait besoin de plusieurs issues.

« Elle a dit qu'elle avait réussi à s'échapper avant d'être violée, mais que l'expérience avait été très traumatisante parce qu'elle avait eu le sentiment d'avoir perdu le contrôle et d'être dominée physiquement », écrira Russell Ford dans une déclaration sous serment[10]. « Je me souviens qu'elle a dit que le nom de son agresseur était Brett Kavanaugh, que c'était un avocat à succès qui avait grandi dans la ville natale de Christine et qu'il était bien connu à Washington. »

Grâce à cette thérapie, Ford avait davantage pris conscience des conséquences que l'incident avait eues sur elle, des crises d'angoisse que pouvaient susciter les espaces confinés et de sa tendance à fuir les conflits. Au fil des ans, elle avait raconté son histoire à d'autres thérapeutes, dont un spécialiste des symptômes de stress post-traumatique, ainsi qu'à quelques amis.

Au printemps 2016, avec son ami Keith Koegler, elle regardait leurs fils jouer ensemble, lorsqu'elle s'était tournée vers son ami pour lui parler d'une affaire qui l'indignait[11]. Brock Turner, un étudiant à Stanford qui avait été arrêté pour avoir agressé sexuellement une femme inconsciente sur le campus, venait d'être condamné à six mois de prison et trois années de sursis, ce que les critiques considéraient comme une erreur judiciaire. Ford avait dit à Koegler qu'elle avait été agressée dans son adolescence par un homme qui était devenu juge fédéral. « Parce que nous regardions les enfants en train de jouer et parce que son visage ne semblait pas exprimer le désir d'en dire plus, je ne lui ai pas posé de questions », dit Koegler dans une interview. « Je ne connaissais pas le contexte, je n'avais pas la moindre idée de qui il était. »

Cet automne-là, Ford avait été horrifiée par l'enregistrement d'*Access Hollywood* et les commentaires crus de Trump, mais elle n'avait pas suivi les histoires des femmes qui avaient émis des allégations à l'encontre du candidat présidentiel. Quelques mois plus tard, elle avait participé à la Marche des femmes de San José, où les femmes étaient coiffées de bonnets roses en signe de protestation contre les violences sexuelles, mais elle s'était sentie davantage concernée par une autre manifestation cette même année pour protester contre les coupes budgétaires fédérales dans la recherche scientifique. Ses amies et elle y portaient des bonnets gris, symbolisant la matière grise du cerveau. Après l'affaire Weinstein, elle avait écrit « #metoo » sur les réseaux sociaux et elle en était restée là.

Mais, en juin 2018, lorsque la liste de candidats de Trump à l'investiture à la Cour suprême circula et que le nom de Kavanaugh y figurait, elle envoya un courriel à son ami Koegler pour lui confier son malaise :

> Le favori pour la SCOTUS [Cour suprême des États-Unis] est le salaud qui m'a agressée au lycée. Il a mon âge, alors il restera à la Cour jusqu'à la fin de ma vie. 😩

Koegler répondit :

> Je me souviens que tu m'as parlé de lui, mais je ne me rappelle pas son nom. Ça t'embêterait de me le redire pour que je me renseigne sur lui ?

« Brett Kavanaugh », dit Ford.

Plus la fête nationale du 4 juillet approchait, plus la panique montait en elle. Le président Trump menait une campagne digne d'un *reality show* et il avait promis de faire une annonce d'ici le lundi 9 juillet.

Si Kavanaugh devait être nominé pour ce poste à vie, elle avait le sentiment d'avoir des informations importantes à communiquer. Mais elle voulait protéger sa vie privée et ne pas embarrasser sa famille dans l'Est en mettant des bâtons dans les roues d'un héros du pays. Leurs pères, incroyablement, étaient toujours membres du même petit club de golf privé. Elle ne voulait pas traîner publiquement Kavanaugh dans la boue. Elle voulait juste raconter sa version de ce qui s'était passé au lycée, et elle voulait le faire avant la nomination. Si elle intervenait assez tôt, peut-être les décideurs réfléchiraient-ils aux implications et choisiraient-ils un candidat qui n'avait pas un tel passé. Mais à qui pourrait-elle se confier discrètement ? Qui pourrait gérer l'information de façon fiable, mais efficace ?

Ford réalisait que ses perspectives étaient limitées, qu'elle ne savait pas si le comportement dont elle se souvenait était chez Kavanaugh un incident isolé ou s'il faisait partie d'un schéma de prédation. Était-ce une phase ou était-ce un trait de personnalité ?

Ford se demandait s'il était possible d'influencer une nomination à la Cour suprême dans des circonstances sans précédents. C'était une grande fan de surf, et elle avait rencontré son mari par le biais d'un site web qui avait identifié leur centre d'intérêt commun pour ce sport. Leur deuxième rendez-vous avait eu lieu sur l'eau, au large de la côte de San Mateo[12].

Un jour, un grand requin blanc était sorti de l'eau à côté d'elle. Elle avait eu si peur qu'elle n'en avait pas dormi pendant deux jours. Ford utilisait souvent des analogies avec le surf dans sa salle de classe. Les grandes plages et l'atmosphère de liberté de Santa Cruz lui manquaient ; elle s'y rendait souvent en été, car ce n'était qu'à une heure de route au sud de son domicile de Palo Alto.

Elle y retourna avec des amis pour s'asseoir sur le sable et admirer la vue sur l'océan Pacifique. Ils se baignèrent longuement, regardèrent leurs enfants s'entraîner dans le cadre du programme pour les Jeunes Sauveteurs de Californie, et discutèrent des options qui s'offraient à elle pour intervenir en toute discrétion. Elle ne contacta pas d'avocat par la suite. Elle se demandait si elle devait téléphoner personnellement à Kavanaugh pour lui dire de retirer sa candidature à la Cour afin d'éviter à sa famille l'humiliation qui découlerait de sa prise de parole. Ou bien devait-elle téléphoner à Mark Judge, l'autre homme qui était dans la pièce pendant l'agression, pour lui demander de faire passer le message ?

« J'étais dans tous mes états », se souvint-elle. « Que devais-je faire ? »

Elle n'en parlait pas beaucoup avec son mari. Il faisait des allers-retours quotidiens à Palo Alto pour travailler. Russell Ford était ingénieur et fabriquait des appareils médicaux. Il avait le même esprit scientifique que sa femme et les mêmes œillères. C'était aussi un optimiste par nature. À ce stade, dit-elle, ni lui ni elle n'imaginaient que la divulgation d'informations remontant à plusieurs décennies puisse avoir de durables conséquences pour leur famille.

Le vendredi 6 juillet, elle quitta la plage de Rio del Mar et, depuis sa voiture à l'arrêt, elle appela le bureau de sa représentante au Congrès, Anna Eshoo, qui était démocrate. Lorsqu'une jeune femme répondit, Ford bredouilla son message :

« Un homme dont le nom figure sur la liste des candidats à la Cour suprême m'a agressée sexuellement au lycée. J'ai besoin de parler à quelqu'un du bureau. C'est urgent ; Trump est sur le point de faire son choix. »

On la rappellerait dès que possible, lui dit-on.

Ford reprit son iPhone. Ne sachant pas trop à quel moment le bureau d'Eshoo la contacterait, elle allait passer par un autre biais. Elle cliqua sur le lien permettant de transmettre anonymement une information au *Washington Post* et se mit à écrire :

> 10:26
> Un candidat potentiel à la Cour suprême, aidé par son ami, m'a agressée, au milieu des années 1980, dans le Maryland. Je peux prouver en avoir discuté en thérapie. J'ai l'impression que je ne devrais pas garder cela pour moi, mais je ne veux pas faire subir trop de stress à ma famille à Washington et en Californie.

Une heure plus tard, elle clarifia ses propos :

> 11:47
> Brett Kavanaugh et Mark Judge avec un témoin nommé PJ

« Je pensais que mon téléphone se mettrait à sonner tout de suite », dira Ford plus tard. Mais elle ne reçut pas non plus de réponse rapide de la part du *Post.*

Le 9 juillet, trois jours plus tard, le président Trump annonça son nominé : Brett Kavanaugh, juge éminent, personnalité exemplaire, coach de l'équipe de basket de sa fille.

Dans un texto à ses amies, elle envoya un emoji triste et ajouta :

> Beurk
> Double beurk.

Étant une grande fan de football américain – elle participait à une *fantasy league* et s'était portée volontaire pour héberger un joueur de Stanford pendant les entraînements d'été –, Ford eut recours à une analogie avec le poste de *quarterback* pour expliquer ce qu'il s'était passé. Elle avait essayé de faire une passe à son représentant au Congrès et au *Washington Post,* mais ils n'avaient pas attrapé le ballon. La partie était terminée.

Le lendemain matin, le 10 juillet, Ford retourna sur la page des tuyaux du *Post* pour y écrire l'équivalent journalistique d'une menace : elle allait raconter son histoire à des sénateurs ou au *Times*[13]. À la fin de la matinée, elle était en ligne avec Emma Brown, journaliste du *Post* qui avait hâte d'entendre ce qu'elle avait à dire.

Ce même après-midi, son téléphone sonna de nouveau. Le directeur du cabinet d'Eshoo était au bout du fil. L'assistant avait appelé la veille pour demander : « S'agit-il de la personne qui a été choisie pour le poste ? » Ils convinrent d'un rendez-vous au bureau d'Eshoo, mercredi 18 juillet.

C'était à une semaine de là. En attendant, Ford lut des papiers flatteurs sur Kavanaugh qui soulignaient le soutien qu'il apportait aux femmes et aux filles. Le *Post* publia un article d'opinion écrit par une mère qui s'émerveillait de ses talents d'entraîneur pour la jeune équipe de basket féminine[14]. Une ancienne amie du lycée dit à Ford à quel point la communauté était fière de produire un autre juge à la Cour suprême. (Neil Gorsuch était aussi allé à Georgetown Prep, le lycée de Kavanaugh.) La balance ne penche pas en ma faveur, se dit Ford.

Elle survivrait s'il devait être nommé : « J'ai consciemment dédramatisé l'issue », dit-elle. Mais la perspective de voir Kavanaugh à la Cour suprême, tout en sachant qu'elle n'avait pas raconté ses souvenirs, lui paraissait intolérable : « Le plus douloureux, c'est de ne rien dire », ajouta-t-elle.

Elle entreprit donc de réunir des preuves et commença par se rendre au cabinet de son médecin dans la Silicon Valley où elle demanda une copie des notes prises durant les séances de thérapie pendant lesquelles elle s'était souvenue avoir été agressée, celles qu'elle avait mentionnées dans son tuyau au *Post*.

Entretemps, elle en disait le moins possible à ses fils. « Une personne que le président veut embaucher pour un rôle important m'a fait quelque chose de mal quand j'avais votre âge », dit-elle. « J'essaye de trouver un moyen de lui transmettre l'information, car il pourrait la juger utile. »

« Super », dit l'aîné, qui avait le même âge qu'elle au moment de l'agression présumée.

Le 18 juillet, elle rencontra Karen Chapman, directrice du cabinet d'Eshoo[15]. Ford fournit un récit détaillé de tout ce dont elle se souvenait et alla même jusqu'à lui dessiner un plan de la maison de banlieue où elle se remémorait avoir été prise au piège dans la chambre. Chapman prit des notes et lui exprima son soutien, mais Eshoo n'était pas là. Deux jours plus tard, Ford dut retourner à la permanence et recommencer son récit par le commencement.

Eshoo promit de reprendre contact avec elle et lui communiqua des instructions précises : tout cela devait rester confidentiel. Ford ne s'était confiée qu'à quelques personnes hormis son mari, notamment Emma Brown, la journaliste du *Post*, Keith Koegler, plusieurs amis, et deux de ses mentors au travail. « Vous ne pouvez en parler à personne », lui dit Eshoo. « Si cela se sait, ce sera parce que vous en avez parlé à d'autres gens. » Eshoo dit que les rumeurs se répandaient vite et que cela pourrait avoir des répercussions sur elle et sur la suite qu'elle comptait donner à l'affaire.

Ford, qui ne savait toujours pas où tout cela allait la mener, avait le sentiment que le rendez-vous lui avait permis d'avancer : elle avait transmis son message à une personne qui occupait un poste à responsabilité. « J'ai confiance en son cabinet », écrivit Ford à l'un de ses mentors, « et nous sommes cohérentes avec l'objectif de service public. » Suivant le conseil d'Eshoo, Ford ne répondit pas aux textos de la journaliste du *Post*.

Mais, durant cette période, Ford commença à recevoir des textos insistants avec des messages transmis par des inconnus. L'une de ses amies l'avait dit à quelqu'un qui l'avait dit à quelqu'un, et voilà que la rumeur de ses allégations circulait dans les cercles féministes de Palo Alto. Ces femmes, dont certaines étaient des universitaires de haut niveau, s'étaient rencontrées grâce à l'affaire Brock Turner et à la Marche des femmes, et les précédents mois de frénésie #MeToo avaient renforcé leurs convictions. Les activistes locales – Ford connaissait l'une d'elles, mais pas les autres – la poussaient maintenant à s'exprimer publiquement. « C'est un moment crucial dans l'histoire », insista l'une de ses amies dans un texto.

Ford les ignora, pour la plupart. Sans Kavanaugh, elle ne se serait pas intéressée au processus de nomination, dit-elle, et elle ne se souciait pas de l'impact que ses actes pourraient avoir sur le mouvement #MeToo.

Mais ces messages étaient des signes avant-coureurs : cette situation allait susciter des réactions fortes, elle pourrait perdre le contrôle de sa propre histoire, d'autres personnes ayant d'autres motivations pourraient ne tenir aucun compte de ses vœux. En laissant les messages sans réponse, elle passait à côté d'indices cruciaux.

Durant la dernière semaine de juillet, Ford dut se rendre dans la région de Washington. Sa grand-mère, qui avait fait une attaque, était mourante. Ford détestait prendre l'avion, mais ses fils et elle firent le voyage et séjournèrent dans la maison de vacances de ses parents, à Rehoboth Beach, dans le Delaware, durant une dizaine de jours chauds et humides.

Ses parents ignoraient tout de son secret – elle ne leur en avait jamais rien dit – et elle ne voulait pas leur causer de souci, surtout maintenant qu'ils s'occupaient de sa grand-mère. Lorsque le cabinet d'Eshoo téléphona, elle sortit de la maison pour répondre en privé. L'assistante lui demanda d'écrire un courrier détaillant ce qu'il s'était passé avec Kavanaugh à l'intention du comité judiciaire du Sénat des États-Unis qui tenait des audiences pour les candidats à la Cour suprême. Elle n'eut aucun mal à écrire la lettre puisqu'elle avait maintenant l'habitude de raconter son histoire. Mais elle se demandait à qui l'envoyer. L'assistante lui dit d'adresser le courrier à la sénatrice Dianne Feinstein, la démocrate la plus haut placée du comité, ainsi qu'au sénateur Charles Grassley, son équivalent républicain. Ford s'inquiétait que cela n'augmente les risques que son nom et son histoire soient rendus publics. Par conséquent, elle adressa uniquement la lettre à Feinstein qui, se dit-elle, devait être soumise au secret professionnel, d'après ce que le cabinet d'Eshoo avait dit.

> 30 juillet 2018
> CONFIDENTIEL
> SÉNATRICE DIANNE FEINSTEIN
> Chère sénatrice Feinstein,
> Je vous écris pour vous transmettre des informations se rapportant à l'évaluation de l'actuel candidat à la Cour suprême. Étant l'une de vos administrées, je pars du principe que vous garderez ces renseignements confidentiels jusqu'à ce que nous ayons la possibilité d'en discuter plus amplement.
> Brett Kavanaugh m'a agressée physiquement et sexuellement lorsque nous étions au lycée, au

début des années 1980, et ceci avec l'assistance de son meilleur ami, Mark G. Judge. Ils avaient tous les deux un ou deux ans de plus que moi et étaient scolarisés à l'école privée locale. L'agression eut lieu dans une maison de banlieue du Maryland, lors d'une soirée à laquelle je me trouvais avec quatre autres personnes. Je me rendais aux toilettes, qui se trouvaient en haut de l'escalier du salon, lorsque Kavanaugh me poussa dans une chambre. Ils verrouillèrent la porte et mirent de la musique avec le volume poussé au maximum pour m'empêcher d'appeler à l'aide. Kavanaugh était allongé sur moi tout en riant avec Judge, qui sautait parfois sur Kavanaugh. Dans un état de forte ébriété, ils riaient tous les deux pendant que Kavanaugh essayait de me déshabiller. Kavanaugh avait posé sa main sur ma bouche et j'avais peur qu'il ne me tue involontairement. Depuis l'autre bout de la pièce, Judge lançait des injonctions confuses à Kavanaugh, allant de « Vas-y ! » à « Arrête ! » À un moment donné, lorsque Judge sauta sur le lit, je me sentis écrasée sous leur poids. La pile que nous formions s'effondra sur le côté et les deux garçons se mirent à se battre. J'avais déjà tenté plusieurs fois de m'enfuir et je parvins à profiter de cette occasion pour me lever et courir vers les toilettes du couloir. Je verrouillai la porte derrière moi. Ils descendirent les escaliers d'un pas bruyant et d'autres personnes présentes se mirent à leur parler. Je sortis des toilettes, quittai la maison en courant et rentrai chez moi.
À ma connaissance, je n'ai pas revu Kavanaugh depuis l'agression. J'ai en revanche croisé

Mark Judge une fois au Safeway de Potomac et il semblait extrêmement mal à l'aise en me voyant. J'ai reçu un traitement médical après l'agression. Le 6 juillet, je me suis adressée à la délégation locale du gouvernement pour lui demander conseil concernant la divulgation de cette information. Il est très perturbant de discuter d'une agression sexuelle et de ses répercussions, mais en tant que citoyenne, je me sentirais coupable de ne rien dire. Je me tiens à votre disposition pour en discuter plus amplement si vous le souhaitez. Je suis actuellement en vacances sur la côte Atlantique, jusqu'au 7 août, et je serai en Californie à partir du 10 août.
Avec toute ma confiance,
Christine Blasey
PALO ALTO, CALIFORNIE

« Bien reçu ! » répondit l'assistante. « Nous lui remettrons la lettre en mains propres aujourd'hui.[16] »

L'assistante ne tarda pas à appeler Ford, lui décrivant comment un autre membre de l'équipe d'Eshoo, à Washington, était en train de remettre une copie de la lettre au cabinet de la sénatrice Feinstein. « Ça y est, il lui tend le courrier », narra-t-elle comme s'il s'agissait des codes nucléaires du pays.

Puis ce fut la sénatrice Feinstein qui l'appela en personne. L'élue de quatre-vingt-cinq ans semblait un peu dure d'oreille. Elle hurlait des questions à propos de la nature exacte de l'incident et Ford lui hurlait ses réponses pour s'assurer que la sénatrice comprenait bien ce qu'elle disait. Feinstein dit qu'elle respecterait le caractère confidentiel de la lettre et promit de recontacter Ford.

En raccrochant, Ford se mit à mesurer le pouvoir que sa lettre pouvait avoir sous le dôme du Capitole, une prise de conscience qui lui avait échappé sur les plages de Californie. Cela faisait des semaines que les confidents de Ford lui conseillaient de prendre un avocat pour protéger et maîtriser son histoire, mais elle avait résisté. Son mari et elle faisaient des économies pour se payer un appartement à Hawaii où ils pourraient faire du surf et prendre leur retraite, et ils ne voulaient pas puiser dans cet argent, dit-elle. Elle se rendait maintenant compte qu'elle ne pourrait pas se passer de représentation légale.

Les premiers cabinets de Washington qu'elle contacta ne voulurent pas de l'affaire, mais elle trouva un avocat, Lawrence Robbins, qui avait plaidé de nombreuses affaires à la Cour suprême et l'écouta attentivement. « Elle ne tentait pas de minimiser ses trous de mémoire », dit Robbins[17]. « Elle était extrêmement claire au sujet des détails dont elle se souvenait. Elle pouvait fournir des corroborations, sans doute pas irréfutables, mais suffisantes pour que je me dise que je devais les prendre au sérieux. Je sentais qu'elle était crédible et méritait que l'on se batte pour elle. » Mais il ne pouvait pas la représenter publiquement : ses associés craignaient de nuire à leurs affaires en appel s'ils donnaient l'impression que le cabinet avait tenté de s'opposer à un juge de la Cour suprême. Par conséquent, il ne pourrait lui prodiguer d'aide qu'en coulisses.

Le lundi 6 août, juste après le décès de sa grand-mère et juste avant la date à laquelle elle devait quitter Washington, Ford put s'entretenir avec deux nouveaux avocats, cette fois-ci en face à face. Le bureau de la sénatrice Feinstein avait désigné deux associées, Debra Katz et Lisa Banks, affirmant qu'elles travaillaient sur ce type d'allégations. En parcourant leur site web, Ford avait noté qu'elles avaient déjà œuvré en tant que lanceuses d'alertes. Mais l'argument décisif avait été leur disponibilité immédiate. Ford leur dit qu'elle pouvait les rencontrer brièvement dans un hôtel près de l'aéroport de Baltimore.

Katz et Banks avaient rapidement accepté, même si elles ne savaient pas bien à quoi s'attendre. Quelques jours plus tôt, le cabinet de Feinstein les avait contactées pour leur poser des questions d'ordre général – comment confirmer une très ancienne allégation d'agression sexuelle ? – avant de leur transmettre les grandes lignes du récit de Ford sans la nommer. Ford, pour sa part, n'était pas sûre de ce qu'elle devait penser des deux avocates ou de toutes leurs questions très précises et personnelles à propos de son histoire et de son passé.

Elle n'avait pas saisi qu'elle avait affaire à deux des meilleures avocates du pays, spécialisées en discrimination sexuelle. Debra Katz – Debbie pour presque tout le monde – était l'opposée de Ford sur le plan du tempérament : c'était une activiste prompte à prendre les choses en main, qui évoluait comme un poisson dans l'eau à Washington et dans le monde des luttes féministes. Katz réfléchissait en termes de droits civils et considérait le législatif comme un vecteur de progrès. Elle avait débuté sa carrière en tant que membre de l'équipe de juristes qui avait élaboré la stratégie à adopter lors de la toute première affaire de harcèlement sexuel jugée par la Cour suprême, opposant Meritor Savings Bank à Vinson, concernant une employée de banque qui affirmait que le directeur l'avait agressée à plusieurs reprises et avait menacé de la licencier si elle ne cédait pas à ses avances. En 1986, la Cour suprême avait émis son jugement en faveur de Vinson, à neuf voix contre zéro, établissant un précédent : le harcèlement sexuel comme forme de discrimination.

Trois décennies plus tard, Katz était toujours une gauchiste convaincue et disposait d'une armoire pleine de tailleurs qu'elle portait pour défendre les employées qui se sentaient lésées. Son associée et meilleure amie, Lisa Banks, était plus tempérée. Son regard impassible pourrait leur être utile contre leurs adversaires[18]. Elle avait une persévérance qui remontait à son enfance quand, à l'âge de sept ans, quelqu'un avait brisé ses rêves en l'informant qu'elle ne pourrait jamais jouer pour les Boston Red Sox puisqu'elle était une fille.

Leur cabinet, situé au-dessus de Dupont Circle, était décoré de mobilier raffiné, de plantes en pot – et d'une peinture représentant Rose McGowan brandissant la tête coupée d'Harvey Weinstein, qui avait été réalisée par un ami du fils de Katz. Lorsque les avocates rencontrèrent Ford à Baltimore, cela faisait des mois qu'elles étaient en surchauffe, car elles tentaient de profiter au maximum de ce qu'elles voyaient comme une rare occasion d'agir post-Weinstein. La majeure partie de leur carrière n'avait vu que peu de progrès en matière de harcèlement et d'abus, les mêmes types d'affaires faisant régulièrement surface. Elles avaient souvent décroché des victoires en défendant des clientes individuelles, parfois de très grandes victoires, généralement sous forme de compensations financières secrètes, qu'elles considéraient comme des outils imparfaits, mais nécessaires.

Mais l'affaire Weinstein les avait galvanisées, dirent-elles plus tard, car les plaintes de leurs clientes étaient soudain prises beaucoup plus au sérieux. Durant les dix mois suivant la publication de l'article sur Weinstein, Katz avait représenté des employées du Capitole dont les plaintes pour harcèlement avaient déclenché la démission d'un membre de la Chambre des représentants et d'un employé haut placé au Congrès. Après que Banks et elle eurent intenté un procès contre un célèbre chef cuisinier de la région de Washington, les partenaires de ce dernier l'avaient abandonné et son empire s'était écroulé. Elles avaient rencontré des représentants du Congrès et d'assemblées législatives d'État, insistant pour que soient votées de nouvelles lois pour mieux protéger les victimes de harcèlement sexuel. Tout l'été, Katz et Banks s'étaient senties exaltées, mais inquiètes : ce moment était si précieux ; il était grand temps que les choses changent. Elles voulaient le plus de progrès possible, aussi vite que possible, avant que les répercussions ne gagnent en ampleur.

Après quelques heures avec Ford, les avocates sortirent de la salle de réunion avec le vertige. Au début, elles ne cessaient de se dire à voix basse : « Oh mon Dieu ! Oh mon Dieu ! » Elles avaient vérifié les dires d'un très grand nombre de témoins au fil des ans et Ford les avait frappées par sa crédibilité, dirent-elles. Elles étaient aussi émues par ce qu'elles appelaient son sens du devoir civique. Mais cette femme, avec son formidable esprit scientifique, semblait aussi très naïve, qualité qui pourrait lui valoir de graves problèmes. Elle ne semblait pas avoir conscience de la gravité potentielle de son affaire, mais c'était aussi ce qui leur donnait envie de s'en saisir. Contrairement à Ford, elles avaient immédiatement compris la nature incriminante de la lettre qu'elle avait écrite à Feinstein. Si ce courrier fuitait, elle aurait besoin de protection ; si non, elle aurait besoin d'être conseillée pour déterminer si elle devait pousser l'affaire plus loin. Les avocates décidèrent qu'elles voulaient représenter Ford et le faire *pro bono*.

Pour se préparer à la suite, elles assignèrent des tâches concrètes à Ford qui passa bien vite avec succès au détecteur de mensonges, à l'occasion d'un test réalisé par un ex-agent du FBI. Elle accomplit aussi la tâche embarrassante de téléphoner à deux de ses ex-petits amis, l'un du lycée et l'autre rencontré à sa sortie de l'université. « Non, je ne t'appelle pas pour qu'on se remette ensemble », leur dit-elle. « J'ai besoin de savoir une chose. Lorsque nous étions ensemble, est-ce que tu te rappelles m'avoir entendue dire que j'avais été agressée ? » Aucun des deux ne s'en souvenait, dit-elle. Il devenait de plus en plus clair que, durant des années, Ford n'avait parlé à personne de l'agression présumée.

Les avocates se penchèrent sur la vie de Ford, fouillant dans les archives publiques pour dénicher toutes les informations qui pourraient entacher sa réputation. Katz appela le cabinet de la sénatrice Feinstein, les informa qu'elle pensait l'accusation crédible, et suggéra de commencer à rechercher des preuves d'autres agressions que Kavanaugh aurait pu commettre.

Ce fut alors que Katz appela Jodi pour la première fois, le samedi 11 août, pour lui demander de transmettre le tuyau au *Times*. Rebecca Corbett avait supervisé certaines des enquêtes menées par le journal sur des candidats potentiels à la Cour suprême, et c'était ce qu'elle faisait pour Kavanaugh. Tout en poussant son équipe grandissante de journalistes à mener des investigations sur de possibles comportements problématiques impliquant des femmes, Corbett contactait régulièrement Jodi pour savoir s'il y avait du neuf sur l'allégation de la cliente de Katz.

Mais Ford ne voulait pas parler à Jodi, ni répondre aux derniers appels du *Post.* Elle se focalisait sur un autre choix dont l'échéance devenait de plus en plus pressante.

Les audiences de Kavanaugh devaient débuter le 4 septembre. Trois choses pouvaient se passer avant cette date. La lettre adressée à Feinstein pouvait fuiter ; Ford pouvait garder le silence, ce qui conduirait très certainement à la confirmation de Kavanaugh ; ou elle pouvait décider de prendre la parole publiquement, ce qui pourrait changer le cours des audiences. Au fond de son cœur, en dépit de sa peur, c'était ce qu'elle souhaitait faire.

Katz et Banks comprenaient ses raisons. D'après elles, Ford avait le droit de raconter son histoire qui pouvait se révéler d'une importance vitale. Les violences commises à l'encontre des lycéennes, sur des générations entières de femmes, avaient de l'importance, même si ces femmes avaient gardé le silence pendant longtemps ou si elles ne détenaient pas de preuves parfaites. La question qu'il fallait maintenant se poser concernait d'un côté le prix que Ford aurait à payer personnellement, et de l'autre l'influence qu'exerceraient ses révélations sur la nomination, mais aussi sur le débat général sur le sexe et le pouvoir, qui faisait toujours rage.

D'autres avocats confirmèrent l'idée que Ford avait une histoire importante à raconter. En plus d'engager Katz et Banks, elle avait gardé Robbins en tant que conseiller – et sur sa recommandation, elle prit un autre conseiller nommé Barry Coburn, un pénaliste dur à cuire[19]. Coburn lui dit qu'il faisait une nette distinction entre des bousculades à caractère sexuel entre lycéens et ce que décrivait Ford, « une tentative de viol sans ambiguïté ». « Ce n'était pas du harcèlement sexuel », lui dira-t-il. « Ce n'était pas un non-respect des limites, ce n'était pas une marque d'insensibilité. C'est un délit. » Mais Robbins et Coburn comprenaient que l'affaire allait plus loin que l'incident lui-même, et ils laissèrent Katz et Banks prendre la direction des opérations.

À la demande de Katz, une autre personne rejoignit le comité de conseillers professionnels : Ricki Seidman, une vétérane discrète et réfléchie, qui avait traversé trois décennies de combats judiciaires démocrates, qui avait été assistante durant la campagne présidentielle de Bill Clinton et qui avait occupé un poste dans son administration. Katz n'avait jamais rencontré Seidman, mais elle savait que c'était une femme de terrain avec une longue expérience des nominations à la Cour suprême, que Banks et elle n'avaient pas. Seidman avait participé à des batailles allant de Robert Bork (révoqué par les démocrates en 1987) à Sonia Sotomayor (confirmée par les démocrates en 2009). Elle avait joué un rôle direct dans le seul équivalent historique de l'affaire Ford : le témoignage d'Anita Hill contre Clarence Thomas. En 1991, lors de la nomination de Thomas, Seidman travaillait comme enquêtrice en chef au comité sénatorial du Travail et des Ressources lorsqu'elle avait reçu un appel l'informant qu'une professeure prétendait avoir été harcelée par le candidat. Seidman avait été le premier membre du comité sénatorial à entendre le témoignage d'Anita Hill, qu'elle avait encouragée à aller plus loin avec le comité.

Plus tard, lorsque les républicains se renseignèrent sur Seidman, ils l'accusèrent de nourrir des ambitions politiques et d'instrumentaliser Ford pour faire échouer la nomination. Mais en réalité, durant ce mois d'août, l'instinct de Seidman lui avait dicté que Ford devait garder le silence.

Le calcul était simple. Comme les républicains contrôlaient le Sénat, Kavanaugh serait probablement confirmé, même si Ford parlait. La première idée de Seidman était que la barre était bien trop haute ; il semblait impossible d'influencer le résultat final.

Durant les décennies suivant le témoignage d'Anita Hill, la conseillère avait essuyé de nombreux reproches concernant le rôle qu'elle avait joué en encourageant la professeure à parler. D'une certaine façon, Hill avait marqué l'histoire en engendrant une prise de conscience sur le harcèlement sexuel. Mais de l'avis de Seidman, Hill avait eu un lourd tribut à payer pour ce progrès social. Selon elle, la machine de guerre du Parti républicain essayerait presque à coup sûr de détruire Ford, et la perspective de voir l'histoire se répéter la faisait frémir.

Les conseillers de Ford soupçonnaient Kavanaugh de s'en être pris à d'autres femmes et supposaient que cela n'avait pas été un incident isolé – il ne restait plus qu'à les trouver. *S'il y avait deux femmes de plus, ça serait plus solide*, se disait Katz. *Avec une seule autre femme, ça serait déjà risqué.* Et il y en avait zéro.

Katz et Banks essayaient de rester neutres en esquissant les conséquences potentielles pour Ford dans chaque option, conscientes que c'était elle qui aurait à subir les retombées de son choix.

Mais leur inquiétude allait bien au-delà du seul bien-être de leur cliente. Katz avait également peur qu'un discrédit national de l'histoire de Ford ait des répercussions sur tout le mouvement #MeToo. Les critiques diraient qu'il avait été trop loin, déterrant d'anciens actes impossibles à prouver et dont le caractère nuisible était plus difficile à démontrer que dans un cas de harcèlement sexuel au travail, ou de viol. Certains hommes se rangeraient instinctivement aux côtés de Kavanaugh, craignant des accusations sorties de nulle part. La roue du progrès pouvait ralentir, voire s'inverser, conséquence que les avocats n'auraient pas pu supporter.

La conversation publique était toujours agitée. Cet été-là, toujours plus d'hommes étaient accusés, suspendus et licenciés : le chef du personnel de l'Agence fédérale américaine des situations d'urgence, un professeur d'UC Berkeley, un employé de Goldman Sachs, deux danseurs du New York City Ballet. En août, Ronan Farrow publia les premières allégations de harcèlement sexuel à l'encontre du PDG de CBS, Les Moonves, dans le *New Yorker*[20] – mais ce dernier, qui avait le soutien du comité de direction, ne quitta pas son poste. Louis C.K. fit sa première apparition dans un café-théâtre depuis l'article du *Times* sous les applaudissements du public et les huées à l'extérieur de la salle[21]. Bill O'Reilly, qui avait continué à écrire après son évincement de la Fox, était sur le point de publier son nouveau livre : le précédent s'était vendu à près d'un demi-million d'exemplaires et ses lecteurs lui restaient fidèles[22].

Le 10 août, Ford était de retour à Palo Alto, réfléchissant à sa décision tout en corrigeant une pile de copies de ses étudiants. Elle connaissait à peine ces conseillers de Washington à qui elle avait confié son destin ; les discussions avaient lieu par téléphone ou textos. Ils affirmaient tous qu'ils continueraient à soutenir Ford quelle que soit sa décision, mais, malgré la distance, elle pouvait sentir leur hésitation. « Est-ce qu'ils essayent de me pousser à y aller ? Ou essayent-ils de me faire taire ? » se demandait-elle.

Ford ressassait ses propres doutes. Elle craignait de s'exposer elle-même en tentant d'exposer Kavanaugh. Elle n'avait pas été en reste pour les soirées alcoolisées au lycée et, en commençant l'université, elle faisait beaucoup la fête et ses notes s'en étaient ressenties. Peu après, elle s'était stabilisée et avait fait des études brillantes. Dans un discours donné à son ancien lycée, en 2014, elle s'était posée en exemple de reprise du droit chemin. Elle était nulle en statistiques à l'université : aujourd'hui, elle enseignait cette même matière. En dépit de tout cela, elle s'inquiétait que les critiques se focalisent sur ses erreurs de jeunesse.

Mais Ford se disait que si elle se retrouvait la cible d'attaques, elle pourrait les surmonter. En 2015, les médecins lui avaient diagnostiqué un cancer et elle avait subi des complications des suites du traitement. C'était la première fois que Ford avait dû affronter sa propre mortalité et elle en était sortie plus forte – avec une plus grande capacité à endurer, dit-elle. Son mari l'avait encouragée à prendre la parole, ne serait-ce que pour tourner la page, prédisant que l'on n'entendrait très vite plus parler de l'affaire.

Le 24 août, Katz transmit une information à Ford : aucune autre allégation d'inconduite sexuelle par le juge n'avait fait surface. Si elle voulait le dénoncer, elle serait la seule accusatrice. Si elle ne voulait pas que la sénatrice Feinstein diffuse la lettre auprès du comité, qui se composait aussi de républicains, elle devait le dire. Pour aider Ford à prendre sa décision, elles se mirent d'accord sur une date butoir interne : elle devait les rappeler avant le 29 août, sept jours avant le début des audiences de Kavanaugh.

Le 26 août, Ford était toujours paralysée par l'indécision. Deux jours plus tard, puisque rien n'avait bougé, Katz et Banks proposèrent de rédiger trois lettres différentes. Comme il n'existait pas de procédure établie pour rapporter ce type d'histoire concernant un candidat, les avocats essayaient de montrer à Ford quelles étaient les différentes possibilités qui s'offraient à elle. Chaque version aboutissait à un futur différent, à une autre composition de la Cour suprême, voire à une version différente de l'histoire américaine.

Dans l'une des versions, adressées aux sénateurs Grassley et Feinstein, les avocates nommaient Ford et expliquaient qu'elle voulait les rencontrer en privé pour leur rapporter une allégation d'agression à l'encontre du juge. La deuxième version contenait la même demande, mais désignait Ford comme étant le Dr Jane Doe, afin de la protéger un peu plus.

La troisième option, adressée uniquement à la sénatrice Feinstein, désignait Ford par son nom mais disait qu'elle refusait de porter plainte. « Elle estime que le prix personnel et professionnel à payer pour sa prise de parole devant le comité judiciaire serait trop élevé », disait la lettre. Ford accepta de se décider pour l'une des lettres avant le lendemain au soir.

Tout le monde était d'avis que la première option était trop risquée : le nom de Ford atterrirait directement à la Maison-Blanche. Ford semblait pencher en faveur de la deuxième lettre qui lui permettrait de négocier les conditions de la confidentialité. Ensemble, les femmes reformulèrent la lettre à plusieurs reprises, sans jamais se sentir pleinement satisfaites.

Plus elles envisageaient d'envoyer les lettres, plus la discussion dérivait vers la question : « Et après ? » Les avocates de Ford et Seidman lui dirent qu'il serait probablement impossible de développer sa plainte sans que son identité soit révélée. Elles prédirent qu'elle subirait les mêmes attaques publiques qu'avait essuyées Anita Hill, une chose qu'elle comparèrent à plusieurs reprises avec le fait de passer sous un train.

Leur date butoir approchait. Seidman prit un avion pour la Californie afin de rencontrer Ford pour la première fois. À nouveau, elle tenta de la dissuader de suivre l'exemple de Hill. C'était encore douloureux pour Ford de raconter l'histoire de l'agression présumée. Elle ignorait tout de la vie publique, elle ne savait pas ce que c'était que d'être scrutée à la loupe, elle ne connaissait rien au fonctionnement des actualités. Seidman restait persuadée que Kavanaugh serait confirmé, même en cas d'accusation publique, et que tout ceci n'aurait pour résultat que de bouleverser l'existence de Ford.

Assise là avec Seidman, autour d'un café, près de l'aéroport de San Francisco, Ford se sentait submergée par le stress. Elle ne connaissait pas la femme qui lui faisait face. « J'avais juste envie de partir », se souvient-elle.

Ford passa la journée du 29 août, jour défini pour la prise de décision, en réunion pendant des heures, recevant ses élèves pour revoir leurs copies d'examen. Au coucher du soleil, elle était toujours incapable de choisir.

« J'ai fait quelques corrections, je commence à ressentir les effets de la panique », écrivit-elle dans un texto adressé à Katz ce soir-là. « Je vous enverrai bientôt les corrections et nous pourrons prendre une décision en début de matinée. Je m'angoisse à propos de fuites et du *Washington Post.* »

« Je viens de vous envoyer les corrections », écrivit-elle une heure plus tard, « pas encore de feu vert. »

Elle ne le donna pas non plus le lendemain matin. Elle commençait à croire ce que son équipe lui avait déjà dit : la lettre anonyme ne servirait à rien, son nom surgirait tôt ou tard, c'était tout ou rien. Katz et Banks hésitaient aussi. Elles étaient tenaillées entre leur soutien à leur cliente et leur inquiétude quant à ceux qui se rangeraient de leur côté ou non, ne sachant pas ce qui était pire : l'opprobre ou le silence.

Vint le jeudi 30 août. Le lendemain commençait le weekend prolongé de la fête du Travail. Le mardi matin suivant commenceraient les audiences de

Kavanaugh. Depuis Washington, Katz téléphona à Ford.

« C'est une décision qui influencera le reste de votre vie, et elle vous appartient », dit-elle.

Cet après-midi-là, Ford voulait encore quelques heures supplémentaires pour réfléchir, aller se promener, discuter une dernière fois avec une amie.

Finalement, Ford ne choisit aucune des lettres – aucune ne lui paraissait convenir, dit-elle. C'était là sa décision.

Katz téléphona au bureau de la sénatrice Feinstein pour leur faire savoir que Ford ne voulait pas que son histoire aille plus loin. Le 31 août, Feinstein répondit par courriel :

« Je vous confirme que mon cabinet continuera à respecter la demande de confidentialité et ne donnera pas suite, sauf avis contraire de votre part. Soyez assurée que je comprends et regrette le profond impact que cet incident a eu sur sa vie. »

Katz transmit la lettre à sa cliente. « Ça sonnait comme un "au revoir et bonne chance" », dit Ford.

Ce soir-là, à Palo Alto, Ford envoya l'un de ses fils dormir avec son mari et grimpa dans son petit lit Ikea pour s'y réfugier. Elle pensa au surf. Elle s'était lancée sur une mer agitée, prête à affronter des vagues difficiles. Peut-être aurait-elle tenu bon jusqu'au rivage. Peut-être se serait-elle fait renverser. Mais elle avait travaillé dur pour une chance de tenter l'expérience, et elle méritait d'essayer. Pourquoi ses conseillers étaient-ils si inquiets au sujet d'une absence apparente d'autres victimes ? Ce qui lui était arrivé, à elle, ne suffisait-il pas ?

Recroquevillée dans le lit de son fils, elle se mit à pleurer.

Chapitre 9

« Je ne peux pas garantir que j'irai à Washington »

Cinq jours plus tard, le mardi 4 septembre, Christine Blasey Ford se trouvait à Palo Alto, dans le cabinet d'un spécialiste des symptômes de stress post-traumatique qu'elle avait consulté à plusieurs reprises durant les dernières années[1]. Elle voulait des conseils pour laisser une bonne fois pour toutes l'affaire de la nomination Kavanaugh derrière elle.

À l'autre bout du pays, à Washington, les audiences pour la nomination venaient de commencer et battaient déjà leur plein. Les sénateurs démocrates essayaient, sans succès, d'arrêter le processus au motif qu'ils n'avaient pas eu accès à des documents relatifs au passé de Kavanaugh. Des manifestants encombraient les couloirs du Sénat, certains vêtus de robes rouges et de chapeaux blancs, en référence au roman féministe dystopien de Margaret Atwood, *La Servante écarlate.* Ils interrompirent le témoignage (« De plus en plus de femmes vont subir des avortements illégaux ! ») et furent arrêtés par douzaines par la police du Capitole[2]. Les républicains, qui serraient les rangs autour du choix de Trump, répliquèrent en traitant les démocrates de meute indisciplinée[3].

Ford était taraudée par le fait de ne pas avoir fait état de son allégation, mais elle voulait tourner la page sur toute cette histoire. Avoir évoqué à plusieurs reprises ce souvenir douloureux durant l'été n'avait pas été anodin, et elle essayait désormais de reprendre le cours de son existence, dit-elle. Ses fils étaient retournés à l'école. Elle se préparait pour sa rentrée d'enseignante.

Le thérapeute l'écouta, mais doutait de pouvoir l'aider pour l'instant. Dans le cadre de sa méthode de traitement, il encourageait les patients à cesser d'évoquer la cause sous-jacente de leur traumatisme. Ce qu'elle lui avait décrit l'incita à la prudence. « Vous n'êtes pas prête à tourner la page », telles furent ses paroles. Il n'était pas sûr que son rôle dans l'affaire Kavanaugh soit terminé.

Une semaine plus tard, le lundi 10 septembre, Ford donnait son premier cours à une nouvelle classe de doctorants, « Introduction aux statistiques ». Elle débuta par les mêmes encouragements qu'elle utilisait tous les ans, promettant à ses étudiants qu'elle les guiderait pas à pas dans cette difficile matière. Trois heures plus tard, au moment où elle partait, une personne l'arrêta pour lui poser des questions. Ce n'était pas un étudiant, mais une journaliste de *BuzzFeed* qui, au moment où Ford lui ordonna de sortir, lui dit qu'elle savait pour la lettre.

Des inconnus commençaient à lui mettre la pression pour entendre son histoire jusqu'alors privée. De plus en plus de féministes et d'activistes #MeToo semblaient être au courant ; des journalistes contactaient les collègues de Ford et sonnaient chez elle.

Furieuse, Debra Katz contacta une célèbre féministe de Palo Alto qu'elle soupçonnait de vouloir pousser Ford à parler. « Vous êtes sans scrupules », déclara Katz lors d'un appel houleux. « Ma cliente ne veut pas s'exprimer. » Lors d'une conversation téléphonique la semaine précédente, le personnel d'Eshoo lui avait demandé si Ford voulait qu'ils en fassent plus pour elle, comme la mettre en contact avec un autre membre du comité judiciaire du Sénat. Mais Ford avait répété qu'elle n'avait pas changé d'avis et ne voulait pas s'exprimer. Lorsque les journalistes frappèrent à sa porte, elle refusa de leur parler.

Le mercredi 12 septembre, un article fut pourtant publié[4]. Le magazine en ligne *The Intercept* révéla que les démocrates du comité judiciaire du Sénat essayaient de se procurer une lettre que Feinstein avait reçue concernant Kavanaugh. D'après l'article, la lettre était censée décrire « un incident impliquant Kavanaugh et une femme lorsqu'ils étaient au lycée » et l'auteur était en lien avec l'université de Stanford. « Cette lettre, qui n'a pas été divulguée », rapportait l'article, « commence à mener une vie qui lui est propre. »

Cela donnait l'impression que Feinstein détenait des informations vitales sur un candidat et qu'elle ne voulait pas les divulguer. Le lendemain, la sénatrice annonça dans un communiqué de presse qu'elle avait transmis la lettre aux services de police pour qu'ils l'examinent[5]. Elle avait consulté le FBI qui avait transmis la lettre à la Maison-Blanche pour qu'elle soit incluse dans le dossier de Kavanaugh. Celui-ci répondit par un déni, pour une accusation qui était toujours vague. Cela faisait une semaine que Ford tentait de se réconcilier avec l'idée de ne rien dire. Elle avait désormais le sentiment que d'ici quelques jours, voire quelques heures, elle serait exposée au grand jour.

Ford était déterminée à reprendre le contrôle de sa propre histoire. Elle avait décidé que si quelqu'un devait révéler son identité au public, ce serait elle. Ce mercredi-là, elle se rendit jusqu'à l'un des restaurants du Ritz-Carlton, à Half Moon Bay, à une cinquantaine de kilomètres de Palo Alto, où l'attendait Emma Brown, la journaliste du *Washington Post* qui avait répondu au tuyau anonyme que Ford avait envoyé au journal quelques semaines plus tôt. Par le biais de conversations téléphoniques et de textos intermittents, Ford avait gardé contact avec Brown, lui révélant des parties de l'histoire et son projet initial de dénoncer Kavanaugh au Congrès. Brown l'avait écoutée attentivement, sans jamais la pousser trop durement. Les égards de la journaliste avaient été d'un grand réconfort pour Ford.

L'interview fut plus longue et difficile que Ford ne l'avait imaginé. Elle commença le mercredi soir, reprit le lendemain matin et continua par téléphone les jours suivants. Ford grimaçait à l'idée de voir certains éléments dans le journal, notamment des références explicites à son corps. Brown voulut savoir si Kavanaugh avait pénétré Ford d'une quelconque façon, s'il l'avait violée. Non, répondit Ford. Elle dut fournir des extraits de séances de thérapie dans lesquelles elle parlait de ce qu'il s'était passé. Brown demanda à parler au mari de Ford qui confirma qu'elle avait désigné nommément Kavanaugh comme étant son agresseur dès 2012.

Mais en revenant à Palo Alto, Ford se sentait presque soulagée qu'on lui ait forcé la main. Cela lui permettrait de sortir du purgatoire. D'après Katz et ses autres conseillers, l'article était une bonne chose pour s'assurer que ses allégations seraient relayées correctement. Son mari ne changea pas la ligne de conduite qu'il avait conservée tout l'été : plus vite elle prendrait la parole, plus vite leur vie retrouverait son cours normal. Elle aussi se berçait d'illusions en se disant qu'elle pourrait préserver au moins un peu de sa vie privée. Après son mariage, Ford avait gardé son nom de jeune fille à des fins professionnelles, afin de conserver une certaine cohérence dans les articles scientifiques qu'elle publiait. Juste avant la publication de l'article du *Post*, elle se demanda si elle ne ferait pas mieux d'utiliser le nom de son mari. Ford était un nom si répandu ; elle espérait qu'il serait difficile pour les lecteurs de la retrouver sur Internet. « Je m'imaginais que rechercher Ford ou Blasey sur Google n'était pas la même chose », dit-elle. Elle finit par opter pour Christine Blasey Ford. Elle supprima aussi autant de photos d'elle en ligne que possible. Mais elle n'avait pas encore réussi à fermer son profil LinkedIn qui contenait une photo d'elle avec des lunettes de soleil. Ford déposa ses fils chez des amis, réserva une chambre d'hôtel pour la nuit et espéra que le cycle de l'actualité passe le plus vite et le plus calmement possible.

Dès que le *Post* publia l'article, le dimanche 16 septembre, le téléphone portable de Ford se mit à sonner et à biper sans relâche. Sur sa page LinkedIn, elle avait des milliers de demandes de contacts. Sa boîte mail de l'université de Palo Alto débordait de messages de soutien et de critique, au point de saturer son compte.

Dans le monde entier, les gens lisaient l'article paragraphe par paragraphe[6] :

> Au début de l'été, Christine Blasey Ford a adressé un courrier confidentiel à une politicienne démocrate, alléguant que le candidat à la Cour suprême, Brett M. Kavanaugh, l'avait agressée sexuellement il y a plus de trois décennies, alors qu'ils étaient lycéens dans une banlieue du Maryland. Depuis mercredi, elle assiste à la divulgation des grandes lignes de son histoire, sans que son nom soit cité et sans qu'elle ait donné son accord, entraînant un démenti global de la part de Kavanaugh et perturbant une nomination qui lui semblait acquise à peine quelques jours plus tôt.
>
> Aujourd'hui, Ford a décidé que si son histoire devait être racontée, ce serait par elle.

À Brooklyn, Jodi et Megan lurent l'article du *Post* et entrevirent le tumulte qu'il n'allait pas manquer de causer.

Vu les éléments du récit, Ford et Kavanaugh allaient tous les deux amasser des armées de supporters. Comme Katz l'avait mentionné précédemment, il y avait des trous dans le récit de Ford, et pas des moindres : des blancs dans la mémoire de l'accusatrice, aucune corroboration datant de l'époque de l'événement présumé. Le démenti de Kavanaugh, émis le vendredi précédent par la Maison-Blanche, était vigoureux : « Je démens catégoriquement et sans équivoque cette allégation. Je n'ai pas fait cela au lycée, ni à aucun autre moment.[7] »

Mais Ford admettait volontiers ses trous de mémoire ; certains y virent le signe d'une victime crédible. Elle décrivait des détails précis : la musique rock jouée à plein volume et les deux garçons qui riaient « comme des fous ». « Kavanaugh l'avait allongée sur le dos sur le lit et la touchait à travers ses vêtements, frottant son corps contre le sien et essayant maladroitement de lui arracher son maillot de bain une pièce et les vêtements qu'elle portait par-dessus », avait écrit Emma Brown. « Quand elle avait essayé de hurler, il l'avait bâillonnée d'une main. » La réaction à l'histoire du *Post* était bien plus favorable à Ford que ses avocates ne l'avaient anticipé, ce qui témoignait de la force de #MeToo. Des gens dans le monde entier, déjà liés et mobilisés en soutien aux victimes de violence sexuelle, se ralliaient à la cause de Ford.

Elle devint instantanément un symbole pour les femmes qui avaient été agressées, un emblème d'espoir de justice – mais elle risquait de devenir également la figure de proue d'un retour de bâton. Megan, qui n'avait pas oublié que Trump lui avait hurlé dessus au téléphone presque deux ans auparavant, et qui connaissait bien la férocité avec laquelle il repoussait ce type d'allégations, se demanda si Ford allait elle aussi devenir sa cible. Dans son livre

Peur - Trump à la Maison-Blanche, Bob Woodward décrivait Trump conseillant à un ami qui avait admis avoir un comportement problématique envers les femmes : « Tu dois nier, nier, nier et renvoyer ces femmes dans leurs plates-bandes[8]. Si tu admets quoi que ce soit, si tu reconnais une quelconque culpabilité, alors tu es mort. »

Trump pourrait faire pire qu'attaquer Ford ; il pourrait s'en prendre à tout le mouvement #MeToo, qui l'avait déjà mis en danger : il était toujours confronté à plusieurs allégations d'inconduite sexuelle. Maintenant, les menaces pesaient sur son candidat à la Cour suprême. Tout juste deux mois plus tôt, le président s'était moqué du hashtag #MeToo lors d'un meeting politique et avait défendu un membre du Congrès qui avait été accusé de ne pas tenir compte d'accusations d'agressions sexuelles lorsqu'il travaillait en tant que coach-assistant dans le club de lutte de l'université d'État de l'Ohio[9]. « Je n'y crois pas une seconde. Je le crois lui », avait dit le président.

Les juristes étaient partagés. D'anciennes sources, des procureurs et des avocats de la défense, dirent à Megan que si les détails de l'allégation de Ford étaient vrais, si les deux garçons l'avaient enfermée dans la pièce et avaient monté le volume de la musique, si Kavanaugh avait mis sa main sur sa bouche lorsqu'elle avait voulu crier, alors il avait commis un grave délit. Dans le système judiciaire pénal, le témoignage crédible de la victime avait suffisamment de poids à lui seul : les témoins oculaires, l'ADN, et d'autres types de preuves n'étaient pas indispensables pour une condamnation.

Toutefois, d'autres soulignaient la raison d'être des délais de prescription. « Je suis contre la nomination de Kavanaugh, je pense que les sénateurs devraient voter contre en se basant sur son passé judiciaire, mais je n'affirmerai pas que son comportement lorsqu'il était adolescent nous apprenne quoi que ce soit sur sa "personnalité" actuelle », tweeta Rosa Brooks, professeure de droit à Georgetown qui avait servi dans deux administrations démocrates[10]. Elle souligna : « Trente-cinq ans plus tard, il est presque impossible de mener une enquête approfondie et équitable. »

Cet après-midi-là, Jodi parla à Katz, qui était dans un état de stress avancé. « J'ai peur pour ma cliente », dit l'avocate. « Elle va être réduite en miettes par la Maison-Blanche. » Elle ne faisait pas plus confiance aux démocrates. Avec les élections de mi-mandat qui devaient avoir lieu dans deux mois, elle craignait qu'ils n'essayent d'instrumentaliser Ford.

Avant qu'elles ne raccrochent, Katz avait un dernier détail à ajouter : « Tout cela est hautement confidentiel », dit-elle. « Ma cliente ne peut pas témoigner. »

C'était, disait Katz, hors de question. Ford avait mis ses tripes sur la table en donnant son feu vert à l'article du *Post*, imaginant qu'une fois qu'il serait publié, on ne lui demanderait plus grand-chose. Elle avait peur de l'attention médiatique, peur de prendre l'avion, et elle ne voulait pas retourner à Washington. Si des membres de la Commission des affaires judiciaires du Sénat voulaient l'interroger en Californie, elle irait. Mais être cuisinée par des sénateurs en direct à la télévision ? C'était inenvisageable, dit Katz.

Pourtant, le lendemain matin, le lundi 17 septembre, Katz apparut dans une émission de télévision matinale, assurant aux animateurs que sa cliente était prête à témoigner devant le Congrès[11].

« La réponse est oui », dit Katz sur CNN lorsque la question lui fut posée à brûle-pourpoint.

C'était le bluff de sa vie. Rien n'avait changé depuis la veille. Ford avait à peine conscience que son avocate émettait cette affirmation à la télévision.

« Nous étions obligées de dire qu'elle venait », expliqua Katz plus tard.

Des semaines plus tôt, Katz, Banks et Seidman avaient enjoint Ford à la prudence, conscientes des dangers de l'exposition médiatique. Maintenant, elles pensaient que la meilleure ligne de conduite était de témoigner dans une audience publique devant les caméras, convaincues qu'une fois que beaucoup d'Américains l'auraient vue et entendue par eux-mêmes, ils la croiraient. Parler à des sénateurs ou à leurs assistants derrière des portes closes ne ferait que leur fournir l'occasion de détourner, cacher ou nier la parole de Ford.

À ce moment-là, elles pensaient que leur priorité absolue était de préserver les options de Ford. « Si nous nous étions montrées équivoques, nous nous serions mises en position de faiblesse », dit Katz. Les républicains auraient dit que Ford n'était pas suffisamment sérieuse pour se montrer et formuler son allégation de vive voix. « Si vous leur donnez ça, c'en est fini de vous », dit Katz. Elles avaient donc fait le grand saut, décidant de négocier la forme et le timing de la déposition qu'elles repoussèrent le plus longtemps possible, afin de donner quelques jours supplémentaires à leur cliente pour s'habituer à l'idée. (Et, se dirent-elles, pour laisser le temps à de potentielles nouvelles allégations de faire surface.)

Si Ford n'était pas prête à prendre la parole, tant pis – mieux valait se coucher plus tard que de montrer son jeu d'emblée.

« Vous devez nous faire confiance et ne rien refuser pour le moment », dirent les conseillères à Ford. « Vous allez mener la danse. »

« D'accord », répondit Ford. « Mais je n'irai pas. » Les conseillères prirent les devants, déblayant le terrain pour elle en espérant qu'elle suivrait. Elles étaient devenues une autre des forces grandissantes en présence.

Comme le Sénat était républicain, le président du comité judiciaire, Chuck Grassley, avait la mainmise sur le déroulement des audiences de Kavanaugh[12]. Juste derrière lui, il y avait le sénateur Mitch McConnell, leader de la majorité républicaine, connu pour ses tactiques d'intimidation. Il avait notamment empêché l'ex-président Barack Obama d'adjuger un siège vacant à la Cour suprême durant la dernière année de son mandat.

Mais Grassley et Trump promettaient déjà de traiter Ford avec respect. C'était peut-être le signe que beaucoup de choses avaient changé au cours de l'année passée. Cet été-là, le comité judiciaire du Sénat avait tenu une audience durant laquelle Grassley et d'autres membres du comité avaient réagi avec une extrême fermeté face à des allégations de harcèlement sexuel au sein du système judiciaire fédéral[13]. Les républicains au pouvoir semblaient tout disposés à respecter Ford. Ils semblaient aussi tenir compte du jour négatif sous lequel ils risquaient d'apparaître en cas d'affrontement, leur camp exclusivement masculin contre une femme vulnérable, comme lors des audiences de

Clarence Thomas. La rumeur disait que les conseillers de Trump se décarcassaient pour lui faire valoir que ce serait une erreur politique de sa part de passer à l'attaque. « Il ne faut pas l'insulter », dit le conseiller du président Kellyanne Conway aux journalistes dans l'allée de la Maison-Blanche, ce lundi matin-là. « Il ne faut pas l'ignorer[14]. » Comme les élections de mi-mandat approchaient et que les républicains perdaient déjà des voix féminines, ils en étaient presque à faire des courbettes à Ford. L'équipe de Ford y vit une stratégie possible.

Leur plan était que Seidman piloterait l'équipe en coulisses, tandis que Katz et Banks négocieraient directement avec le cabinet de Grassley.

Toutefois, ce que les téléspectateurs ne savaient pas ce matin-là, c'était que Katz cachait un deuxième secret, en plus d'une cliente réticente. Après ses apparitions à la télévision, elle se rendit en voiture à l'hôpital, enfila une blouse, remit son téléphone à son épouse et fut placée sous anesthésie générale. C'était justement ce jour-là qu'il lui fallait subir une chirurgie mammaire programmée de longue date.

Des années plus tôt, Katz avait vaincu un cancer du sein. Mais comme beaucoup de femmes, elle avait un implant qui devait être remplacé. L'opération était prévue depuis des semaines et son assurance médicale n'autoriserait aucun changement de date.

Elle avait déjà promis à Ford que ça ne poserait aucun problème. Cela rappela à Jodi et Megan l'opération qu'avait subie Laura Madden juste après l'article sur Weinstein. Toutefois, la situation était encore plus délicate, parce que Katz serait sous anesthésie alors qu'elle avait tant de travail. L'avocate était-elle si déterminée à mener cette déposition à bien qu'elle négocierait avec Grassley encore groggy après l'anesthésie ?

Quant à Seidman, elle était en déplacement. Sa mère était décédée la semaine précédente, et elle était à Atlanta pour régler des problèmes familiaux.

Au cabinet de Connecticut Avenue, Lisa Banks observait la situation, de plus en plus paniquée. Le bureau de Grassley envoyait déjà des messages demandant de programmer une téléconférence avec Katz et sa cliente, et ses assistants ne savaient pas pourquoi Katz ne répondait pas.

« Je n'aurais pas dû la quitter des yeux », écrivit Banks en plaisantant à moitié dans un texto à la femme de Katz. « C'est la bérézina. Je vais me retrouver à prendre toute seule des décisions qui risquent de changer l'avenir du pays. Cela pourrait pousser une personne moins forte que moi à boire, ou pire. Dis-lui s'il te plaît que tout va bien et supprime ce message. » Elle conclut par un emoji de martini.

Au fil de la journée, les activistes #MeToo continuèrent à se mobiliser, ignorant que Ford ne voulait pas témoigner et que son avocate était à l'hôpital.

Le lendemain matin, un mardi, Katz se réveilla dans la ferme familiale, au fin fond du Maryland. Elle avait des points de suture, des gonflements, et ses médecins lui avaient donné pour consigne de se reposer pendant quelques jours. Mais elle refusa tout médicament qui risquerait de brouiller son jugement, se redressa dans son lit et ouvrit son ordinateur portable pour lire les courriels des assistants du sénateur Grassley et entamer les négociations.

Dans un premier temps, l'équipe de Ford avait déjà demandé que le FBI enquête sur les allégations de Ford, dans l'espoir que des agents impartiaux des forces de l'ordre tentent de faire la lumière sur ce qu'il s'était passé exactement ce jour-là, il y a trois décennies. Mais le FBI refusait de se retrouver impliqué, considérant que l'examen du passé de Kavanaugh était terminé. Les républicains du comité judiciaire du Sénat juraient qu'ils avaient l'autorité et les compétences requises pour enquêter.

L'équipe de Ford rejetait les propositions du comité de Grassley qui souhaitait interroger Ford en privé. Il s'agissait donc maintenant de négocier les conditions de l'audience en inventant ses propres règles au fur et à mesure. Ce matin-là, dans un article d'opinion paru dans le *Times*, Anita Hill faisait part de son inquiétude face à cette perspective[15]. Vingt-sept ans plus tôt, pendant sa propre déposition, les procédés des membres du comité « avaient ouvert la voie à des décennies de traitement erroné par les employeurs de plaintes pour harcèlement sur le lieu de travail », écrivait-elle. Le comité, encore composé de quelques-uns de ces mêmes sénateurs, ne disposait toujours pas de protocole spécifique pour évaluer les allégations de harcèlement ou d'agression sexuelle portées à l'encontre d'un candidat, ce qui suggérait qu'il « n'avait guère appris de l'audience Thomas et encore moins du récent mouvement #MeToo », écrivait-elle. Tout ce que Ford pourrait négocier avec le comité restait à définir : le timing, le format, qui d'autre pourrait participer.

Durant les jours suivants, les deux camps échangèrent des courriels soigneusement formulés et des appels laconiques. Katz et Banks poussèrent le comité à citer à comparaître Mark Judge, l'ancien ami de Kavanaugh, qui, selon Ford, se trouvait dans la pièce durant l'agression. Comme Ford l'avait écrit dans sa lettre à Feinstein, elle se souvenait l'avoir croisé par la suite dans une épicerie et il aurait eu l'air gêné, comme regrettant ce qui s'était passé. Ancien alcoolique, Judge avait écrit deux autobiographies sur la vie à Georgetown Prep qui décrivait une culture de fêtes permanentes où l'on buvait jusqu'au coma éthylique[16]. Dans l'un de ces livres, *Wasted : Tales of a GenX Drunk*, il mentionne un certain Bart O'Kavanaugh, probablement une référence à peine voilée au juge, et une soirée au cours de laquelle il avait « vomi dans une voiture » et « perdu connaissance pendant le trajet de retour d'une soirée ». Judge pourrait au moins confirmer les excès de boisson de son ancien ami, se disait l'équipe de Ford.

Comment le comité pourrait-il établir la vérité sans exiger que Judge témoigne en personne ? voulaient savoir Katz et Banks. Le cabinet de Grassley refusait, disant que les témoins n'avaient pas à exiger des assignations à comparaître pour prix de leur témoignage. À la place, ils acceptèrent une déclaration écrite de la part de Judge dans laquelle il admettait avoir été ami avec Kavanaugh au lycée, mais affirmait ne pas se souvenir de cette soirée et n'avoir jamais vu Kavanaugh se comporter comme Ford l'avait décrit[17]. L'équipe accepta une déclaration écrite similaire de la part de P. J. Smyth, un autre ami de Kavanaugh que Ford se souvenait avoir vu à la fête, qui affirmait n'avoir aucun souvenir de la soirée[18] et connaître Kavanaugh comme une personne d'une « grande intégrité », qu'il n'avait jamais vue se comporter de façon incorrecte envers une femme.

Les républicains avaient éliminé les témoins potentiels, réduisant la situation à : « Qui croyez-vous ? Elle ou lui ? »

En ce qui concernait leur correspondance officielle, l'équipe de Ford essayait d'en modérer le caractère outrageant. Quand vous traitez avec une institution comme le Sénat, le monde entier vous regarde. Ford avait demandé que ses avocates parlent de façon aussi collégiale que possible au comité. Le fait qu'elle s'exprime n'avait rien de politique, insistait-elle ; elle l'aurait fait même si Kavanaugh avait été du même bord politique qu'elle. Il était difficile de savoir si elle comprenait que d'autres voyaient les choses autrement : elle était épaulée par des avocats démocrates, qui lui avaient été recommandés par les démocrates du comité judiciaire du Sénat, et œuvrait avec Seidman, une démocrate, à porter une accusation qui pourrait faire tomber un candidat républicain à la Cour suprême. Pour Mike Davis, le républicain à la tête des négociations pour le comité, l'équipe de Ford avait exploité ses allégations à des fins politiques, et faire traîner les négociations en longueur faisait partie d'une stratégie coordonnée pour faire capoter la nomination de Kavanaugh[19].

Pendant ce temps, à Palo Alto, coincée dans son hôtel, Ford était tenue informée de la progression des négociations, même si elle n'en suivait pas tous les éléments, expliquerait-elle plus tard. Elle avait été encouragée par les réactions à l'article du *Post*, y compris de la part de collègues qui avaient promptement pris sa défense, et par d'anciens copains de lycée qui avaient publié une lettre affirmant que son agression présumée était « parfaitement cohérente avec les histoires que nous entendions et vivions » à l'époque. « Je n'arrive pas à croire les médias – des amis de tous les horizons – Stanford et la faculté de PAU prêts à aider », écrivit Ford dans un texto à Katz le jour de la parution de l'article.

Pourtant, ce jeudi, elle n'envisageait toujours pas de se rendre à Washington. Lorsque Katz insista avec douceur, Ford résista :

> Ford : Je ressens beaucoup trop de pression en ce moment

Katz essayait de se montrer patiente, mais elle ne pouvait pas faire attendre éternellement le comité judiciaire.

> Katz : Croyez-moi – je ne veux pas rajouter encore plus de pression. Mais le temps presse. Nous devons envoyer rapidement un courriel à Grassley et Feinstein
> Ford : Je ne peux pas y aller 😩 À Washington
> Katz : Ce n'est pas grave. Nous pourrons toujours nous rétracter en disant qu'ils n'ont pas su définir des règles équitables. C'est la seule étape appropriée pour la suite

L'avocate avait besoin du feu vert de sa cliente pour faire avancer les négociations.

> Katz : Pour lever toute ambiguïté – vous êtes d'accord pour que nous envoyions le courriel, ce que nous devons faire sans tarder. Mais vous voulez que nous soyons clairs sur le fait que, s'ils

n’acceptent pas des conditions justes et équitables et qui garantissent votre sécurité, nous n’irons pas plus loin
Ford : Soyez consciente en écrivant ce mail que je ne peux pas garantir que j’irai à Washington 😭
Puis-je relire la version finale ?
Ford : J’ai si peur que je n’arrive pas à respirer

Ford ne comprenait toujours pas ce qu’il se passait vraiment. (C’était un motif récurrent chez elle : elle avait écrit la lettre à Feinstein sans avoir pleinement conscience de la possibilité qu’elle fuite ; elle avait témoigné pour le *Post* convaincue que l’article tomberait aux oubliettes en moins d’une semaine.) Elle avait commencé, quelques semaines plus tôt, par essayer de faire une petite intervention discrète, et, à chaque nouvelle étape, les choses étaient devenues plus difficiles et avaient pris plus d’ampleur. Désormais, elle devait prendre une décision qui serait décisive non seulement pour sa propre vie, mais peut-être aussi pour le pays entier, et elle tentait de l’éviter. Katz, Banks et Seidman se montraient encourageantes envers Ford en lui disant : « Laisse-nous faire. » Elles ne voulaient pas aller contre la volonté de leur cliente, mais elles prenaient les rênes, déterminées à la faire aller de l’avant.

Ce jeudi soir, Ford se rendit dans un restaurant français intimiste, dans une rue tranquille de San Francisco. Coburn, un autre des avocats de Washington qui la conseillaient, était en ville et voulait la rencontrer enfin en personne. En s’asseyant face à lui, Ford pointa du doigt sa casquette de baseball.

« C'est mon déguisement », dit-elle en essayant de sourire.

Durant le long dîner, elle lui expliqua pourquoi elle avait si peur de se rendre à Washington. Sa famille avait été obligée de faire appel à un service de sécurité 24 heures sur 24. Ils ne savaient pas quand ils pourraient rentrer chez eux. Ford avait déjà affronté suffisamment de perturbations et couru assez de dangers.

Elle appuya sur le bouton Lecture de son téléphone qui était posé sur la table. Une voix s'en éleva : « Salope, menteuse ![20] » L'avocat dit à Ford qu'elle avait raison d'être effrayée par ces messages et il l'incita à les transmettre au FBI. « Tu as trois mois », disait une autre voix. D'autres encore répétaient des phrases similaires et donnaient l'impression de sortir du même changeur de voix, ce qui lui faisait penser qu'il s'agissait d'attaques concertées. « Ne cherche pas d'histoires à mon pote Brett. » « Ne cherche pas d'histoires à mon pote Trump. »

Le lendemain, vendredi 21 septembre, Katz alla chez son médecin se faire retirer ses points. Dans la salle d'attente, elle jeta un œil à la télévision. Les républicains perdaient patience.

CNN diffusait une liste confidentielle d'exigences que Katz avait envoyées à l'équipe de Grassley et que l'un des membres du staff républicain avait apparemment fait fuiter[21]. Trump, qui mettait désormais directement en doute les allégations de Ford, tweetait : « Je ne doute pas un instant que si l'agression subie par le Dr Ford avait été aussi terrible qu'elle le dit, une plainte aurait immédiatement été déposée aux autorités par elle ou par ses chers parents[22]. » Devant une réunion d'activistes évangélistes, McConnell promettait que le Sénat « passerait en force » et confirmerait Kavanaugh[23].

Ce soir-là, les républicains annoncèrent que tout le comité voterait la confirmation de Kavanaugh le lundi suivant, c'est-à-dire le 24 septembre[24]. Point. Si Ford voulait faire une apparition, elle devait le confirmer immédiatement, ce vendredi soir, avant 22 heures. Les présentateurs des journaux du soir donnaient l'impression que la messe était déjà dite. « Nous étions sur le point de nous faire écraser », dit Katz.

Travaillant à leur bureau, Katz et Banks, une tasse de café à la main, rédigèrent une lettre publique incendiaire à l'équipe de Grassley, les accusant d'intimider une femme vulnérable qui devait faire face à des menaces de mort.

« L'imposition de dates butoirs aussi agressives qu'artificielles concernant la date et les conditions d'une audience a engendré énormément d'anxiété et de stress sans fondement chez le Dr Ford », écrivirent-elles. « Votre traitement cavalier d'une survivante d'une agression sexuelle qui a fait de son mieux pour coopérer avec le comité est totalement inapproprié. »

« L'ultimatum de 22 heures est arbitraire. Son seul but est de malmener le Dr Ford et de la priver de sa capacité à prendre une décision réfléchie dont les implications pourraient changer le cours de sa vie et celle de sa famille », poursuivirent-elles. « Notre modeste requête est de lui laisser un jour supplémentaire pour prendre sa décision. » Elles transmirent directement la réponse à des membres des médias, et elle fut immédiatement diffusée à la télévision.

Deux heures plus tard, Grassley céda dans un tweet, sous une forme étrange qui donnait l'impression qu'il envoyait un texto au juge[25] :

> Juge Kavanaugh je viens d'accorder une autre prolongation au Dr Ford pour décider si elle veut donner suite à la déclaration qu'elle a faite la semaine dernière en témoignant devant le sénat Elle doit prendre une décision afin que nous puissions aller de l'avant Je veux l'entendre. J'espère que vous comprendrez. Ce n'est pas dans mon habitude d'être indécis

Ne disposant d'aucune influence sur la procédure et d'aucun contrôle démocrate sur les composantes du gouvernement, Katz, Banks et Seidman avaient mis Ford en position de témoigner au moment qui leur conviendrait, même si leur cliente n'avait pas donné son accord pour le faire. Par la suite, le monde parlerait de la force du témoignage de Ford, sans comprendre le rôle moins visible joué par ces autres femmes.

Mais il fallait maintenant qu'elles fassent venir leur cliente à Washington.

Le samedi, il était clair que Ford ne donnerait jamais de « oui » ferme et définitif à un témoignage public. Son ambivalence était paralysante. Par conséquent, ses conseillers travaillaient en tandem, tentant de l'amener d'un point à l'autre.

Un dirigeant dans la tech, en empathie avec Ford, avait proposé son jet privé pour la transporter à Washington. Ford avertit son équipe que, loin de la rassurer, toute mention de l'avion ne ferait qu'accentuer son inquiétude. Katz lui envoya néanmoins des photos de l'appareil pour lui prouver la réalité de la situation.

Ensuite, les conseillers demandèrent à Ford de réfléchir aux personnes qu'elle voudrait inviter à Washington si elle décidait d'y aller. Il y avait suffisamment de place dans l'avion pour qu'elle se fasse accompagner par des amis. Son mari resterait à Palo Alto pour s'occuper de leurs fils ; les deux parents avaient décidé de ne pas perturber la vie des garçons plus que nécessaire. Ford passa en revue ses amies pour déterminer la plus solide. L'une d'elles, qui était mère de triplés et avait eu une quatrième fille avec moins de deux ans d'écart, lui avait servi de confidente cet été, lorsqu'elles avaient commencé à bavarder sur la plage, à Santa Cruz. Elle saurait aider Ford à ne pas perdre son sang-froid. Tout comme Keith Koegler, son ami et confident, qui remettrait une déclaration sous serment au comité judiciaire du Sénat à propos de cette époque, des années plus tôt, où Ford lui avait dit qu'elle avait été agressée par un juge éminent. Deux amis, membres de la faculté de médecine de Stanford, pourraient aussi se révéler utiles à ses côtés.

Ce fut en discutant de différents scénarios hypothétiques que Katz, Banks et les autres conseillers réussirent à convaincre Ford d'aller à Washington pour parler aux sénateurs. Ce dimanche-là, leur équipe et le staff de Grassley parvinrent enfin à un consensus : l'audience aurait lieu le jeudi suivant, le 27 septembre.

Mais ce dimanche-là, le 23 septembre, toute la dynamique du bras de fer avec Kavanaugh bascula. Les documents que l'équipe de Ford attendait depuis des semaines arrivaient enfin : deux allégations supplémentaires à l'encontre du juge, qui avaient fait surface presque simultanément. Soudain, il apparaissait sous un jour beaucoup plus sombre, sous les traits d'un récidiviste.

Le *New Yorker* publia le récit de Deborah Ramirez, qui prétendait que Kavanaugh s'était exhibé devant elle pendant une soirée lorsqu'ils étaient étudiants à Yale[26]. Elle relata qu'elle était ivre, « assise par terre, l'esprit embrouillé et ayant du mal à articuler », quand Kavanaugh lui avait brandi son pénis sous le nez. Elle l'avait touché en tentant de le repousser. « Brett riait », déclara Ramirez. « Je vois encore son visage et ses hanches qui s'avançaient, comme quand on remonte son pantalon. »

Pratiquement au même moment, Michael Avenatti, un avocat de la défense de Californie qui représentait Stormy Daniels, la star du porno qui avait accepté des compensations financières de la part de Trump, tweetait des accusations qui paraissaient plus menaçantes à l'encontre de Kavanaugh, de la part d'une nouvelle cliente[27] :

> Nous avons connaissance de preuves significatives de plusieurs soirées dans la région de Washington, au début des années 1980, durant lesquelles Brett Kavanaugh, Mark Judge et d'autres participaient au repérage de femmes sous l'emprise de l'alcool ou de drogues pour permettre à une « succession » d'hommes de les violer en réunion.

Avenatti ne nomma pas sa cliente, mais publia des questions sans équivoque à l'attention du juge sur Twitter, du type : « Avez-vous déjà pris pour cible une ou plusieurs femmes pour avoir des relations sexuelles ou la violer lors d'une soirée ? » Il affirmait avoir plusieurs témoins prêts à témoigner.

Katz, Banks et Seidman suivaient ces développements. Ramirez, estimaient-elles, disait la vérité à propos de l'exhibitionnisme de Kavanaugh et l'allégation contribuerait sans doute à augmenter la crédibilité de Ford. Mais ce que faisait Avenatti avait tout l'air d'une diversion qui pourrait potentiellement leur nuire.

Ce même dimanche matin, Rebecca Corbett, qui travaillait depuis chez elle, à Baltimore, savait que l'article du *New Yorker* allait sortir. Elle l'avait appris de la façon habituelle pour des journalistes travaillant pour des publications concurrentes : par le biais de sujets croisés et de sources communes. En entendant dire que le *New Yorker* était sur le point de publier, elle avait supposé qu'ils avaient monté leur article et elle avait demandé à ses journalistes de commencer un brouillon destiné à résumer leurs découvertes. L'écriture de ce type d'article, qui était une véritable leçon d'humilité, avait un nom en journalisme : une « suite ».

Mais dès que Corbett, Baquet et Purdy lurent l'article du *New Yorker* ce soir-là, Corbett demanda à ses journalistes d'arrêter d'écrire. Le magazine avait obtenu un élément crucial que le *Times* n'avait pas : une interview de Ramirez. Certains aspects de l'histoire rappelaient celle de Ford : l'article du *New*

Yorker ne mentionnait pas de témoins oculaires. (Un camarade de classe anonyme déclarait avoir entendu parler de l'incident, mais il n'y avait pas assisté.) Des personnes citées par Ramirez comme étant à la soirée niaient l'incident ou affirmaient ne pas se souvenir de la fête elle-même.

Mais le récit de Ramirez soulevait d'autres points. L'article admettait que Ramirez avait été réticente à parler, notamment parce qu'elle avait des trous de mémoire à cause de l'alcool et qu'il lui avait fallu analyser ses souvenirs pendant six jours pour décrire avec certitude le rôle joué par Kavanaugh dans l'incident présumé. (Ronan Farrow, coauteur de l'article, soulignerait par la suite que beaucoup de victimes se heurtaient à des défaillances de mémoire, et que ce délai de six jours était un gage de crédibilité.) Si Ramirez avait désigné Kavanaugh à des tiers comme auteur de l'agression avant sa nomination, le *New Yorker* n'en savait rien. Peut-être avaient-ils obtenu des corroborations officieuses du témoignage de Ramirez, mais l'article ne le précisait pas.

La pratique habituelle en journalisme était de tenter d'égaler les concurrents sur des affaires à sensation. Si le *Post* avait un scoop sur les manigances de Trump avec la Russie, le *Times* mènerait lui aussi l'enquête sur ce sujet, et vice versa ; cela pour informer ses propres lecteurs, mais aussi pour apporter un autre éclairage sur l'affaire, à la manière des scientifiques pratiquant leur évaluation mutuelle : si des équipes distinctes, voire rivales, étaient capables d'exécuter les mêmes expériences avec les mêmes résultats, alors les découvertes n'en étaient que plus fiables. Dans l'enquête sur Weinstein, les articles du

Times et du *New Yorker* avaient abouti à des résultats quasi identiques – même si pas tout à fait –, ce qui était révélateur de la solidité des preuves.

Cette fois, le scénario était différent. Ces derniers jours, les journalistes du *Times* avaient eux aussi interviewé des douzaines d'anciens camarades de classe et de résidences étudiantes, sans dénicher personne qui aurait assisté à l'incident. De plus, le *Times* avait appris que Ramirez avait dit à quelques-uns de ses anciens camarades de Yale qu'elle n'était pas certaine que Kavanaugh était celui qui s'était exhibé. Les rédacteurs du *Times* ne tiraient pas de conclusions au sujet de ce qui s'était passé durant la soirée – mais ils avançaient uniquement que, d'après leur propre enquête, l'allégation n'était pas suffisamment documentée pour être publiée comme une suite autonome.

Les tweets d'Avenatti constituaient une autre cause de préoccupation, bien plus grave. Il avait émis des accusations voilées de viol en réunion à l'encontre du juge sans même dire qui l'en accusait. L'avocat semblait jouer à son propre jeu. En représentant Stormy Daniels, Avenatti avait divulgué des informations aux médias tout en cultivant ses propres ambitions présidentielles. Des mois plus tôt, durant l'affaire, l'impétueux avocat avait expliqué à Corbett qu'il livrerait des tuyaux au *Times* et d'autres organes d'informations, mais que sa principale stratégie était de passer à la télévision. « Je coucherai avec vous, mais je ne me marierai pas avec vous », avait-il dit[28].

Ce dimanche-là, Corbett donna pour instruction aux journalistes du *Times* de continuer à creuser les nouvelles allégations. Mais l'article du soir, sur les répercussions politiques de la future déposition de

Ford, ne mentionnait l'allégation de Ramirez que dans le quatorzième paragraphe et évoquait aussi les différentes découvertes du *Times*[29]. Il n'y était pas fait mention d'Avenatti ni de sa cliente anonyme.

Le lundi, les républicains se servaient déjà des points faibles des nouvelles allégations pour défendre Kavanaugh bec et ongles. L'hypothèse émise par l'équipe de Ford, selon laquelle de nouvelles allégations étayeraient l'histoire de leur cliente, avait tout l'air d'être erronée. Au contraire, ces dernières pourraient bien lui nuire. Une semaine plus tôt, Kellyanne Conway affirmait encore que Ford méritait d'être entendue ; à présent, dans une apparition sur *CBS This Morning*, Conway déclarait que les allégations contre Kavanaugh « commençaient à ressembler à une vaste conspiration gauchiste » et affirmait que le juge était victime d'une « agressivité débordante » de la part des victimes de harcèlement et d'agression sexuelle[30].

Devant le Sénat, McConnell accusa les démocrates de prendre part à une « honteuse campagne de diffamation » contre le juge[31]. Enhardi, Kavanaugh publia une lettre dans laquelle il proclamait son intention de ne pas se cacher[32].

Mike Davis, membre républicain du staff du comité judiciaire sénatorial, dit plus tard que l'émergence d'Avenatti avait joué un rôle important : « Il a sauté au beau milieu de tout ça et semé un grand désordre, ce qui a sapé la crédibilité des autres accusateurs[33]. »

Le matin du mercredi 26 septembre, la veille de la déposition, Ford était installée en grand secret à l'hôtel Watergate, choisi moins pour son histoire que pour son emplacement à l'écart du centre de Washington.

Ford était arrivée par avion la veille, à bord du jet privé qui avait été mis à sa disposition. Elle avait pris de l'Ativan sur prescription médicale pour l'aider à se détendre, expliquerait-elle plus tard. À sa descente de l'avion, elle était tombée, par une coïncidence extraordinaire, sur Conway qui attendait apparemment de monter à bord d'un autre avion. Ford avait rabattu la visière de sa casquette de baseball sur son visage pendant que ses amis qui l'avaient accompagnée depuis la Californie serraient les rangs autour d'elle pour la protéger. Mais Conway ne semblait pas l'avoir reconnue. Cela n'avait rien de surprenant. Bien que Ford fût au cœur de l'actualité, le public ne connaissait pas sa voix et ne savait pas à quoi elle ressemblait. Tout ce qui avait été publié, c'était une photo prise plusieurs décennies auparavant, et celle sur laquelle elle portait des lunettes de soleil. Au Watergate, elle bénéficiait d'une protection si rapprochée que dès qu'elle ouvrait la porte de sa chambre, son garde du corps, qui se trouvait dans la chambre d'à côté, ouvrait la sienne à l'unisson. Elle demeurait nimbée de mystère aux yeux du grand public – du moins jusqu'au lendemain.

Tandis que ses amis allaient visiter les monuments de Washington, Ford descendait dans une salle de conférence de l'hôtel. Katz et Banks s'y trouvaient, faisant des allers-retours entre leur cabinet et cette base d'opérations secrète. C'était aussi le cas de Larry Robbins, qui avait continué de conseiller Ford en coulisses, et de Michael Bromwich, un ancien collègue de Robbins, qui avait rejoint l'équipe le vendredi précédent et leur donnait un coup de main pour le dernier round des négociations avec le comité judiciaire. Seidman était au travail à l'autre bout du couloir.

La pièce étroite et sans prétention avait un wi-fi capricieux, mais quelqu'un avait placé devant chaque siège des blocs de papier au logo du Watergate, des stylos et des bouteilles d'eau. Katz, avec l'aide d'un avocat junior de son cabinet et de Bromwich, avait rédigé l'introduction du témoignage, basée sur les détails que Ford leur avait communiqués ainsi qu'au *Post*, en évitant d'employer un langage sexuellement explicite, car elle savait que cela mettait Ford mal à l'aise. Ford lut l'ébauche et la récrivit presque entièrement. « J'ai presque tout rayé », dit-elle. Non pas à cause d'erreurs factuelles, mais parce que ça ne lui ressemblait pas. « Ce n'était pas mes mots. Ce n'était pas dans le bon ordre. Je devais me l'approprier. » Ford écrivit et réécrivit, comme elle le faisait lorsqu'elle travaillait sur des articles scientifiques, sans plus prêter attention aux avocats qui se trouvaient dans la pièce.

Bromwich et Robbins passèrent une heure à poser à Ford des questions qui, d'après eux, pourraient être posées durant l'audience et lui donnèrent des conseils d'ordre général sur la meilleure façon de se comporter à la barre des témoins : « Vous êtes là pour dire la vérité ; ne vous souciez pas de ses conséquences », expliquèrent-ils. « Si les sénateurs utilisent des mots ambigus, n'essayez pas de deviner leur sens. S'ils posent une question en trois parties, demandez-leur de la décomposer pour ne répondre qu'à une partie de la question à la fois. » Bromwich expliqua qu'il s'assiérait à côté de Ford pendant l'audience.

Lorsque les sénateurs marqueraient une pause, elle devrait les regarder et respirer profondément, sans se soucier de ce qu'ils disaient.

Robbins et Bromwich, qui étaient tous les deux spécialistes des témoignages devant le Congrès, savaient que le secret pour bien s'en sortir lors de cet exercice, c'était de s'entraîner à l'avance, d'anticiper les questions, de peaufiner les réponses. Tout le monde s'entraînait avant de témoigner devant le Congrès, même pour des questions de routine. Il était considéré comme très imprudent, voire un peu irréfléchi, d'arriver sans préparation. Les avocats n'avaient pas beaucoup de temps pour entraîner Ford : certains hommes d'affaires passaient des semaines, voire des mois, à se préparer à leur passage devant le Congrès, alors qu'eux n'avaient qu'une journée.

Ford prit des notes mais avait du mal à se concentrer ; les avocats parlaient tous en même temps. Lorsqu'ils lui demandèrent de s'entraîner à répondre, elle refusa. « Elle n'en démordait pas », dit Robbins.

Dans moins de vingt-quatre heures, Ford donnerait le témoignage le plus délicat qui ait été entendu à Washington depuis longtemps. Pour éviter de donner l'impression d'un banc d'interlocuteurs républicains entièrement masculins, ces sénateurs avaient cédé leur temps de question à une procureure expérimentée, Rachel Mitchell. Tout le monde, et pas seulement les sénateurs, serait à l'affût des moindres faiblesses, incohérences ou moments d'embarras de la part de Ford.

Ford n'avait pas peur. Pour elle, s'entraîner équivaudrait à réviser pour un examen dont elle connaissait déjà les réponses. Elle savait quels faits elle connaissait, quels faits elle ignorait. L'entraînement n'y changerait rien.

Un seul aspect seulement l'inquiétait : « Je ne suis pas sûre de pouvoir le faire devant les caméras », dit-elle à l'équipe. Elle réitéra une question qu'elle posait depuis des jours : pourquoi ne pouvait-elle pas répondre aux questions du comité judiciaire sénatorial en audience privée ?

Seidman intervint. Lors d'une conversation en tête à tête avec Ford, elle répéta ce que Katz et Banks lui disaient depuis des jours : la seule façon dont elle pouvait s'assurer que son récit serait restitué de façon précise et fidèle, c'était par une audience télévisée. C'était ce que ferait Kavanaugh. « D'accord », répondit Ford.

Seidman était enfin convaincue que Ford irait jusqu'au bout. Mais Katz et Banks n'en étaient pas si sûres.

Cet après-midi-là, Jodi prit le train pour Washington, chercha l'adresse du cabinet de Katz et Banks, trouva un café à quelques pas de là et se prépara à y attendre pendant des heures. Katz ne l'avait pas invitée. Elle n'avait jamais rencontré Banks et n'avait toujours pas échangé un mot avec Ford. À ce stade, Megan et elle ne connaissaient que quelques bribes d'informations sur ce qu'il se passait en coulisses. Quand Jodi avait dit à Katz qu'elle achetait un billet de train, l'avocate lui avait répondu qu'elle ne pouvait rien lui promettre sur ce qu'elle pourrait voir. Mais Megan et Jodi étaient tombées d'accord : l'une d'elles devait aller à Washington pour voir de plus près ce qui allait s'y passer, afin de mieux comprendre la signification de ces événements.

Le soir venu, Jodi était toujours assise dans le même café lorsque Katz et Banks vinrent la chercher et lui permirent d'assister à la fin de leurs préparatifs. Au cabinet, les avocats étaient d'excellente humeur. Leur bureau avait été transformé en poste de commandement, rempli de mémos concernant les diverses réactions au récit de leur cliente. À cause des menaces que les avocats avaient reçues, des agents de sécurité se tenaient devant la porte. Mais la pièce était aussi encombrée de gestes d'encouragement, comme des bouquets de fleurs destinés à Ford, qui avaient été envoyés par des inconnus, posés n'importe comment sur le bureau de Katz. Tant de cookies étaient arrivés qu'on les avait empilés sur les trieurs.

Seule une petite équipe d'avocats et de conseillers qui s'était portée volontaire pour aider Ford, majoritairement composée de femmes, resta au bureau. Ils étaient remontés à bloc, optimistes et prêts à relever le défi.

En chemin vers l'ascenseur, Katz attrapa un cxemplaire du *Times* sur un bureau et montra triomphalement la une : « Bill Cosby, autrefois modèle de paternité, est incarcéré[34]. » La veille, Bill Cosby avait été condamné à une peine comprise entre trois et dix ans de prison, alors que beaucoup pensaient que le moment où il lui faudrait rendre des comptes ne viendrait jamais. Les commentateurs disaient que c'était le premier verdict majeur de l'ère #MeToo. Katz avait le sentiment que l'histoire était de son côté.

Mais, au même moment, Trump passait à la télévision, dénonçant les accusations à l'encontre de Kavanaugh comme faisant partie d'une vaste « escroquerie » démocrate[35]. Le président se servait de l'affaire Kavanaugh pour réaffirmer sa propre innocence et se positionner en tant que victime. « Cela fait longtemps que je suis connu, mais il y a eu beaucoup de fausses accusations portées contre moi, des accusations vraiment fausses », dit Trump. « Alors lorsque je le constate, je le vois d'un œil très différent de celui d'une personne assise chez elle devant la télévision où on dit : "Oh, le juge Kavanaugh a fait ci ou ça." Cela m'est arrivé très souvent. »

Une fois encore, Trump visait directement la façon dont Megan et Barbaro médiatisaient son attitude envers les femmes, parlant de « fausses déclarations » et de « fake news ». Trump évoquait aussi « quatre ou cinq femmes qui ont reçu beaucoup d'argent pour inventer des histoires sur moi ». Il n'y avait aucune preuve de ce qu'il avançait. Mais les efforts déployés par Lisa Bloom auprès d'éminents démocrates pour réunir des dons destinés aux potentielles accusatrices de Trump avaient été rapportés par les journalistes, et lui donnaient un sujet de discussion qui, une fois déformé et exagéré, l'aidait à faire valoir son point de vue.

Ford alla se coucher à 22 heures, dans l'espoir de passer une bonne nuit de sommeil. Deux heures plus tard, elle était levée. Elle prit une douche et regarda la télévision jusqu'à l'aube. « J'attendais, j'étais prête à y aller, qu'on en finisse », dira-t-elle.

La matinée passa dans un tourbillon de préparatifs. Une coiffeuse vint s'occuper de ses cheveux et, lorsque Ford se vit dans le miroir, elle ne se ressemblait plus : ses pointes étaient bouclées. Comme ses conseillers s'étaient doutés, à juste titre, qu'une universitaire californienne ne possèderait pas le genre de vêtements qui convenait à une audience devant le Congrès, ils avaient commandé onze tailleurs qui avaient été livrés la veille à l'hôtel. Ford les avait trouvés beaucoup trop sombres et chers – tellement côte Est. Elle avait choisi le seul modèle qui n'était pas noir, mais bleu nuit, et qu'elle pourrait porter pour enseigner. Un couturier était apparu pour l'ajuster.

Deux collègues de Stanford, l'une qui l'avait accompagnée dans le jet privé et l'autre qui se trouvait par hasard en ville, se joignirent à elle pour prendre le petit-déjeuner dans sa chambre d'hôtel. Tandis qu'elles discutaient des articles scientifiques sur lesquels elles travaillaient, Ford eut le sentiment de passer peu à peu en mode professionnel, attitude qu'elle comptait adopter pour l'audience.

Un SUV Chevrolet Suburban l'attendait pour la conduire jusqu'au Capitole, en compagnie de Katz, Banks, Bromwich, Robbins et deux gardes du corps. La voiture se gara dans un parking souterrain, puis Ford fut escortée à travers les entrailles du Congrès. Ils traversèrent un couloir, montèrent un escalier et empruntèrent un vaste corridor jalonné de bureaux. Les gens jetaient des coups d'œil par leurs portes pour essayer de l'apercevoir. Très vite, son équipe et elle se retrouvèrent dans une salle qui leur était réservée et qui ressemblait à un bureau. Elle se situait à quelques portes de la salle d'audience et ils pourraient s'y reposer et s'y réunir pendant les pauses. Ford corrigeait encore son discours qu'elle transportait dans une pochette, pesant chaque mot. Elle se souvint avoir barré un « hurla » pour le remplacer par un « cria ».

Quand Grassley passa dans la pièce, Ford sourit et échangea quelques civilités avec lui. Elle était toujours déterminée à se montrer aussi aimable que possible durant tout le processus.

Les conseillers de Ford avaient poussé le comité judiciaire à tenir l'audience dans l'une de ses plus petites salles ; ils espéraient ainsi atténuer le trac de Ford. Aucun d'eux n'avait explicitement évoqué auprès de Ford la portée de la diffusion de l'audience ; encore une façon de minimiser la puissance des répercussions de ce débat sur ce qui n'avait été qu'un incident de lycée. Katz et Banks craignaient qu'elle ne soit tétanisée par la peur si elle était au courant.

Lorsque ce fut son tour, Ford commença à lire son discours sans trop savoir quelle impression elle produisait[36]. Elle avait raconté cette même histoire tout l'été. Elle n'avait pas dormi de la nuit. En arrivant au micro, elle avait demandé un café. La disposition de la salle lui paraissait étrange, avec les sénateurs placés plus haut qu'elle. L'éclairage était extrêmement lumineux, comme s'ils se trouvaient dans un bloc opératoire.

Elle avait la voix enrouée d'émotion, mais elle tint le coup. Les mots et les images qu'elle avait si soigneusement sélectionnés étaient particulièrement évocateurs. Elle décrivit Kavanaugh qui essayait maladroitement de franchir la barrière du maillot de bain une pièce qu'elle portait sous ses vêtements et le bruit des garçons qui « rebondissaient contre les murs » en dévalant les escaliers, après qu'elle se fut cachée aux toilettes.

« J'ai dû revivre ce traumatisme devant le monde entier et j'ai vu ma vie disséquée par des gens à la télévision, sur Twitter, d'autres réseaux sociaux, d'autres médias, et par cette institution qui ne m'a jamais vue et ne m'a jamais parlé », dit-elle. « Je suis indépendante ; je ne suis le jouet de personne. Si j'ai choisi de prendre la parole, c'est pour être utile et pour expliquer factuellement de quelle façon les actes de M. Kavanaugh ont nui à mon existence, afin que vous puissiez en tenir compte au moment de prendre votre décision. »

Ford était habituée aux échanges de questions et réponses en raison des nombreuses heures qu'elle avait passées dans des conférences scientifiques ; elle puisait maintenant dans cette expérience, s'efforçant de s'exprimer clairement et distinctement. Les échanges avec Rachel Mitchell, la procureure à qui les républicains avaient cédé leur temps de question, ne la dérangeaient pas. Contrairement aux sénateurs, la procureure était assise dans le parterre, ce qui contribuait à donner l'impression qu'elles avaient une interaction d'égale à égale, dit-elle. Et la première salve de questions lui sembla respectueuse.

Mais plus la séance avançait, plus Ford s'alarmait. Les questions de Mitchell changeaient peu à peu d'axe. Comment Ford s'était-elle rendue à Washington ? Comment s'était déroulé le test au détecteur de mensonges ? Elle avait l'impression que cela s'écartait du sujet et cela la perturbait, dit-elle. Lors de la dernière pause, Ford était épuisée. Elle ne voulait pas y retourner.

Quand son tour devant le micro fut enfin terminé, Mitchell vint la voir.

« Je vais prier pour qu'il ne vous arrive rien », dit la procureure. Cela terrifia Ford. La procureure évoquait-elle un danger spécifique qui la menaçait ?

De retour dans leur salle privée, les conseillers de Ford étaient souriants et la félicitaient. Elle apprécia leurs commentaires, mais les considérait toujours selon des critères universitaires. « Lorsque vous faites un discours scientifique, vous vous contentez de dire ce que vous savez », expliqua-t-elle. « Il ne s'agit pas de "faire du bon boulot !" » Toutefois, elle avait l'impression d'avoir bien réussi à faire passer son message – elle avait tout donné pour atteindre les buts, dira-t-elle plus tard avec l'une des analogies sportives qu'elle affectionnait tant. Lorsque le sénateur républicain Jeff Flake, de l'Arizona, qui était considéré comme une voix potentiellement déterminante, passa lui dire bonjour, elle le salua chaleureusement. Elle ne faisait toujours qu'entrapercevoir la force et la résonance de son témoignage à travers le pays.

Jodi, qui avait emprunté un laissez-passer pour la salle d'audience bondée et qui s'était glissée à sa place vers la fin du temps de parole de Ford, se faisait une première opinion de Ford en personne. Elle faisait face aux sénateurs, assise devant une immense table en bois, flanquée de Katz et Bromwich. Comme Jodi ne pouvait voir que l'arrière de sa tête, c'était sa voix qui l'avait le plus frappée : étonnamment jeune, mais autoritaire, notamment en raison de sa précision. Dans son témoignage, elle semblait mettre un point d'honneur à donner toutes les bonnes réponses. Contrairement à l'affaire Weinstein, lorsque les voix des victimes avaient été relayées par les journalistes, le monde avait vu et entendu un récit sans filtre émanant directement de la femme concernée.

Beaucoup de spectateurs considéraient qu'elle était un témoin si convaincant que la nomination était pour ainsi dire fichue. Sur C-SPAN, des victimes d'agression sexuelle appelaient pour partager leurs histoires[37]. « Je n'en avais pas parlé pendant des années jusqu'à ce que j'entende ce témoignage et ça m'a brisé le cœur », dit une femme de soixante-seize ans. Trump dit qu'il trouva Ford « très convaincante » et que c'était « un témoin très crédible[38] ». Au *Times*, les rédacteurs et les journalistes étaient prêts à couvrir le retrait de Kavanaugh, le cas échéant.

Comme beaucoup d'autres spectateurs, Jodi et Megan ne savaient pas trop à quoi s'attendre lorsque vint le tour de Kavanaugh de prendre la parole à l'audience. L'éminent juge fédéral se présenterait-il comme au-dessus de tout cela, afin de rappeler au monde la respectabilité accumulée au fil de sa carrière ? Peut-être dirait-il qu'il ne se souvenait sincèrement pas d'un tel incident, mais qu'il fallait le juger sur sa conduite en tant qu'adulte. Cette tactique avait aidé d'autres personnalités à désamorcer des écarts de conduite de jeunesse. Durant la course présidentielle de 2000, George W. Bush avait repoussé d'un revers de main des histoires de beuveries en disant : « Quand j'étais jeune et irresponsable, j'étais jeune et irresponsable[39]. » C'était l'une des répliques de prise de contrôle autobiographique la plus efficace qui soit, donnant à l'ancien fêtard une touche de sympathique autodérision – personne ne voulant être jugé d'après ses pires travers de jeunesse.

Mais il devint rapidement clair que là n'était pas l'intention de Kavanaugh. Lorsque vint son tour à la table en bois ciré, il regagna du terrain, niant avec force les accusations sous serment de Ford. « Je nie catégoriquement et sans équivoque possible les allégations portées contre moi par le Dr Ford. Je n'ai jamais eu de rapports sexuels ou physiques d'aucune sorte avec le Dr Ford. Je n'ai jamais participé à une fête comme celle décrite par le Dr Ford dans son allégation. Je n'ai jamais agressé sexuellement le Dr Ford ni qui que ce soit d'autre », dit-il.

Jodi ne voyait pas non plus son visage, juste des cheveux bruns, poivre et sel, coupés en brosse, coiffant des épaules carrées. Mais elle l'entendait, lui et sa colère, presque comme s'il crachait son discours. Son attitude était à l'opposé de celle de Ford. Elle avait semblé mesurée, calme, polie, pas particulièrement politique et désireuse de plaire, parsemant son témoignage de terminologie scientifique comme pour contribuer à valider ce qu'elle disait. Lui paraissait bruyant, mordant et ouvertement partisan. « Cet effort de deux semaines a été un coup politique calculé et orchestré, clairement alimenté par une colère impuissante contre le président Trump et les élections de 2016 », dit-il[40].

Durant plusieurs minutes, il exhorta ceux qui l'écoutaient à se mettre à sa place et décrivit une vie de dur labeur, bouleversée par une succession de plaintes qui s'aggravaient et s'emballaient. Durant la semaine précédente, la cliente d'Avenatti, Julie Swetnick, avait fini par prendre la parole ; lors d'une déclaration sous serment devant le comité, puis lors d'une interview télévisée, elle s'était contredite et avait été perçue comme peu crédible[41].

« Le truc avec Swetnick est une blague », dit-il. « C'est une farce. »

« J'aurais aimé avoir une audience le jour où l'allégation a été émise », dit-il en faisant référence au récit de Ford. « Au lieu de cela, dix jours se sont écoulés durant lesquels toute cette mascarade a vu le jour », dit-il, évoquant certaines des rumeurs qui avaient circulé : « Je suis en bateau dans le Rhode Island, je suis dans le Colorado, on me voit partout. Et ces balivernes paraissent dans les journaux et sont colportées à un rythme effréné par les chaînes d'actualité. »

« Ma famille et mon nom ont été totalement et irrémédiablement détruits par des accusations additionnelles aussi virulentes que fausses », dit-il. Ce mot, *additionnelles*, en disait long.

Son propos allait plus loin que cette seule affaire ; il s'érigeait en point de convergence des griefs à l'encontre des hommes, affirmant qu'il était la victime, que toute sa vie de dévouement, sans parler des heures passées à coacher ses filles au basketball, était en train d'être détruite par des femmes portant des accusations irresponsables.

« Si tous les Américains qui ont bu de la bière au lycée étaient soudain présumés coupables d'agression sexuelle, nous serions tous dans le pétrin », dit-il.

Les sénateurs républicains utilisèrent leur propre temps de question pour amplifier son message. Ils écartèrent Rachel Mitchell, qui avait commencé à questionner Kavanaugh sur les détails des incidents présumés, abandonnant leur plan de laisser une femme leur servir de voix publique. À la place, ils exprimèrent à tour de rôle leur outrage face à ce qu'ils appelaient la victimisation d'un homme intègre.

« Ça ne fait qu'empirer », déclara le sénateur John Cornyn, du Texas. « D'abord cette histoire que pas même le *New York Times* n'a voulu traiter, l'allégation de Ms Ramirez. Puis l'avocat de Stormy Daniels sort cette histoire incroyable, vous accusant de la conduite la plus sordide et salace qui soit. C'est scandaleux et vous avez raison d'être en colère. »

« C'est une disgrâce », déclara le sénateur Orrin Hatch, de l'Utah. « Cela a malheureusement été l'un des chapitres les plus honteux de l'histoire du Sénat des États-Unis », ajouta le sénateur Ted Cruz, du Texas.

Durant les témoignages, le juge fit quelques déclarations improbables. Il expliqua que « le Triangle du Diable », expression qui figurait dans son album de promotion et qui avait attiré l'attention des médias, était un jeu à boire, alors que la plupart des gens savaient que, dans le jargon des lycéens, cela désignait un plan à trois entre deux hommes et une femme. Il affirma que l'histoire de Ford avait été « réfutée par les personnes qui étaient d'après elle présentes, y compris l'une de ses amies de longue date ». C'était faux : l'amie en question, Leland Keyser, que Ford avait placée à la fête, avait déclaré au comité judiciaire, dans une lettre rédigée par son avocat, qu'elle ne se souvenait plus de la soirée et qu'elle ne connaissait pas Kavanaugh, mais elle avait aussi dit au *Washington Post* qu'elle pensait que Ford disait la vérité[42]. Lorsque la sénatrice Amy Klobuchar, une démocrate du Minnesota, demanda à Kavanaugh s'il lui était déjà arrivé de perdre tout ou partie de ses souvenirs par la faute de l'alcool, il répliqua « Et vous ? », sur la défensive.

Dans la salle d'audience, Jodi fut frappée par quelque chose qui n'était pas aussi palpable à la télévision : la petite taille de la pièce, qui était remplie non seulement de supporters de Ford et de Kavanaugh, mais aussi de défenseurs et de critiques de #MeToo. Après le témoignage de Ford, les voix qui criaient « Merci, docteur Ford » se mêlaient à celles qui hurlaient « Confirmez Brett ! » Les sièges des visiteurs étaient en rangs de huit, à peine plus que dans un avion. Des femmes portant des T-shirts « Kavanaugh » se serraient contre celles qui étaient venues pour Ford. Tarana Burke, fondatrice du mouvement #MeToo, était venue en baskets pour pouvoir rejoindre les manifestations qui avaient lieu un peu partout sur la colline du Capitole. Elle était assise non loin d'Ashley Kavanaugh, l'épouse du juge, qui arborait une expression horrifiée. Tous étaient entassés dans un box à l'allure solennelle, aux murs lambrissés et ornés de plaques en cuivre, pour assister à un combat aux règles improvisées et sans arbitre impartial.

Le lendemain matin, Jodi rencontra Katz dans le hall de l'hôtel Watergate. Dans la petite salle de conférence où Ford et son équipe s'étaient réunis, le matériel utilisé pour la préparation n'avait pas été débarrassé. Les surligneurs et les M&M's avaient été disposés avec soin. Une seconde plus tard, Ford entra dans la pièce.

Elle semblait à la fois égale à elle-même et totalement différente de la veille. Ses premières paroles furent identiques à celles qui avaient ouvert l'audience : elle demanda du café. Elle était toujours animée par la volonté de plaire, comme elle l'avait été à l'audience, demandant à Katz si elle avait été assez courtoise lorsque le sénateur Flake l'avait saluée. (« Vous avez été très bien », la rassura Katz.) Le tailleur guindé avait disparu, remplacé par un sweat à capuche turquoise et des Birkenstock bleues, rappelant que cette personne avait une identité et une vie qui n'avaient été que partiellement représentées durant ces quelques heures passées sur la scène publique. Elle ressemblait à nouveau à une Californienne, les cheveux encore ébouriffés par le sommeil. Au poignet, elle portait un fin bracelet d'argent sur lequel était écrit « Courageuse ».

Depuis qu'elle avait quitté la colline du Capitole, la veille, elle s'était enfin autorisée à se laisser aller, d'une certaine façon. Elle n'avait pas regardé le témoignage de Kavanaugh. La veille au soir, ses amis et sa famille s'étaient retrouvés dans une salle du Watergate pour une fête de « fin de calvaire » durant laquelle ses invitées de Palo Alto avaient rencontré ses amis du lycée. L'une d'elles allait passer à la télévision dans une interview au sujet de Ford et cette dernière l'en remercia. Ses parents aussi étaient présents. Tandis que les autres buvaient et bavardaient, Ford s'était allongée sur une petite banquette rembourrée qui se trouvait dans la pièce et avait fermé les yeux.

Son avion n'allait pas tarder à décoller et elle avait hâte de repartir vers l'Ouest, pour échapper au supplice de Washington. Elle demandait quand elle pourrait rentrer chez elle ; elle se voyait reprendre son ancienne vie et ses bonnes habitudes. Cela semblait à peine possible : son histoire avait produit l'effet d'un séisme national, culturel et politique.

Quelques heures plus tard, tandis que le comité judiciaire se préparait à voter pour savoir s'il fallait transmettre la nomination au Sénat, Katz et Banks regardaient à leur cabinet la retransmission télévisée depuis la salle de conférence. Jodi était assise avec elles, observant les avocates qui attendaient de savoir si le témoignage de leur cliente allait réellement influencer le résultat de la nomination.

Katz faisait les cent pas le long de la table de conférence, échangeant des textos avec Ford, qui était dans son avion. L'attente était un véritable supplice et le résultat souhaité par les avocates – que le sénateur Jeff Flake ou un autre républicain vote non – était peu probable. Tandis que défilaient les gros titres et les images, sans qu'il y ait encore de véritables nouvelles, Jodi posa une plus vaste question aux avocates : qu'est-ce qui avait vraiment changé au cours de l'année passée et quelles seraient les répercussions du témoignage de Ford ?

« Si Kavanaugh obtient le poste, je ne suis pas sûre que les choses aient changé pour le mieux », dit Banks, la plus pessimiste des deux.

Katz, qui ne perdait jamais espoir, n'était pas d'accord avec cette réponse. Elle pensait que Ford avait remis en cause des normes sociales désuètes et qu'elle n'avait pu le faire que grâce au mouvement #MeToo, preuve que les choses avaient déjà changé. « Il y a un an, elle n'aurait jamais eu la possibilité de témoigner », affirma-t-elle.

« Les choses ont bel et bien qualitativement changé », poursuivit-elle. « Les institutions, elles, n'ont pas changé. Le Sénat n'a pas changé. Dans ce pays, le pouvoir est réuni à la Maison-Blanche et au Sénat. Mais cela ne signifie pas que ce mouvement soit un échec. » Katz ajouta que bon nombre des adversaires de Ford ne l'avaient pas directement traitée de menteuse. Au lieu de cela, ils avançaient une théorie farfelue selon laquelle elle se trompait concernant l'identité du coupable. C'était une étrange forme de progrès, dit-elle, mais c'est néanmoins un progrès.

« Je ne dis pas que le mouvement est un échec », répliqua Banks. « Je dis que malgré la force du mouvement, les résultats semblent être les mêmes. »

Au final, la télévision n'apporta pas de réponses claires. Après avoir été violemment pris à partie par deux victimes d'agression sexuelle dans un ascenseur du Capitole, Flake avait négocié une pause dans la procédure, demandant que soit menée une enquête du FBI concernant les allégations de Ford, ainsi que celles de Ramirez, avant que le Sénat ne se prononce sur la nomination de Kavanaugh. C'était exactement ce que Katz et Banks avaient essayé d'obtenir des semaines plus tôt sans y parvenir ; et voilà que les républicains du comité et la Maison-Blanche donnaient leur accord, disposés à faire tout ce qui était nécessaire pour conforter le soutien de Flake envers le juge.

Jodi retourna à New York et Megan vint la remplacer auprès des avocates. À la télévision et en ligne, des observateurs annonçaient le report du vote et l'ouverture d'une enquête par le FBI comme une victoire pour Ford, mais Katz et Banks étaient sceptiques. « Nous ne savons toujours pas où tout cela va nous mener », dit Katz à Megan.

Quelques heures plus tard, de retour en Californie, ce vendredi 28 septembre, Ford eut des retrouvailles riches en émotions avec son mari et ses deux fils. Les garçons sautaient partout et l'étouffaient de câlins, dit-elle.

Pour la première fois depuis des mois, Ford se sentait presque sereine. Certes, elle avait été un peu embarrassée devant toutes ces caméras, et un peu maladroite avec Rachel Mitchell. Mais personne n'avait essayé de détruire sa famille ou sa carrière universitaire. Elle supposa que Kavanaugh serait confirmé, comme elle l'avait toujours pensé. Sa victoire avait été de raconter son histoire au monde avec dignité, dit-elle. Peut-être cela faciliterait-il la prise de parole de la prochaine génération de victimes. Et peut-être les gens qui fouillaient le passé des candidats à la Cour suprême seraient-ils plus prudents la prochaine fois.

Enfin, se dit Ford, elle pouvait reprendre le cours de sa vie. Elle refusa toutes les demandes d'interview, disant à son équipe : « Je ne veux pas de toute cette attention, je veux juste me remettre à enseigner. »

Au lieu de cela, elle se retrouva prise sous le feu des attaques des républicains qui tentaient de forcer la confirmation de Kavanaugh.

Dimanche soir, Rachel Mitchell envoya un mémo de cinq pages aux républicains du Sénat pour remettre en cause la crédibilité de Ford[43]. (« Une affaire du type "sa parole contre la sienne" est extrêmement difficile à prouver. Mais cette affaire est encore plus faible que cela. ») Trois jours plus tard, Trump se moqua gaiement d'elle à un meeting de campagne à Southaven, dans le Mississippi, se lâchant encore plus que d'habitude[44]. (« "Comment êtes-vous rentrée ?" "Je ne m'en souviens plus." "Comment êtes-vous arrivée là ?" "Je ne m'en souviens plus." "Où était-ce ?" "Je ne m'en souviens plus." "C'était il y a combien d'années ?" "Je ne sais pas. Je ne sais pas. Je ne sais pas." "Dans quel quartier était-ce ?" "Je ne sais pas." "Où se trouve la maison ?" "Je ne sais pas." "En haut, en bas, où était-ce ?" "Je ne sais pas." »)

Tandis que Trump parlait, les républicains du comité judiciaire sénatorial diffusèrent une déclaration sous serment faite par un homme avec lequel Ford était sortie au début des années 1990, qui affirmait qu'il avait vu Ford se servir de ses connaissances en psychologie pour coacher une colocataire qui devait passer au détecteur de mensonges lors d'un entretien d'embauche auprès des forces de l'ordre. Cette affirmation semblait destinée à jeter le doute sur le test passé par Ford. Cette dernière était furieuse. C'était une chose que les critiques s'en prennent à elle. Mais ce mensonge faisait aussi du mal à son amie, Monica McLean, l'ex-agent du FBI qui fut contrainte de nier publiquement avoir laissé Ford ou quelqu'un d'autre la préparer en vue d'un passage au détecteur de mensonges[45].

On aurait dit que tout le pays avait son mot à dire sur ce que Ford avait fait. Une serveuse du restaurant Dale's, à Southaven, dans le Mississippi, cette même ville où Trump venait de donner une allocution, comptait parmi les indignées[46]. « N'importe quelle femme peut dire n'importe quoi », déclara-t-elle au sujet du mouvement #MeToo. « Vous savez aussi bien que moi qu'elles se fourrent elles-mêmes dans ce type d'ennuis, pour grimper des échelons, pour détruire ceux qu'elles n'aiment pas. Je pense que cela devrait rester personnel. Bien sûr, il y a plein de sales types en ce monde qui font beaucoup de choses qu'ils ne devraient pas faire. » Sa propre fille avait été victime de viol, dit-elle. « Je veux dire, je comprends, je comprends vraiment. Vous faites une thérapie pendant un an ou deux, vous faites ce qu'il faut faire pour remonter la pente, mais un stress post-traumatique ? Non, je ne crois pas. Ça va trop loin. Ma fille a réussi dans la vie. Vous pardonnez, vous oubliez. Vous ne vous trimballez pas ça pendant toute votre vie[47]. »

D'autres acclamaient Ford comme une héroïne. Partout, des victimes de violences sexuelles déversaient ce qu'elles avaient sur le cœur en réaction à son témoignage. Elle recevait des dizaines de milliers de lettres de supporters qui lui confiaient leurs propres histoires personnelles d'abus, d'agression et de harcèlement. Certaines célébrités, comme Ellen DeGeneres et Connie Chung, prenaient la parole pour la première fois au sujet de violences qu'elles affirmaient avoir subies, citant Ford comme source de motivation[48]. Les manifestants affluaient au Capitole avec une telle intensité que les manifestations initiales contre Kavanaugh passaient pour tièdes. Le magazine *Time* publia un hommage visuel à Ford en couverture, une image de son visage composée de citations de son témoignage.

En s'adressant au *Washington Post* ou en témoignant devant les caméras, Ford s'était efforcée de garder le contrôle de son histoire, mais celle-ci était maintenant critiquée, érigée en modèle, ou détournée de diverses façons. Désireuse d'avoir le dernier mot, Ford se tourna à nouveau vers son équipe. Y avait-il autre chose qu'elle pouvait faire ou dire ? Son équipe le lui déconseilla. Même si elle montrait une vidéo de l'agression, lui dirent Katz et Banks, cela n'empêcherait pas ses critiques de la remettre en question. Et il lui était impossible d'assumer le poids du traumatisme de toutes les victimes.

« Vous ne pouvez pas endosser tous les espoirs, les prières et les rêves de tous ceux qui aimeraient que les femmes soient traitées avec respect », lui dit Katz lors d'une conversation téléphonique. « Vous ne pouvez pas vous charger d'un tel poids. »

Ford ne pouvait pas lâcher prise. Le jeudi 4 octobre, au soir, elle téléphona à Katz et Banks. Le lendemain, le Sénat devait enfin procéder au premier vote pour proposer la nomination de Kavanaugh. Au bout du compte, l'enquête du FBI sur les allégations de Ford avait été extrêmement limitée ; après avoir interrogé Mark Judge, P. J. Smyth, Leland Keyser et l'avocat de l'un des témoins, le FBI avait conclu à « aucune corroboration ». Ils n'avaient pas interrogé Ford – ni Kavanaugh. Les questions concernant ce qu'il s'était vraiment passé trois décennies plus tôt n'avaient pas été réglées. (L'enquête ne trouva pas non plus de corroboration aux allégations de Ramirez.)[49]

Mais Ford voulait avoir le dernier mot. Ce soir-là, elle acheva une lettre qu'elle avait commencé à rédiger en secret deux jours plus tôt pour remercier le sénateur Jeff Flake de la gentillesse qu'il lui avait manifestée.

Banks envoya la lettre à l'adresse électronique privée du sénateur. Le lendemain matin, avant le vote, un coursier en apporta une version imprimée au bureau de Jeff Flake.

Dans l'après-midi du vendredi 5 octobre, le Sénat avança la nomination. Le vote final aurait probablement lieu le lendemain. C'était précisément le premier anniversaire du premier article de Jodi et Megan sur Weinstein, et le deuxième anniversaire presque jour pour jour de la diffusion de l'enregistrement d'*Access Hollywood*.

Megan prit le train pour Washington et retrouva Katz devant son cabinet. L'avocate avait coincé son téléphone cellulaire contre son oreille et elle avait les larmes aux yeux. Le vote s'était déroulé comme elles l'avaient craint. Ford était au bout du fil ; les deux femmes revenaient sur ce qui s'était passé. Ford avait été bien plus loin que prévu, mais cela n'avait pas empêché le juge de siéger à la Cour suprême.

« Tu as fait ce qu'il fallait. Sois forte », dit Katz au téléphone.

Le lendemain, Katz, Banks et un jeune avocat de leur cabinet passèrent devant des centaines de manifestants avant d'entrer au Sénat, suivis de Megan, pour le vote final sur la nomination de Kavanaugh. Dans la galerie du Sénat, les avocates poussèrent les portes, descendirent les marches en marbre blanc et prirent place sur les sièges bleus. Elles étaient là pour représenter Ford jusqu'à la fin, même s'il ne s'agissait que d'être assises dans la galerie, dirent-elles.

Les avocates, le visage sombre, virent les sénateurs républicains se lever pour évoquer les hommes innocents qui, partout, couraient le risque d'être injustement pris pour cible. La plupart ne s'en prirent pas directement à Ford ; ils la traitèrent de marionnette entre les mains de ceux qui tentaient de faire échouer la nomination de Kavanaugh. Les démocrates faisaient le contraire, critiquant Kavanaugh, félicitant ses accusatrices et montrant de la sympathie envers toutes les victimes d'agression sexuelle. Lorsque le sénateur Dick Durbin, un démocrate de l'Illinois, fit l'éloge de Ford comme étant la personnification du devoir civique et s'excusa pour le traitement qu'elle avait reçu, Katz baissa la tête, submergée.

L'inquiétude croissante des deux camps du débat s'était muée en fureur. Au Capitole, les manifestants anti-Kavanaugh arboraient d'immenses pancartes qui clamaient : NOUS CROYONS CHRISTINE BLASEY FORD ET NOUS CROYONS TOUTES LES VICTIMES. Ils confrontaient les sénateurs républicains en personne et se rendirent même à la maison de McConnell avec des canettes de bière, en référence aux habitudes de jeunesse de Kavanaugh, hurlant « Et glou et glou et glou ! » et « Que faisons-nous d'un juge ivre ?[50] » Des manifestants parvinrent à pénétrer dans la galerie pour le vote final. Un par un, ils se levèrent pour crier leurs récriminations. Tandis que les agents de sécurité les faisaient sortir de force, leurs cris résonnaient dans l'entrée : « Je suis solidaire avec les victimes. » « La procédure est corrompue. » « C'est une tache dans l'histoire de l'Amérique. »

À l'autre extrémité de la salle, Don McGahn, conseiller de Trump à la Maison-Blanche, suivait la procédure en souriant. Lorsque le vote fut terminé, le sénateur McConnell tint une conférence de presse. Megan nota que lui aussi rayonnait de plaisir : il avait obtenu une nouvelle majorité à la Cour suprême et peut-être même un bonus politique inattendu. « La foule qui nous a tous harcelés tout au long de cette procédure a donné des ailes à nos supporters », dit-il.

La confirmation de Kavanaugh ne scella certainement pas le destin du mouvement #MeToo. Quelques semaines plus tôt, des employés de McDonald's, dont

Kim Lawson, la femme que Jodi avait interviewée, s'étaient mis en grève dans tout le pays pour dénoncer les lacunes de la politique de l'entreprise en matière de harcèlement sexuel[51]. Les historiens la qualifiaient de première grève du pays en lien avec le harcèlement sexuel, depuis un siècle. Leslie Moonves, PDG de CBS, renonça à ses fonctions, ce qui fit de lui le premier dirigeant du classement Fortune 500 à perdre son emploi des suites du mouvement[52]. La veille, le comité du prix Nobel de la paix avait annoncé que le prix de 2018 serait décerné à Nadia Murad et Denis Mukwage, deux activistes qui avaient œuvré pour mettre fin à la violence sexuelle. Au même moment, le *Times* mettait la touche finale à une histoire choquante traitant de Google et de problèmes confidentiels parmi ses hauts dirigeants, y compris le soi-disant père des téléphones Android, qui avait été payé 90 millions de dollars pour quitter l'entreprise après qu'une employée l'eut accusé de l'avoir contrainte à une fellation, ce qu'il avait nié[53].

Les débats concernant les allégations de Ford incitaient les gens à réévaluer leur comportement au lycée, ne serait-ce qu'en privé. C'était ainsi que bon nombre des changements les plus profonds avaient lieu : lorsque la cacophonie des conversations publiques, si fréquemment insatisfaisantes, déclenchaient des dialogues privés plus réfléchis.

Ford elle-même ne savait pas quoi penser de ce qu'il s'était passé. Lors de ses interviews avec Megan durant les mois qui suivirent, elle était souvent triste ou confuse, parfois enhardie et fâchée, mais le plus souvent très anxieuse. Avait-elle bien fait de prendre la parole ? N'aurait-elle pas mieux fait de garder cela pour elle ? Ford énumérait toutes les raisons de ne pas parler d'une agression, puis, le lendemain, affirmait ne pas avoir de regrets. L'ambivalence qu'elle avait initialement ressentie quant à sa prise de parole semblait devoir perdurer.

Tandis que la controverse sur la nomination de Kavanaugh battait son plein, le *Times* avait demandé à ses lecteurs s'ils s'étaient déjà comportés envers les femmes et les filles d'une façon qu'ils avaient regrettée[54]. Des centaines d'hommes répondirent en confessant des transgressions allant de l'attouchement au viol en réunion.

« Je crois que la "conquérir" sexuellement était un acte que je pensais devoir accomplir », écrivit Tom Lynch qui avait mis la main sous la jupe d'une fille lors d'un bal de promo, en 1980.

Terry Wheaton, quatre-vingt-deux ans, se souvenait avoir embrassé de force une camarade de classe vers 1952.

« Je suis désolé, Diane », dit-il.

Épilogue

La rencontre

Durant les derniers mois de 2018, nous avons de nouveau évoqué une idée que nous avions envisagée durant l'affaire Weinstein. À l'époque, comme nous avions du mal à persuader les femmes de briser l'omerta, nous nous demandions s'il pourrait être utile d'en réunir quelques-unes pour s'adresser à elles directement. À l'époque, l'idée avait paru irréalisable puisqu'elle menaçait de révéler le secret de nos investigations.

Mais voilà que nous réfléchissions à nouveau à cette possibilité, pour de nouvelles raisons. Nous nous rendions compte que cela pourrait aider à répondre à des questions persistantes dont la portée allait bien au-delà de l'affaire Weinstein : qu'était-il advenu des femmes qui avaient pris la parole, et que pensaient-elles de tout cela ?

Le 16 janvier 2019, douze femmes qui avaient participé à notre enquête se réunirent à Los Angeles, sur notre demande, pour essayer de répondre à ces questions[1].

La réunion avait été difficile à organiser. Ces femmes habitaient dans trois pays différents et nous avions passé de nombreux coups de téléphone et envoyé de nombreux messages pour organiser la rencontre et expliquer nos intentions. Non, ce ne serait pas une séance de thérapie de groupe, mais une interview commune, à des fins journalistiques. Nous avions recherché une salle de conférence dans un hôtel pour y rassembler tout le monde, mais aucune ne semblait suffisamment privée, si bien que Gwyneth Paltrow, qui prévoyait de participer, avait proposé son domicile à Brentwood, à condition que nous payions les repas afin d'éviter toute transaction financière substantielle avec une source. Pour certains participants, les frais de déplacement étaient un frein ; nous avions donc pris en charge certains des billets d'avion et chambres d'hôtel.

Il pleuvait à 18 heures ce soir-là, à notre arrivée, avec nos sources et nos sujets. Après avoir franchi en voiture un discret portail gris, nous nous sommes retrouvées dans un endroit calme et isolé, du même type que la maison des Hamptons de Paltrow, où nous nous étions entretenues en face à face pour la première fois des mois auparavant. Une fois à l'intérieur, nous nous sommes installées au salon qui allait être notre principale salle de réunion pour la soirée et une partie de la journée du lendemain, acceptant des boissons et nous installant sur de grands canapés devant un feu de cheminée qui crépitait.

Dans la pièce, l'histoire de notre enquête prenait vie. Rachel Crooks, qui avait raconté à Megan qu'elle avait été embrassée de force par le président dans l'ascenseur de la tour Trump, était venue de l'Ohio, où elle faisait encore face aux retombées de sa prise de parole, qui lui avait valu plus d'opportunités et de problèmes qu'elle n'aurait pu l'imaginer. Revoir cette femme du Midwest dans cette maison de Californie secouait Megan – mais peut-être pas plus que tout ce qui s'était passé depuis leurs premiers échanges.

Ashley Judd était en survêtement ; elle débarquait directement d'un vol en provenance de l'Allemagne, où elle habitait. Après la parution de l'article sur Weinstein, elle avait été acclamée comme une héroïne, avait reçu plusieurs récompenses et accepté un poste d'enseignante à la Kennedy School de l'université d'Harvard, où elle avait étudié. Elle commencerait à l'automne 2019, sous le simple titre de « leader ». Elle avait rejoint le comité de direction de Time's Up, une fondation ayant pour but de promouvoir la sécurité et l'équité au travail, qui avait été créée à Hollywood dans le sillage de l'affaire Weinstein, et dont les activités continuaient de s'étendre. L'actrice avait déposé plainte contre le producteur pour harcèlement, diffamation et atteinte à la vie professionnelle. Des inconnus l'abordaient pour lui exprimer leur gratitude. Un jour, ils l'avaient même attendue à sa descente d'avion.

Jodi voulait la voir serrer la main de Laura Madden, l'ex-assistante de Weinstein qui avait raconté avoir été harcelée à Dublin des décennies auparavant, et qui avait fait le voyage depuis le pays de Galles. Ces femmes étaient les deux premières à avoir témoigné contre le producteur. Malgré toute la résolution dont elle avait fait preuve en octobre 2017, Madden ne disait pas un mot plus haut que l'autre, coinçant des mèches de ses cheveux châtains derrière ses oreilles et expliquant qu'elle n'avait pas l'habitude d'avoir ce type de discussion avec des inconnus.

Madden avait fait le voyage avec une autre ancienne employée de Miramax, Zelda Perkins, qui était devenue activiste. Quelques semaines après la divulgation de l'affaire Weinstein, elle avait pris une grande inspiration avant de devenir la première à enfreindre publiquement son accord de non-divulgation, dévoilant tout à la presse, hormis l'identité et les détails se rapportant à Rowena Chiu, la collègue qu'elle avait essayé de protéger[2]. Perkins avait mis ainsi Weinstein au défi de la poursuivre légalement et il ne l'avait pas fait. Dans les médias et devant le Parlement britannique, elle avait monté un dossier contre les accords confidentiels d'indemnisations financières, remettant en cause la notion même de prix du silence dans le cas d'accusations d'abus sexuels et d'autres méfaits[3]. Perkins était critique par nature – c'était entre autres ce qui l'avait poussée à affronter Weinstein des années plus tôt, et ce qui la conduisait aujourd'hui à défier une pratique légale répandue – et elle évaluait la pièce d'un air sceptique.

Il lui semblait étrange d'entrer dans la maison de Paltrow : elles s'étaient rencontrées lors du tournage de *Shakespeare in Love* et d'autres films, mais elles n'avaient jamais évoqué ensemble le comportement de Weinstein. Après la sortie de *Shakespeare in Love,* Paltrow avait remporté son Oscar quelques mois après que Perkins eut signé l'accord de non-divulgation qui effacerait son histoire pour les vingt prochaines années. Aujourd'hui, les deux blondes étaient assises côte à côte sur le tapis, en pleine conversation. Paltrow sortait de l'enregistrement d'un *talk-show*, toujours vêtue et maquillée pour l'occasion ; c'était une hôtesse facile, qui nous laissait prendre en charge le déroulement de la réunion.

Kim Lawson, l'employée de McDonald's à qui Jodi avait parlé pour la première fois près d'un an plus tôt, était venue de Kansas City. Depuis leur conversation, elle avait pris la tête de la campagne ayant pour but d'amener le géant du fast-food, et deuxième plus gros employeur du pays, à résoudre ses problèmes de harcèlement sexuel au travail. Elle était accompagnée par Allynn Umel, organisatrice de campagne. Mais Lawson ne donnait pas l'impression d'avoir besoin qu'on lui tienne la main : elle était vive et, à en croire les rires qui venaient de son côté de la pièce, elle semblait avoir le contact facile.

Christine Blasey Ford était assise sur le canapé, flanquée de Debra Katz et Lisa Banks, les deux avocates qui l'avaient encouragée à témoigner. C'était l'une de ses rares sorties : trois mois après l'audience Kavanaugh, Ford continuait à se cacher. Elle était dans une tout autre posture que ses consœurs qui se trouvaient dans la pièce. Elle recevait encore des menaces de mort. Elle n'avait même pas recommencé à aller au supermarché de peur d'être abordée par des inconnus, sans parler de reprendre l'enseignement. Mais elle avait dit à Megan que venir à Los Angeles reflétait sa nouvelle détermination à s'aventurer au-dehors.

En plus de ces participantes, des femmes que nous avions déjà citées par écrit, il y avait Rowena Chiu, qui se démarquait considérablement. Après la parution de l'article Weinstein, elle était restée invisible, communiquant avec Jodi par l'intermédiaire de son avocat. Elle n'avait jamais été publiquement identifiée ; elle n'avait pas non plus brisé le silence et n'était pas sûre de le faire un jour. Nous l'avions invitée à se joindre à nous malgré tout, non pas malgré son silence, mais à cause de lui : tant de femmes avaient gardé pour elles des histoires terribles. Peut-être Chiu avait-elle quelque chose à dire sur les conséquences de cette décision. Mais elle était venue à la condition que le groupe garde son nom confidentiel, au cas où elle déciderait de ne jamais prendre la parole, et que son avocate, Nancy Erika Smith, soit aussi présente.

Comme Chiu était restée cachée, nous l'avions imaginée timide ou meurtrie, mais elle était chaleureuse et confiante, avec un gros appareil photo en bandoulière. Ses parents étaient originaires de Hong Kong et s'étaient installés au Royaume-Uni avant sa naissance. Elle parlait avec un accent anglais. Elle avait abandonné le cinéma des années auparavant et avait décroché un diplôme de droit. Elle était devenue consultante en management, avait déménagé aux États-Unis et écrivait désormais des articles pour la Banque mondiale tout en élevant quatre enfants. Par une coïncidence étonnante, elle habitait non loin de chez Ford. Au grand soulagement de Jodi, Chiu et son mari ne lui en voulaient pas pour l'embarrassante rencontre dans l'allée de leur maison ; ils comprenaient à quel point la situation avait été confuse. Chiu et Perkins avaient fini par reprendre contact pour essayer de savoir ce qu'elles représentaient l'une pour l'autre après tout ce temps. Mais Chiu nous avait prévenues qu'elle n'était pas sûre de prendre la parole lors de la réunion. Elle n'avait jusqu'alors jamais raconté son histoire à un groupe.

En commençant à discuter entre elles, les femmes étaient amicales, mais timides. Elles ne se connaissaient pas, pour la plupart, et leur point commun était si inhabituel. Chacune avait été obnubilée par la décision de partager son histoire de harcèlement ou d'agression. Il avait souvent fallu que Jodi ou Megan les y encourage au téléphone. Nous leur avions demandé de venir prêtes à répondre à une question centrale : après avoir fait le grand saut, où avaient-elles atterri ?

Nous voulions que l'interview, qui commencerait ce soir-là et se poursuivrait le lendemain, soit aussi égalitaire que possible. Ce que chaque femme avait à dire était tout aussi important. Mais les disparités entre les participantes étaient inévitables. Chez McDonald's, Lawson gagnait aujourd'hui 10 dollars de l'heure. Six mois plus tôt, elle était sans abri. Nous ne l'avions pas dit aux autres, mais tout chez Paltrow – une enfilade de pièces apaisantes, de plain-pied, décorées de gris et de blanc, ornées d'accessoires luxueux comme des plaids moelleux et des tasses à thé dorées, qui convergeaient toutes vers une cuisine dernier cri – rappelait de façon tangible les différences entre ces femmes.

Après un rapide tour de présentations de notre part, expliquant le rôle que chacun avait joué dans notre enquête, tout le monde prit place autour d'une longue table couverte d'assiettes de nourriture japonaise – brochettes, salades et riz. Les femmes firent un tour de table, disant chacune quelques mots à propos de ce qui les avait décidées à parler, racontant une fois de plus leurs histoires que nous avions couchées sur papier. La glace était brisée. Quand vint son tour, Paltrow leva son verre et porta un toast à Judd pour avoir été la première actrice à briser l'omerta au sujet de Weinstein.

« Ashley, honnêtement, ce que tu as fait – c'est très, très difficile de sauter le pas la première », dit-elle, reconnaissant qu'en témoignant dans le premier article sur Weinstein, Judd avait osé faire ce qu'elle n'avait pas fait. « Tu as été celle qui nous a ouvert la voie et nous avons suivi dans ton sillage. »

« Je me suis toujours inquiétée pour toi », lui répondit Judd – en voulant parler des années 1990, lorsqu'elle se demandait si Paltrow était à l'abri de Weinstein.

Tandis que la conversation faisait le tour de la table, des expériences communes commencèrent à faire surface. Crooks expliqua que des membres de sa propre famille avaient continué à soutenir Trump, et pas elle. Perkins déclara que malgré toute l'attention qu'elle avait reçue du public pour avoir livré bataille contre les indemnisations secrètes, certains de ses proches n'avaient jamais salué ses efforts.

Après avoir parlé, Madden se tourna vers Ford, mentionnant qu'elle avait osé dénoncer Weinstein en partie parce qu'elle savait que leurs relations s'intégraient dans un vaste comportement de prédation.

« Ce n'était pas rien de l'affronter seule », dit Madden.

« Oui, je ne savais pas s'il y en avait d'autres », répondit Ford.

Le suspense dans la pièce monta d'un cran. Le groupe ne connaissait Ford – son visage désormais célèbre, sa voix de jeune fille désormais familière – que par son témoignage public. Elle leur expliqua ce qu'il s'était passé en coulisses, leur raconta ses tergiversations sur la plage de Santa Cruz durant l'été, y compris son idée initiale de téléphoner à Kavanaugh avant sa nomination pour lui demander d'y réfléchir.

« Je me disais : "Pourquoi ne pourrions-nous pas tout simplement l'appeler pour lui dire : *Et si on épargnait tout ça à nos familles ?*" » dit-elle.

S'adressant à Chiu, Jodi lui demanda si elle souhaitait passer son tour.

« Non, pas besoin », dit-elle – quelques mots qui, de sa part, signifiaient beaucoup. « Comme je suis la seule ici à ne pas m'être encore exprimée publiquement, je n'ai pas trop l'habitude de raconter mon histoire », dit Chiu. Hormis son mari, ses proches n'étaient pas au courant, dit-elle.

« Je pense qu'il y a très peu de voix asiatiques qui s'élèvent pour évoquer ce type d'histoires », poursuivit-elle. « Ce n'est pas parce que ce type de chose n'arrive pas aux Asiatiques, mais je pense que, au moins aux États-Unis, il y a toute une culture autour d'une minorité modèle qui ne crée pas d'histoires, qui ne se fait pas remarquer, qui courbe l'échine et travaille dur sans faire de vagues. »

Pour toutes ces raisons et pour d'autres, dit Chiu, elle envisageait maintenant de briser l'omerta. « L'idée de m'exprimer sur un sujet qui choquera certainement mes amis et bouleversera ma vie est vraiment terrifiante », dit-elle. « Cela m'aide beaucoup d'être là ce soir et d'entendre vos paroles, surtout à propos de la façon dont vous avez fini par sortir du silence et ce qui vous y a incitées. »

Après son intervention, l'ordre du jour était devenu plus immédiat, plus concret. Pour nous, cette rencontre était une interview à partager avec nos lecteurs. Pour elle, c'était un soutien potentiel au moment de faire un choix décisif.

Chiu montra son appareil photo et demanda si elle pouvait prendre quelques clichés ce soir-là et le lendemain. Elle s'était adjugé un rôle parfait : elle se cacherait derrière l'objectif, ce qui lui permettrait de rester invisible si elle le choisissait, tout en observant les autres.

Le groupe se réunit à nouveau le lendemain matin, formant un cercle sur les mêmes canapés et fauteuils du salon. Au milieu, sur un immense ottoman gris et blanc, étaient posées des tasses de café – et des pots de fleurs contenant des micros. Cela restait une interview, et nous enregistrions tout, comme elles le savaient. Le but pour les prochaines heures était simple : nous demandions aux femmes de raconter chacune à leur tour ce qui s'était produit après leur prise de parole publique, et nous espérions que la conversation pourrait partir de là. Dehors, il pleuvait toujours, ce qui ajoutait à l'impression de refuge.

Laura Madden était toujours anxieuse à l'idée de prendre la parole. Elle était effacée et son courage ne lui avait valu que relativement peu de crédit ; elle avait continué à rincer la vaisselle et superviser les devoirs à Swansea. Mais, de son accent chantant, elle raconta aux autres femmes ce qui s'était passé, ne serait-ce que dans son esprit, dans le sillage de l'affaire Weinstein : elle avait réécrit l'histoire de sa vie adulte.

« Je suppose que l'année passée, en entendant l'histoire des autres, mais aussi en voyant un documentaire qui avait été fait, concernant surtout les bureaux de Londres, et voyant à quel point j'étais jeune… » Les mots lui manquaient pour expliquer ce qu'elle avait ressenti en voyant sa propre expérience décrite objectivement à l'écran. « J'ai pu la recadrer en voyant que ce n'était pas moi qui avais fait quelque chose de mal », dit-elle. « C'était lui. »

Personne ne pouvait rendre à Madden, aujourd'hui âgée de quarante-huit ans, les années de malaise au sujet de son travail chez Miramax ; personne ne pouvait lui donner une nouvelle carrière ou la réussite financière. Mais « le comprendre comme étant son problème m'a permis de me redonner une nouvelle image de moi-même », dit-elle.

Paltrow, qui était assise les jambes croisées sur le tapis près de la chaleur de l'âtre, décrivit un changement très différent dans sa perception de sa propre histoire personnelle et de sa carrière. Après la divulgation des exactions de Weinstein, elle avait appris que le producteur s'était servi d'elle – de son nom, de son Oscar, de son succès – pour manipuler d'autres femmes vulnérables. À partir de l'automne 2017, Paltrow avait passé plusieurs heures au téléphone avec d'autres femmes qui lui avaient dit que Weinstein, tout en les harcelant et les agressant, citait régulièrement sa carrière fulgurante, sous-entendant à tort qu'elle avait cédé à ses avances. « Il évoquait ma carrière et disait : “N'aimerais-tu pas faire comme elle ?” »

Certaines de ces femmes s'étaient exprimées publiquement. D'autres avaient dit à Paltrow que, parce qu'elles avaient cédé à Weinstein, elles avaient le sentiment de ne jamais pouvoir prendre la parole. Weinstein nia avoir affirmé de telles choses au sujet de Paltrow, mais c'était apparemment pour cela qu'il était si inquiet à l'idée qu'elle prenne la parole : sa combine ne fonctionnerait plus une fois l'histoire de Paltrow révélée à d'autres.

« C'est ce qui a été de loin le plus difficile, me sentir instrumentalisée dans des abus sexuels », dit Paltrow à travers ses larmes. « Je me sens presque coupable d'une certaine façon, même si c'est complètement illogique. » Tandis qu'elle parlait, le luxe de sa maison avait soudain une autre allure : Weinstein s'était servi de la vie enviable de Paltrow et en avait fait une arme contre d'autres femmes.

Umel, la représentante syndicale des employés de McDonald's, passa à la star une boîte de mouchoirs.

Chaque fois que l'une d'elles prenait la parole, les autres l'écoutaient attentivement, en ne consultant que très peu leur téléphone et sans l'interrompre. Chacune était la messagère d'un monde méconnu : le champ de bataille du Midwest ; le show-business ; l'ultime arène de la Cour suprême. Au lieu de diviser le groupe, ces différences généraient de la curiosité et du rapprochement.

Kim Lawson, l'employée de fast-food de vingt-six ans, aux cheveux sagement tressés, vivait à plus de 650 kilomètres de Zelda Perkins. La productrice était son aînée de deux décennies, parlait avec un accent britannique et portait un sweat-shirt brodé au nom de David Bowie. Pourtant, elles s'étaient toutes les deux lancées dans l'activisme et leurs paroles se faisaient écho.

Perkins décrivit ce qu'elle avait ressenti en témoignant au sujet d'accords confidentiels devant des membres du Parlement : « La chose la plus extraordinaire pour moi a été d'entrer dans le palais de Westminster et de me rendre compte qu'en tant qu'individu, eh bien, en fait, c'était à moi – le palais de Westminster était à moi, les politiciens étaient à moi. »

Lawson raconta au groupe qu'elle avait déposé une plainte contre McDonald's auprès de la Commission fédérale sur l'égalité d'accès à l'emploi (Equal Employment Opportunity Commission, ou EEOC), agence gouvernementale chargée de défendre les droits des travailleurs contre la discrimination. « Je ne m'étais jamais sentie aussi puissante de toute ma vie », dit-elle. Comme rares étaient les femmes dans la pièce à avoir jamais pris part à une action syndicale, elle décrivit la grève de septembre : des slogans retentissants, des cris de solidarité, des rencontres, une impression d'énergie et de camaraderie, et beaucoup d'hommes qui manifestaient leur soutien, défilant délibérément derrière les femmes. Lawson avait prononcé un discours, donné des interviews et poussé sa fille pendant toute la marche dans une poussette. « Tout le monde est avec vous », dit-elle. « On se sent un peu genre, "aujourd'hui on va m'entendre, même si on ne m'entend pas le reste du temps", vous voyez ? »

Leurs histoires impliquaient une forme de chiasme. Elles avaient été victimes de harcèlement, mais leur combat leur avait apporté autorité et respect. Malgré son jeune âge, Lawson était devenue une sorte de coach pour les autres employées de McDonald's qui participaient à la pression syndicale dans tout le pays, les conseillant par textos. Les clients la regardaient autrement : « Je ne vous aurais pas vue à la télévision à propos de harcèlement sexuel ? » lui demandaient-ils.

« Depuis que j'ai pris la parole, j'ai pu devenir celle que j'étais en voie de devenir à vingt-quatre ans », dit Perkins, citant l'âge qu'elle avait à son départ de Miramax.

Mais ni Perkins ni Lawson ne pouvaient parler de triomphe sur tous les tableaux. La législation sur les compensations financières n'avait pas changé au Royaume-Uni et Perkins ne savait pas si cela arriverait un jour. McDonald's commençait à renforcer sa politique, proposant une formation aux managers et une *hotline*, et réfléchissant à des affiches expliquant aux employées comment signaler le harcèlement. Mais Lawson n'avait encore vu aucun de ces changements se concrétiser dans son propre restaurant et nul ne savait encore précisément dans quelle mesure les milliers de restaurants de la chaîne allaient changer.

« Une grande part de moi a bien hâte que tout cela soit terminé pour que je puisse retourner à mes chevaux, mes moutons, sans plus jamais devoir parler à un journaliste, ou passer à la télévision, ou refaire quoi que ce soit dans ce genre », dit Perkins.

Quelques femmes hochèrent la tête. Ensemble, elles avaient toutes fait partie d'un véritable réalignement, mais qui était encore inachevé. Quelle part d'elles-mêmes étaient-elles encore prêtes à investir dans l'effort commun ?

Après avoir pris la parole au sujet de Trump en 2016, Rachel Crooks avait été tétanisée par l'anxiété et la timidité, dit-elle face aux autres, ses longues jambes repliées sous elle. Elle était la seule des personnes présentes à vivre dans une zone rurale et conservatrice – qu'elle qualifiait plutôt de « communauté #himtoo ».

Après avoir fait quelques apparitions à la télévision et une conférence de presse au sujet de l'accusation, elle avait reçu une invitation inattendue. Les démocrates locaux voulaient qu'elle se présente pour un siège à la législature d'État – très mauvaise idée, s'était-elle dit. Les critiques l'avaient déjà accusée d'avoir raconté son histoire sur Trump à des fins politiques. « Cela aurait confirmé ce que tout le monde croyait, que je faisais cela pour mon propre avancement », expliqua-t-elle.

Mais elle se souciait d'éducation et de santé. Quant au candidat sortant, c'était « un pion du parti républicain », dit-elle. Peut-être pourrait-elle utiliser son nouveau profil de façon positive, s'était-elle dit. « À tort ou à raison, j'aurais une plus grande capacité à lever des fonds parce que je m'étais fait connaître au niveau national », ajouta-t-elle. Alors Crooks s'était présentée aux élections, avait appris à conduire des meetings et à faire des discours, dit-elle[4]. Elle avait rejoint un raz-de-marée sans précédent de candidates qui avait déferlé sur le pays, faisant campagne pour obtenir plus de pouvoir politique que les femmes n'en avaient jamais détenu dans toute l'histoire des États-Unis[5].

Le soir où elle avait perdu la course, dit-elle, elle n'avait pas versé une larme et ne s'était pas apitoyée sur son sort : la plupart des démocrates avaient perdu dans l'Ohio. Mais des mois plus tard, une chose la dérangeait encore : la façon dont la campagne avait confirmé la tendance des gens à ne la voir qu'au travers de son témoignage contre Trump. À la télévision, il était parfois simplement écrit « l'accusatrice de Trump » en bas de l'écran, ce que sa mère détestait. « C'est devenu ton identité », lui avait récemment dit un ami.

« Cela m'a ouvert des portes et donné accès à une nouvelle voie, mais cela me lie aussi à cet abominable être humain », dit-elle.

Le groupe réfléchit silencieusement à son dilemme. Ce qui arrivait à Crooks était l'une des craintes les plus répandues chez celles qui s'exprimaient publiquement : cela pouvait vous coller une étiquette à tout jamais. Ford lui prêta une attention toute particulière. Ses craintes actuelles correspondaient à ce que Crooks avait affronté deux ans plus tôt, allant même, comme elle, jusqu'à éviter de faire les courses. Assise dans le canapé, avec ses lunettes rouges remontées sur sa tête, elle commença à interroger Crooks, comme si elle possédait un itinéraire de ce qui l'attendait.

« Je me demandais combien de temps devait passer avant que l'on puisse prendre normalement sa voiture et aller au restaurant, sans que les gens vous regardent et se demandent si c'est vraiment vous », dit Ford. Elle avait aussi des problèmes sur Internet où circulaient de faux profils d'elle sur les réseaux sociaux, qui la faisaient dire : « Je rétracte tout ce que j'ai dit. »

« J'ai envie de dire : "C'est un mensonge !" » dit Ford. « Mais je ne suis pas assez courageuse pour m'opposer à eux. Et ils sont trop nombreux, alors… le côté réseaux sociaux… je ne suis pas très calée dans ce domaine. »

« Il m'arrive parfois d'écrire les réponses, sans jamais les envoyer », lui dit Crooks. « C'est très cathartique. »

Les conséquences n'étaient pas entièrement négatives, admit Ford. On lui avait décerné des prix et proposé des invitations, des livres et des contrats de films. Les messages continuaient à affluer, y compris beaucoup d'histoires de violence – « 175 000 lettres à Palo Alto », précisa Katz. Et ce n'était que le courrier postal. Les missives électroniques étaient encore plus nombreuses. Dans ces lettres, comme ailleurs, les réactions à ce qu'elle avait fait n'avaient rien de modéré.

Durant des heures, les autres avaient surtout hoché la tête et poliment rebondi. Maintenant, elles prenaient la parole dans un but précis. Paltrow proposa une analogie footballistique. « On ne se fait tacler que lorsque l'on a le ballon », dit-elle, une expression qu'elle tenait du chanteur de country Tim McGraw.

Judd et elle – expertes de longue date dans l'art d'échapper aux critiques du public – commencèrent à expliquer à tout le monde comment faire face au jugement des autres. Judd n'y alla pas par quatre chemins : arrêtez de lire tout ce qui parle de vous en ligne, dit-elle à Ford.

« Comme l'alcoolique qui arrive peu à peu à cesser de boire, j'arrive peu à peu à cesser de lire les commentaires », dit Judd. « Je me fais du mal à moi-même lorsque je m'expose à ça. »

« Alors, vous n'allez presque pas sur Internet ? » demanda Ford à Judd, incrédule.

« Cela doit faire vingt ans que je m'abstiens complètement de consulter tous les médias à mon sujet », dit Judd. Elle postait des photos et des liens sur les réseaux sociaux, mais essayait de ne rien lire à son propre sujet : cela faisait partie de la raison pour laquelle elle était partie dans les bois après la publication du premier article sur Weinstein.

Elle se tenait dans un fauteuil rose, face au groupe, les genoux relevés. Elle était restée assise là toute la journée, écoutant ce que les autres avaient à dire, parlant relativement peu. Elle semblait être la seule participante à n'avoir pas vraiment été transformée. Elle avait toujours voulu être une activiste, et lorsqu'elle avait témoigné à propos de Weinstein, le monde avait confirmé son instinct.

« Je dois connaître le combat pour lequel je suis prête à tout donner », dit-elle au groupe. « L'égalité des sexes est ce combat pour moi. »

Pendant toute la discussion, Chiu était restée assise à écouter, parlant peu, prenant parfois quelques photos des autres. Personne ne l'interrogeait sur sa décision de s'exprimer ou non publiquement au sujet de ce qu'elle avait vécu si longtemps auparavant.

Mais durant les dernières heures de la réunion, tandis que Ford s'exprimait, Chiu semblait suspendue à ses lèvres. Ford illustrait, dans l'esprit de Chiu, ce qu'elle pourrait subir si elle s'exprimait publiquement. Le fait qu'elles soient voisines ne faisait qu'amplifier le lien qu'elle ressentait. Sans rien révéler de sa propre histoire, Chiu avait vu ses amis et ses voisins organiser une veillée aux chandelles et des livraisons de repas pour Ford.

Durant des mois, Chiu avait imaginé subir elle-même la controverse et les critiques qui avaient submergé Ford. L'analogie était inexacte – l'affaire

Weinstein était beaucoup plus consensuelle et moins controversée –, mais à ses yeux, elle était réelle. « J'imaginais une avalanche », admit Chiu au reste du groupe. « Il y aurait des camionnettes de la télévision devant ma porte. Je m'inquiétais que mes enfants soient suivis sur le chemin de l'école. »

Cet exercice mental avait eu un effet inattendu. Avoir pu observer Ford de près – et la rencontrer aujourd'hui – avait renforcé le désir de Chiu de prendre la parole. Elle dit au groupe qu'elle se sentait presque prête à les rejoindre, à ajouter son nom à l'histoire. « Être dans cette pièce avec vous, si nombreuses – je ne peux pas dire que ça ne m'inspire pas », dit-elle.

« Je pense que ça va vraiment changer qui je suis », ajouta-t-elle. Cela s'était avéré le fil conducteur le plus solide de ces heures de discussion : presque toutes les femmes du groupe qui avaient pris la parole publiquement avaient été transformées et étaient surprises de l'effet qu'avait produit le partage de leur propre histoire intime sur d'autres.

Toutes les femmes présentes dans la pièce lui exprimèrent leur soutien. « Si vous décidez de vous engager sur cette voie, c'est un grand pas et c'est un pas qui fait grandir », dit Lawson. « Quel que soit le temps qu'il vous aura fallu pour vous exprimer. »

« Si vous le faites, nous sommes avec vous », dit Paltrow.

Ford intervint avec une mise en garde. « Est-ce que je peux vous dire juste une chose ? » demanda-t-elle. « Lorsque j'étais à votre place, beaucoup de gens me disaient des choses comme : "Tu dois le faire. Ça va être formidable" – un peu comme ce qui se passe actuellement. » Mais les conseils, et surtout les projections optimistes sur le fait que tout allait bien se passer, lui avaient paru impossibles à assimiler. « Je ne les entendais même pas, j'étais si dépassée », dit-elle.

Personne ne pouvait prédire les conséquences d'une prise de parole. C'était impossible à anticiper. Une fois l'histoire divulguée, nul ne savait ce qui se produirait, qui la lirait ou ce qu'elle déclencherait chez les autres – des échos, des ajouts, des désapprobations. Se sentir validée, avoir un impact : rien de tout cela n'était garanti. Les résultats pourraient être douloureux, encourageants, ou les deux.

Mais toutes les personnes présentes dans la pièce, et d'autres encore, avaient maintenant compris une chose : si l'histoire n'était pas partagée, rien ne changerait. Ce qu'on ne voit pas ne peut être traité. Dans le monde du journalisme, l'article était le but, le résultat, le produit final. Mais, dans le monde en général, l'émergence de nouvelles informations n'était que le début – de conversations, d'actes, de changements.

« Nous sommes toujours là », dit Perkins, parmi les éclats de rire, lors de l'un des derniers échanges du groupe. Elle ne s'adressait pas directement à Chiu, mais le message était clair. « Nous sourions toujours. Personne n'est morte pour être allée de l'avant. Nous avons bravé les flammes, mais nous nous en sommes toutes sorties vivantes. »

« Je pense que nous sommes probablement toutes fières de nos cicatrices », dit-elle.

En résumant ce qu'il pourrait rester de ces dénonciations au fil du temps, Laura Madden adopta une perspective encore plus vaste. « Nous ne sommes pas les premières personnes à avoir pris la parole », dit-elle. « Nous ne sommes même pas les premières femmes à avoir pris la parole. Cela n'aura pas de fin. Le but est que les gens continuent à s'exprimer, à ne pas avoir peur. »

Quelques semaines plus tard, Chiu nous téléphona : elle était prête à raconter son histoire et à ce que nous la nommions publiquement.

Elle savait que plus de quatre-vingts femmes avaient déjà témoigné contre Weinstein[6]. Elle n'était pas sûre que le public s'intéresse encore à son témoignage. Mais elle voulait parler quoi qu'il advienne. Durant l'investigation initiale sur Weinstein, elle n'était pas prête, mais les autres femmes, à Los Angeles et dans le monde entier, lui avaient facilité la tâche. Elle avait peur que les actions en justice contre lui échouent. Elle voulait donc contribuer à écrire l'histoire et continuer à faire changer les choses.

« Je ne vais pas laisser passer ça », dit-elle.

Épilogue inédit

Un matin, à la fin de l'hiver, presque un an jour pour jour après la rencontre à Los Angeles, l'équipe qui travaillait depuis le début sur l'enquête sur Harvey Weinstein se précipita dans la salle de rédaction. Nous étions assis les uns à côté des autres, devant nos écrans d'ordinateurs portables, tandis que Rebecca Corbett, Dean Baquet et Matt Purdy faisaient les cent pas dans notre dos. Le jury était sur le point de rendre son verdict dans le procès du producteur, qui se tenait à New York.

Nous ne savions absolument pas à quoi nous attendre. Jusqu'à présent, les efforts visant à tenir Weinstein légalement responsable n'avaient pas porté leurs fruits. À ce jour, en février 2020, près d'une centaine de femmes avaient publiquement accusé le producteur déchu d'agressions, allant du harcèlement au viol. Mais la majorité des allégations étaient trop anciennes pour être jugées ou concernaient des comportements abusifs qui ne constituaient pas un délit. Le procureur venait de déposer plainte contre Weinstein à Los Angeles, mais tous les détails concernant cette affaire n'étaient pas encore connus. Des douzaines de victimes présumées poursuivaient Weinstein au civil et tentaient de le tenir financièrement responsable. D'après les termes d'un accord d'un montant de 25 millions de dollars, les compagnies d'assurances payeraient la note. Il n'aurait pas besoin de reconnaître ses torts.

Cela faisait des mois que nous enquêtions sur l'affaire pénale, à New York, déplorant à chaque revirement de situation que la mise en accusation soit beaucoup plus difficile que beaucoup de gens ne le pensaient. Les procureurs avaient été contraints d'abandonner une accusation à cause d'allégations de bavures policières. Les deux femmes au cœur du procès, Jessica Mann et Miriam Haley, reconnurent avoir eu des rapports sexuels consentis avec Weinstein après les agressions présumées et elles avaient conservé des relations amicales avec lui durant des années. Nous savions que ce type de comportement était répandu – il n'existe pas de victime de viol « parfaite » et les deux femmes avaient des raisons professionnelles de rester en contact avec le producteur.

Nous avons également appris que des affaires complexes comme celle-là passaient rarement devant les tribunaux. Les fonctionnaires de la justice partaient du principe que les jurés ne trouveraient pas les dossiers assez solides pour condamner les accusés.

Weinstein s'était emparé des éléments aggravants pour bâtir une défense farouche et acharnée. Ses avocats et lui avancèrent que Mann, Haley et d'autres témoins l'avaient manipulé au bénéfice de leur carrière. Que le mouvement #MeToo était allé trop loin. Weinstein mit un point d'honneur à prendre une avocate et celle qu'il choisit, Donna Rotunno, connue pour son franc-parler provocateur, se fit la porte-parole de la réaction hostile. Quelques semaines plus tôt, au beau milieu du procès, Megan avait demandé à Rotunno, au cours d'une interview pour un podcast du *New York Times*, si elle avait déjà subi une agression sexuelle. « Ça ne m'est jamais arrivé », répondit-elle, « parce que je ne me mettrais jamais dans cette situation. » Quelques auditeurs exprimèrent leur soutien à l'avocate, mais beaucoup furent choqués. Avec le hashtag #WhereIPutMyself, des victimes d'agressions sexuelles décrivirent les circonstances de leurs agressions, réfutant l'idée qu'elles puissent être d'une quelconque façon responsables de ce qui leur était arrivé.

Tandis que nous étions assis les uns à côté des autres, patientant pendant d'interminables minutes avant que le verdict ne soit rendu, nous étions d'autant plus tendus que nous connaissions les enjeux. Même si l'ampleur du procès était trop limitée pour être une réelle mise à l'épreuve du mouvement #MeToo, il était néanmoins considéré comme tel. Si Weinstein, l'élément déclencheur du mouvement, était jugé non coupable, quelles en seraient les implications pour le changement qui s'était amorcé au sein de la société ? Nous avions la certitude que les répercussions de notre travail d'enquête dureraient, quelle qu'en soit l'issue. Mais nous avions également conscience que si le prévenu était acquitté, notre enquête ne serait sans doute que l'une des rares occasions qu'aurait eues Weinstein de faire face à ses responsabilités.

Nous entendîmes le mot « coupable ». Deux fois. Weinstein avait été déclaré coupable pour le viol de Mann et Haleyi, acquitté pour les autres accusations et envoyé tout droit en prison en attendant sa sentence. Les procureurs avaient repoussé les limites de la justice pénale à laquelle les victimes de crimes sexuels avaient droit et ils avaient gagné. Le jury avait cru les femmes et statué en leur faveur. Le changement culturel, qui avait été amorcé par l'article de journal, s'était frayé un chemin au tribunal.

Nous échangeâmes un long regard, seuls face à nous-mêmes, dans la salle de rédaction bondée.

Puis nous nous mîmes au travail. Nous devions appeler nos sources pour les interroger sur leurs réactions, nous avions des articles à écrire. Nos collègues étaient déjà en train de peaufiner, de publier : il ne s'agissait plus d'une enquête lente et délibérée, mais de nouvelles qui devaient être divulguées aussi rapidement et précisément que possible.

Jodi téléphona à Ashley Judd pour l'informer en personne de la nouvelle qui était tombée il y a trois minutes. Elles avaient eu tant de conversations téléphoniques au cours de ces trois dernières années, et celle-ci semblait être la dernière. Judd, aussi circonspecte qu'à l'accoutumée, prit le temps de digérer les faits. Jusqu'où était allé ce qu'elle avait contribué à initier.

« Il devait en être ainsi », dit Judd. « Il ne pouvait pas en être autrement. »

Ensuite, Jodi téléphona à Irwin Reiter, qui sembla étonné que son ancien patron risque une longue peine d'emprisonnement. « Ce type croyait pouvoir faire ce qu'il voulait », déclara-t-il. « Tous ceux qui travaillaient pour lui l'ont entendu se vanter des milliers de fois : "Je suis superman et pas toi. Je suis un génie et vous n'êtes que mes employés." » Une collègue appela Rowena Chiu. Elle avait eu le cran de raconter son histoire, d'accorder des interviews et elle était fière d'avoir réussi à tourner la page. « D'une certaine façon, j'ai le sentiment que la vie que j'ai construite aujourd'hui, chaque jour qui passe où je profite de la vie, est une victoire sur Harvey », confia-t-elle.

Un matin, quelques semaines plus tard, nous nous trouvions au tribunal, à quelques mètres derrière Weinstein, pour entendre la sentence. Les bancs étaient pleins et nous n'avions réussi à entrer qu'à la dernière minute : parce que personne n'était venu pour soutenir Weinstein, on nous avait donné les places qui étaient attribuées à la famille et aux amis. C'était le 11 mars 2020, et bien qu'un terrible virus se propage à travers le monde, rares étaient ceux qui s'en préoccupaient à New York : pour le moment, quelques giclées supplémentaires de produit nettoyant pour les mains semblaient suffire.

La procédure paraissait familière, comme la dernière manche d'un cycle bien connu. Les six victimes qui avaient témoigné étaient assises au premier rang et se tenaient bien fort par la main. Quelques-unes firent d'émouvantes déclarations. Weinstein répondit par un long monologue décousu, à la fois contrit et autoflatteur. Irwin Reiter était assis plusieurs rangs plus loin, tout comme Lance Maerov. Gloria Allred était là elle aussi ; malgré les regards insistants qui s'étaient récemment portés sur sa fille, Lisa Bloom, et elle, Allred avait représenté Annabella Sciorra, l'une des actrices qui avaient témoigné contre Weinstein.

Le juge asséna l'une des sentences les plus sévères possible : 23 ans d'emprisonnement. Weinstein avait déjà 67 ans. Il passerait probablement la fin de sa vie en prison. « Même si ce verdict est sa première condamnation, ce n'est pas son premier délit », déclara le juge.

Harvey Weinstein fut menotté à son fauteuil roulant et poussé vers la sortie.

Remerciements

Si vous lisez ces pages, vous avez déjà une petite idée de ce que nous devons à d'autres. Ces dettes ne sont que le début.

À toutes nos sources : merci d'avoir pris part à notre travail journalistique. Certains d'entre vous risquaient gros à s'entretenir avec nous. Vous nous avez confié des histoires que vous ne pensiez jamais partager avec des inconnus. Beaucoup d'entre vous se sont pliés à de longs interrogatoires répétés, ou à des questions désagréables. Nous sommes particulièrement reconnaissants envers tous ceux qui nous ont envoyé les courriels, les textos et tous les autres documents révélateurs auxquels il est fait référence dans ce livre. Un vaste éventail de personnes, allant d'experts à de discrets informateurs que nous ne pourrons jamais nommer, nous ont fourni une aide essentielle et apporté des histoires et des idées qui nous résonnent encore aux oreilles.

En plus des collègues cités dans ce livre, nous sommes reconnaissantes envers les journalistes du *Times* qui nous ont aidées dans l'enquête sur Weinstein, notamment Rachel Abrams, Ellen Gabler, Susan Dominus, Steve Eder, Jim Rutenberg, William Rashbaum, Barry Meier, Al Baker, Jim McKinley et l'équipe audio de *The Daily*. À chaque étape, nous avons reçu le soutien crucial d'Arthur Sulzberger Jr., A. G. Sulzberger, Sam Dolnick, nos collègues à l'administration du journal, et nos abonnés sans qui cette forme de journalisme n'existerait pas. Dean Baquet, Matt Purdy, David McCraw, Sheryl Stolberg, Emily Steel, Carolyn Ryan et Michael Barbaro nous ont généreusement fait part de leurs commentaires sur le manuscrit.

Ann Godoff, l'éditrice, est invisible dans ce livre et pourtant bien présente à chaque page. Elle nous a galvanisées. Ann a doté ce projet de sa vision, de sa clarté et de sa capacité de décision. Ses remarques étaient une telle inspiration que nous les avons accrochées aux murs de notre bureau. Pour tout cela, nous lui serons éternellement reconnaissantes. William Heyward et Casey Denis, Sarah Hutson et Gail Brussel, Carolyn Foley et Juliann Barbato ont mis de nombreuses heures et années d'expérience à notre service, pour nous aider à raconter et à partager cette histoire. Merci pour votre extraordinaire dévouement.

Rebecca Corbett, notre rédactrice au *Times*, est notre bonne étoile. Elle nous a non seulement évité de nombreux écueils lors de notre enquête sur Weinstein, mais elle a aussi lu et commenté de multiples versions de ces chapitres, en nous aidant à saisir et expliquer l'essence de ce que nous avions vu.

Alexis Kirschbaum, notre éditrice et alliée à Londres, nous a apporté sa vision essentielle, ses commentaires et son amitié. Merci aussi à Emma Bal et Jasmine Horsey chez Bloomsbury Publishing.

Elyse Cheney est notre agente, notre entremetteuse, notre guide, et nous lui sommes reconnaissantes pour sa ténacité, son jugement et sa réactivité. Nous devons aussi beaucoup à ses collègues, Claire Gillespie, Alice Whitwham, Alex Jacobs et Allison Devereux. Charlotte Perman et Kristen Sena de Greater Talent Network ont géré nos interventions publiques avec grâce – particulièrement les visites sur le campus, avec des questions d'étudiants qui nous ont aidées à exprimer ce que nous voulions dire dans ces pages.

Kelsey Kudak a vérifié les faits avancés dans le manuscrit avec perspicacité et dévouement, contrôlant des centaines de pages d'enquête complexe et recevant sans sourciller des instructions de la part de deux auteures différentes. Astha Rajvanshi a contribué aux recherches sur des sujets aussi divers que variés.

Pour leur aide essentielle, nous aimerions aussi remercier Joseph Abboud, Kendra Barkoff, Kassie Evashevski, Natasha Fairweather, Jonathan Furmanski, Molly Levinson, Eleanor Leonard, Priya Parker, Melissa Schwartz, Felicia Stewart, Nancy Erika Smith et Josh Wilkinson. Pour nos photos, nous avons eu la chance d'avoir un photographe qui s'y connaît en portraits de la grande famille *She Said* : mille mercis à Martin Schoeller et à son équipe.

Tous ceux qui ont élevé de jeunes enfants se représenteront aisément les scènes de changement de couches, de biberons et de courtes nuits de sommeil qui ont jalonné (et parfois coexisté avec) notre enquête. Nous avons été sauvées à de nombreuses reprises par nos baby-sitters, nos instituteurs et, surtout, nos familles.

De la part de Jodi : dans la vie, tout ne se passe pas toujours comme on le souhaiterait. Durant la période décrite dans ce livre, j'ai eu plus que jamais besoin de mes parents, Wendy et Harry Kantor, de la constance de leur amour et de leur disponibilité pour s'occuper, distraire et guider mes propres enfants. Maman, Papa, Charlene Lieber, ma deuxième maman, le calme et courageux Fred Lieber, et la totalité du clan Kantor-Lieber : merci de nous avoir aidés à traverser ces années de folie. Donna Mitchell, merci pour le calme et la bonté apportés à la vie de nos filles, et merci d'avoir partagé avec nous les grands et les petits moments.

Ron : alors que tu débusquais de ton côté des exactions financières et que tu enquêtais pour ton propre livre sur le prix des études, tu as soutenu cet ouvrage de toutes tes forces, en m'encourageant, en me nourrissant et en me soutenant. L'un des plus grands cadeaux que tu aies pu me faire a été le Post-it laissé sur mon bureau, quelques jours avant la publication du premier article sur Weinstein. Dessus, tu avais écrit : « Tu peux le faire. » Oui, mais seulement avec ton amour, ton aide et ton dévouement.

Talia, tu es ma lumière, mon coffre-fort et une formidable partenaire de discussions et de débats. Tu as entendu des choses qu'aucune pré-ado ne devrait entendre, tu as fidèlement gardé des secrets, tu m'as aidée à t'occuper de ta petite sœur et tu as gardé ton flegme même lorsque j'étais happée par de plus grands drames. Voir ta personnalité se forger et ta vie se construire est une grande source de joie.

Violet, tu n'avais qu'un an et demi quand tout cela a commencé et ton innocence a fait de toi mon refuge. Les parents sont censés consoler leurs enfants, mais j'ai souvent trouvé du réconfort dans tes boucles, tes chansons, tes babillages, tes découvertes, et surtout dans la force de tes câlins.

De la part de Megan : je dois beaucoup à mes parents, John et Mary Jane Twohey, qui m'ont servi de boussole morale durant des décennies, en renforçant mes valeurs, en m'encourageant dans la quête de la vérité et en m'aidant à me relever dès que je trébuchais. Ben et Maya Rutman, Helen et Felix Rutman-Schoeller et Martin Schoeller, je vous remercie pour votre infinie gentillesse, votre joie et vos rires. Jenny Rattan-John, tu es notre roc, notre mentor et un membre adoré de notre famille.

Jim : cela faisait moins d'un an que nous étions mariés et nous étions de tout jeunes parents au début de l'enquête sur Weinstein. Pas une fois tu n'as faibli dans ton soutien au projet, puis au livre, même si cela imposait d'annuler des vacances, d'élever seul notre enfant pendant de longues périodes, et de gérer les émotions intenses qui sont indissociables de ce genre de travail. Tes étreintes chaleureuses, ton extraordinaire capacité d'écoute et tes textos d'encouragement m'ont poussée à aller de l'avant, et tu m'as fait part, toujours aux bons moments, de ta propre expertise et de ton jugement en tant qu'agent littéraire.

Mira : tu as appris à marcher et à parler pendant cette enquête, et la fougue avec laquelle tu as abordé chaque étape de ton développement a été une immense source d'inspiration. Je suis de plus en plus impressionnée et reconnaissante pour ton cran, ton ingéniosité et ta passion.

À nos filles et aux vôtres : puissiez-vous connaître le respect et la dignité toujours, au travail et ailleurs.

Notes

Ce livre repose sur trois années d'enquête, allant du printemps 2016 au printemps 2019, sur le traitement infligé aux femmes par le président Donald J. Trump, les décennies de harcèlement et d'abus sexuel présumés de la part de Harvey Weinstein, et le cheminement de Christine Blasey Ford jusqu'à l'accusation publique d'agression sexuelle à l'encontre de Brett Kavanaugh. Ces notes permettront aux lecteurs de retrouver les sources à l'origine des différentes informations figurant dans ce livre.

Nous avons mené des centaines d'entretiens avec presque toutes les personnes présentées dans ce livre, y compris Trump, Weinstein et Ford, qui a décrit son expérience à Megan pendant des heures et des heures. L'équipe légale de Ford, Bob Weinstein, David Boies, Lance Maerov, Irwin Reiter et la plupart des victimes présumées décrites dans cet ouvrage nous ont accordé de multiples interviews. Une partie des informations que nous partageons n'était initialement pas destinée à être divulguées, comme les premières conversations de Jodi avec Reiter ainsi que la visite surprise de Weinstein au *Times*, le 4 octobre 2017, mais en poursuivant notre travail d'investigation et en retournant voir les parties concernées, nous avons pu inclure ces informations. Au cours des deux dernières années et jusqu'au printemps 2019, nous avons sollicité Weinstein à de multiples reprises afin qu'il nous fasse part de ses commentaires. 2019. Kelsey Kudak a passé cinq mois à vérifier les faits avancés dans ce livre, en nous permettant souvent d'y ajouter de nouvelles informations.

Nous avons parcouru des milliers de pages de documents, cités ci-dessous, dont des actions en justice intentées contre Trump, des documents internes de la Weinstein Company, et les échanges entre Ford et ses avocats. Certains textos, courriels et autres documents sources ont été reproduits dans ce livre afin que les lecteurs puissent les consulter directement.

Nous nous sommes aussi servies des investigations menées par d'autres journalistes, dont Ronan Farrow, Emily Steel et Michael Schmidt.

CHAPITRE 1 : LE PREMIER COUP DE TÉLÉPHONE

1. Rose McGowan, courriel adressé à Jodi Kantor, 11 mai 2017.
2. Rose McGowan (@rosemcgowan), Twitter, 13 octobre 2016, https://twitter.com/rosemcgowan/status/786723360550035460.
3. Rose McGowan, *Debout*, HarperCollins, 2018.
4. Rose McGowan (@rosemcgowan), Twitter, 17 juin 2015, https://twitter.com/rosemcgowan/status/611378426344288256.

5. Rose McGowan (@rosemcgowan), Twitter, 3 avril 2017, https://twitter.com/rosemcgowan/status/849083550448193536.
6. Rose McGowan (@rosemcgowan), Twitter, 4 mai 2017, https://twitter.com/rosemcgowan/status/860322650962264064.
7. Jennifer Senior (@JenSeniorNY), Twitter, 30 mars 2015, https://twitter.com/jenseniorny/status/582657086737289216.
8. Jodi Kantor (@jodikantor), Twitter, 5 octobre 2017, https://twitter.com/jodikantor/status/916103297097961472.
9. Sabrina Rubin Erdely, « A Rape on Campus », *Rolling Stone*, 4 novembre 2014. *Rolling Stone* a retiré l'article le 5 avril 2015 et commissionné une étude par le *Columbia Journalism Review*, publiée ensuite par le magazine. Sheila Coronel, Steve Coll et Derek Kravitz, « Rolling Stone and UVA: The Columbia University Graduate School of Journalism Report », *Rolling Stone*, 5 avril 2015, https://www.rollingstone.com/culture/culture-news/rolling-stone-and-uva-the-columbia-university-graduate-school-of-journalism-report-44930 ; Ravi Somaiya, « Rolling Stone Article on Rape at University of Virginia Failed All Basics, Report Says », *New York Times*, 5 avril 2015, https://www.nytimes.com/2015//06/business/media/rolling-stone-retracts-article-on-rape-at-university-of-virginia.html.
10. Ben Sisario, Hawes Spencer et Sydney Ember, « Rolling Stone Loses Defamation Case Over Rape Story », *New York Times*, 4 novembre 2016, https://www.nytimes.com/2016/11/05/business/media/rolling-stone-rape-story-case-guilty.html ; Hawes Spencer et Ben Sisario, « In Rolling Stone Defamation Case, Magazine and Reporter Ordered to Pay $3 Million », *New York Times*, 7 novembre 2016, https://www.nytimes.com/2016/11//business/media/in-rolling-stone-defamation-case-magazine-and-reporter-ordered-to-pay-3-million.html ; Matthew Haag, « Rolling Stone Settles Lawsuit Over

Debunked Campus Rape Article », *New York Times*, 11 avril 2017, https://www.nytimes.com/2017/04/11/business/media/rolling-stone-university-virginia-rape-story-settlement.html ; Sydney Ember, « Rolling Stone to Pay $1.65 Million to Fraternity Over Discredited Rape Story », *New York Times*, 13 juin 2017, https://www.nytimes.com/2017/06/13/business/media/rape-uva-rolling-stone-frat.html.

11. Erik Wemple, « Charlottesville Police Make Clear That Rolling Stone Story Is a Complete Crock », *Washington Post*, 23 mars 2015, https://www.washingtonpost.com/blogs/erik-wemple/wp/2015/03/23/charlottesville-police-make-clear-that-rolling-stone-story-is-a-complete-crock ; Bill Grueskin, « More Is Not Always Better », *Columbia Journalism Review*, 5 avril 2015, https://www.cjr.org/analysis/rolling_stone_journalism.php ; Craig Silverman, « The Year in Media Errors and Corrections 2014 », Poynter Institute, 18 décembre 2014, https://www.poynter.org/newsletters/2014/the-year-in-media-errors-and-corrections-2014.
12. Megan Twohey, « Dozens of Rape Kits Not Submitted for Testing by Chicago Suburban Police Departments », *Chicago Tribune*, 14 juin 2009, https://www.chicagotribune.com/news/chi-rape-kits-14-jun14-story.html ; Megan Twohey, « Illinois to Test Every Rape Kit », *Chicago Tribune*, 6 juillet 2009, https://www.chicagotribune.com/news/ct-met-rape-kit-law-20100706-story.html ; Megan Twohey, « Doctors Continue to Operate Unchecked », *Chicago Tribune*, 23 août 2010, https://www.chicagotribune.com/lifestyles/health/chi-doctor-sex-charges-gallery-storygallery.html ; Megan Twohey, « The Child Exchange », *Reuters*, 9 septembre 2013, https://www.reuters.com/investigates/adoption/#article/part1.
13. *Celebrity Apprentice: All-Stars*, saison 6, épisode 1, diffusé le 3 mars 2013, sur NBC ; Mark Graham, « Did Donald Trump Just Utter the Most Blatantly Sexist Statement in the History of Broadcast Television? », *VH1*, 5 mars

2013, http://www.vh1.com/news/84410/donald-trump-brande-roderick-on-her-knees.
14. Associated Press, « For Many Trump Employees, Keeping Quiet Is Legally Required », *Fortune*, 21 juin 2016, http://fortune.com/2016/06/21/donald-trump-nda ; John Dawsey et Ashley Parker, « 'Everyone Signed One': Trump Is Aggressive in His Use of Nondisclosure Agreements, Even in Government », *Washington Post*, 13 août 2018, https://www.washingtonpost.com/politics/everyone-signed-one-trump-is-aggressive-in-his-use-of-nondisclosure-agreements-even-in-government/2018/08//9d0315ba-9f15-11e8-93e3-24d1703d2a7a_story.html.
15. Michael Barbaro et Megan Twohey, « Crossing the Line: How Donald Trump Behaved with Women in Private », *New York Times*, 14 mai 2016, https://www.nytimes.com/2016/05/15/us/politics/donald-trump-women.html.
16. *Ibid.*
17. Donald Trump, interview par Megan Twohey et Michael Barbaro, 10 mai 2016.
18. Fox and Friends, « Donald Trump's Ex-girlfriend Says She Was Misquoted in the Times », *Fox News*, 16 mai 2016, https://video.foxnews.com/v/4895612039001/#sp=show-clips.
19. Donald J. Trump (@realdonaldtrump), Twitter, 16 mai 2016, https://twitter.com/realdonaldtrump/status/732196260636151808.
20. Donald J. Trump (@realdonaldtrump), Twitter, 16 mai 2016, https://twitter.com/realdonaldtrump/status/732230384071680001.
21. Erik Wemple, « Bill O'Reilly Follows Donald Trump into the Racist Hellhole », *Washington Post*, 7 juin 2016, https://www.washingtonpost.com/blogs/erik-wemple/wp/2016/06/07/bill-oreilly-follows-donald-trump-into-racist-hellhole.
22. David A. Farenthold, « Trump Recorded Having Extremely Lewd Conversation about Women in 2005 », *Washington Post* (réactualisé), 8 octobre

2016, https://www.washingtonpost.com/politics/trump-recorded-having-extremely-lewd-conversation-about-women-in-2005/2016/10/07/3b9ce776-8cb4-11e6-bf8a-3d26847eeed4_story.html.

23. Vidéo, « Trump Responds in 2016 to Outrage over Comments », *New York Times*, 8 octobre 2016, https://www.nytimes.com/video/us/politics/100000004698416/trump-responds-to-outrage-over-lewd-remarks.html ; Maggie Haberman, « Donald Trump's Apology That Wasn't », *New York Times*, 8 octobre 2016, https://www.nytimes.com/2016/10/08/us/politics/donald-trump-apology.html.
24. « Transcript of the Second Debate », *New York Times*, 10 octobre 2016, https://www.nytimes.com/2016/10/10/us/politics/transcript-second-debate.html.
25. Megan Twohey et Michael Barbaro, « Two Women Say Donald Trump Touched Them Inappropriately », *New York Times*, 12 octobre 2016, https://www.nytimes.com/2016/10/13/us/politics/donald-trump-women.html.
26. Rachel Crooks, interviews par Megan Twohey, d'octobre 2016 au printemps 2019.
27. Eli Saslow, « Is Anyone Listening? », *Washington Post*, 19 février 2018, https://www.washingtonpost.com/news/national/wp/2018/02/19/feature/trump-accuser-keeps-telling-her-story-hoping-someone-will-finally-listen.
28. Donald Trump, interview par Megan Twohey, 11 octobre 2016.
29. Vidéo, « Presidential Candidate Donald Trump Rally in Panama City, Florida », C-SPAN, 11 octobre 2016, https://www.c-span.org/video/? 416754-1/donald-trump-campaigns-panama-city-florida.
30. Jessica Taylor, « 'You Can Do Anything': In 2005 Tape, Trump Brags about Groping, Kissing Women », *National Public Radio*, 7 octobre 2017, https://www.

npr.org/2016/10//497087141/donald-trump-caught-on-tape-making-vulgar-remarks-about-women ; Alan Rappeport, « John McCain Withdraws Support for Donald Trump after Disclosure of Recording », *New York Times,* 10 octobre 2018, https://www.nytimes.com/2016/10/08/us/politics/presidential-election.html ; Jonathan Martin, Maggie Haberman et Alexander Burns, « Lewd Donald Trump Tape Is a Breaking Point for Many in the G.O.P. », *New York Times,* 8 octobre 2016, https://www.nytimes.com/2016/10/09/us/politics/donald-trump-campaign.html.

31. Josh Gerstein, « Woman Suing Trump over Alleged Teen Rape Drops Suit, Again », *Politico,* 4 novembre 2016, https://www.politico.com/story/2016/11/donald-trump-rape-lawsuit-dropped-230770 ; Jane Coaston et Anna North, « Jeffrey Epstein, the Convicted Sex Offender Who Is Friends with Donald Trump and Bill Clinton, Explained », *Vox,* 22 février 2019. https://www.vox.com/2018/12/3/18116351/jeffrey-epstein-trump-clinton-labor-secretary-acosta.
32. abc.com Staff, « Woman Accuses Trump of Inappropriate Sexual Conduct at 1998 US Open », ABC, 20 octobre 2016, https://abc7.com/politics/woman-accuses-trump-of-inappropriate-sexual-conduct-at-1998-us-open/1565005.
33. Katie Mettler, « She Accused Trump of Sexual Assault, Lou Dobbs Tweeted Her Phone Number », *Washington Post,* 14 octobre 2016, https://www.washingtonpost.com/news/morning-mix/wp/2016/10/14/she-accused-trump-of-sexual-assault-lou-dobbs-tweeted-her-phone-number.
34. Marc Kasowitz, « re: Demand for Retraction », lettre de Marc Kasowitz à David McCraw, 12 octobre 2016, https://assets.donaldjtrump.com/DemandForRetraction.PDF.
35. David McCraw, « re: Demand for Retraction », lettre de David McCraw à Marc Kasowitz, 13 octobre 2016, https://www.nytimes.com/interactive/2016/10/13/us/politics/david-mccraw-trump-letter.html.

36. Emily Steel et Michael S. Schmidt, « Bill O'Reilly Thrives at Fox News, Even as Harassment Settlements Add Up », *New York Times*, 1er avril 2017, https://www.nytimes.com/2017/04/01/business/media/bill-oreilly-sexual-harassment-fox-news.html.
37. Karl Russel, « Bill O'Reilly's Show Lost More Than Half Its Advertisers in a Week », *New York Times*, 11 avril 2017, https://www.nytimes.com/interactive/2017/04/11/business/oreilly-advertisers.html.
38. Emily Steel et Michael S. Schmidt, « Bill O'Reilly is Forced Out at Fox News », *New York Times*, 19 avril 2017, https://www.nytimes.com/2017/04/19/business/media/bill-oreilly-fox-news-allegations.html.
39. John Koblin et Jim Rutenberg, « Accused of Sexual Harassment, Roger Ailes Is Negotiating Exit from Fox », *New York Times*, 19 juillet 2016, https://www.nytimes.com/2016/07/20/business/media/roger-ailes-fox-news-murdoch.html.
40. Shaunna Thomas, interview par Jodi Kantor, avril 2017.

CHAPITRE 2 : SECRETS D'HOLLYWOOD

1. « 2017 Cannes Film Festival Red Carpet Looks », photos, *New York Times*, 20 mai 2017, https://www.nytimes.com/2017/05/20/fashion/2017-cannes-film-festival-red-carpet-looks.html.
2. Ramin Setoodeh, « Ashley Judd Reveals Harassment by Studio Mogul », *Variety*, 6 octobre 2015, https://variety.com/20/film/news/ashley-judd-sexual-harassment-studio-mogul-shower-1201610666.
3. Judith Godrèche, courriel à Jodi Kantor, 13 juin 2017.
4. Marissa Tomei, interviews par Jodi Kantor, 2017-18.
5. Elizabeth Rubin, « Spy, Mother, Comeback Kid: All Eyes Are on Claire Danes », *Vogue*, 14 juillet 2013, https://www.vogue.com/article/all-eyes-on-claire-homeland-claire-danes-and-damian-lewis.
6. Lisa Bloom (@LisaBloom), Twitter, 7 avril 2017, https://twitter.com/lisabloom/status/850402622116855809.

7. Ashley Judd et Maryanne Vollers, *All That Is Bitter and Sweet*, Ballantine, 2015.
8. Ashley Judd, interviews par Jodi Kantor et Megan Twohey, juin 2017-janvier 2019.
9. La majorité des détails sur l'enfance de Judd sont racontés dans son autobiographie : Judd et Vollers, *All That Is Bitter and Sweet*, 2015.
10. Diane Rosenfeld, interview par Jodi Kantor, 11 mai 2018.
11. Ashley Judd, « Gender Violence: Law and Social Justice » (thèse de master, Harvard's Kennedy School of Government, 2015), 2010.
12. « I'm a nasty woman. I'm not as nasty as a man who looks like he bathes in Cheeto dust. […] We are here to be nasty like bloodstained bedsheets. » « #NastyWoman », vidéo YouTube, 00:06:43, Live at State of the Word, postée par Nina Mariah, 11 décembre 2016, https://www.youtube.com/watch? v= dvN0On85sNQ.
13. Ashley Judd, interview par Jodi Kantor, 2017 ; dirigeants de Copper Fit, interview par Jodi Kantor, 2019.
14. Jill Kargman, interview par Jodi Kantor, juin 2017.
15. Jenni Konner, interviews par Jodi Kantor, 2017 ; Lena Dunham, interviews par Jodi Kantor, 2017.
16. Tina Brown, interview par Jodi Kantor, 26 septembre 2017.
17. Gwyneth Paltrow, interviews par Jodi Kantor et Megan Twohey, 2017-2019.
18. Anita Gates, « Miriam Weinstein, Mother and Backbone of Original Miramax, Dies at 90 », *New York Times*, 4 novembre 2016, https://www.nytimes.com/2016/11/04/movies/miriam-weinstein-died-miramax.html.
19. Goop, https://shop.goop.com/shop/products/jade-egg? country= USA: Bill Bostock, « Gwyneth Paltrow's Goop settles $145,000 lawsuit over baseless vaginal eggs health claims », *Business Insider*, 5 septembre 2018, https://www.businessinsider.com/gwyneth-paltrows-goop-lawsuit-vaginal-egg-claims-2018-19.

20. Jen Gunter, « Dear Gwyneth Paltrow, I'm a Gynecologist and Your Vaginal Jade Eggs Are a Bad Idea », Dr. Jen Gunter, 17 janvier 2017, https://drjengunter.com/2017/01/17/dear-gwyneth-paltrow-im-a-gyn-and-your-vaginal-jade-eggs-are-a-bad-idea.
21. Uma Thurman, interviews et courriels de Jodi Kantor, 2017-2019.
22. Linda Fairstein, interview par Megan Twohey, réalisée en 2009 pour le *Chicago Tribune*.
23. Ryan Tate, « Why Harvey Weinstein Thinks He Owns New York Media », *Gawker*, 2 avril 2008, http://gawker.com/5004915/why-harvey-weinstein-thinks-he-owns-new-york-media.
24. David Simon, interview et courriels de Jodi Kantor, 2018-2019.
25. James Risen et Eric Lichtblau, « Bush Lets U.S. Spy on Callers without Courts », *New York Times*, 16 décembre 2005, https://www.nytimes.com/2005/12/16/politics/bush-lets-us-spy-on-callers-without-courts.html.

CHAPITRE 3 : COMMENT RÉDUIRE UNE VICTIME AU SILENCE ?

26. La New York Division of Human Rights, https://dhr.ny.gov et le California Department of Fair Employment and Housing, https://www.dfeh.ca.gov.
27. Généré en 2017 par le California Department of Fair Employment and Housing.
28. Notes de la réunion et documents de Katie Benner et Jodi Kantor.
29. Katie Benner, « Women in Tech Speak Frankly on Culture of Harassment », *New York Times*, 30 juin 2017, https://www.nytimes.com/2017/06/30/technology/women-entrepreneurs-speak-out-sexual-harassment.html.
30. Susan Fowler, « Reflecting on One Very, Very Strange Year at Uber », Susan Fowler, 19 février 2017, https://www.susanjfowler.com/blog/2017/2/19/reflecting-on-one-very-strange-year-at-uber.

31. Katie Benner, « A Backlash Builds against Sexual Harassment in Silicon Valley », *New York Times,* 3 juillet 2017, https://www.nytimes.com/2017/07/03/technology/silicon-valley-sexual-harassment.html.
32. Emily Steel, « At Vice, Cutting-Edge Media and Allegations of Old-School Sexual Harassment », *New York Times,* 23 décembre 2017, https://www.nytimes.com/2017/12/23/business/media/vice-sexual-harassment.html.
33. Catrin Einhorn, « Harassment and Tipping in Restaurants: Your Stories », *New York Times,* 18 mars 2018, https://www.nytimes.com/2018/03/18/business/restaurant-harassment-tipping.html ; Catrin Einhorn et Rachel Abrams, « The Tipping Equation », *New York Times,* 12 mars 2018, https://www.nytimes.com/interactive/2018/03/11/business/tipping-sexual-harassment.html.
34. Susan Chira et Catrin Einhorn, « How Tough Is It to Change a Culture of Harassment? Ask Women at Ford », *New York Times,* 19 décembre 2017, https://www.nytimes.com/interactive/2017/12/19/us/ford-chicago-sexual-harassment.html ; Susan Chira et Catrin Einhorn, « The #MeToo Moment: Blue-collar Women Ask, "What About Us?" », *New York Times,* 20 décembre 2017, https://www.nytimes.com/2017/12/20/us/the-metoo-moment-blue-collar-women-ask-what-about-us.html ; Susan Chira, « We Asked Women in Blue-collar Workplaces about Sexual Harassment: Here Are Their Stories », *New York Times,* 29 décembre 2017, https://www.nytimes.com/20/12/29/us/blue-collar-women-harassment.html ; Susan Chira, « The "Manly" Jobs Problem », *New York Times,* 8 février 2018, https://www.nytimes.com/2018/02/08/sunday-review/sexual-harassment-masculine-jobs.html.
35. Emily Steel, « How Bill O'Reilly Silenced His Accusers », *New York Times,* 4 avril 2018, https://www.nytimes.com/2018/04/04/business/media/how-bill-oreilly-silenced-his-accusers.html.

36. Chai Feldblum, interview par Jodi Kantor, 11 mai 2017.
37. Après avoir vendu Miramax à Disney pour 80 millions de dollars en 1993, les Weinstein se séparèrent de Disney en 2005. Laura M. Holson, « How the Tumultuous Marriage of Miramax and Disney Failed », *New York Times*, 6 mars 2005, https://www.nytimes.com/2005/03/06/movies/how-the-tumultuous-marriage-of-miramax-and-disney-failed.html.
38. John Schmidt, interviews par Megan Twohey, de septembre 2017 au printemps 2019.
39. Amy Israel, interviews par Jodi Kantor, 2017-2019.
40. Zelda Perkins, interviews par Jodi Kantor, 2017-2019.
41. Rowena Chiu, interviews par Jodi Kantor, mai-juin 2019.
42. Donna Gigliotti, courriels à Jodi Kantor et Kelsey Kudak, novembre 2017-juin 2019.
43. Megan Twohey, Jodi Kantor, Susan Dominus, Jim Rutenberg et Steve Eder, « Weinstein's Complicity Machine », *New York Times*, 5 décembre 2017, www.nytimes.com/interactive/2017/12//us/harvey-weinstein-complicity.html.
44. Andrew Cheung, interview par Jodi Kantor, juillet 2017.
45. Laura Madden, interviews par Jodi Kantor, de juillet 2017 à janvier 2019.
46. Gloria Allred, *Fight Back and Win*, HarperCollins, 2006 ; Gloria Allred, interviews par Megan Twohey, d'octobre 2016 au printemps 2019.
47. Emily Steel, « How Bill O'Reilly Silenced His Accusers », *New York Times*, 4 avril 2018, https://www.nytimes.com/2018/04//business/media/how-bill-oreilly-silenced-his-accusers.html.
48. Rebecca Davis O'Brien, « USA Gymnastics, McKayla Maroney Had Confidentiality Agreement to Resolve Abuse Claims », *Wall Street Journal*, 20 décembre 2017, https://www.wsj.com/articles/usa-gymnastics-reached-settlement-over-abuse-claims-with-gold-medalist-mckayla-maroney-1513791179 ; Will Hobson, « McKayla Maroney Sues USA Gymnastics, Saying It Tried to Buy Her Silence on Abuse », *Washington Post*, 20 décembre

2017, https://www.washingtonpost.com/sports/mckayla-maroney-sues-usa-gymnastics-saying-it-tried-to-buy-her-silence-on-abuse/2017/12/20/1e54b482-e5c8-11e7-a65d-1ac0fd7f097e_story.html.

49. Ashley Matthau, interviews par Megan Twohey, octobre 2017 au printemps 2019.
50. Consumer Attorneys of California, https://www.caoc.org.
51. Plusieurs participants à la conversation téléphonique, interview par Megan Twohey, 2018.

CHAPITRE 4 : « GESTION DE LA RÉPUTATION »

1. Brett Anderson, « A History of the Baquets, New Orleans Restaurant Family: From the T-P Archives », NOLA, 1re édition 20 juillet 2004, 2e édition 15 mai 2014, https://www.nola.com/dining/2014/05/from_the_t-p_archives_a_short.html ; Brett Anderson, « The Importance of Eddie's: The Late-great Baquet Family Restaurant, Remembered », NOLA, 16 mai 2014, https://www.nola.com/dining/2014//the_importance_of_eddies_the_1.html.
2. Informations prises dans les interviews de Megan Twohey, de 2017 au printemps 2019, de Boies et ceux qui connaissaient sa représentation d'Harvey Weinstein, des courriels et documents qui incluent des commentaires faits par Boies de 2015 à 2017, ainsi que les articles suivants le concernant : Daniel Okrent, « Get Me Boies! », *Time*, 25 décembre 2000, http://content.time.com/time/world/article/0,8599,2047286,00.html ; Andrew Rice, « The Bad, Good Lawyer: Was David Boies Just Doing Right by Harvey Weinstein? Or Did He Cross an Ethical Line? », *New York magazine*, 30 septembre 2018, http://nymag.com/intelligencer/2018//david-boies-harvey-weinstein-lawyer.html.
3. Dean Baquet, interviews par Megan Twohey et Jodi Kantor, 2018.
4. Lanny Davis, interview par Megan Twohey et Jodi Kantor, 3 août 2017.

5. Auletta entendit parler des accords lorsqu'elle travaillait sur le profil d'Harvey Weinstein. Ken Auletta, « Beauty and the Beast », *New Yorker*, 8 décembre 2002, https://www.newyorker.com/magazine/2002//16/beauty-and-the-beast-2.
6. Ken Auletta, Bob Weinstein, David Boies, interviews par Megan Twohey, 2019.
7. Megan Twohey, Jodi Kantor, Susan Dominus, Jim Rutenberg et Steve Eder, « Weinstein's Complicity Machine », *New York Times*, 5 décembre 2017, www.nytimes.com/interactive/2017/12/05/us/harvey-weinstein-complicity.html.
8. Alana Goodman, « Harvey Weinstein's ORIGINAL contract with ex-Mossad agents ordered them to prove he was the victim of a "negative campaign" in what was dubbed 'Operation Parachute'– spying on actresses, close friend designer Kenneth Cole and amfAR », *Daily Mail*, 8 novembre 2017, https://www.dailymail.co.uk/news/article-5062195/Harvey-Weinstein-agreed-pay-1-3m-ex-Mossad-agents.html.
9. Interviews par Twohey et Kantor de McGowan, Kendall et d'autres qui furent contactés par Seth Freedman en 2016 et 2017, et courriels envoyés par Freedman.
10. Benjamin Wallace, interview par Megan Twohey, 2018, et courriels de 2016 échangés entre Wallace et Seth Freedman.
11. Ronan Farrow, « Harvey Weinstein's Army of Spies », *New Yorker*, 6 novembre 2017, www.newyorker.com/news/news-desk/harvey-weinsteins-army-of-spies.
12. « Read: The Contract Between a Private Security Firm and One of Harvey Weinstein's Lawyers », *New Yorker*, 6 novembre 2017, https://www.newyorker.com/sections/news/read-the-contract-between-a-private-security-firm-and-one-of-harvey-weinsteins-lawyers.
13. « Diana Filip », courriel à Jodi Kantor, 8 août 2017. Le site web associé, Reuben Capital Partners, a été fermé ; des captures d'écran du site furent publiées. Alana Goodman, « EXCLUSIVE: The SPY Who Duped

Rose McGowan UNMASKED! This is the blonde Israeli military veteran who worked undercover for disgraced mogul Harvey Weinstein and tricked the actress into sharing her memoirs », *Daily Mail*, 8 novembre 2017, https://www.dailymail.co.uk/news/article-5064027/Israeli-military-vet-duped-Rose-McGowan-revealed.html.

14. Alexandra Pechman, « Gloria Allred and Lisa Bloom Are the Defenders of Women in 2017 », *W*, 21 juillet 2017, https://www.wmagazine.com/story/gloria-allred-lisa-bloom-donald-trump-blac-chyna-lawyer.
15. Megan Twohey, courriel à Lisa Bloom, 1er novembre 2016.
16. Stephen Feller, « Trump Rape Accuser Cancels Press Conference after Death Threats », *United Press International*, 3 novembre 2016, https://www.upi.com/Top_News/US/2016/11/03/Trump-rape-accuser-cancels-press-conference-after-death-threats/2381478150421.
17. Kenneth P. Vogel, « Partisans, Wielding Money, Begin Seeking to Exploit Harassment Claim », *New York Times*, 31 décembre 2017, https://www.nytimes.com/2017/12/31/us/politics/sexual-harassment-politics-partisanship.html.
18. Lisa Bloom, interview par Kantor et Twohey, 2019 ; Lisa Bloom, courriel à Megan Twohey, juin 2019.
19. Tamara Holder, interviews par Megan Twohey, de l'été 2018 au printemps 2019 ; courriels échangés entre Tamara Holder et Lisa Bloom ; Lloyd Grove, « Clients Turn on "Champion for Women" Lisa Bloom after Her Scorched-earth Crusade for Harvey Weinstein », *Daily Beast*, 26 octobre 2017, https://www.thedailybeast.com/lisa-bloom-has-files-on-rose-mcgowans-history-inside-her-scorched-earth-crusade-for-harvey-weinstein ; Emily Steel, « Fox Is Said to Settle With Former Contributor Over Sexual Assault Claims », *New York Times*, 8 mars 2017, https://www.nytimes.com/2017/03/08/business/fox-news-roger-ailes-sexual-assault-settlement.html.

20. L'enquête de Twohey sur l'amfAR inclut des interviews des membres du comité de direction de l'amfAR, dont son président de l'époque Kenneth Cole, Harvey Weinstein, David Boies, Charles Prince, et d'autres qui savaient que 600 000 dollars levés lors d'une vente aux enchères de l'amfAR étaient allés dans la poche d'investisseurs de *Finding Neverland.* Elle inclut aussi des courriels et d'autres documents de 2015 à 2017 qui décrivent la transaction financière, des préoccupations concernant la transaction parmi certains membres du personnel et de la direction de l'amfAR et la réaction de Weinstein à des tentatives d'enquête ; Megan Twohey, « Tumult after AIDS Fund-Raiser Supports Harvey Weinstein Production », *New York Times*, 23 septembre 2017, https://www.nytimes.com/2017/09/23/nyregion/harvey-weinstein-charity.html.
21. Tom Ajamie, interviews par Megan Twohey, de l'été 2017 au printemps 2019.
22. Archives comptables de décembre 2016 du cabinet d'avocats de Lisa Bloom, The Bloom Firm.
23. Sara Ness, ébauche de rapport soumis à Harvey Weinstein, juillet 2017.

CHAPITRE 5 : LA COMPLICITÉ D'UNE ENTREPRISE

1. Courriels d'Irwin Reiter à Jodi Kantor, septembre 2017.
2. Irwin Reiter, interviews par Jodi Kantor et Megan Twohey, de septembre 2017 à mai 2019.
3. Frank Pallotta et Molly Shiels, « NBC Says It's Not Moving Forward with Bill Cosby Project », CNN, 19 novembre 2014, https://money.cnn.com/2014/11/19/media/cosby-nbc-sitcom/index.html ; Goeff Edgers, « Bill Cosby's "Far from Finished" Tour Pushes On: But Will It Be His Last? », *Washington Post*, 24 mars 2015, https://www.washingtonpost.com/entertainment/bill-cosbys-far-from-finished-tour-pushes-on-will-it-be-his-last/2015/03/24/

d665bee4-cf1f-11e4-8a46-b1dc9be5a8ff_story.html ; Todd Leopold, « Cancellations Have Dogged Cosby's Tour », CNN, 21 février 2015, https://www.cnn.com/2015/02/20/entertainment/feat-cosby-tour-cancellations/index.html.
4. Courriels et autres documents internes de la Weinstein Company de 2014 à 2015.
5. *Ibid.*
6. Shari Reiter, interview par Jodi Kantor, 25 octobre 2018.
7. Sandeep Rehal, interviews par Jodi Kantor, novembre 2018.
8. Contrat d'Harvey Weinstein avec la Weinstein Company.
9. Échanges de courriels entre Tom Prince et Irwin Reiter, février 2015.
10. Michelle Franklin, interviews par Jodi Kantor, 2017-2019.
11. Harvey Weinstein, Jason Lilien, Lanny Davis, Charlie Prince, Roberta Kaplan et Karen Duffy, interview par Megan Twohey et Rebecca Corbett, 19 septembre 2017.
12. Harvey Weinstein, interview par Jodi Kantor, 19 septembre 2017.
13. Megan Twohey, James C. McKinley Jr., Al Baker et William K. Rashbaum, « For Weinstein, a Brush With the Police, Then No Charges », *New York Times*, 15 octobre 2017, https://www.nytimes.com/20/10/15/nyregion/harvey-weinstein-new-york-sex-assault-investigation.html.
14. Ken Auletta, David Boies, interviews par Megan Twohey, 2019.
15. Interviews par Twohey de personnes au courant de l'accord et documents internes de la Weinstein Company de 2015.
16. Ronan Farrow, « Harvey Weinstein's Secret Settlements », *New Yorker*, 21 novembre 2017, https://www.newyorker.com/news/news-desk/harvey-weinsteins-secret-settlements.
17. D'après les interviews menées par Megan Twohey en 2018 et 2019 de Bob Weinstein, les interviews par Megan

Twohey et Jodi Kantor et de ses collègues, ainsi que des courriels et d'autres documents internes de Weinstein Company.

18. Interview par Megan Twohey de Bob Weinstein ; Ronan Farrow, « Harvey Weinstein's Secret Settlements », *New Yorker*, 21 novembre 2017, https://www.newyorker.com/news/news-desk/harvey-weinsteins-secret-settlements.
19. Bob Weinstein, interview par Megan Twohey, 2018 ; et Irwin Reiter, interviews par Jodi Kantor, 2017-19.
20. Bob Weinstein, courriel adressé à David Boies, 16 août 2015.
21. Interviews de Lance Maerov par Megan Twohey, de septembre 2016 au printemps 2019 ; interviews de ceux qui travaillaient avec Maerov ; courriels et autres documents internes de la Weinstein Company.
22. H. Rodgin Cohen, courriel à Philip Richter, avocat du comité de direction de la Weinstein Company, 4 septembre 2015.
23. Megan Twohey et William K. Rashbaum, « Transactions Tied to Weinstein and AIDS Charity Are Under Investigation », *New York Times*, 2 novembre 2017. https://www.nytimes.com/2017/11/02/nyregion/harvey-weinstein-amfar.html.
24. Documents internes de la Weinstein Company de 2015 et 2016.

CHAPITRE 6 : « QUI D'AUTRE ACCEPTE DE TÉMOIGNER ? »

25. Dean Baquet, interviews par Jodi Kantor et Megan Twohey, 2018.
26. Harvey Weinstein, Charles Harder, Lisa Bloom et Lanny Davis, interview par Jodi Kantor, Megan Twohey et Rebecca Corbett, 3 octobre 2017.
27. Eriq Gardner, « Ailes Media Litigator Charles Harder on His Improbable Rise with Clients Melania Trump and Hulk Hogan », *Hollywood Reporter*, 22 septembre

2016, https://www.hollywoodreporter.com/thr-esq/ailes-media-litigator-charles-harder-930963.

28. Sydney Ember, « Gawker and Hulk Hogan Reach $31 Million Settlement », *New York Times*, 2 novembre 2016, https://www.nytimes.com/2016/11/03/business/media/gawker-hulk-hogan-settlement.html.

29. Brian Stelter, « Roger Ailes Enlists Lawyer behind Hulk Hogan and Melania Trump Suits », CNN Money, 5 septembre 2016, https://money.cnn.com/2016/09/05/media/roger-ailes-charles-harder/index.html.

30. Tom Hamburger, « Melania Trump Missed Out on "Once-in-a-Lifetime Opportunity" to Make Millions, Lawsuit Says », *Washington Post*, 7 février 2017, https://www.washingtonpost.com/politics/melania-trump-missed-out-on-once-in-a-lifetime-opportunity-to-make-millions-lawsuit-says/2017/02/06/3654f070-ecd0-11e6-9973-c5efb7ccfb0d_story.html?utm_term=.1f8e8f635b8c&tid= a_inl_manual ; Emily Hell, « When They Go Low, Melania Trump Calls Her Lawyers », *Washington Post*, 30 janvier 2019, https://www.washingtonpost.com/lifestyle/style/when-they-go-low-melania-trump-calls-her-lawyers/2019/01/30/d3892a1e-240a-11e9-ad53 824486280311_story.html?utm_term=.09e90f097c14 ; Glenn Feishman, « Trump Hires Harder, Hulk Hogan's Gawker-Toppling Lawyer in Dispute Against Omarosa », *Fortune*, 14 août 2018, http://fortune.com/20/08/14/trump-charles-harder-gawker-lawyer-hulk-hogan-omarosa.

31. Jason Zengerle, « Charles Harder, the Lawyer Who Killed Gawker, Isn't Done Yet », *GQ*, 17 novembre 2016, https://www.gq.com/story/charles-harder-gawker-lawyer.

32. Lance Maerov, David Boies et David Glasser, interviews par Megan Twohey, 2018 et 2019.

33. Lisa Bloom, courriel à Harvey Weinstein, Lanny Davis, Charles Harder et David Boies, 4 octobre 2017.

CHAPITRE 7 : « CELA VA DONNER NAISSANCE À UN MOUVEMENT »

1. David Glasser, interviews par Megan Twohey, octobre 2017 et printemps 2019.
2. Charles Harder, courriel à Diane Brayton, Arthur Sulzberger Jr., Dean Baquet, Jodi Kantor et Megan Twohey, 4 octobre 2017.
3. David McCraw, courriel à Charles Harder, 4 octobre 2017.
4. Brent Lang, Gene Maddaus et Ramin Setoodeh, « Harvey Weinstein Lawyers Up for Bombshell New York Times, New Yorker Stories », *Variety*, 4 octobre 2017, https://variety.com/2017/film/news/harvey-weinstein-sexual-new-york-times-1202580605 ; Kim Masters, Chris Gardner, « Harvey Weinstein Lawyers Battling N.Y. Times, New Yorker Over Potentially Explosive Stories », *Hollywood Reporter*, 4 octobre 2017, https://www.hollywoodreporter.com/news/harvey-weinstein-lawyers-battling-ny-times-new-yorker-potentially-explosive-stories-1045724.
5. Gracie Allen, interview par Jodi Kantor, 2018.
6. Weinstein et Bloom, interview par Jodi Kantor et Megan Twohey, 5 octobre 2017.
7. Jodi Kantor et Megan Twohey, « Harvey Weinstein Paid Off Sexual Harassment Accusers for Decades », *New York Times*, 5 octobre 2017, https://www.nytimes.com/2017/10/05/us/harvey-weinstein-harassment-allegations.html.
8. Bruce Haring, « Fifth Weinstein Company Board Member Resigns, Leaving Three Remaining », *Deadline*, 14 octobre 2017, https://deadline.com/2017/10/fifth-weinstein-company-board-member-resigns-leaving-three-left-1202188563.
9. Les témoignages de Tomi-Ann Roberts, ainsi que de Katherine Kendall, Dawn Dunning et Judith Godrèche, ont tous été rapportés dans le *New York Times* durant les semaines qui suivirent. Jodi Kantor et Rachel Abrams, « Gwyneth Paltrow, Angelina Jolie and Others Say

Weinstein Harassed Them », *New York Times*, 10 octobre 2017, https://www.nytimes.com/2017/10/10/us/gwyneth-paltrow-angelina-jolie-harvey-weinstein.html ; les histoires de Hope d'Amore et Cynthia Burr ont été relayées ensuite. Ellen Gabler, Megan Twohey et Jodi Kantor, « New Accusers Expand Harvey Weinstein Sexual Assault Claims Back to '70s », *New York Times*, 30 octobre 2017, https://www.nytimes.com/2017/10/30/us/harvey-weinstein-sexual-assault-allegations.html.

10. Ronan Farrow, « From Aggressive Overtures to Sexual Assault: Harvey Weinstein's Accusers Tell Their Stories », *New Yorker*, 10 octobre 2017, https://www.newyorker.com/news/news-desk/from-aggressive-overtures-to-sexual-assault-harvey-weinsteins-accusers-tell-their-stories.html.
11. Yashar Ali, « TV Journalist Says Harvey Weinstein Masturbated in Front of Her », *Huffington Post*, 6 octobre 2017, https://www.huffingtonpost.com/entry/weinstein-sexual-harassment-allegation_us_59d7ea3de4b046f5ad984211.
12. Nicole Pelletiere, « Harvey Weinstein's Adviser, Lisa Bloom, Speaks Out: "There was misconduct" », ABC, 6 octobre 2017, https://abcnews.go.com/Entertainment/harvey-weinsteins-adviser-lisa-bloom-speaks-misconduct/story? id= 50321561 ; Megan Twohey et Johanna Barr, « Lisa Bloom, Lawyer Advising Harvey Weinstein, Resigns Amid Criticism From Board Members », *New York Times*, 7 octobre 2017, https://www.nytimes.com/2017/10/07/business/lisa-bloom-weinstein-attorney.htm.

CHAPITRE 8 : LE DILEMME DU BORD DE MER

1. Melena Ryzik, Cara Buckley et Jodi Kantor, « Louis C. K. Is Accused by 5 Women of Sexual Misconduct », *New York Times*, 9 novembre 2017, https://www.nytimes.com/2017/11/09/arts/television/louis-ck-sexual-misconduct.html.

2. Michael Rothfeld et Joe Palazzolo, « Trump Lawyer Arranged $130,000 Payment for Adult-Film Star's Silence », *Wall Street Journal*, 12 janvier 2018, https://www.wsj.com/articles/trump-lawyer-arranged-130-000-payment-for-adult-film-stars-silence-1515787678 ; Megan Twohey et Jim Rutenberg, « Porn Star Was Reportedly Paid to Stay Quiet about Trump », *New York Times*, 12 janvier 2018, https://www.nytimes.com/2018/01/12/us/trump-stephanie-clifford-stormy-daniels.html.
3. Joe Palazzolo, Michael Rothfeld et Lukas I. Alpert, « National Enquirer Shielded Donald Trump from Playboy Model's Affair Allegation », *Wall Street Journal*, 4 novembre 2016, https://www.wsj.com/articles/national-enquirer-shielded-donald-trump-from-playboy-models-affair-allegation-1478309380 ; Ronan Farrow, « Trump, a Playboy Model, and a System for Concealing Infidelity », *New Yorker*, 16 février 2018, https://www.newyorker.com/news/news-desk/donald-trump-a-playboy-model-and-a-system-for-concealing-infidelity-national-enquirer-karen-mcdougal ; Jim Rutenberg, Megan Twohey, Rebecca R. Ruiz, Mike McIntire et Maggie Haberman, « Tools of Trump's Fixer: Payouts, Intimidation and the Tabloids », *New York Times*, 18 février 2018, https://www.nytimes.com/2018/02/18/us/politics/michael-cohen-trump.html ; Ronan Farrow, « Harvey Weinstein's Army of Spies », *New Yorker*, 6 novembre 2017, https://www.newyorker.com/news/news-desk/harvey-weinsteins-army-of-spies ; Mike McIntire, Charlie Savage et Jim Rutenberg, « Tabloid Publisher's Deal in Hush-Money Inquiry Adds to Trump's Danger », *New York Times*, 12 décembre 2018, https://www.nytimes.com/2018/12/12/nyregion/trump-american-media-michael-cohen.html.
4. Melena Ryzik, « Weinstein in Handcuffs Is a "Start to Justice" for His Accusers », *New York Times*, 25 octobre 2018, https://www.nytimes.com/2018/05//nyregion/metoo-accusers-harvey-weinstein.html.

5. Laura McGann, « The Still Raging Controversy Over Al Franken's Resignation, Explained », *Vox*, 21 mai 2018, https://www.vox.com/2018/5/21/17352230/al-franken-accusations-resignation-democrats-leann-tweeden-kirsten-gillibrand.
6. « Defending "Brilliant" Harvey Weinstein », BBC, 15 juin 2018, https://www.bbc.co.uk/sounds/play/p0664pjp.
7. Kim Lawson, interviews par Jodi Kantor, 2018-2019.
8. Debra Katz, interviews par Jodi Kantor et Megan Twohey, 2018-2019.
9. Christine Blasey Ford, interviews par Megan Twohey, de décembre 2017 à mai 2019, et communication écrite entre Ford et ses amis, des membres du comité judiciaire sénatorial et l'une de ses avocates. L'article est accessible à l'adresse https://www.researchgate.net/publication/327287729_Attenuation_of_Antidepressant_Effects_of_Ketamine_by_Opioid_Receptor_Antagonism.
10. « Declaration of Russell Ford, Senate Judiciary Committee Investigation of Numerous Allegations Against Justice Brett Kavanaugh During the Senate Confirmation Proceedings », 2 novembre 2018, https://www.judiciary.senate.gov/imo/media/doc/2018–02%20Kavanaugh%20Report.pdf, 55-56.
11. Keith Koegler, interview par Megan Twohey, 2019 ; Christine Blasey Ford, interviews par Megan Twohey, 2018-2019.
12. Jessica Contrera, Ian Shapira, Emma Brown et Steve Hendrix, « Kavanaugh Accuser Christine Blasey Ford Moved 3,000 Miles to Reinvent Her Life: It Wasn't Far Enough », *Washington Post*, 22 septembre 2018, https://www.washingtonpost.com/local/christine-blasey-ford-wanted-to-flee-the-us-to-avoid-brett-kavanaugh-now-she-may-testify-against-him/2018/09/22/db942340-bdb1-11e8-8792-78719177250f_story.html.
13. Messages WhatsApp de Christine Blasey Ford au *Washington Post Tip Line*, Senate Judiciary Committee Investigation of Numerous Allegations Against Justice

Brett Kavanaugh During the Senate Confirmation Proceedings, 2 novembre 2018, https://www.judiciary.senate.gov/imo/media/doc/2018-11-02%20Kavanaugh% 20Report.pdf, 46.

14. Julie O'Brien, « I Don't Know Kavanaugh the Judge, but Kavanaugh the Carpool Dad Is One Great Guy », *Washington Post*, 20 juillet 2018, https://www.washingtonpost.com/opinions/i-dont-know-kavanaugh-the-judge-but-kavanaugh-the-carpool-dad-is-one-great-guy/2018/07/10/a1866a2c-8446-11e8-9e80-403a221946a7_story.html.
15. Christine Blasey Ford, interviews par Megan Twohey, 2018-2019 ; Mathew McMurray, courriel adressé à Kelsey Kodak, 17 juin 2019.
16. Courriel du bureau de Dianne Feinstein à Christine Blasey Ford, juillet 2018.
17. Lawrence Robbins, interview par Megan Twohey, janvier 2019.
18. Description de Debra Katz basée sur des interviews de Katz menées par Megan Twohey et Jodi Kantor d'août 2017 au printemps 2019 ; Lisa Banks, interviews par Megan Twohey et Jodi Kantor, d'octobre 2017 au printemps 2019 ; communications écrites entre les avocats.
19. Barry Coburn, interview par Megan Twohey, février 2019.
20. Ronan Farrow, « Les Moonves and CBS Face Allegations of Sexual Misconduct », *New Yorker*, 6 août 2018, https://www.newyorker.com/magazine/2018/08/06/les-moonves-and-cbs-face-allegations-of-sexual-misconduct.
21. Melena Ryzik, « Louis C.K. Performs First Stand-up Set at Club Since Admitting to #MeToo Cases », *New York Times*, 27 août 2018, https://www.nytimes.com/2018/08/27/arts/television/louis-ck-performs-comedy.html.
22. Hillel Italie, « Next O'Reilly Book Coming in September », *Associated Press*, 23 avril 2018, https://www.apnews.com/f00002d9107742b991fecb982312243b.

CHAPITRE 9 : « JE NE PEUX PAS GARANTIR QUE J'IRAI À WASHINGTON »

1. Christine Blasey Ford, interview par Megan Twohey, 2018-2019.
2. Sheryl Gay Stolberg, Adam Liptak et Charlie Savage, « Takeaways from Day 1 of Brett Kavanaugh's Confirmation Hearings », *New York Times*, 4 septembre 2018, https://www.nytimes.com/2018/09/04/us/politics/kavanaugh-confirmation-hearing-updates.html.
3. *Ibid.*
4. Ryan Grim, « Dianne Feinstein Withholding Brett Kavanaugh Document from Fellow Judiciary Committee Democrats », *The Intercept*, 12 septembre 2018, https://theintercept.com/2018/09/12/brett-kavanaugh-confirmation-dianne-feinstein.
5. Dianne Feinstein, « Feinstein Statement on Kavanaugh », United States Senator for California, Dianne Feinstein, 13 septembre 2018, https://www.feinstein.senate.gov/public/index.cfm/press-releases?ID=FB52FCD4-29C8-4856-A679-B5C6CC553DC4.
6. Emma Brown, « California Professor, Writer of Confidential Brett Kavanaugh Letter, Speaks Out about Her Allegation of Sexual Assault », *Washington Post*, 16 septembre 2018, https://www.washingtonpost.com/investigations/california-professor-writer-of-confidential-brett-kavanaugh-letter-speaks-out-about-her-allegation-of-sexual-assault/2018/09/16/46982194-b846-11e8-94eb-3bd52dfe917b_story.html.
7. Seung Min Kim, « Kavanaugh Denies Decades-old Allegation of Potential Sexual Misconduct », *Washington Post*, 14 septembre 2018, https://www.washingtonpost.com/politics/kavanaugh-denies-decades-old-allegation-of-potential-sexual-misconduct/2018/09/14/60ee3ae8-b831-11e8-94eb-3bd52dfe917b_story.html?utm_term=.7d6c36ca93cf.
8. Bob Woodward, *Peur - Trump à la Maison-Blanche*, Le Seuil, 2018.

9. Aaron Blake, « "I Don't Believe Them" : Trump Doubts Sexual Abuse Accusers and Sides with an Ally – Again », *Washington Post*, 6 juillet 2018, https://www.washingtonpost.com/news/the-fix/wp/2018/07//i-dont-believe-them-trump-doubts-sexual-abuse-accusers-and-sides-with-an-ally-again.
10. Rosa Brooks (@brooks_rosa), Twitter, 16 septembre 2018, https://twitter.com/brooks_rosa/status/1041482381625122816.
11. « Lawyer: Kavanaugh Accuser Willing to Testify », CNN, 17 septembre 2018, https://www.cnn.com/videos/politics/2018/09/17/kavanaugh-accuser-christine-ford-attorney-debra-katz-newday-sot.cnn.
12. Descriptions des négociations entre l'équipe de Ford et les républicains du comité judiciaire sénatorial, basées sur les interviews de Katz et Banks par Twohey et Kantor ; interview de Mike Davis par Twohey ; communication écrite incluse dans « Senate Judiciary Committee Investigation of Numerous Allegations Against Justice Brett Kavanaugh During the Senate Confirmation Proceedings », 2 novembre 2018, https://www.judiciary.senate.gov/imo/media/doc/2018–02%20Kavanaugh%20Report.pdf ; courriels supplémentaires fournis par Katz.
13. Lydia Weaver, « Senate Judiciary Urges Response to Sexual Harassment in Federal Courts », *The Hill*, 13 juin 2018, https://thehill.com/regulation/392075-senate-judiciary-wants-response-to-sexual-harassment-in-federal-courts.
14. « Kellyanne Conway Says Kavanaugh Accuser "Should Not Be Ignored" », NBC, 17 septembre 2018, https://www.nbcnews.com/video/kellyanne-conway-says-kavanaugh-accuser-should-not-be-ignored-1322246211718.
15. Anita Hill, « How to Get the Kavanaugh Hearings Right », *New York Times*, 18 septembre 2018, https://www.nytimes.com/2018/09/18/opinion/anita-hill-brett-kavanaugh-clarence-thomas.html.

16. Dwight Garner, « What a Book Critic Finds in Mark Judge's "Wasted" 21 Years Later », *New York Times*, 2 octobre 2018, https://www.nytimes.com/2018/10/02/books/wasted-mark-judge-memoir.html.
17. Senate Judiciary Committee Investigation of Numerous Allegations Against Justice Brett Kavanaugh During the Senate Confirmation Proceedings, 2 novembre 2018, https://www.judiciary.senate.gov/imo/media/doc/2018-11-02%20Kavanaugh%20Report.pdf, 79.
18. Senate Judiciary Committee Investigation of Numerous Allegations Against Justice Brett Kavanaugh During the Senate Confirmation Proceedings, 2 novembre 2018, https://www.judiciary.senate.gov/imo/media/doc/2018-11-02%Kavanaugh%20Report.pdf, 90-91.
19. Mike Davis, interview par Megan Twohey, juin 2019.
20. Barry Coburn et Christine Blasey Ford, interviews par Megan Twohey, 2019.
21. Transcription, « Trump's Star Gets Bars; Kavanaugh Accuser Open to Testifying; Conway's Interview Reviewed », CNN, 21 septembre 2018, http://transcripts.cnn.com/TRANSCRIPTS/1809/21/nday.06.html.
22. Donald J. Trump (@realdonaldtrump), Twitter, 21 septembre 2018, https://twitter.com/realdonaldtrump/status/1043126336473055235.
23. « "We're going to plow right through it", McConnell says on Kavanaugh nomination », *Washington Post*, 21 septembre 2018, https://www.washingtonpost.com/video/politics/were-going-to-plow-right-through-it-mcconnell-says-on-kavanaugh-nomination/2018/09//39beef50-bdac-11e8-8243-f3ae9c99658a_video.html?utm_term=.56cd2476da50.
24. « Judiciary Committee Continues Effort to Accommodate Testimony from Dr. Ford Next Week », Senate Judiciary Committee, 21 septembre 2018, https://www.judiciary.senate.gov/press/rep/releases/judiciary-committee-continues-effort-to-accommodate-testimony-from-dr-ford-next-week.

25. L'heure indiquée sur le tweet de Grassley (8:42 p.m., 20h42) est celle de la côte Pacifique, mais Grassley publia son tweet à 11:42 p.m. (23h42), heure de la côte Est. Chuck Grassley (@ChuckGrassley), Twitter, 21 septembre 2018, https://twitter.com/ChuckGrassley/status/1043344767684366336.
26. Ronan Farrow et Jane Mayer, « Senate Democrats Investigate a New Allegation of Sexual Misconduct, from Brett Kavanaugh's College Years », *New Yorker*, 23 septembre 2018, https://www.newyorker.com/news/news-desk/senate-democrats-investigate-a-new-allegation-of-sexual-misconduct-from-the-supreme-court-nominee-brett-kavanaughs-college-years-deborah-ramirez.
27. Lisa Ryan, « What "Credible Information" Does Michael Avenatti Have on Kavanaugh? », *The Cut*, 24 septembre 2018, https://www.thecut.com/2018/09/michael-avenatti-kavanaugh-judge-client-tweets.html.
28. Rebecca Corbett, interviews par Megan Twohey et Jodi Kantor, 2018-2019.
29. Sheryl Gay Stolberg et Nicholas Fandos, « Christine Blasey Ford Reaches Deal to Testify at Kavanaugh Hearing », *New York Times*, 23 septembre 2018, https://www.nytimes.com/2018/09/23/us/politics/brett-kavanaugh-christine-blasey-ford-testify.html.
30. Emily Tillett, « Kellyanne Conway says Brett Kavanaugh allegations feel like "a vast left-wing conspiracy" », CBS This Morning, 24 septembre 2018, https://www.cbsnews.com/news/kellyanne-conway-says-brett-kavanaugh-accusers-allegations-feel-like-a-vast-left-wing-conspiracy-2018-09-24.
31. « McConnell slams "shameful smear campaign" against Kavanaugh », *Washington Post*, 24 septembre 2018, https://www.washingtonpost.com/video/politics/mcconnell-slams-shameful-smear-campaign-against-kavanaugh/2018/09/24/f739f09a-c02f-11e8-9f4f-a1b7af255aa5_video.html?utm_term=.6d2f69646c81.

32. « Brett Kavanaugh defends himself in letter to Senate Judiciary Committee », CNN, 24 septembre 2018, https://www.cnn.com/2018/09/24/politics/read-brett-kavanaugh-letter-senate-judiciary-committee/index.html.
33. Mike Davis, interview par Megan Twohey, juin 2019.
34. Graham Bowley et Joe Coscarelli, « Bill Cosby, Once a Model of Fatherhood, Sentenced to Prison », *New York Times,* 25 septembre 2018, https://www.nytimes.com/2018/09/25/arts/television/bill-cosby-sentencing.html.
35. Conférence de presse du président Trump, la Maison-Blanche, 27 septembre 2018, https://www.whitehouse.gov/briefings-statements/press-conference-president-trump-2.
36. Christine Blasey Ford, déclaration d'ouverture, audience de Kavanaugh, 27 septembre 2018, https://www.c-span.org/video/? c4760434/christine-blasey-ford-opening-statement.
37. « Brenda from Missouri calls into C-SPAN », C-SPAN, 27 septembre 2018, https://www.c-span.org/video/?c4751718/brenda-missouri-calls-span.
38. « Trump's Evolving Statements on Christine Blasey Ford », *Associated Press,* 3 octobre 2018, https://apnews.com/04e24ef006f4487282e2f9be3faf0a01.
39. Jim Yardley, « Bush, Irked at Being Asked, Brushes Off Drug Question », *New York Times,* 19 août 1999, https://www.nytimes.com/1999/08/19/us/bush-irked-at-being-asked-brushes-off-drug-question.html.
40. « Kavanaugh Hearing: Transcript », *Washington Post,* 27 septembre 2018, https://www.washingtonpost.com/news/national/wp/2018/09/27/kavanaugh-hearing-transcript.
41. David Bauder, « NBC Faces Scrutiny for Interview with Kavanaugh Accuser », *Associated Press,* 2 octobre 2018, https://www.apnews.com/42674fffa6dd4c108ccd908bee7c856e.
42. Senate Judiciary Committee Investigation of Numerous Allegations Against Justice Brett Kavanaugh During

the Senate Confirmation Proceedings, 2 novembre 2018, https://www.judiciary.senate.gov/imo/media/doc/2018-11-02%20Kavanaugh%20Report.pdf, 93; Seung Min Kim, Sean Sullivan, et Emma Brown, « Christine Blasey Ford Moves Closer to Deal with Senate Republicans to Testify against Kavanaugh », *Washington Post*, 23 septembre 2018, https://www.washingtonpost.com/politics/lawyers-for-christine-blasey-ford-say-she-has-accepted-senate-judiciary-committees-request-to-testify-against-kavanaugh/2018/09/22/e8199c6a-be8f-11e8-8792-78719177250f_story.html? utm_term=.296382a233b1.

43. Rachel Mitchell, « Memorandum, Analysis of Dr. Christine Ford's Allegations », 30 septembre 2018, https://www.jimhopper.com/pdf/mitchell_memo_highlighted.pdf.
44. Allie Malloy, Kate Sullivan et Jeff Zeleny, « Trump mocks Christine Blasey Ford's testimony, tells people to "think of your son" », CNN, 4 octobre 2018, https://www.cnn.com/2018//02/politics/trump-mocks-christine-blasey-ford-kavanaugh-supreme-court/index.html.
45. Gregg Re et John Roberts, « Christine Blasey Ford Ex-boyfriend Says She Helped Friend Prep for Potential Polygraph; Grassley Sounds Alarm », *Fox News*, 2 octobre 2018, https://www.foxnews.com/politics/christine-blasey-ford-ex-boyfriend-says-she-helped-friend-prep-for-potential-polygraph-grassley-sounds-alarm ; Peter Baker, « Christine Blasey Ford's Credibility Under New Attack by Senate Republicans », *New York Times*, 4 octobre 2018, https://www.nytimes.com/2018/10/03/us/politics/blasey-ford-republicans-kavanaugh.htm.
46. Susan Chira et Ellen Ann Fentress, « In a Mississippi Restaurant, Two Americas Coexist Side by Side », *New York Times*, 8 octobre 2018, https://www.nytimes.com/2018/10/08/us/politics/trump-kavanaugh-mississippi-.html.
47. « Who Is Believed and Who Is Blamed? », *The Daily*, 10 octobre 2016, https://www.nytimes.

com/2018/10/10/podcasts/the-daily/kavanaugh-assault-metoo-women-girls-respond.html.
48. Savannah Guthrie, « Ellen DeGeneres Opens up about Being a Victim of Sexual Abuse », *Today Show*, 4 octobre 2018, https://www.today.com/video/ellen-degeneres-opens-up-about-being-a-victim-of-sexual-abuse-1336566851633 ; Connie Chung, « Dear Christine Blasey Ford: I, Too, Was Sexually Assaulted – and It's Seared into My Memory Forever », *Washington Post*, 3 octobre 2018, https://www.washingtonpost.com/opinions/dear-christine-blasey-ford-i-too-was-sexually-assaulted–and-its-seared-into-my-memory-forever/2018/10/03/2449ed3c-c68a-11e8-9b1c-a90f1daae309_story.html.
49. Senate.gov, « Supplemental FBI Investigation Executive Summary », 5 octobre 2018, https://www.grassley.senate.gov/news/news-releases/supplemental-fbi-investigation-executive-summary.
50. Jenna Amatulli, « Brett Kavanaugh Protesters Bring Beer, Chant "Chug" Outside Mitch McConnell's House », *Huffington Post*, 5 octobre 2018, https://www.huffpost.com/entry/brett-kavanaugh-protesters-bring-beer-chant-chug-outside-mitch-mcconnells-house_n_5bb75543e4b028e1fe3cdc5a.
51. Rachel Abrams, « McDonald's Workers across the U.S. Stage #Metoo Protests », *New York Times*, 18 septembre 2018, https://www.nytimes.com/2018/09/18/business/mcdonalds-strike-metoo.html.
52. Edmund Lee, « CBS Chief Executive Les Moonves Steps Down after Sexual Harassment Claims », *New York Times*, 9 septembre 2018, https://www.nytimes.com/2018/09/business/les-moonves-longtime-cbs-chief-may-be-gone-by-monday.html.
53. Daisuke Wakabayashi et Katie Benner, « How Google Protected Andy Rubin, "Father of Android" », *New York Times*, 25 octobre 2018, https://www.nytimes.com/2018/10/25/technology/google-sexual-harassment-andy-rubin.html.

54. Alicia P. Q. Wittmeyer, « Eight Stories of Men's Regret », *New York Times*, 18 octobre 2018, https://www.nytimes.com/interactive/2018/10/18/opinion/men-metoo-high-school.html.

ÉPILOGUE : LA RENCONTRE

1. Ce chapitre se base sur les enregistrements audio de l'interview de groupe qui dura deux jours.
2. Matthew Garrahan, « Harvey Weinstein: How Lawyers Kept a Lid on Sexual Harassment Claims », *Financial Times*, 23 octobre 2017, https://www.ft.com/content/1dc8a8ae-b7e0-11e7-8c12-5661783e5589.
3. Holly Watt, « Harvey Weinstein Aide Tells of "Morally Lacking" Non-disclosure Deal », *The Guardian*, 28 mars 2018, https://www.theguardian.com/film/2018/mar/28/harvey-weinstein-assistant-zelda-perkins-i-was-trapped-in-a-vortex-of-fear ; House of Commons Women and Equalities Committee, « Sexual Harassment in the Workplace, Fifth Report of Session 2017– 2019 », House of Commons, 18 juillet 2018, https://publications.parliament.uk/pa/cm201719/cmselect/cmwomeq/725/725.pdf.
4. Matthew Haag, « Rachel Crooks, Who Accused Trump of Sexual Assault, Wins Legislative Primary », *New York Times*, 9 mai 2018, https://www.nytimes.com/2018/05/09/us/politics/rachel-crooks-ohio.html.
5. Karen Zraick, « Night of Firsts: Diverse Candidates Make History in Midterm Elections », *New York Times*, 11 novembre 2017, https://www.nytimes.com/2018/11/07/us/politics/election-history-firsts-blackburn-pressley.html.
6. Sara M. Moniuszko et Cara Kelly, « Harvey Weinstein Scandal: A Complete List of the 87 Accusers », *USA Today*, 27 octobre 2017, https://www.usatoday.com/story/life/people/2017/10/27/weinstein-scandal-complete-list-accusers/804663001.

Ce roman vous a plu ? Dites-le-nous !

Rejoignez la communauté Charleston
et échangez sur vos lectures

Retrouvez-nous sur
editionscharleston.fr
et sur

Inscrivez-vous à notre newsletter et recevez
des informations sur nos nouveautés, nos événements,
nos jeux-concours... et des cadeaux !

CHARLESTON
L'ÉDITEUR DU FÉMININ

Cet ouvrage est composé de matériaux issus de forêts gérées durablement certifiées PEFC™.
Le Programme de reconnaissance des certifications forestières (PEFC™) est le plus grand organisme mondial indépendant de contrôle pour une gestion durable des forêts.
Pour en savoir plus, consultez le site www.pefc-france.org

PEFC™ PEFC/14-38-00277

Achevé d'imprimer en janvier 2022
par Novoprint
Dépôt légal : février 2022
Imprimé en Slovaquie

JODI KANTOR & ME

#METOO : L'ENQUÊ
QUI A TOUT DÉCLE

« Après les révélations des ac
sexuels à l'encontre de Harve
ébahies, à la rupture d'une di
à travers le monde témoignèr
contribua à déclencher une ru... ...sans précédent. »

Le 5 octobre 2017, le *New York Times* publiait un article de Jodi Kantor et Megan Twohey qui allait changer le monde. Les deux journalistes avaient, des mois durant, secrètement rencontré et persuadé des victimes de Harvey Weinstein de témoigner. Actrices, anciennes employées du producteur, célébrités ou inconnues, de nombreuses femmes qui s'étaient jusque-là tues prirent la parole dans le monde entier.

Cet ouvrage est le récit haletant de l'investigation qui enflamma le mouvement #MeToo à l'échelle planétaire.

« Une histoire de journalisme […] courageux qui fit aux patriarches d'Hollywood ce que Bob Woodward et Carl Bernstein firent à l'administration Nixon. »
The Times

Jodi Kantor et Megan Twohey sont journalistes d'investigation au *New York Times*. Jodi Kantor a consacré sa carrière aux questions de discrimination en milieu professionnel. Megan Twohey s'est surtout illustrée pour ses enquêtes sur l'exploitation des femmes et des enfants. Toutes deux reçurent de nombreuses récompenses pour avoir dévoilé l'affaire Harvey Weinstein, dont le prix George Polk, et, avec leurs collègues, le prix Pulitzer du service public.

Traduit de l'anglais par Danielle Lafarge

Design : Caroline Gioux
Image : © Cienpies Design / Shutterstock - © Angelina Bambina / AdobeStock

Texte intégral

ISBN : 978-2-36812-734-6

9 782368 127346

8,90 euros
Prix TTC France

Rayon : Essais, documents

éditeur écoresponsable

CHARLESTON
POCHE

www.editionscharleston